01
傳世經典

詩經集傳

朱熹

詩者人心之感物，
而形於言之餘也。
心之所感有邪正。
故言之所形有是非。
惟聖人在上，
則其所感者無不正，
而其言皆足以爲教。

詩經傳序

或有問於予曰詩何爲而作也予應之曰人生而靜天之性也感於物而動性之欲也夫旣有
欲矣則不能無思旣有思矣則不能無言旣有言矣則言之所不能盡而發於咨嗟咏歎之餘
者必有自然之音響節族(音奏)而不能已焉此詩之所以作也曰然則其所以教者何也曰詩者
人心之感物而形於言之餘也心之所感有邪正故言之所形有是非惟聖人在上則其所感
者無不正而其言皆足以爲教其或感之之雜而所發不能無可擇者則上之人必思所以自
反而因有以勸懲之是亦所以爲教也昔周盛時上自郊廟朝廷而下達於鄉黨閭巷其言粹
然無不出於正者聖人固已協之聲律而用之鄉人用之邦國以化天下至於列國之詩則天
子巡守亦必陳而觀之以行黜陟之典降自昭穆而後寖以陵夷至於東遷而遂廢不講矣孔
子生於其時旣不得位無以行勸懲黜陟之政於是特舉其籍而討論之去其重複正其紛亂
而其善之不足以爲法惡之不足以爲戒者則亦刊而去之以從簡約示久遠使夫學者卽是
而有以考其得失善者師之而惡者改焉是以其政雖不足以行於一時而其敎實被於萬世
是則詩之所以爲敎者然也曰然則國風雅頌之體其不同若是何也曰吾聞之凡詩之所謂
風者多出於里巷歌謠之作所謂男女相與詠歌各言其情者也惟周南召南親被文王之化
以成德而人皆有以得其性情之正故其發於言者樂而不過於淫哀而不及於傷是以二篇
獨爲風詩之正經自邶而下則其國之治亂不同人之賢否亦異其所感而發者有邪正是非
之不齊而所謂先王之風者於此焉變矣若夫雅頌之篇則皆成周之世朝廷郊廟樂歌之辭
其語和而莊其義寬而密其作者往往聖人之徒固所以爲萬世法程而不可易者也至於雅

之變者。亦皆一時賢人君子。閔時病俗之所為。而聖人取之。其忠厚惻怛之心。陳善閉邪之意。尤非後世能言之士所能及之。此詩之為經。所以人事浹於下。天道備於上。而無一理之不具也。曰。然則其學之也當奈何。曰。本之二南以求其端。參之列國以盡其變。正之於雅以大其規。和之於頌以要其止。此學詩之大旨也。於是乎章句以綱之。訓詁以紀之。諷詠以昌之。涵濡以體之。察之情性隱微之間。審之言行樞機之始。則脩身及家平均天下之道。其亦不待他求而得之於此矣。問者唯唯而退。余時方輯詩傳。因悉次是語以冠其篇云。

淳熙四年丁酉冬十月戊子新安朱熹序

詩經篇目

第一卷 國風

第二卷

第三卷

第四卷 小雅

詩經卷之一

國風一

國者諸侯所封之域而風者民俗歌謠之詩也謂之風者以其被上之化以有言而其言又足以感人如物因風之動以有聲而其聲又足以動物也是以諸侯采之以貢於天子天子受之而列於樂官於以考其俗尚之美惡而知其政治之得失焉舊說二南爲正風所以用之閨門鄉黨邦國而化天下也十三國爲變風則亦領在樂官以時存肄備觀省而垂監戒耳合之凡十五國云

周南一之一

周國名南南方諸侯之國也周國本在禹貢雍州境內岐山之陽后稷十三世孫古公亶父始居其地傳子王季歷至孫文王昌辟國寖廣於是徙都于豐而分岐周故地以爲周公旦召公奭之采邑且使周公爲政於國中而召公宣布於諸侯於是德化大成於內而南方諸侯之國江沱汝漢之間莫不從化蓋三分天下而有其二焉至子武王發又遷于鎬遂克商而有天下武王崩子成王誦立周公相之制作禮樂乃采文王之世風化所及民俗之詩被之筦弦以爲房中之樂而又推之以及於鄉黨邦國所以著明先王風俗之盛而使天下後世之脩身齊家治國平天下者皆得以取法焉蓋其得之國中者雜以南國之詩而謂之周南言自天子之國而被於諸侯不但國中而已也其得之南國者則直謂之召南言自方伯之國被於南方而不敢以繫于天子也岐周在今鳳翔府岐山縣豐在今京兆府鄠縣終南山北南方之國即今興元府京西湖北等路諸州鎬在豐東二十五里小序曰關雎麟趾之化王者之風故繫之周公南言化自北而南也鵲巢騶虞之德諸侯之風也先王之所以教故繫之召公斯言得之矣

關關雎音疽**鳩在河之洲窈**音杳**窕**徒了反**淑女君子好逑**音求○興也關關雌雄相應之和聲也雎鳩水鳥一名王雎狀類鳧鷖今江淮間有之生有定耦而不相亂耦常並遊而不相狎故毛傳以爲摯而有別列女傳以爲人未嘗見其乘居而匹處者蓋其性然也河北方流水之通名洲水中可居之地也窈窕幽閒之意淑善也女者未嫁之稱蓋指文王之妃大姒爲處子時而言也君子則指文王也好亦善也逑匹也毛傳云摯字與至通言其情意深至也○興者先言他物以引起所詠之辭也周之文王生有聖德又得聖女姒氏以爲之配宮中之人於其始至見其有幽閒貞靜之德故作是詩言彼關關然之雎鳩則相與和鳴於河洲之上矣此窈窕之淑女則豈非君子之善匹乎言其相與和樂而恭敬亦若雎鳩之情摯而有別也後凡言興者其文意皆放此云漢匡衡曰窈窕淑女君子好逑言能致其貞淑不貳其操情欲之感無介乎容儀宴私之意不形乎動靜夫然後可以配至尊而爲宗廟主此綱紀之首王化之端也可謂善說詩矣

○**參**初金反**差**初宜反**荇**音杏**菜左右流之窈窕淑女寤寐求之求之不得寤寐思服**叶蒲北反**悠哉悠哉輾**音展**轉反側**興也參差長短不齊之貌荇接余也根生水底莖如釵股上青下白葉紫赤圓徑寸餘浮在水面或左或右言無方也流順水之流而取之也或寤或寐言無時也服猶懷也悠長也輾者轉之半轉者輾之周反者輾之過側者轉之留皆臥不安席之意○此章本其未得而言彼參差之荇

菜。則當左右無方以流之矣。此窈窕之淑女。則當寤寐不忘以求之矣。蓋此人此德。世不常有。求之不得。則無以配君子而成其內治之美。故其憂思之深不能自已。至於如此也。○參差荇菜。左右采叶此禮反之。窈窕淑女。琴瑟友叶羽已反之。參差荇菜。左右芼音帽叶音邈之。窈窕淑女。鐘鼓樂音洛之。興也。采。取而擇之也。芼。熟而薦之也。琴。五弦。或七弦。瑟。二十五弦。皆絲屬。樂之小者也。友者。親愛之意也。鐘。金屬。鼓。革屬。樂之大者也。樂則和平之極也。○此章據今始得而言。彼參差之荇菜。既得之。則當采擇而亨芼之矣。此窈窕之淑女。既得之。則當親愛而娛樂之矣。蓋此人此德。世不常有。幸而得之。則有以配君子而成內治。故其喜樂尊奉之意不能自已。又如此云。

關雎三章。一章四句。二章章八句。孔子曰。關雎樂而不淫。哀而不傷。愚謂此言為此詩者。得其性情之正。聲氣之和也。蓋德如雎鳩。摯而有別。則后妃性情之正。固可以見其一端矣。至於寤寐反側。琴瑟鐘鼓。極其哀樂而皆不過其則焉。則詩人性情之正。又可以見其全體也。獨其聲氣之和。有不可得而聞者。雖若可恨。然學者姑即其辭而玩其理以養心焉。則亦可以得學詩之本矣。○匡衡曰。妃匹之際。生民之始。萬福之原。婚姻之禮正。然後品物遂而天命全。孔子論詩以關雎為始。言太上者民之父母。后夫人之行。不侔乎天地。則無以奉神靈之統而理萬物之宜。自上世以來。三代興廢。未有不由此者也。

葛之覃兮。施音異于中谷。維葉萋萋。黃鳥于飛。集于灌木。其鳴喈喈。叶居奚反。○賦也。葛。草名。蔓生。可為絺綌者。覃。延。施。移也。中谷。谷中也。萋萋。盛貌。黃鳥。鸝也。灌木。叢木也。喈喈。和聲之遠聞也。○賦者。敷陳其事而直言之者也。蓋后妃既成絺綌而賦其事。追敘初夏之時。葛葉方盛。而有黃鳥鳴於其上也。後凡言賦者放此。○葛之覃兮。施于中谷。維葉莫莫。是刈音乂是濩。音鑊為絺音癡為綌。音隙叶去略反服之無斁。音亦叶弋灼反○賦也。莫莫。茂密貌。刈。斬。濩。煑也。精曰絺。麤曰綌。斁。厭也。○此言盛夏之時。葛既成矣。於是治以為布。而服之無厭。蓋親執其勞。而知其成之不易。所以心誠愛之。雖極垢弊而不忍厭棄也。○言告師氏。言告言歸。薄污我私。薄澣音緩我衣。害音曷澣害否。如字歸寧父母。賦也。言。辭也。師。女師也。薄。猶少也。污。煩撋之以去其污。猶治亂而曰亂也。澣則濯之而已。私。燕服也。衣。禮服也。害。何也。寧。安也。謂問安也。○上章既成絺綌之服矣。此章遂告其師氏。使告于君子以將歸寧之意。且曰盍治其私服之污。而澣其禮服之衣乎。何者當澣。而何者可以未澣乎。我將服之以歸寧於父母矣。

葛覃三章。章六句。此詩后妃所自作。故無贊美之辭。然於此可以見其已貴而能勤。已富而能儉。已長而敬不弛於師傅。已嫁而孝不衰於父母。是皆德之厚。而人所難也。小序以為后妃之本。庶幾近之。

采采卷耳上聲不盈頃音傾筐嗟我懷人寘彼周行。叶戶郎反○賦也。采采非一采也。卷耳枲耳，葉如鼠耳，叢生如盤。頃欹也。筐竹器。懷思也。人蓋謂文王也。寘舍也。周行大道也。○后妃以君子不在而思念之，故賦此詩。託言方采卷耳，未滿頃筐，而心適念其君子，故不能復采，而寘之大道之旁也。○陟彼崔音摧嵬音巍我馬虺音灰隤音頹我姑酌彼金罍維以不永懷。叶胡隈反○賦也。陟升也。崔嵬上山之戴石者。虺隤馬罷不能升高之病。姑且也。罍酒器，刻為雲雷之象，以黃金飾之。永長也。○此又託言欲登此崔嵬之山，以望所懷之人而往從之，則馬罷病而不能進，於是且酌金罍之酒，而欲其不至於長以為念也。○陟彼高岡，我馬玄黃。我姑酌彼兕音似觥音肱叶古黃反維以不永傷。賦也。山脊曰岡。玄黃玄馬而黃，病極而變色也。兕野牛，一角，青色，重千斤。觥爵也，以兕角為爵也。○陟彼砠音疽矣，我馬瘏音塗矣，我僕痡音敷矣，云何吁矣。賦也。石山戴土曰砠。瘏馬病不能進也。痡人病不能行也。吁憂歎也。爾雅注引此作盱，張目望遠也。詳見何人斯篇。

卷耳四章，章四句。此亦后妃所自作，可以見其貞靜專一之至矣。豈當文王朝會征伐之時，羑里拘幽之日而作歟？然不可考矣。

南有樛音鳩木，葛藟音壘纍音雷之。樂音洛只音紙君子，福履綏之。興也。南南山也。木下曲曰樛。藟葛類。纍猶繫也。只語助辭。君子自眾妾而指后妃，猶言小君內子也。履祿。綏安也。○后妃能逮下而無嫉妒之心，故眾妾樂其德而稱願之曰：南有樛木，則葛藟纍之矣；樂只君子，則福履綏之矣。○南有樛木，葛藟荒之。樂只君子，福履將之。興也。荒奄也。將猶扶助也。○南有樛木，葛藟縈烏營反之。樂只君子，福履成之。興也。縈旋。成就也。

樛木三章，章四句。

螽音終斯羽，詵詵音莘兮。宜爾子孫，振振音真兮。比也。螽斯蝗屬，長而青，長角長股，能以股相切作聲，一生九十九子。詵詵和集貌。爾指螽斯也。振振盛貌。○比者以彼物比此物也。后妃不妒忌而子孫眾多，故眾妾以螽斯之羣䖏和集而子孫眾多比之，言其有是德而宜有是福也。後凡言比者放此。○螽斯羽，薨薨兮。宜爾子孫，繩繩兮。比也。薨薨羣飛聲。繩繩不絕貌。○螽斯羽，揖揖音緝兮。宜爾子孫，蟄蟄兮。比也。揖揖會聚也。蟄蟄亦多意。

螽斯三章，章四句。

桃之夭夭音腰，灼灼其華音花。之子于歸，宜其室家。興也。桃木名，華紅，實可食。夭夭少好之貌。灼灼華之盛也。木少則華盛。之子是子也，此指嫁者而言也。婦人謂嫁曰歸。周禮仲春令會男女，然則桃之有華，正婚姻之時也。宜者和順之意。室謂夫婦所居，家謂一門之內。○文王之化，自家而國，男女以正，婚姻以時，故詩人因所見以起興而歎其女子之賢。知其必有以宜其室家也。○桃之夭夭。有蕡音文其實。之子于歸。宜其家室。興也。蕡。實之盛也。家室。猶室家也。○桃之夭夭。其葉蓁蓁。音臻之子于歸。宜其家人。興也。蓁蓁。葉之盛也。家人。一家之人也。

桃夭三章。章四句。

肅肅兔罝。音嗟又子余反與夫叶椓之丁丁。音爭赳赳武夫。公侯干城。興也。肅肅。整飭貌。罝。罟也。丁丁。椓杙聲也。赳赳。武貌。干。盾也。干城。皆所以扞外而衛內者。○化行俗美。賢才衆多。雖罝兔之野人。而其才之可用猶如此。故詩人因其所事以起興而美之。而文王德化之盛。因可見矣。○肅肅兔罝。施于中逵。赳赳武夫。公侯好仇。叶渠之反。○興也。逵。九逵之道。仇。與逑同。匡衡引關雎亦作仇字。公侯善匹。猶曰聖人之耦。則非特干城而已。歎美之無已也。下章放此。○肅肅兔罝。施于中林。赳赳武夫。公侯腹心。興也。中林。林中。腹心。同心同德之謂。則又非特好仇而已也。

兔罝三章。章四句。

采采芣音浮苢。音以薄言采叶此禮反之。采采芣苢。薄言有叶羽已反之。賦也。芣苢。車前也。大葉長穗。好生道旁。采。始求之也。有。既得之也。○化行俗美。家室和平。婦人無事。相與采此芣苢。而賦其事以相樂也。采之未詳何用。或曰。其子治產難。○采采芣苢。薄言掇都奪反之。采采芣苢。薄言捋力活反之。賦也。掇。拾也。捋。取其子也。○采采芣苢。薄言袺音結之。采采芣苢。薄言襭音纈之。賦也。袺。以衣貯之而執其衽也。襭。以衣貯之而扱其衽於帶間也。

芣苢三章。章四句。

南有喬木。不可休息。漢有游女。不可求思。漢之廣叶古曠反矣。不可泳叶于誑反思。江之永叶弋亮反矣。不可方叶甫妄反思。興而比也。上竦無枝曰喬。思。語辭也。篇內同。漢水出興元府嶓冢山。至漢陽軍大別山入江。江漢之俗。其女好游。漢魏以後猶然。如大堤之曲可見也。泳。潛行也。江水出永康軍岷山。東流與漢水合。東北入海。永。長也。方。桴也。○文王之化。自近而遠。先及於江漢之間。而有以變其淫亂之俗。故其出游之女。人望見之。而知其端莊靜一。非復前日之可求矣。因以喬木起興。江漢爲此。而反復詠歎之也。○翹翹音喬錯薪。言刈其楚。之子于歸。言秣其馬。叶滿補反漢之廣矣。不可泳思。江之永矣。不可方思。興而比也。翹翹。秀起之貌。錯。雜也。楚。木名。荊屬。之子。指游女也。秣。飼也。○以錯薪起興而欲秣其馬。則悅之至。以江漢爲比而歎其終不可求。則敬之深。○翹翹錯薪。言刈其蔞。[音閭]之子于歸。言秣其駒。漢之廣矣。不可泳思。江之永矣。不可方思。[興而比也。]

蔞。蔞蒿也。葉似艾。青白色。長數寸。生水澤中。駒。馬之小者。

漢廣三章章八句。

遵彼汝墳。伐其條枚。[音梅]未見君子。惄[音溺]如調[音周]飢。賦也。遵。循也。汝水出汝州天息山。徑蔡潁州入淮。墳。大防也。枝曰條。幹曰枚。惄。飢意也。調。一作輖。重也。○汝旁之國。亦先被文王之化者。故婦人喜其君子行役而歸。因記其未歸之時。思望之情如此。而追賦之也。○遵彼汝墳。伐其條肄。[音異]既見君子。不我遐棄。賦也。斬而復生曰肄。遐。遠也。○伐其枚而又伐其肄。則踰年矣。至是乃見其君子之歸。而喜其不遠棄我也。○魴[音房]魚赬[音檉]尾。王室如燬。[音毀下同]雖則如燬。父母孔邇。比也。魴。魚名。身廣而薄。少力細鱗。赬。赤也。魚勞則尾赤。魴尾本白而今赤。則勞甚矣。王室。指紂所都也。燬。焚也。父母。指文王也。孔。甚。邇。近也。○是時文王三分天下有其二。而率商之叛國以事紂。故汝墳之人。猶以文王之命供紂之役。其家人見其勤苦而勞之曰。汝之勞既如此。而王室之政方酷烈而未已。雖其酷烈而未已。然文王之德如父母然。望之甚近。亦可以忘其勞矣。此序所謂婦人能閔其君子。猶勉之以正者。蓋曰雖其別離之久。思念之深。而其所以相告語者。猶有尊君親上之意。而無情愛狎昵之私。則其德澤之深。風化之美。皆可見矣。一說。父母甚近。不可以懈於王事而貽其憂。亦通。

汝墳三章章四句。

麟之趾。振振[音眞]公子。[叶奬里反]于[音吁]嗟麟兮。興也。麟。麕身牛尾馬蹄。毛蟲之長也。趾。足也。麟之足。不踐生草。不履生蟲。振振。仁厚貌。于嗟。歎辭。○文王后妃德脩于身。而子孫宗族皆化於善。故詩人以麟之趾興公之子。言麟性仁厚。故其趾亦仁厚。文王后妃仁厚。故其子亦仁厚。然言之不足。故又嗟歎之。言是乃麟也。何必麕身牛尾而馬蹄。然後爲王者之瑞哉。○麟之定。[音訂]振振公姓。于嗟麟兮。興也。定。額也。麟之額未聞。或曰有額而不以抵也。公姓。公孫也。姓之爲言生也。○麟之角。[叶盧谷反]振振公族。于嗟麟兮。興也。麟一角。角端有肉。公族。公同高祖。祖廟未毀。有服之親。

麟之趾三章章三句。序以爲關雎之應得之。

周南之國十一篇三十四章百五十九句。按此篇首五詩。皆言后妃之德。關雎舉其全體而言也。葛覃卷耳。言其志行之在己。樛木螽斯。美其德惠之及人。皆指其一事而言也。其辭雖主於后妃。然其實則皆所以著明文王身脩家齊之效也。至於桃夭兔罝芣苢。則家齊而國治之效。漢廣汝墳。則以南國之詩附焉。

而見天下已有可平之漸矣。若麟之趾。則又王者之瑞。有非人力所致而自至者。故復以是終焉。而序者以爲關雎之應也。夫其所以至此。后妃之德。固不爲無所助矣。然妻道無成。則亦豈得而專之哉。今言詩者。或乃專美后妃。而不本於文王。其亦誤矣。

名南一之二

名。地名。名公奭之采邑也。舊說扶風雍縣南有名亭。即其地。今雍縣析爲岐山天興二縣。未知名亭的在何縣。餘已見周南篇。

維鵲有巢。維鳩居叶姬御反之。之子于歸。百兩如字又音亮御音迓叶魚據反之。興也。鵲鳩皆鳥名。鵲善爲巢。其巢最爲完固。鳩性拙不能爲巢。或有居鵲之成巢者。之子。指夫人也。兩。一車也。一車兩輪。故謂之兩。御。迎也。諸侯之子嫁於諸侯。送御皆百兩也。○南國諸侯被文王之化。能正心脩身以齊其家。其女子亦被后妃之化。而有專靜純一之德。故嫁於諸侯。而其家人美之曰。維鵲有巢。則鳩來居之。是以之子于歸。而百兩迎之也。此詩之意。猶周南之有關雎也。○維鵲有巢。維鳩方之。之子于歸。百兩將之。興也。方。有之也。將。送也。○維鵲有巢。維鳩盈之。之子于歸。百兩成之。興也。盈。滿也。謂衆媵姪娣之多。成。成其禮也。

鵲巢三章。章四句。

于以采蘩。于沼于沚。于以用之。公侯之事。叶上止反。○賦也。于。於也。蘩。白蒿也。沼。池也。沚。渚也。事。祭事也。○南國被文王之化。諸侯夫人能盡誠敬以奉祭祀。而其家人敘其事以美之也。或曰。蘩所以生蠶。蓋古者后夫人有親蠶之禮。此詩亦猶周南之有葛覃也。○于以采蘩。于澗之中。于以用之。公侯之宮。賦也。山夾水曰澗。宮。廟也。或曰。即記所謂公桑蠶室也。○被音備之僮僮音同。夙夜在公。被之祁祁。薄言還音旋歸。賦也。被。首飾也。編髮爲之。僮僮。竦敬也。夙。早也。公。公所也。祁祁。舒遲貌。去事有儀也。祭義曰。及祭之後。陶陶遂遂。如將復入然。不欲遽去。愛敬之無已也。或曰。公。即所謂公桑也。

采蘩三章。章四句。

喓喓音腰草蟲。趯趯阜螽。未見君子。憂心忡忡音充。亦既見止。亦既覯止。我心則降。音杭叶乎攻反。○賦也。喓喓。聲也。草蟲。蝗屬。奇音青色。趯趯。躍貌。阜螽。蠜也。忡忡。猶衝衝也。止。語辭。覯。遇。降。下也。○南國被文王之化。諸侯大夫行役在外。其妻獨居。感時物之變。而思其君子如此。亦若周南之卷耳也。○陟彼南山。言采其蕨。未見君子。憂心惙惙音拙。亦既見止。亦既覯止。我心則說。音悅。○賦也。登山蓋託以望君子。蕨。鼈也。初生無葉時可食。亦感時物之變也。惙。憂貌。○陟彼南山。言采其薇。未見君子。我心傷悲。亦既見止。亦既覯止。我心則夷。賦也。薇。似蕨而差大。有芒而味苦。山間人食之。謂之迷蕨。胡氏曰。疑即莊子所謂迷陽者。夷。平也。

草蟲三章。章七句。

于以采蘋。南澗之濱。于以采藻。于彼行潦。音老。○賦也。蘋水上浮萍也。江東人謂之薸。濱厓也。藻聚藻也。生水底。莖如釵股。葉如蓬蒿。行潦流潦也。○南國被文王之化。大夫妻能奉祭祀。而其家人敘其事以美之也。○于以盛音成之。維筐及筥。音舉于以湘之。維錡音蟻及釜。音父。○賦也。方曰筐。圓曰筥。湘烹也。蓋粗熟而淹以為菹也。錡釜屬。有足曰錡。無足曰釜。○此足以見其循序有常。嚴敬整飭之意。○于以奠之。宗室牖下。叶後五反誰其尸之。有齊音齋季女。賦也。奠置也。宗室大宗之廟也。大夫士祭於宗室。牖下室西南隅。所謂奧也。尸主也。齊敬貌。季少也。祭祀之禮。主婦主薦豆。實以菹醢。少而能敬。尤見其質之美。而化之所從來者遠矣。

采蘋三章。章四句。

蔽芾音廢甘棠。勿翦勿伐。召伯所茇。音鈸。○賦也。蔽芾盛貌。甘棠杜梨也。白者為棠。赤者為杜。翦翦其枝葉也。伐伐其條幹也。伯方伯也。茇草舍也。○召伯循行南國以布文王之政。或舍甘棠之下。其後人思其德。故愛其樹而不忍傷也。○蔽芾甘棠。勿翦勿敗。叶蒲寐反召伯所憩。音器。○賦也。敗折。憩息也。勿敗則非特勿伐而已。愛之愈久而愈深也。下章放此。○蔽芾甘棠。勿翦勿拜。叶變制反召伯所說。音稅。○賦也。拜屈。說舍也。勿拜則非特勿敗而已。

甘棠三章。章三句。

厭入聲浥音邑行露。豈不夙夜。叶羊茹反謂行多露。賦也。厭浥濕意。行道。夙早也。○南國之人。遵召伯之教。服文王之化。有以革其前日淫亂之俗。故女子有能以禮自守。而不為強暴所汙者。自述己志。作此詩以絕其人。言道間之露方濕。我豈不欲早夜而行乎。畏多露之沾濡而不敢爾。蓋以女子早夜獨行。或有強暴侵陵之患。故託以行多露而畏其沾濡也。○誰謂雀無角。叶盧谷反何以穿我屋。誰謂女音汝無家。叶音谷何以速我獄。雖速我獄。室家不足。興也。家謂以媒聘求為室家之禮也。速召致也。○貞女之自守如此。然猶或見訟而召致於獄。因自訴而言。人皆謂雀有角。故能穿我屋。以興人皆謂汝於我。嘗有求為室家之禮。故能致我於獄。然不知汝雖能致我於獄。而求為室家之禮。初未嘗備。如雀雖能穿屋。而實未嘗有角也。○誰謂鼠無牙。叶五紅反何以穿我墉。誰謂女無家。叶各空反何以速我訟。叶祥容反雖速我訟。亦不女從。興也。牙牡齒也。墉牆也。○言汝雖能致我於訟。然其求為室家之禮。有所不足。則我亦終不汝從矣。

行露三章。一章三句。二章章六句。

羔羊之皮。叶蒲何反素絲五紽。音駝退食自公。委音威蛇音移。叶唐何反委蛇。賦也。小曰羔。大曰羊。皮所以為裘。大夫燕居之服。素白也。紽未詳。蓋以絲飾裘之名也。退食，退朝而食於家也。自公，從公門而出也。委蛇，自得之貌。○南國化文王之政，在位皆節儉正直，故詩人美其衣服有常，而從容自得如此也。○**羔羊之革。**叶訖力反**素絲五緎。**音域**委蛇委蛇。自公退食。**賦也。革，猶皮也。緎，裘之縫界也。○**羔羊之縫。**音逢**素絲五總。**音宗**委蛇委蛇。退食自公。**賦也。縫，縫皮合之以為裘也。總，亦未詳。

羔羊三章，章四句。

殷音隱**其靁。在南山之陽。何斯違斯。莫敢或遑。振振**音真**君子。歸哉歸哉。**興也。殷，靁聲也。山南曰陽。何斯，斯此人也。違斯，斯此所也。遑，暇也。振振，信厚也。○南國被文王之化，婦人以其君子從役在外而思念之，故作此詩。言殷殷然靁聲，則在南山之陽矣。何此君子獨去此而不敢少暇乎。於是又美其德，且冀其早畢事而還歸也。○**殷其靁。在南山之側。**叶莊力反**何斯違斯。莫敢遑息。振振君子。歸哉歸哉。**興也。息，止也。○**殷其靁。在南山之下。**叶後五反**何斯違斯。莫或遑處。**上聲**振振君子。歸哉歸哉。**興也。

殷其靁三章，章六句。

摽音殍**有梅。其實七兮。求我庶士。迨其吉兮。**賦也。摽，落也。梅，木名。華白，實似杏而酢。庶，眾。迨，及也。吉，吉日也。○南國被文王之化，女子知以貞信自守，懼其嫁不及時，而有強暴之辱也。故言梅落而在樹者少，以見時過而太晚矣。求我之眾士，其必有及此吉日而來者乎。○**摽有梅。其實三兮。**叶疏簪反**求我庶士。迨其今兮。**賦也。梅在樹者三，則落者又多矣。今，今日也。蓋不待吉矣。○**摽有梅。頃**音傾**筐塈**許器反**之。求我庶士。迨其謂之。**賦也。塈，取也。頃筐取之，則落之盡矣。謂之，則但相告語而約可定矣。

摽有梅三章，章四句。

嘒音嚖**彼小星。三五在東。肅肅宵征。夙夜在公。寔命不同。**興也。嘒，微貌。三五，言其稀。蓋初昏或將旦時也。肅肅，齊遬貌。宵，夜。征，行也。寔與實同。命，謂天所賦之分也。○南國夫人承后妃之化，能不妒忌以惠其下，故其眾妾美之如此。蓋眾妾進御於君，不敢當夕，見星而往，見星而還，故因所見以起興。其於義無所取，特取在東、在公兩字之相應耳。遂言其所以如此者，由其所賦之分不同於貴者，是以深以得御於君為夫人之惠，而不敢致怨於往來之勤也。○**嘒彼小星。維參**所森反**與昴。**叶力求反**肅肅宵征。抱衾與裯。**音儔**寔命不猶。**興也。參、昴，西方二宿之名。衾，被也。裯，禪被也。興亦取與昴與裯二字相應。猶，亦同也。

小星二章。章五句。呂氏曰。夫人無妒忌之行。而賤妾安於其命。所謂上好仁而下必好義者也。

江有汜。音祀叶羊里反之子歸。不我以。不我以。其後也悔。叶虎洧反。○興也。水決復入爲汜。今江陵漢陽安復之間。蓋多有之。之子。媵妾指嫡妻而言也。婦人謂嫁曰歸。我。媵自我也。能左右之曰以。謂挾巳而偕行也。○是時汜水之旁。媵有待年於國。而嫡不與之偕行者。其後嫡被后妃夫人之化。乃能自悔而迎之。故媵見江水之有汜。而因以起興。言江猶有汜。而之子之歸。乃不我以。雖不我以。然其後也亦悔矣。○江有渚。之子歸。不我與。不我與。其後也處。興也。渚。小洲也。水岐成渚。與。猶以也。處。安也。得其所安也。○江有沱。音跎之子歸。不我過。音戈不我過。其嘯也歌。興也。沱。江之別者。過。謂過我而與俱也。嘯。蹙口出聲以舒憤懣之氣。言其悔時也。歌。則得其所處而樂也。

江有汜三章。章五句。陳氏曰。小星之夫人。惠及媵妾。而媵妾盡其心。江沱之嫡。惠不及媵妾。而媵妾不怨。蓋父雖不慈。子不可以不孝。各盡其道而已矣。

野有死麕。俱倫反白茅包之。叶補苟反有女懷春。吉士誘之。興也。麕。獐也。鹿屬。無角。懷春。當春而有懷也。吉士。猶美士也。○南國被文王之化。女子有貞潔自守。不爲強暴所污者。故詩人因所見以興其事而美之。或曰賦也。言美士以白茅包其死麕。而誘懷春之女也。○林有樸蒲木反樕。音速野有死鹿。白茅純音豚束。有女如玉。興也。樸樕。小木也。鹿。獸名。有角。純束。猶包之也。如玉者。美其色也。上三句興下一句也。或曰賦也。言以樸樕藉死鹿。束以白茅。而誘此如玉之女也。○舒而脫脫音兌兮。無感我帨音稅兮。無使尨美邦反也吠。符廢反。○賦也。舒。遲緩也。脫脫。舒緩貌。感。動。帨。巾。尨。犬也。○此章乃述女子拒之之辭。言姑徐徐而來。毋動我之帨。毋驚我之犬。以甚言其不能相及也。其凜然不可犯之意。蓋可見矣。

野有死麕三章。二章章四句。一章三句。

何彼襛音濃與雝叶矣。唐棣音第之華。曷不肅雝。王姬之車。興也。襛。盛也。猶曰戎戎也。唐棣。栘也。似白楊。肅。敬。雝。和也。周王之女姬姓。故曰王姬。○王姬下嫁於諸侯。車服之盛如此。而不敢挾貴以驕其夫家。故見其車者。知其能敬且和以執婦道。於是作詩以美之曰。何彼戎戎而盛乎。乃唐棣之華也。此何不肅肅而敬。雝雝而和乎。乃王姬之車也。此乃武王以後之詩。不可的知其何王之世。然文王大姒之教。久而不衰。亦可見矣。○何彼襛矣。華如桃李。平王之孫。齊侯之子。叶獎里反。○興也。李。木名。華白。實可食。舊說。平。正也。武王女。文王孫。適齊侯之子。或曰。平王。即平王宜臼。齊侯。即襄公諸兒。事見春秋。未知孰是。○以桃李二物。興男女二人也。○其釣維何。維絲伊緡。齊侯之子。平王之孫。叶須倫反。○興也。伊。亦維也。緡。綸也。絲之合而爲綸。猶男女之合而爲昏也。

何彼穠矣三章。章四句。

彼茁音拙者葭。音加壹發五豝。音巴于音吁嗟乎騶虞。叶音牙。○賦也。茁。生出壯盛之貌。葭。蘆也。亦名葦。發矢。豝。牡豕也。一發五豝。猶言中必疊雙也。騶虞。獸名。白虎黑文。不食生物者也。○南國諸侯承文王之化。脩身齊家以治其國。而其仁民之餘恩。又有以及於庶類。故其春田之際。草木之茂。禽獸之多。至於如此。而詩人述其事以美之。且歎之曰。此其仁心自然。不由勉強。是即眞所謂騶虞矣。○彼茁者蓬。壹發五豵。音宗于嗟乎騶虞。叶五紅反。○賦也。蓬。草名。一歲曰豵。亦小豕也。

騶虞二章。章三句。文王之化。始於關雎。而至於麟趾。則其化之入人者深矣。形於鵲巢。而及於騶虞。則其澤之及物者廣矣。蓋意誠心正之功。不息而久。則其熏蒸透徹。融液周徧。自有不能已者。非智力之私所能及也。故序以騶虞爲鵲巢之應。而見王道之成。其必有所傳矣。

召南之國十四篇。四十章。百七十七句。愚按鵲巢至采蘋。言夫人大夫妻。以見當時國君大夫被文王之化。而能脩身以正其家也。甘棠以下。又見由方伯能布文王之化。而國君能脩之家以及其國也。其辭雖無及於文王者。然文王明德新民之功。至是而其所施者溥矣。抑所謂其民皥皥而不知爲之者與。唯何彼穠矣之詩。爲不可曉。當闕所疑耳。○周南召南二國。凡二十五篇。先儒以爲正風。今姑從之。○孔子謂伯魚曰。女爲周南召南矣乎。人而不爲周南召南。其猶正牆面而立也與。○儀禮鄉飲酒鄉射燕禮。皆合樂周南關雎葛覃卷耳。召南鵲巢采蘩采蘋。燕禮又有房中之樂。鄭氏注曰。弦歌周南召南之詩。而不用鐘磬。云房中者。后夫人之所諷誦以事其君子。○程子曰。天下之治。正家爲先。天下之家正。則天下治矣。二南。正家之道也。陳后妃夫人大夫妻之德。推之士庶人之家一也。故使邦國至於鄉黨皆用之。自朝廷至於委巷。莫不謳吟諷誦。所以風化天下。

詩經卷之二

邶一之三

邶鄘衛三國名。在禹貢冀州。西阻太行。北逾衡漳。東南跨河。以及兖州桑土之野。及商之季。而紂都焉。武王克商。分自紂城。朝歌而北謂之邶。南謂之鄘。東謂之衛。以封諸侯。邶鄘不詳其始封。衛則武王弟康叔之國也。衛本都河北。朝歌之東。淇水之北。百泉之南。其後不知何時并得邶鄘之地。至懿公為狄所滅。戴公東徙渡河。野處漕邑。文公又徙居于楚丘。朝歌故城在今衛州衛縣西二十二里。所謂殷墟。衛故都即今衛縣。漕楚丘皆在滑州。大抵今懷衛澶相滑濮等州。開封大名府界。皆衛境也。但邶鄘地既入衛。其詩皆為衛事。而猶繫其故國之名。則不可曉。而舊說以此下十三國皆為變風焉。

汎芳梵反彼柏舟。亦汎其流。耿耿古幸反不寐。如有隱憂。微我無酒。以敖音翱以遊。比也。汎流貌。柏木名。耿耿小明。憂之貌也。隱痛也。微猶非也。○婦人不得於其夫。故以柏舟自比。言以柏為舟。堅緻牢實。而不以乘載。無所依薄。但汎然於水中而已。故其隱憂之深如此。非為無酒可以敖遊而解之也。列女傳以此為婦人之詩。今考其辭氣卑順柔弱。且居變風之首。而與下篇相類。豈亦莊姜之詩也歟。○我心匪鑒。不可以茹。音孺亦有兄弟。不可以據。薄言往愬。逢彼之怒。賦也。鑒鏡。茹度。據依。愬告也。○言我心既匪鑒而不能度物。雖有兄弟。而又不可依以為重。故往告之而反遭其怒也。○我心匪石。不可轉也。我心匪席。不可卷音捲也。威儀棣棣。不可選也。賦也。棣棣富而閑習之貌。選簡擇也。○言石可轉。而我心不可轉。席可卷。而我心不可卷。威儀無一不善。又不可得而簡擇取舍。皆自反而無闕之意。○憂心悄悄。七小反慍于羣小。覯音垢閔既多。受侮不少。靜言思之。寤辟音闢有摽。音殍○賦也。悄悄憂貌。慍怒意。羣小衆妾也。言見怒於衆妾也。覯見。閔病也。辟拊心也。摽拊心貌。○日居月諸。胡迭音垤而微。心之憂矣。如匪澣音緩衣。靜言思之。不能奮飛。比也。居諸語辭。迭更。微虧也。匪澣衣。謂垢汙不濯之衣。奮飛如鳥奮翼而飛去也。○言日當常明。月則有時而虧。猶正嫡當尊。衆妾當卑。今衆妾反勝正嫡。是日月更迭而虧。是以憂之至於煩冤憤眊。如衣不澣之衣。恨不能奮起而飛去也。

柏舟五章。章六句。

綠兮衣兮。綠衣黃裏。心之憂矣。曷維其已。比也。綠蒼勝黃之閒色。黃中央土之正色。閒色賤而以為衣。正色貴而以為裏。言皆失其所也。已止也。○莊公惑於嬖妾。夫人莊姜賢而失位。故作此詩。言綠衣黃裏。以比賤妾尊顯而正嫡幽微。使我憂之不能自已也。○綠兮衣兮。綠衣黃裳。心之憂矣。曷維其亡。比也。上曰衣。下曰裳。記曰。衣正色。裳閒色。今以綠為衣。而黃者自裏轉而為裳。其失所益甚矣。亡之為言忘也。○綠兮絲兮。女音汝所治平聲兮。我思古人。俾無訧。音尤叶于其反兮。比也。女指其君子而言也。治謂理而織之也。俾使。訧過也。○言綠方爲絲。而女又治之。以比妾方少艾。而女又嬖之也。然則我將如之何哉。亦思古人有嘗遭此而善處之者。以自勵焉。使不至於有過而已。○絺兮綌兮。淒音妻其以風。叶孚愔反我思古人。實獲我心。比也。淒寒風也。○絺綌而遇寒風。猶己之過時而見棄也。故思古人之善處此者。眞能先得我心之所求也。

綠衣四章。章四句。莊姜事見春秋傳。此詩無所考。姑從序說。下三篇同。

燕燕于飛。差初宜反池其羽。之子于歸。遠送于野。瞻望弗及。泣涕如雨。興也。燕。鳦也。謂之燕燕者。重言之也。差池。不齊之貌。之子。指戴嬀也。歸。大歸也。○莊姜無子。以陳女戴嬀之子完爲己子。莊公卒。完卽位。嬖人之子州吁弒之。故戴嬀大歸于陳。而莊姜送之。作此詩也。○燕燕于飛。頡與絜同之頏與杭同之。之子于歸。遠于將之。瞻望弗及。佇立以泣。興也。飛而上曰頡。飛而下曰頏。將。送也。佇立。久立也。○燕燕于飛。下上上聲其音。之子于歸。遠送于南。瞻望弗及。實勞我心。興也。鳴而上曰上音。鳴而下曰下音。送于南者。陳在衛南。○仲氏任平聲只。音紙其心塞淵。叶一均反終溫且惠。淑慎其身。先君之思。以勖寡人。賦也。仲氏。戴嬀字也。以恩相信曰任。只。語辭。塞。實。淵。深。終。竟。溫。和。惠。順。淑。善也。先君。謂莊公也。勖。勉也。寡人。寡德之人。莊姜自稱也。○言戴嬀之賢如此。又以先君之思勉我。使我常念之而不失其守也。楊氏曰。州吁之暴。桓公之死。戴嬀之去。皆夫人失位。不見答於先君所致也。而戴嬀猶以先君之思勉其夫人。眞可謂溫且惠矣。

燕燕四章。章六句。

日居月諸。照臨下土。乃如之人兮。逝不古處。胡能有定。寧不我顧。叶果五反。○賦也。日居月諸。呼而訴之也。之人。指莊公也。逝。發語辭。古處未詳。或云以古道相處也。胡寧。皆何也。○莊姜不見答於莊公。故呼日月而訴之。言日月之照臨下土久矣。今乃有如是之人。而不以古道相處。是其心志回惑。亦何能有定哉。而何爲其獨不我顧也。見棄如此。而猶有望之之意焉。此詩之所以爲厚也。○日居月諸。下土是冒。乃如之人兮。逝不相好。呼報反胡能有定。寧不我報。賦也。冒。覆也。報。答也。○日居月諸。出自東方。乃如之人兮。德音無良。胡能有定。俾也可忘。賦也。日旦必出東方。月望亦出東方。德音。美其辭。無良。醜其實也。俾也可忘。言何獨使我爲可忘者邪。○日居月諸。東方自出。父兮母兮。畜我不卒。胡能有定。報我不述。賦也。畜。養。卒。終也。不得其夫。而歎父母養我之不終。蓋憂患疾痛之極。嗟呼父母。人之至情也。述。循也。言不循義理也。

日月四章。章六句。此詩當在燕燕之前。下篇放此。

終風且暴。顧我則笑。叶音燥 謔浪笑敖。謔許約反 敖音傲 中心是悼。比也。終風。終日風也。暴。疾也。謔。戲言也。浪。放蕩也。悼。傷也。○莊公之爲人。狂蕩暴疾。莊姜蓋不忍斥言之。故但以終風且暴爲比。言雖其狂暴如此。然亦有顧我則笑之時。但皆出於戲慢之意。而無愛敬之誠。則又使我不敢言。而心獨傷之耳。蓋莊公暴慢無常。而莊姜正靜自守。所以忤其意而不見答也。○終風且霾。與埋同 惠然肯來。莫往莫來。悠悠我思。比也。霾。雨土蒙霧也。惠。順也。悠悠。思之長也。○終風且霾。以比莊公之狂惑也。雖云狂惑。然亦或惠然而肯來。但又有莫往莫來之時。則使我悠悠而思之。望其君子之深。厚之至也。○終風且曀。與縊同 不日有曀。寤言不寐。願言則嚏。音帝同。○比也。陰而風曰曀。有。又也。不日有曀。言既曀矣。不旋日而又曀也。亦比人之狂惑暫開而復蔽也。願。思也。嚏。鼽嚏也。人氣感傷閉鬱。又爲風霧所襲。則有是疾也。○曀曀其陰。虺虺其靁。寤言不寐。願言則懷。比也。曀曀。陰貌。虺虺。靁將發而未震之聲。以比人之狂惑愈深而未已也。懷。思也。

終風四章。章四句。說見上。

擊鼓其鏜。與湯同 踊躍用兵。土國城漕。我獨南行。賦也。鏜。擊鼓聲也。踊躍。坐作擊刺之狀也。兵。謂戈戟之屬。土。土功也。國。國中也。漕。衛邑名。○衛人從軍者自言其所爲。因言衛國之民。或役土功於國。或築城於漕。而我獨南行。有鋒鏑死亡之憂。危苦尤甚也。○從孫子仲。平陳與宋。不我以歸。憂心有忡。與充同 ○賦也。孫。氏。子仲。字。時軍帥也。平。和也。合二國之好也。舊說以此爲春秋隱公四年。州吁自立之時。宋衛陳蔡伐鄭之事。恐或然也。以。猶與也。言不與我而歸也。○爰居爰處。爰喪其馬。喪息浪反 于以求之。于林之下。賦也。爰。於也。於是居。於是處。於是喪其馬。而求之於林下。見其失伍離次。無闘志也。○死生契闊。與挈同 與子成說。執子之手。與子偕老。賦也。契闊。隔遠之意。成說。謂成其約誓之言。○從役者念其室家。因言始爲室家之時。期以死生契闊。不相忘棄。又相與執手。而期以偕老也。○于嗟闊兮。于音吁 下同 不我活兮。于嗟洵兮。洵音荀 不我信兮。叶師人反 賦也。于嗟。歎辭。闊。契闊也。活。生。洵。信也。信。與申同。○言昔者契闊之約如此。而今不得活。偕老之信如此。而今不得伸。意必死亡。不復得與其室家遂前約之信也。

擊鼓五章。章四句。

凱風自南。吹彼棘心。棘心夭夭。與腰同 母氏劬勞。叶音僚 ○比也。南風謂之凱風。長養萬物者也。棘。小木。叢生多刺。難長。而心又其稚弱而未成者也。夭夭。少好貌。劬勞。病苦也。○衛之淫風流行。雖有七子之母。猶不能安其室。故其子作此詩。以凱風比母。棘心比子之幼時。蓋曰。母生衆子。幼而育之。其劬勞甚矣。本其始而言。以起自責之端也。

○凱風自南。吹彼棘薪。母氏聖善。我無令人。興也。聖。叡。令。善也。○棘可以為薪。則成矣。然非美材。故以興子之壯大而無善也。復以聖善稱其母。而自謂無令人。其自責也深矣。

○爰有寒泉。在浚之下。叶後五反有子七人。母氏勞苦。興也。浚。衛邑。○諸子自責。言寒泉在浚之下。猶能有所滋益於浚。而有子七人。反不能事母。而使母至於勞苦乎。於是乃若微指其事。而痛自刻責。以感動其母心也。母以淫風流行。不能自守。而諸子自責。但以不能事母。使母勞苦為辭。婉辭幾諫。不顯其親之惡。可謂孝矣。下章放此。

○睍與澒同睆與莞同黃鳥。載好其音。有子七人。莫慰母心。興也。睍睆。清和圓轉之意。○言黃鳥猶能好其音以悅人。而我七子獨不能慰悅母心哉。

凱風四章。章四句。

雄雉于飛。泄泄與異同其羽。我之懷矣。自詒伊阻。興也。雉。野雞。雄者有冠。長尾。身有文采。善鬭。泄泄。飛之緩也。懷。思。詒。遺。阻。隔也。○婦人以其君子從役于外。故言雄雉之飛。舒緩自得如此。而我之所思者。乃從役于外。而自遺阻隔也。

○雄雉于飛。下上時掌反其音。展矣君子。實勞我心。興也。下上其音。言其飛鳴自得也。展。誠也。言誠又言實。所以甚言此君子之勞我心也。

○瞻彼日月。悠悠我思。叶新齎反道之云遠。曷云能來。叶陵之反。○賦也。悠悠。思之長也。見日月之往來。而思其君子從役之久也。

○百爾君子。不知德行。下孟反。叶戶郎反不忮與至同不求。何用不臧。賦也。百。猶凡也。忮。害。求。貪。臧。善也。○言凡爾君子。豈不知德行乎。若能不忮害。又不貪求。則何所為而不善哉。憂其遠行之犯患。冀其善處而得全也。

雄雉四章。章四句。

匏有苦葉。濟有深涉。深則厲。淺則揭。與器同。○比也。匏。瓠也。匏之苦者不可食。特可佩以渡水而已。然今尚有葉。則亦未可用之時也。濟。渡處也。行渡水曰涉。以衣而涉曰厲。褰衣而涉曰揭。○此刺淫亂之詩。言匏未可用。而渡處方深。行者當量其淺深而後可渡。以比男女之際。亦當量度禮義而行也。

○有瀰與米同濟盈。有鷕以小反雉鳴。濟盈不濡軌。與晷同。叶居有反雉鳴求其牡。比也。瀰。水滿貌。鷕。雌雉聲。軌。車轍也。飛曰雌雄。走曰牝牡。○夫濟盈必濡其轍。雉鳴當求其雄。此常理也。今濟盈而曰不濡軌。雉鳴而反求其牡。以比淫亂之人。不度禮義。非其配耦。而犯禮以相求也。

○雝雝鳴鴈。叶魚旰反旭許玉反日始旦。士如歸妻。迨冰未泮。賦也。雝雝。聲之和也。鴈。鳥名。似鵝。畏寒。秋南春北。旭日初出貌。昏禮納采用鴈。親迎以昏。而納采請期以旦。歸妻以冰泮。而納采請期迨冰未泮之時。○

言古人之於婚姻。其求之不暴。而節之以禮如此。以深刺淫亂之人也。○招招音韶舟子。叶獎里反人涉卬與昂同否。叶蒲美反人涉卬否。卬須我友。叶羽軌反○比也。招招。號召之貌。舟子。舟人主濟渡者。卬。我也。○舟人招人以渡。人皆從之。而我獨否者。待我友之招而後從之也。以比男女必待其配耦而相從。而刺此人之不然也。

匏有苦葉四章。章四句。

習習谷風。以陰以雨。黽勉同心。不宜有怒。叶暖五反采葑與封同采菲。與匪同無以下體。德音莫違。及爾同死。叶想止反。○比也。習習。和舒也。東風謂之谷風。葑。蔓菁也。菲。似葍。莖麤葉厚而長有毛。下體。根也。葑菲根莖皆可食。而其根則有時而美惡。德音。美譽也。○婦人爲夫所棄。故作此詩。以敘其悲怨之情。言陰陽和而後雨澤降。如夫婦和而後家道成。故爲夫婦者。當黽勉以同心。而不宜至於有怒。又言采葑菲者。不可以其根之惡。而棄其莖之美。如爲夫婦者。不可以其顏色之衰。而棄其德音之善。但德音之不違。則可以與爾同死矣。○行道遲遲。中心有違。不遠伊邇。薄送我畿。音祈誰謂荼音徒苦。其甘如薺。音泚宴爾新昏。如兄如弟。待禮反。○賦而比也。遲遲。舒行貌。違。相背也。畿。門內也。荼。苦菜。蓼屬也。詳見良耜。薺。甘菜。宴。樂也。新昏。夫所更娶之妻也。○言我之被棄。行於道路。遲遲不進。蓋其足欲前。而心有所不忍。如相背然。而故夫之送我。乃不遠而甚邇。亦至其門內而止耳。又言荼雖甚苦。反甘如薺。以比己之見棄。其苦有甚於荼。而其夫方且宴樂其新昏。如兄如弟而不見恤。蓋婦人從一而終。今雖見棄。猶有望夫之情。厚之至也。○涇以渭濁。湜湜音殖其沚。音止宴爾新昏。不我屑以。毋逝我梁。毋發我笱。與苟同我躬不閱。遑恤我後。胡口反。○比也。涇渭。二水名。涇水出今原州百泉縣笄頭山。東南至永興軍高陵入渭。渭水出渭州渭源縣鳥鼠山。至同州馮翊縣入河。湜湜。清貌。沚。水渚也。屑。潔。以。與。逝。之也。梁。堰石障水而空其中。以通魚之往來者也。笱。以竹爲器。而承梁之空以取魚者也。閱。容也。○涇濁渭清。然涇未屬渭之時。雖濁而未甚見。由二水既合。而清濁益分。然其別出之渚。流或稍緩。則猶有清處。婦人以自比其容貌之衰久矣。又以新昏形之。益見憔悴。然其心則固猶有可取者。但以故夫之安於新昏。故不以我爲潔而與之耳。又言毋逝我之梁。毋發我之笱。以比欲戒新昏。毋居我之處。毋行我之事。而又自思我身且不見容。何暇恤我已去之後哉。知不能禁。而絕意之辭也。○就其深矣。方之舟之。就其淺矣。泳之游之。何有何亡。黽勉求之。凡民有喪。匍音蒲匐蒲卜反救叶居尤反之。興也。方。桴。舟。船也。潛行曰泳。浮水曰游。匍匐。手足並行。急遽之甚也。○婦人自陳其治家勤勞之事。言我隨事盡其心力而爲之。深則方舟。淺則泳游。不計其有與亡。而勉強以求之。又周睦其鄰里鄉黨。莫不盡其道也。○不我能慉。與畜同反以我爲讎。既阻我德。賈音古用不售。與壽同市周反昔育恐育鞫。與菊同及爾顛覆。與福同既生既育。比予于毒。賦也。慉。養。阻。却。鞫。窮也。○承上章言我於女家勤勞如此。而女既不我養。而反以我爲仇讎。惟其心旣拒却我之善。故雖勤勞如此而不見取。如賈之不見售也。因念其昔時相與爲生。惟恐其生理窮盡。而及爾皆至於顚覆。今旣遂其生矣。乃反比我於毒而棄之乎。張子曰。育恐。謂生於恐懼之中。育鞫。謂生於困窮之際。亦通。○**我有旨蓄**。勅六反**亦以御**音語**冬。宴爾新昏。以我御窮。有洸**音光**有潰**。音繪**旣詒我肄**。音異**不念昔者。伊余來塈**。興也。旨。美。蓄。聚。御。當也。洸。武貌。潰。怒色也。肄。勞。塈。息也。○又言我之所以蓄聚美菜者。蓋欲以禦冬月乏無之時。至於春夏。則不食之矣。今君子安於新昏而厭棄我。是但使我禦其窮苦之時。至於安樂則棄之也。又言於我極其武怒。而盡遺我以勤勞之事。曾不念昔者我之來息時也。追言其始見君子之時。接禮之厚。怨之深也。

谷風六章。章八句。

式微式微。胡不歸。微君之故。胡爲乎中露。賦也。式。發語辭。微。猶衰也。再言之者。言衰之甚也。微。猶非也。中露。露中也。言有霑濡之辱而無所芘覆也。○舊說以爲黎侯失國而寓於衞。其臣勸之曰。衰微甚矣。何不歸哉。我若非以君之故。則亦胡爲而辱於此哉。○**式微式微。胡不歸。微君之躬。胡爲乎泥中。**賦也。泥中。言有陷溺之難而不見拯救也。

式微二章。章四句。此無所考。姑從序說。

旄丘之葛叶居謁反**兮。何誕**音憚**之節兮。叔兮伯**叶音逼**兮。何多日也。**興也。前高後下曰旄丘。誕。闊也。叔伯。衞之諸臣也。○舊說黎之臣子自言久寓於衞。時物變矣。故登旄丘之上。見其葛長大而節疎闊。因託以起興曰。旄丘之葛。何其節之闊也。衞之諸臣。何其多日而不見救也。此詩本責衞君。而但斥其臣。可見其優柔而不迫也。○**何其處也。必有與也。何其久**叶舉里反**也。必有以也。**賦也。處。安處也。與。與國也。以。他故也。○因上章何多日也而言。何其安處而不來。意必有與國相俟而俱來耳。又言何其久而不來。意其或有他故而不得來耳。詩之曲盡人情如此。○**狐裘蒙戎。匪車不東。叔兮伯兮。靡所與同。**賦也。大夫狐蒼裘。蒙戎。亂貌。言弊也。○又自言客久而裘弊矣。豈我之車不東告於女乎。但叔兮伯兮。不與我同心。雖往告之而不肯來耳。至是始微諷切之。或曰。狐裘蒙戎。指衞大夫而譏其憒亂之意。匪車不東。言非其車不肯東來救我也。但其人不肯與俱來耳。今按黎國在衞西。前說近是。○**瑣**音鎖**兮尾兮。流離之子。**叶獎里反**叔兮伯兮。褎**音又**如充耳。**賦也。瑣。細。尾。末也。流離。漂散也。褎。多笑貌。充耳。塞耳也。耳聾之人恒多笑。○言黎之君臣。流離瑣尾。若此其可憐也。而衞之諸臣。褎然如塞耳而無聞。何哉。至是然後盡其辭焉。流離患難之餘。而其言之有序而不迫如此。其人亦可知矣。

旄丘四章。章四句。說同上篇。

簡兮簡兮。方將萬舞。日之方中。在前上處。上聲○賦也。簡。簡易不恭之意。萬者。舞之總名。武用干戚。文用羽籥也。日之方中。在前上處。言當明顯之處。○賢者不得志而仕於伶官。有輕世肆志之心焉。故其言如此。若自譽而實自嘲也。○碩人俁俁。音語公庭萬舞。有力如虎。執轡如組。音祖○賦也。碩。大也。俁俁。大貌。轡。今之韁也。組。織絲爲之。言其柔也。御能使馬。則轡柔如組矣。○又自譽其才之無所不備。亦上章之意也。○左手執籥。音藥右手秉翟。音笛。叶直角反赫如渥音握赭。音者。叶陟略反公言錫爵。賦也。執籥秉翟者。文舞也。籥。如笛而六孔。或曰三孔。翟。雉羽也。赫。赤貌。渥。厚漬也。赭。赤色也。言其顏色之充盛也。公言錫爵。即儀禮燕飲而獻工之禮也。以碩人而得此。則亦辱矣。乃反以其賚予之親洽爲榮而誇美之。亦玩世不恭之意也。○山有榛。音臻隰有苓。音零云誰之思。西方美人。彼美人兮。西方之人兮。興也。榛。似栗而小。下濕曰隰。苓。一名大苦。葉似地黃。即今甘草也。西方美人。託言以指西周之盛王。如離騷亦以美人目其君也。又曰。西方之人者。歎其遠而不得見之辭也。○賢者不得志於衰世之下國。而思盛際之顯王。故其言如此。而意遠矣。

簡兮四章。三章章四句。一章六句。舊三章章六句。今改定。○張子曰。爲祿仕而抱關擊柝。則猶恭其職也。爲伶官。則雜於侏儒俳優之間。不恭甚矣。其得謂之賢者。雖其迹如此。而其中固有以過人。又能卷而懷之。是亦可以爲賢矣。東方朔似之。

毖音祕彼泉水。亦流于淇。有懷于衛。靡日不思。叶新齋反孌音鑾彼諸姬。聊與之謀。叶謨悲反○興也。毖。泉始出之貌。泉水。即今衛州共城之百泉也。淇水出相州林慮縣東流。泉水自西北而東南來注之。孌。好貌。諸姬。謂姪娣也。○衛女嫁於諸侯。父母終。思歸寧而不得。故作此詩。言毖然之泉水。亦流于淇矣。我之有懷于衛。則亦無日而不思矣。是以即諸姬而與之謀。爲歸衛之計。如下兩章之云也。○出宿于泲。音濟飲餞于禰。音你女子有行。遠去聲父母兄弟。問我諸姑。遂及伯姊。叶獎里反。○賦也。泲。地名。飲餞者。古之行者。必有祖道之祭。祭畢。處者送之。飲於其側而後行也。禰。亦地名。皆自衛來時所經之處也。諸姑伯姊。即所謂諸姬也。○言始嫁來時。則固已遠其父母兄弟矣。況今父母既終。而復可歸哉。是以問於諸姑伯姊而謀其可否云耳。鄭氏曰。國君夫人。父母在則歸寧。沒則使大夫寧於兄弟。○出宿于干。叶居焉反飲餞于言。載脂載舝。音轄。叶下介反還音旋車言邁。遄市專反臻于衛。不瑕有害。賦也。干。言。地名。適衛所經之地也。脂。以脂膏塗其舝。使滑澤也。舝。車軸也。不駕則脫之。設之而後行也。還。回旋也。旋其嫁來之車也。遄。疾。臻。至也。瑕。何。古音相近。通用。○言如是則其至衛疾矣。然豈不害於義理乎。疑之而不敢遂之辭也。○我思肥泉。茲之永歎。叶它涓反思須與漕。叶徂侯反我心悠悠。駕言出遊。以寫我憂。賦也。肥泉、水名。須、漕、衛邑也。悠悠、思之長也。寫、除也。○既不敢歸、然其思衛地、不能忘也。安得出遊於彼、而寫其憂哉。

泉水四章、章六句。楊氏曰、衛女思歸、發乎情也。其卒也不歸、止乎禮義也。聖人著之於經、以示後世、使知適異國者、父母終、無歸寧之義、則能自克者知所處矣。

出自北門、叶眉貧反憂心殷殷。終窶音巨且貧、莫知我艱。叶居銀反已焉哉、叶將其反下同天實爲之、謂之何哉。比也。北門、背陽向陰。殷殷、憂也。窶者、貧而無以爲禮也。○衛之賢者處亂世、事暗君、不得其志。故因出北門而賦以自比。又歎其貧窶、人莫知之、而歸之於天也。

○王事適我、政事一埤音琵益我。我入自外、室人交徧讁我。音責叶竹棘反我已焉哉、天實爲之、謂之何哉。賦也。王事、王命使爲之事也。適、之也。政事、其國之政事也。一、猶皆也。埤、厚。室、家。讁、責也。○王事既適我矣、政事又一切以埤益我。其勞如此、而窶貧又甚。室人至無以自安、而交徧讁我、則其困於內外極矣。

○王事敦我、叶都回反政事一埤遺我。去聲叶夷回反我入自外、室人交徧摧我。徂回反我已焉哉、天實爲之、謂之何哉。賦也。敦、猶投擲也。遺、加。摧、沮也。

北門三章、章七句。楊氏曰、忠信重祿、所以勸士也。衛之忠臣、至於窶貧而莫知其艱、則無勸士之道矣。仕之所以不得志也。先王視臣如手足、豈有以事投遺之、而不知其艱哉。然不擇事而安之、無懟憾之辭、知其無可奈何而歸之於天、所以爲忠臣也。

北風其涼、雨去聲雪其雱。音滂惠而好去聲我、攜手同行。叶戶郎反其虛其邪、音徐下同既亟只且。音紙且音疽下同○比也。北風、寒涼之風也。涼、寒氣也。雱、雪盛貌。惠、愛。行、去也。虛、寬貌。邪、一作徐、緩也。亟、急也。只且、語助辭。○言北風雨雪、以比國家危亂將至、而氣象愁慘也。故欲與其相好之人、去而避之。且曰、是尚可以寬徐乎。彼其禍亂之迫已甚、而去不可不速矣。○北風其喈、音皆叶居奚反雨雪其霏。音非惠而好我、攜手同歸。其虛其邪、既亟只且。比也。喈、疾聲也。霏、雨雪分散之狀。歸者、去而不反之辭也。○莫赤匪狐、莫黑匪烏。惠而好我、攜手同車。其虛其邪、既亟只且。比也。狐、獸名、似犬、黃赤色。烏、鵶、黑色。皆不祥之物、人所惡見者也。所見無非此物、則國將危亂可知。同行同歸、猶賤者也。同車、則貴者亦去矣。

北風三章、章六句。

靜女其姝、音樞俟我於城隅。愛而不見、搔音騷首踟音池躕。音廚○賦也。靜者、閑雅之意。姝、美色也。城隅、幽僻之處。不見者、期而不至也。踟躕、猶躑躅也。此淫奔期會之詩也。○靜女其孌、貽我彤音同管。叶古宛反彤管有煒、音偉說音悅懌音亦女美。賦也。孌、好貌。於是則見之矣。彤管、未詳何物。蓋相贈以結殷勤之意耳。煒、赤貌。言既得此物、而又悅懌此女之美也。○自牧歸荑、洵美且異。匪女（音汝）之爲美、美人之貽。（與異同。）○賦也。牧、外野也。歸、亦貽也。荑、茅之始生者。洵、信也。女、指荑而言也。○言靜女又贈我以荑、而其荑亦美且異。然非此荑之爲美、特以美人之所贈、故其物亦美耳。

靜女三章、章四句。

新臺有泚（音此）、河水瀰瀰（音米）。燕婉之求、籧（音蘧）篨（音除）不鮮（斯淺反、叶想止反）。○賦也。泚、鮮明也。瀰瀰、盛也。燕、安。婉、順也。籧篨、不能俯、疾之醜者也。蓋籧篨本竹席之名、人或編以爲囷、其狀如人之擁腫而不能俯者、故又因以名此疾也。鮮、少也。○舊說以爲衞宣公爲其子伋娶於齊、而聞其美、欲自娶之、乃作新臺於河上而要之。國人惡之、而作此詩以刺之。言齊女本求與伋爲燕婉之好、而反得宣公醜惡之人也。○新臺有洒（音璀、叶先典反）、河水浼浼（音每、叶美辨反）。燕婉之求、籧篨不殄。○賦也。洒、高峻也。浼浼、平也。殄、絕也。言其病不已也。○魚網之設、鴻則離之。燕婉之求、得此戚施。○興也。鴻、鴈之大者。離、麗也。戚施、不能仰、亦醜疾也。○言設魚網而反得鴻、以興求燕婉而反得醜疾之人、所得非所求也。

新臺三章、章四句。凡宣姜事、首末見春秋傳。然於詩則皆未有考也。諸篇放此。

二子乘舟、汎汎（芳劒反）其景（叶舉兩反）。願言思子、中心養養。○賦也。二子、謂伋壽也。乘舟、渡河如齊也。景、古影字。養養、猶漾漾、憂不知所定之貌。○舊說以爲宣公納伋之妻、是爲宣姜、生壽及朔。朔與宣姜愬伋於公、公令伋之齊、使賊先待於隘而殺之。壽知之、以告伋。伋曰、君命也、不可以逃。壽竊其節而先往、賊殺之。伋至、曰、君命殺我、壽有何罪。賊又殺之。國人傷之而作是詩也。○二子乘舟、汎汎其逝。願言思子、不瑕有害。○賦也。逝、往也。不瑕、疑辭、義見泉水。此則見其不歸而疑之也。

二子乘舟二章、章四句。太史公曰、余讀世家言、至於宣公之子、以婦見誅、弟壽爭死以相讓。此與晉太子申生不敢明驪姬之過同、俱惡傷父之志。然卒死亡、何其悲也。或父子相殺、兄弟相戮、亦獨何哉。

邶十九篇、七十二章、三百六十三句。

鄘一之四（說見上篇。）

汎彼柏舟、在彼中河。髧（音苕）彼兩髦、實維我儀（叶牛何反）。之死矢靡它（音拖）。母也天（叶鐵因反）只（音紙、下同）、不諒人

只。興也。中河。中於河也。髧。髮垂貌。兩髦者。剪髮夾囟。子事父母之飾。親死然後去之。此蓋指共伯也。我。共姜自我也。儀。匹。之。至。矢。誓。靡。無也。只。語助辭。諒。信也。○舊說以爲衛世子共伯蚤死。其妻共姜守義。父母欲奪而嫁之。故共姜作此以自誓。言柏舟則在彼中河。兩髦則實我之匹。雖至於死。誓無它心。母之於我。覆育之恩。如天罔極。而何其不諒我之心乎。不及父者。疑時獨母在。或非父意耳。○**汎彼柏舟。在彼河側。髧彼兩髦。實維我特。之死矢靡慝。**（音忒）**母也天只。不諒人只。**興也。特亦匹也。慝。邪也。以是爲慝。則其絕之甚矣。

柏舟二章。章七句。

牆有茨。不可埽（叶蘇后反）**也。中冓**（音姤）**之言。不可道**（叶徒厚反）**也。所可道也。言之醜也。**興也。茨。蒺藜也。蔓生。細葉。子有三角刺人。中冓。謂舍之交積材木也。道。言。醜。惡也。○舊說以爲宣公卒。惠公幼。其庶兄頑烝於宣姜。故詩人作此詩以刺之。言其閨中之事。皆醜惡而不可言。理或然也。○**牆有茨。不可襄也。中冓之言。不可詳也。所可詳也。言之長也。**興也。襄。除也。詳。詳言之也。言之長者。不欲言而託以語長難竟也。○**牆有茨。不可束也。中冓之言。不可讀也。所可讀也。言之辱也。**興也。束。束而去之也。讀。誦言也。辱。猶醜也。

牆有茨三章。章六句。楊氏曰。公子頑通乎君母。閨中之言。至不可讀。其汙甚矣。聖人何取焉。而著之於經也。蓋自古淫亂之君。自以爲密於閨門之中。世無得而知者。故自肆而不反。聖人所以著之於經。使後世爲惡者。知雖闇門之言。亦無隱而不彰也。其爲訓戒深矣。

君子偕老。副笄六珈。（音加叶居河反）**委委**（音威）**佗佗。**（音駝）**如山如河。象服是宜。**（叶牛何反）**子之不淑。云如之何。**賦也。君子。夫也。偕老。言偕生而偕死也。女子之生。以身事人。則當與之同生。與之同死。故夫死稱未亡人。言亦待死而已。不當復有他適之志也。副。祭服之首飾。編髮爲之。笄。衡笄也。垂于副之兩旁當耳。其下以紞懸瑱。珈之言加也。以玉加於笄而爲飾也。委委佗佗。雍容自得之貌。如山。安重也。如河。弘廣也。象服。法度之服也。淑。善也。○言夫人當與君子偕老。故其服飾之盛如此。而雍容自得。安重寬廣。又有以宜其象服。今宣姜之不善乃如此。雖有是服。亦將如之何哉。言不稱也。○**玼**（音此）**兮玼兮。其之翟**（叶去聲）**也。鬒**（音軫）**髮如雲。不屑髢**（音第）**也。玉之瑱**（吐殿反）**也。象之揥**（敕帝反）**也。揚且**（音疽）**之晳**（音錫叶征例反）**也。胡然而天也。胡然而帝也。**賦也。玼。鮮盛貌。翟衣。祭服。刻繒爲翟雉之形。而彩畫之以爲飾也。鬒。黑也。如雲。言多而美也。屑。潔也。髢。髲髢也。人少髮。則以髢益之。髮自美。則不潔於髢而用之也。瑱。塞耳也。象。象骨也。揥。所以摘髮也。揚。眉上廣也。且。助語辭。晳。白也。胡然而天。胡然而帝。言其服飾容貌之美。見者驚猶鬼神也。○**瑳**（上聲）**兮瑳兮。其之展**（音戰叶諸延反）**也。蒙彼縐**

音纖絺。是紲音屑袢音半叶汾乾反也。子之清揚。揚且之顏叶魚堅反也。展如之人兮。邦之媛音院叶于權反也。賦也。瑳亦鮮盛貌。展衣者。以禮見於君及見賓客之服也。蒙。覆也。縐絺。絺之蹙蹙者。當暑之服也。紲袢。束縛意。以展衣蒙絺綌而爲之紲袢。所以自斂飭也。或曰。蒙謂加絺綌於褻衣之上。所謂表而出之也。清視清明也。揚。眉上廣也。顏。額角豐滿也。展。誠也。美女曰媛。見其徒有美色。而無人君之德也。

君子偕老三章。一章七句。一章九句。一章八句。東萊呂氏曰。首章之末云。子之不淑。云如之何。責之也。二章之末云。胡然而天也。胡然而帝也。問之也。三章之末云。展如之人兮。邦之媛也。惜之也。辭益婉而意益深矣。

爰采唐矣。沬音妹之鄉矣。云誰之思。美孟姜矣。期我乎桑中。叶諸良反要音腰我乎上宮。叶居王反送我乎淇之上叶辰羊反矣。賦也。唐。蒙菜也。一名兎絲。沬。衞邑也。書所謂妹邦者也。孟。長也。姜。齊女。言貴族也。桑中。上宮。淇上。又沬鄉之中小地名也。要。猶迎也。○衞俗淫亂。世族在位。相竊妻妾。故此人自言將采唐於沬。而與其所思之人。相期會迎送如此也。○爰采麥叶訖力反矣。沬之北矣。云誰之思。美孟弋矣。期我乎桑中。要我乎上宮。送我乎淇之上矣。賦也。麥。穀名。秋種夏熟者。弋。春秋或作姒。蓋杞女。夏后氏之後。亦貴族也。○爰采葑矣。沬之東矣。云誰之思。美孟庸矣。期我乎桑中。要我乎上宮。送我乎淇之上矣。賦也。葑。蔓菁也。庸。未聞。疑亦貴族也。

桑中三章。章七句。樂記曰。鄭衞之音。亂世之音也。比於慢矣。桑間濮上之音。亡國之音也。其政散。其民流。誣上行私而不可止也。按桑間即此篇。故小序亦用樂記之語。

鶉音純之奔奔。鵲之彊彊。音姜人之無良。我以爲兄。叶虛王反○興也。鶉。鵪屬。奔奔彊彊。居有常匹。飛則相隨之貌。人。謂公子頑。良。善也。○衞人刺宣姜與頑。非匹耦而相從也。故爲惠公之言以刺之曰。人之無良。鶉鵲之不若。而我反以爲兄。何哉。○鵲之彊彊。鶉之奔奔。叶逋珉反人之無良。我以爲君。興也。人。謂宣姜。君。小君也。

鶉之奔奔二章。章四句。范氏曰。宣姜之惡。不可勝道也。國人疾而刺之。或遠言焉。或切言焉。遠言之者。君子偕老是也。切言之者。鶉之奔奔是也。衞詩至此而人道盡。天理滅矣。中國無以異於夷狄。人類無以異於禽獸。而國隨以亡矣。胡氏曰。楊時有言。詩載此篇。以見衞爲狄所滅之因也。故在定之方中之前。因以是說考於歷代。凡淫亂者。未有不至於殺身敗國而亡其家者。然後知古詩垂戒之大。而近世有獻議乞於經筵不以國風進講者。殊失聖經之旨矣。

定音訂之方中。作于楚宮。揆之以日。作于楚室。樹之榛栗。椅音醫桐梓漆。爰伐琴瑟。賦也。定。北方之宿。營室星也。此星昏而正中。夏正十月也。於是時可以營制宮室。故謂之營室。楚宮。楚丘之宮也。揆。度也。樹八尺之臬。而度其日之出入之景。以定東西。又參日中之景。以正南北也。楚室。猶楚宮。互文以協韻耳。榛栗。二木。其實榛小栗大。皆可供籩實。椅。梓實桐皮。桐。梧桐也。梓。楸之疎理白色而生子者。漆。木有液黏黑。可飾器物。四木皆琴瑟之材也。爰。於也。○衛爲狄所滅。文公徙居楚丘。營立宮室。國人悅之而作是詩以美之。蘇氏曰。種木者求用於十年之後。其不求近功。凡此類也。

○升彼虛音墟叶起呂反矣。以望楚矣。望楚與堂。景山與京。叶居良反降觀于桑。卜云其吉。終焉允臧。賦也。虛。故城也。楚。楚丘也。堂。楚丘之旁邑也。景。測景以正方面也。與既景迺岡之景同。或曰。景。山名。見商頌。京。高丘也。桑。木名。葉可飼蠶者。觀之以察其土宜也。允。信。臧。善也。○此章本其始之望景觀卜而言。以至於終而果獲其善也。

○靈雨既零。命彼倌音官人。星言夙駕。說音稅于桑田。叶徒因反匪直也人。秉心塞淵。叶一均反騋音來牝三千。叶倉新反○賦也。靈。善。零。落也。倌人。主駕者也。星。見星也。說。舍止也。秉。操。塞。實。淵。深也。馬七尺以上爲騋。○言方春時雨既降。而農桑之務作。文公於是命主駕者晨起駕車。亟往而勞勸之。然非獨此人所以操其心者誠實而淵深也。蓋其所畜馬七尺而牝者。亦已至於三千之眾矣。蓋人操心誠實而淵深。則無所爲而不成。其致此富盛宜矣。記曰。問國君之富。數馬以對。今言騋牝之眾如此。則生息之蕃可見。而衛國之富亦可知矣。此章又要其終而言也。

定之方中三章。章七句。按春秋傳。衛懿公九年冬。狄入衛。懿公及狄人戰于熒澤而敗。死焉。宋桓公迎衛之遺民渡河而南。立宣姜子申以廬于漕。是爲戴公。是年卒。立其弟燬。是爲文公。於是齊桓公合諸侯以城楚丘而遷衛焉。文公大布之衣。大帛之冠。務材訓農。通商惠工。敬教勸學。授方任能。元年革車三十乘。季年乃三百乘。

蝃音帝蝀音凍在東。莫之敢指。女子有行。遠去聲父母兄弟。比也。蝃蝀。虹也。日與雨交。倏然成質。似有血氣之類。乃陰陽之氣不當交而交者。蓋天地之淫氣也。在東者。莫虹也。虹隨日所映。故朝西而莫東也。○此刺淫奔之詩。言蝃蝀在東。而人不敢指。以比淫奔之惡。人不可道。況女子有行。又當遠其父母兄弟。豈可不顧此而冒行乎。

○朝隮音賫于西。崇朝其雨。女子有行。遠兄弟父母。叶滿補反○比也。隮。升也。周禮十煇。九曰隮。注以爲虹。蓋忽然而見。如自下而升也。崇。終也。從旦至食時爲終朝。言方雨而虹見。則其雨終朝而止矣。蓋淫慝之氣。有害於陰陽之和也。今俗謂虹能截雨。信然。

○乃如之人也。懷昏姻也。大無信也。叶斯人反不知命也。叶彌幷反賦也。乃如之人。指淫奔者而言。昏姻。謂男女之欲。程子曰。女子以不自失爲信。命。正理也。○言此淫奔之人。但知思念男女之欲。是不能自守其貞信之節。而不知天理之正也。程子曰。人雖不能無欲。然當有以制之。無以制之。而惟欲之從。則人道廢而入於禽獸矣。以道制欲。則能順命。

蝃蝀三章。章四句。

相去聲鼠有皮。叶蒲何反人而無儀。叶牛何反人而無儀。不死何爲。叶吾何反○興也。相，視也。鼠，蟲之可賤惡者。○言視彼鼠而猶必有皮，可以人而無儀乎。人而無儀，則其不死亦何爲哉。○相鼠有齒。人而無止。人而無止。不死何俟。叶羽已反，又音始。○興也。止，容止也。俟，待也。○相鼠有體。人而無禮。人而無禮。胡不遄死。叶想止反。○興也。體，支體也。遄，速也。

相鼠三章。章四句。

孑孑音結干旄。在浚音峻之郊。叶音高 素絲紕音避之。良馬四之。彼姝音樞者子。何以畀音庇之。賦也。孑孑，特出之貌。干旄，以旄牛尾注於旗干之首，而建之車後也。浚，衛邑名。邑外謂之郊。紕，織組也。蓋以素絲織組而維之也。四之，兩服兩驂，凡四馬以載之也。姝，美也。子，指所見之人也。畀，與也。○言衛大夫乘此車馬，建此旌旄，以見賢者。彼其所見之賢者，將何以畀之，而答其禮意之勤乎。○孑孑干旟。在浚之都。素絲組音祖之。良馬五之。彼姝者子。何以予音與之。賦也。旟，州里所建鳥隼之旗也。上設旌旄，其下繫斿，斿下屬縿，皆畫鳥隼也。下邑曰都。五之，五馬，言其盛也。○孑孑干旌。在浚之城。素絲祝之。良馬六之。彼姝者子。何以告音谷之。賦也。析羽爲旌。干旌，蓋析翟羽設於旗干之首也。城，都城也。祝，屬也。六之，六馬，極其盛而言也。

干旄三章。章六句。此上三詩，小序皆以爲文公時詩。蓋見其列於定中載馳之間故爾。他無所考也。然衛本以淫亂無禮，不樂善道而亡其國。今破滅之餘，人心危懼，正其有以懲創往事，而興起善端之時也。故其爲詩如此。蓋所謂生於憂患，死於安樂者。小序之言，疑亦有所本云。

載馳載驅。叶袪尤反歸唁衛侯。驅馬悠悠。言至於漕。叶徂侯反大夫跋涉。我心則憂。賦也。載，則也。弔失國曰唁。悠悠，遠而未至之貌。草行曰跋，水行曰涉。○宣姜之女爲許穆公夫人，閔衛之亡，馳驅而歸，將以唁衛侯於漕邑。未至，而許之大夫有奔走跋涉而來者。夫人知其必將以不可歸之義來告，故心以爲憂也。既而終不果歸，乃作此詩以自言其意爾。○既不我嘉。不能旋反。視爾不臧。我思不遠。既不我嘉。不能旋濟。視爾不臧。我思不閟。賦也。嘉、臧，皆善也。遠，猶忘也。濟，渡也。自許歸衛，必有所渡之水也。閟，閉也，止也。言思之不止也。○言大夫既至，而果不以我歸爲善，則我亦不能旋反而濟以至於衛矣。雖視爾不以我爲善，然我之所思，終不能自已也。○陟彼阿丘。言采其蝱。音盲，叶謨郎反女子善懷。亦各有行。叶戶郎反許人尤之。衆穉音稚且狂。賦也。偏高曰阿丘。蝱，貝母也，主療鬱結之疾。善懷，多憂思也，猶漢書云岸善崩也。行，道。尤，過也。○又言以其既不適衛而思終不止也，故其在塗或升高以舒憂想之情，或采蝱以療鬱結之疾。蓋女子所以善懷者，亦各有道，而許國之衆人以爲過，則亦少不更事而狂妄之人爾。許人守禮，非穉且狂也。但以其不知己情之切至，而言若是爾。然而卒不敢違焉，則亦豈眞以爲穉且狂哉。○我行其野。芃芃音蓬其麥。叶訖力反控于大邦。誰因誰極。大夫君子。無我有尤。叶于其反百爾所思。叶新齋反不如我所之。賦也。芃芃。麥盛長貌。控。持而告之也。因。如因魏莊子之因。極。至也。大夫。卽跋涉之大夫。君子。謂許國之衆人也。○又言歸塗在野。而涉芃芃之麥。又自傷許國之小而力不能救。故思欲爲之控告于大邦。而又未知其將何所因而何所至乎。大夫君子。無以我爲有過。雖爾所以處此百方。然不如使我得自盡其心之爲愈也。

載馳四章。二章章六句。二章章八句。事見春秋傳。舊說此詩五章。一章六句。二章三章四句。四章六句。五章八句。蘇氏合二章三章以爲一章。按春秋傳。叔孫豹賦載馳之四章。而取其控于大邦誰因誰極之意。與蘇說合。今從之。范氏曰。先王制禮。父母沒則不得歸寧者。義也。雖國滅君死。不得往赴焉。義重於亡故也。

鄘國十篇。二十九章。百七十六句。

衛一之五

瞻彼淇奧。音與郁同綠竹猗猗。音醫叶於何反有匪君子。如切如磋。平聲如琢如磨。瑟兮僩兮。音限赫兮咺兮。況晚反有匪君子。終不可諼音喧叶況遠反兮。興也。淇。水名。奧。隈也。綠。色也。淇上多竹。漢世猶然。所謂淇園之竹是也。猗猗。始生柔弱而美盛也。匪。斐通。文章著見之貌。君子。指武公也。治骨角者。旣切以刀斧而復磋以鑢鐊。治玉石者。旣琢以槌鑿而復磨以沙石。言其德之脩飭。有進而無已也。瑟。矜莊貌。僩。威嚴貌。咺。宣著貌。諼。忘也。○衛人美武公之德。而以綠竹始生之美盛。興其學問自脩之進益也。大學傳曰。如切如磋者。道學也。如琢如磨者。自脩也。瑟兮僩兮者。恂慄也。赫兮咺兮者。威儀也。有斐君子。終不可諼兮者。道盛德至善。民之不能忘也。○瞻彼淇奧。綠竹青青。音精有匪君子。充耳琇瑩。音營會音怪弁如星。瑟兮僩兮。赫兮咺兮。有匪君子。終不可諼兮。興也。青青。堅剛茂盛之貌。充耳。瑱也。琇瑩。美石也。天子玉瑱。諸侯以石。會。縫也。弁。皮弁也。以玉飾皮弁之縫中。如星之明也。○以竹之堅剛茂盛。興其服飾之尊嚴。而見其德之稱也。○瞻彼淇奧。綠竹如簀。音責叶側歷反有匪君子。如金如錫。如圭如璧。寬兮綽兮。猗音倚重平聲較音角兮。善戲謔兮。不爲虐兮。興也。簀。棧也。竹之密比似之。則盛之至也。金錫。言其鍛鍊之精純。圭璧。言其生質之溫潤。寬。宏裕也。綽。開大也。猗。歎辭也。重較。卿士之車也。較。兩輢上出軾者。謂車兩旁也。善戲謔不爲虐者。言其樂易而有節也。○以竹之至盛。興其德之成就。而又言其寬廣而自如。和易而中節也。蓋寬綽無斂束之意。戲謔非莊厲之時。皆常情所忽。而易致過差之地也。然猶可觀而必有節焉。則其動容周旋之間。無適而非禮。亦可見矣。禮曰。張而不弛。文武不能也。弛而不張。文武不爲也。一張一弛。文武之道也。此之謂也。

淇奧三章。章九句。按國語。武公年九十有五。猶箴儆于國曰。自卿以下至于師長士。苟在朝者。無謂我老耄而舍我。必恪恭於朝。以交戒我。遂作懿戒之詩以自警。而賓之初筵。亦武公悔過之作。則其有文章而能聽規諫。以禮自防也可知矣。衛之他君。蓋無足以及此者。故序以此詩為美武公。而今從之也。

考槃在澗。叶居賢反碩人之寬。叶區權反獨寐寤言。永矢弗諼。音喧○賦也。考。成也。槃。盤桓之意。言成其隱處之室也。陳氏曰。考。扣也。槃。器名。蓋扣之以節歌。如鼓盆拊缶之為樂也。二說未知孰是。山夾水曰澗。碩。大。寬。廣。永。長。矢。誓。諼。忘也。○詩人美賢者隱處澗谷之間。而碩大寬廣。無戚戚之意。雖獨寐而寤言。猶自誓其不忘此樂也。○

考槃在阿。碩人之薖。音科獨寐寤歌。永矢弗過。音戈○賦也。曲陵曰阿。薖。義未詳。或云。亦寬大之意也。永矢弗過。自誓所願不踰於此。若將終身之意也。○

考槃在陸。碩人之軸。獨寐寤宿。永矢弗告。音谷○賦也。高平曰陸。軸。盤桓不行之意。寤宿。已覺而猶臥也。弗告者。不以此樂告人也。

考槃三章。章四句。

碩人其頎。音祈衣去聲錦褧音頻衣。齊侯之子。衛侯之妻。東宮之妹。邢侯之姨。譚公維私。○賦也。碩人。指莊姜也。頎。長貌。錦。文衣也。褧。襌也。錦衣而加褧焉。為其文之太著也。東宮。太子所居之宮。齊太子得臣也。繫太子言之者。明與同母。言所生之貴也。女子後生曰妹。妻之姊妹曰姨。姊妹之夫曰私。邢侯譚公。皆莊姜姊妹之夫。互言之也。諸侯之女嫁於諸侯。則尊同。故歷言之。○莊姜事見邶風綠衣等篇。春秋傳曰。莊姜美而無子。衛人為之賦碩人。即謂此詩。而其首章極稱其族類之貴。以見其為正嫡小君。所宜親厚。而重歎莊公之昏惑也。

○手如柔荑。音啼膚如凝脂。領如蝤音囚蠐。音齊齒如瓠音互犀。螓音秦首蛾眉。巧笑倩兮。美目盼叶匹見反兮。賦也。茅之始生曰荑。言柔而白也。凝脂。脂寒而凝者。亦言白也。領。頸也。蝤蠐。木蟲之白而長者。瓠犀。瓠中之子。方正潔白。而比次整齊也。螓。如蟬而小。其額廣而方正。蛾。蠶蛾也。其眉細而長曲。倩。口輔之美也。盼。黑白分明也。○此章言其容貌之美。猶前章之意也。

○碩人敖敖。音翱說音稅于農郊。叶音高四牡有驕。音曉叶音高朱幩鑣鑣。音標翟茀音弗以朝。音潮叶直豪反大夫夙退。無使君勞。賦也。敖敖。長貌。說。舍也。農郊。近郊也。四牡。車之四馬。驕。壯貌。幩。鑣飾也。鑣者。馬銜外鐵。人君以朱纏之也。鑣鑣。盛也。翟。翟車也。夫人以翟羽飾車。茀。蔽也。婦人之車。前後設蔽。夙。早也。玉藻曰。君日出而視朝。退適路寢聽政。使人視大夫。大夫退。然後適小寢釋服。○此言莊姜自齊來嫁。舍止近郊。乘是車馬之盛。以入君之朝。國人樂得以為莊公之配。故謂諸大夫朝於君者。宜早退。無使君勞於政事。不得與夫人相親。而歎今之不然也。

○河水洋洋。北流活活。音括叶戶劣反施罛音孤濊濊。呼活反叶許月反鱣音邅鮪音洧發發。音撥叶方月反葭音加菼他覽反揭揭。音孑庶姜孽孽。庶士有朅。音挈○賦也。河在齊西衛東。北流入海。洋洋。盛大貌。活活。流貌。施。設也。罛。魚罟也。濊濊。罟入水聲也。鱣。魚似龍。黃色。銳頭。口在頷下。背上腹下皆有甲。大者千餘斤。鮪。似鱣而小。色青黑。發發盛貌。菼薍也。亦謂之荻。揭揭長也。庶姜謂姪娣。孽孽盛飾也。庶士謂媵臣。朅武貌。○言齊地廣饒。而夫人之來。士女佼好。禮儀盛備如此。亦首章之意也。

碩人四章。章七句。

氓之蚩蚩。音凝抱布貿音茂絲。叶新齊反匪來貿絲。來即我謀。叶謨悲反送子涉淇。至于頓丘。叶袪奇反匪我愆期。子無良媒。叶謨悲反將音槍子無怒。秋以爲期。賦也。氓民也。蓋男子而不知其誰何之稱也。蚩蚩無知之貌。蓋怨而鄙之也。布幣。貿買也。貿絲蓋初夏之時也。頓丘地名。愆過也。將願也。請也。○此淫婦爲人所棄。而自敘其事以道其悔恨之意也。夫既與之謀而不遂往。又責所無以難其事。再爲之約以堅其志。此其計亦狡矣。以御蚩蚩之氓。宜其有餘。而不免於見棄。蓋一失其身。人所賤惡。始雖以欲而迷。後必以時而悟。是以無往而不困耳。士君子立身一敗。而萬事瓦裂者。何以異此。可不戒哉。

○乘彼垝音鬼垣。音袁以望復關。叶圭員反不見復關。泣涕漣漣。音連既見復關。載笑載言。爾卜爾筮。體無咎言。以爾車來。以我賄呼罪反遷。賦也。垝毀。垣牆也。復關。男子之所居也。不敢顯言其人。故託言之耳。龜曰卜。蓍曰筮。體兆卦之體也。賄財。遷徙也。○與之期矣。故及期而乘垝垣以望之。既見之矣。於是問其卜筮所得卦兆之體。若無凶咎之言。則以爾之車來迎。當以我之賄往遷也。

○桑之未落。其葉沃若。于音吁下同嗟鳩兮。無食桑葚。音甚叶知林反于嗟女兮。無與士耽。叶持林反士之耽兮。猶可說也。女之耽兮。不可說也。比而興也。沃若潤澤貌。鳩鶻鳩也。似山雀而小。短尾。青黑色。多聲。葚桑實也。鳩食葚多則致醉。耽相樂也。說解也。○言桑之潤澤。以比已之容色光麗。然又念其不可恃此而從欲忘反。故遂戒鳩無食桑葚。以興下句戒女無與士耽也。士猶可說。而女不可說者。婦人被棄之後。深自愧悔之辭。主言婦人無外事。唯以貞信爲節。一失其正。則餘無足觀爾。不可便謂士之耽惑實無所妨也。

○桑之落矣。其黃而隕。叶于貧反自我徂爾。三歲食貧。淇水湯湯。音傷漸音尖車帷裳。女也不爽。叶師莊反士貳其行。去聲叶戶郎反士也罔極。二三其德。比也。隕落。徂往也。湯湯水盛貌。漸漬也。帷裳車飾。亦名童容。婦人之車則有之。爽差。極至也。○言桑之黃落。以比已之容色凋謝。遂言自我往之爾家。而值爾之貧。於是見棄。復乘車而渡水以歸。復自言其過不在此而在彼也。

○三歲爲婦。靡室勞矣。夙興夜寐。靡有朝矣。叶直豪反言既遂矣。至于暴矣。兄弟不知。咥音戲其笑。叶音燥矣。靜言思之。躬自悼矣。賦也。靡不。夙早。興起也。咥笑貌。○言我三歲爲婦。盡心竭力。不以室家之務爲勞。早起夜臥。無有朝旦之暇。與爾始相謀約之言既遂。而爾遽以暴戾加我。兄弟見我之歸。不知其然。但咥然其笑而已。蓋淫奔從人。不爲兄弟所齒。故其見棄而歸。亦不爲兄弟所恤。理固有必然者。亦何所歸咎哉。但自痛悼而已。

○及爾偕老。老使我怨。淇則有岸。叶魚戰反隰則有泮。音畔叶匹見反總角之宴。言笑晏晏。叶伊佃反信誓旦旦。叶得絹反不思其反叶孚絢反反是不思叶新齎反亦已焉哉叶將黎反○賦而興也及與也泮涯也高下之判也總角女子未許嫁則未笄但結髮為飾也晏晏和柔也旦旦明也○言我與汝本期偕老不知老而見棄如此徒使我怨也淇則有岸矣隰則有泮矣而我總角之時與爾宴樂言笑成此信誓曾不思其反復以至於此也此則興也既不思其反復而至此矣則亦如之何哉亦已而已矣傳曰思其終也思其復也思其反之謂也

氓六章章十句

籊籊音笛竹竿以釣于淇豈不爾思遠莫致之賦也籊籊長而殺也竹衛物淇衛地也○衛女嫁於諸侯思歸寧而不可得故作此詩言思以竹竿釣于淇水而遠不可致也

○泉源在左淇水在右叶羽軌反女子有行遠去聲父母兄弟叶滿彼反○賦也泉源即百泉也在衛之西北而東南流入淇故曰在左淇在衛之西南而東流與泉源合故曰在右○思二水之在衛而自歎其不如也

○淇水在右泉源在左巧笑之瑳上聲佩玉之儺乃可反○賦也瑳鮮白色笑而見齒其色瑳然猶所謂粲然皆笑也儺行有度也○承上章言二水在衛而自恨其不得笑語遊戲於其間也

○淇水滺滺音由檜楫松舟駕言出遊以寫我憂賦也滺滺流貌檜木名似柏楫所以行舟也○與泉水之卒章同意

竹竿四章章四句

芄音丸蘭之支童子佩觿音畦雖則佩觿能不我知容兮遂兮垂帶悸其季反兮興也芄蘭草一名蘿摩蔓生斷之有白汁可啖支枝同觿錐也以象骨為之所以解結成人之佩非童子之飾也知猶智也言其才能不足以知於我也容遂舒緩放肆之貌悸帶下垂之貌

○芄蘭之葉童子佩韘雖則佩韘能不我甲容兮遂兮垂帶悸兮興也韘決也以象骨為之著右手大指所以鉤弦闓體鄭氏曰沓也即大射所謂朱極三是也以朱韋為之用以彄沓右手食指將指無名指也甲長也言其才能不足以長於我也

芄蘭二章章六句此詩不知所謂不敢強解

誰謂河廣一葦音偉杭之誰謂宋遠跂音企予望叶武方反之賦也葦蒹葭之屬杭度也衛在河北宋在河南○宣姜之女為宋桓公夫人生襄公而出歸于衛襄公即位夫人思之而義不可往蓋嗣君承父之重與祖為體母出與廟絕不可以私反故作此詩言誰謂河廣乎但以一葦加之則可以渡矣誰謂宋國遠乎但一跂足而望則可以見矣明非宋遠而不可至也乃義不可而不得往耳

○誰謂河廣曾不容刀誰謂宋遠曾不崇朝賦也小船曰刀不容刀言小也崇終也行不終朝而

至言近也。

河廣二章章四句。范氏曰。夫人之不往。義也。天下豈有無母之人歟。有千乘之國而不得養其母。則人之不幸也。爲襄公者。將若之何。生則致其孝。沒則盡其禮而已。衛有婦人之詩。自其姜至於襄公之母六人焉。皆止於禮義而不敢過也。夫以衛之政教淫僻。風俗傷敗。然而女子乃有知禮而畏義如此者。則以先王之化。猶有存焉故也。

伯兮朅音挈兮。邦之桀兮。伯也執殳。音殊爲去聲王前驅。賦也。伯。婦人目其夫之字也。朅。武貌。桀。才過人也。殳。長丈二而無刃。○婦人以夫久從征役而作是詩。言其君子之才之美如是。今方執殳而爲王前驅也。○自伯之東。首如飛蓬。豈無膏沐。誰適音的爲容。賦也。蓬。草名。其華如柳絮。聚而飛。如亂髮也。膏。所以澤髮者。沐。滌首去垢也。適。主也。○言我髮亂如此。非無膏沐可以爲容。所以不爲者。君子行役。無所主而爲之故也。傳曰。女爲說己容。○其雨其雨。杲杲古老反出日。願言思伯。甘心首疾。比也。其者。冀其將然之辭。○冀其將雨。而杲然日出。以比望其君子之歸而不歸也。是以不堪憂思之苦。而寧甘心於首疾也。○焉音煙得諼音萱草。言樹之背。音佩願言思伯。使我心痗。音妹○賦也。諼。忘也。諼草。合歡。食之令人忘憂者。背。北堂也。痗。病也。○言焉得忘憂之草。樹之北堂。以忘吾憂乎。然終不忍忘也。是以寧不求此草。而但願言思伯。雖至於心痗而不辭爾。心痗則其病益深。非特首疾而已也。

伯兮四章章四句。范氏曰。居而相離則思。期而不至則憂。此人之情也。文王之遣戍役。周公之勞歸士。皆敍其室家之情。男女之思以閔之。故其民悅而忘死。聖人能通天下之志。是以能成天下之務。兵者。毒民於死者也。孤人之子。寡人之妻。傷天地之和。召水旱之災。故聖王重之。如不得已而行。則告以歸期。念其勤勞。哀傷慘怛。不啻在己。是以治世之詩。則言其君上閔恤之情。亂世之詩。則錄其室家怨思之苦。以爲人情不出乎此也。

有狐綏綏。在彼淇梁。心之憂矣。之子無裳。比也。狐者。妖媚之獸。綏綏。獨行求匹之貌。石絕水曰梁。在梁。則可以裳矣。○國亂民散。喪其妃耦。有寡婦見鰥夫而欲嫁之。故託言有狐獨行。而憂其無裳也。○有狐綏綏。在彼淇厲。心之憂矣。之子無帶。叶丁計反。○比也。厲。深水可涉處也。帶。所以申束衣也。在厲。則可以帶矣。○有狐綏綏。在彼淇側。心之憂矣。之子無服。叶蒲北反。○比也。濟乎水。則可以服矣。

有狐三章章四句。

投我以木瓜。叶攻乎反報之以瓊琚。音居匪報也。永以爲好去聲也。比也。木瓜。楙木也。實如小瓜。酢可食。瓊。玉之美者。琚。佩玉名。○言人有贈我以微物。我當報之以重寶。而猶未足以爲報也。但欲其長以爲好而不忘耳。疑亦男女相贈答之辭。如靜女之類。○投我以木桃。報之以瓊瑤。匪報也。

永以爲好也。比也。瑤美玉也。○投我以木李。報之以瓊玖。音久叶舉里反匪報也。永以爲好也。比也。玖亦玉名也。

木瓜三章章四句。

衞國十篇三十四章二百三句。張子曰。衞國地濱大河。其地土薄。故其人氣輕浮。其地平下。故其人質柔弱。其地肥饒。不費耕耨。故其人心怠惰。其人情性如此。則其聲音亦淫靡。故聞其樂使人懈慢而有邪僻之心也。鄭詩放此。

王一之六 王謂周東都洛邑。王城畿內方六百里之地。在禹貢豫州太華外方之間。北得河陽。漸冀州之南也。周室之初。文王居豐。武王居鎬。至成王周公始營洛邑。爲時會諸侯之所。以其土中。四方來者道里均故也。自是謂豐鎬爲西都。而洛邑爲東都。至幽王嬖褒姒。生伯服。廢申后及太子宜臼。宜臼奔申。申侯怒。與犬戎攻宗周。弒幽王于戲。晉文侯鄭武公迎宜臼于申而立之。是爲平王。徙居東都王城。於是王室遂卑。與諸侯無異。故其詩不爲雅而爲風。然其王號未替也。故不曰周而曰王。其地則今河南府及懷孟等州是也。

彼黍離離。彼稷之苗。行邁靡靡。中心搖搖。知我者。謂我心憂。不知我者。謂我何求。悠悠蒼天。叶鐵因反此何人哉。賦而興也。黍穀名。苗似蘆。高丈餘。穗黑色。實圓重。離離垂貌。稷亦穀也。一名穄。似黍而小。或曰粟也。邁行也。靡靡猶遲遲也。搖搖無所定也。悠悠遠貌。蒼天者。據遠而視之。蒼蒼然也。○周既東遷。大夫行役至于宗周。過故宗廟宮室盡爲禾黍。閔周室之顚覆彷徨不忍去。故賦其所見黍之離離。與稷之苗。以興行之靡靡。心之搖搖。既歎時人莫識己意又傷所以致此者。果何人哉。追怨之深也。○彼黍離離。彼稷之穗。音遂行邁靡靡。中心如醉。知我者。謂我心憂。不知我者。謂我何求。悠悠蒼天。此何人哉。賦而興也。穗秀也。稷穗下垂。如心之醉。故以起興。　○彼黍離離。彼稷之實。行邁靡靡。中心如噎。音咽叶於悉反知我者。謂我心憂。不知我者。謂我何求。悠悠蒼天。此何人哉。賦而興也。噎憂深不能喘息。如噎之然。稷之實。如心之噎。故以起興。

黍離三章章十句。元城劉氏曰。常人之情。於憂樂之事。初遇之。則其心變焉。次遇之。則其變少衰。三遇之。則其心如常矣。至於君子忠厚之情則不然。其行役往來。固非一見也。初見稷之苗矣。又見稷之穗矣。又見稷之實矣。而所感之心終始如一。不少變而愈深。此則詩人之意也。

君子于役。不知其期。曷至哉。叶將黎反雞棲于塒。音時日之夕矣。羊牛下來。叶陵之反君子于役。如之何勿思。叶新齋反。○賦也。君子。婦人目其夫之辭。鑿牆而棲曰塒。日夕則羊先歸而牛次之。大夫久役于外。其室家思而賦之曰。君子行役。不知其反還之期。且今亦何所至哉。雞則棲于塒矣。日則夕矣。牛羊則下來矣。是則畜產出入。尚有旦暮之節。而行役之君子。乃無休息之時。使我如何而不思也哉。○君子于役。不日不月。曷其有佸。音括叶戶劣反雞棲于桀。日之夕矣。羊牛下括。音聒叶古劣反君子于役。苟無飢渴。叶巨列反。○賦也。佸。會。桀。杙。括。至。苟。且也。○君子行役之久。不可計以日月。而又不知其何時可以來會也。亦庶幾其免於飢渴而已矣。此憂之深而思之切也。

君子于役二章。章八句。

君子陽陽。左執簧。音黃右招我由房。其樂音洛只音止且。音疽○賦也。陽陽。得志之貌。簧。笙竽管中金葉也。蓋笙竽皆以竹管植於匏中。而竅其管底之側。以薄金葉障之。吹則鼓之而出聲。所謂簧也。故笙竽皆謂之簧。笙十三簧。或十九簧。竽十六簧也。由。從也。房。東房也。只且。語助辭。○此詩疑亦前篇婦人所作。蓋其夫既歸。不以行役為勞。而安於貧賤以自樂。其家人又識其意而深歎美之。皆可謂賢矣。豈非先王之澤哉。或曰。序說亦通。宜更詳之。○君子陶陶。左執翿。音桃右招我由敖。音翱其樂只且。賦也。陶陶。和樂之貌。翿。舞者所持羽旄之屬。敖。舞位也。

君子陽陽二章。章四句。

揚之水。不流束薪。彼其音記之子。不與我戍申。懷叶胡威反哉懷哉。曷月予還音旋歸哉。興也。揚。悠揚也。水緩流之貌。彼其之子。戍人指其室家而言也。戍。屯兵以守也。申。姜姓之國。平王之母家也。在今鄧州信陽軍之境。懷。思。曷。何也。○平王以申國近楚。數被侵伐。故遣畿內之民戍之。而戍者怨思。作此詩也。興取之不二字。如小星之例。○揚之水。不流束楚。彼其之子。不與我戍甫。懷哉懷哉。曷月予還歸哉。興也。楚。木也。甫。即呂也。亦姜姓。書呂刑。禮記作甫刑。而孔氏以為呂侯後為甫侯是也。當時蓋以申故而并戍之。今未知其國之所在。計亦不遠於申許也。○揚之水。不流束蒲。叶滂古反彼其之子。不與我戍許。懷哉懷哉。曷月予還歸哉。興也。蒲。蒲柳。春秋傳云。董澤之蒲。杜氏云。蒲。楊柳可以為箭者是也。許。國名。亦姜姓。今潁昌府許昌縣是也。

揚之水三章。章六句。申侯與犬戎攻宗周而弒幽王。則申侯者。王法必誅不赦之賊。而平王與其臣庶不共戴天之讎也。今平王知有母而不知有父。知其立己為有德。而不知其弒父為可怨。至使復讎討賊之師。反為報施酬恩之舉。則其忘親逆理而得罪於天已甚矣。又況先王之制。諸侯有故。則方伯連帥以諸侯之師討之。王室有故。則方伯連帥以諸侯之師救之。天子鄉遂之民。供貢賦。衛王室而已。今平王不能行其威令於天下。無以保其母家。乃勞天下之民。遠為諸侯戍守。故周人之戍申者。又以非其職而怨思焉。則其衰懦微弱。而得罪於民。又可見矣。嗚呼。詩亡而後春秋作。其不以此也哉。

中谷有蓷。吐雷反 暵其乾矣。音罕 有女仳離。音痞 嘅其嘆矣。音灘 嘅其嘆矣。遇人之艱難矣。興也。蓷。鵻也。葉似萑。方莖白華。華生節間。即今益母草也。暵。燥。仳。別也。嘅。歎聲。艱難。窮厄也。○凶年饑饉。室家相棄。婦人覽物起興。而自述其悲歎之辭也。○中谷有蓷。暵其脩矣。叶式竹反 有女仳離。條其歗矣。叶息六反 條其歗矣。遇人之不淑矣。興也。脩。長也。或曰。乾也。如脯之謂脩也。條。條然歗貌。歗。蹙口出聲也。悲恨之深。不止於嘆矣。淑。善也。古者謂死喪饑饉。皆曰不淑。蓋以吉慶為善事。凶禍為不善事。雖今人語猶然也。○曾氏曰。凶年而遽相棄背。蓋衰薄之甚者。而詩人乃曰遇斯人之艱難。遇斯人之不淑。而無怨懟過甚之辭焉。厚之至也。○中谷有蓷。暵其濕矣。有女仳離。啜其泣矣。張劣反 啜其泣矣。何嗟及矣。興也。暵濕者。旱甚則草之生於濕者亦不免也。啜。泣貌。何嗟及矣。言事已至此。末如之何。窮之甚也。

中谷有蓷三章。章六句。范氏曰。世治則室家相保者。上之所養也。世亂則室家相棄者。上之所殘也。其使之也勤。其取之也厚。則夫婦日以衰薄。而凶年不免於離散矣。伊尹曰。匹夫匹婦不獲自盡。民主罔與成厥功。故讀詩者於一物失所。而知王政之惡。一女見棄。而知人民之困。周之政荒民散。而將無以為國。於此亦可見矣。

有兔爰爰。雉離于羅。我生之初。尚無為。叶吾禾反 我生之後。逢此百罹。叶良何反 尚寐無吪。比也。兔性陰狡。爰爰。緩意。雉性耿介。離。麗。羅。網。尚。猶。罹。憂也。尚。庶幾也。吪。動也。○周室衰微。諸侯背叛。君子不樂其生。而作此詩。言張羅本以取兔。今兔狡得脫。而雉以耿介反離于羅。以比小人致亂。而以巧計幸免。君子無辜。而以忠直受禍也。為此詩者。蓋猶及見西周之盛。故曰。方我生之初。天下尚無事。及我生之後。而逢時之多難如此。然既無如之何。則但庶幾寐而不動以死耳。或曰。興也。以兔爰興無為。以雉離興百罹也。下章放此。○有兔爰爰。雉離于罦。音孚叶步廟反 我生之初。尚無造。我生之後。逢此百憂。叶一笑反 尚寐無覺。音教叶居笑反 ○比也。罦。覆車也。可以掩兔。造。亦為也。覺。寤也。○有兔爰爰。雉離于罿。音衝 我生之初。尚無庸。我生之後。逢此百凶。尚寐無聰。比也。罿。罬也。即罦也。或曰。施羅於車上也。庸。用。聰。聞也。無所聞。則亦死耳。

兔爰三章。章七句。

緜緜葛藟。音壘 在河之滸。音虎 終遠兄弟。去聲 謂他人父。謂他人父。亦莫我顧。叶果五反 ○興也。緜緜。長而不絕之貌。岸上曰滸。○世衰民散。有去其鄉里家族。而流離失所者。作此詩以自歎。言緜緜葛藟。則在河之滸矣。今乃終遠兄弟。而謂他人為己父。己雖謂彼為父。而彼亦不我顧。則其窮也甚矣。○緜緜葛藟。在河之涘。音俟叶矣始二音終遠兄弟。謂他人母。叶滿彼反謂他人母。亦莫我有。叶羽已反○興也。水涯曰涘。謂他人父者。其妻則母也。有。識有也。春秋傳曰。不有寡君。○緜緜葛藟。在河之漘。音脣終遠兄弟。謂他人昆。叶古勻反謂他人昆。亦莫我聞。叶微勻反○興也。夷上洒下曰漘。漘之爲言脣也。昆。兄也。聞。相聞也。

葛藟三章。章六句。

彼采葛兮。叶音謁一日不見。如三月兮。賦也。采葛所以爲絺綌。蓋淫奔者託以行也。故因以指其人。而言思念之深。未久而似久也。○彼采蕭兮。叶疎鳩反一日不見。如三秋兮。賦也。蕭。荻也。白葉莖麤。科生。有香氣。祭則焫以報氣。故采之。曰三秋。則不止三月矣。○彼采艾兮。一日不見。如三歲兮。本與艾叶賦也。艾。蒿屬。乾之可灸。故采之。曰三歲。則不止三秋矣。

采葛三章。章三句。

大車檻檻。毳尺銳反衣如菼。吐敢反豈不爾思。畏子不敢。賦也。大車。大夫車。檻檻。車行聲也。毳衣。天子大夫之服。菼。蘆之始生也。毳衣之屬。衣繪而裳繡。五色皆備。其靑者如菼。爾。淫奔者相命之辭也。子。大夫也。不敢。不敢奔也。○周衰。大夫猶有能以刑政治其私邑者。故淫奔者畏而歌之如此。然其去二南之化則遠矣。此可以觀世變也。○大車哼哼。音吞毳衣如璊。音門豈不爾思。畏子不奔。賦也。哼哼。重遲之貌。璊。玉赤色。五色備。則有赤。○穀則異室。死則同穴。叶戶橘反謂予不信。有如皦音皎日。賦也。穀。生。穴。壙。皦。白也。○民之欲相奔者。畏其大夫。自以終身不得如其志也。故曰。生不得相奔以同室。庶幾死得合葬以同穴而已。謂予不信。有如皦日。約誓之辭也。

大車三章。章四句。

丘中有麻。彼留子嗟。彼留子嗟。將音鏘其來施施。叶蛇○賦也。麻。穀名。子可食。皮可績爲布者。子嗟。男子之字也。將。願也。施施。喜悅之意。○婦人望其所與私者而不來。故疑丘中有麻之處。復有與之私而留之者。今安得其施施然而來乎。○丘中有麥。彼留子國。彼留子國。將其來食。賦也。子國。亦男子字也。來食。就我而食也。○丘中有李。彼留之子。叶獎里反彼留之子。貽我佩玖。叶舉里反○賦也。之子。并指前二人也。貽我佩玖。冀其有以贈已也。

丘中有麻三章。章四句。

王國十篇。二十八章。百六十二句。

詩經卷之三

鄭一之七

鄭邑名。本在西都畿內咸林之地。宣王以封其弟友爲采地。後爲幽王司徒。而死於犬戎之難。是爲桓公。其子武公掘突。定平王於東都。亦爲司徒。又得虢檜之地。乃徙其封而施舊號於新邑。是爲新鄭。咸林在今華州鄭縣。新鄭即今之鄭州是也。其封域山川。詳見檜風。

緇衣之宜兮。敝予又改爲兮。適子之館兮。叶古玩反還予授子之粲兮。賦也。緇。黑色。緇衣。卿大夫居私朝之服也。宜。稱。改。更。適。之。館。舍。粲。餐也。或曰。粲。粟之精鑿者。○舊說鄭桓公武公相繼爲周司徒。善於其職。周人愛之。故作是詩。言子之服緇衣也甚宜。敝則我將爲子更爲之。且將適子之館。旣還而又授子以粲。言好之無已也。

○緇衣之好兮。敝予又改造叶在早反兮。適子之館兮。還予授子之粲兮。賦也。好。猶宜也。

○緇衣之蓆叶祥龠反兮。敝予又改作兮。適子之館兮。還予授子之粲兮。賦也。蓆。大也。程子曰。蓆有安舒之義。服稱其德。則安舒也。

緇衣三章。章四句。記曰。好賢如緇衣。又曰。於緇衣見好賢之至。

將音槍仲子兮。無踰我里。無折音哲我樹杞。豈敢愛之。畏我父母。叶滿彼反仲可懷叶胡威反也。父母之言。亦可畏叶於非反也。賦也。將。請也。仲子。男子之字也。我。女子自我也。里。二十五家所居也。杞。柳屬也。生水旁。樹如柳。葉麤而白。色理微赤。蓋里之地域溝樹也。○莆田鄭氏曰。此淫奔者之辭。

○將仲子兮。無踰我牆。無折我樹桑。豈敢愛之。畏我諸兄。叶虛陽反仲可懷也。諸兄之言。亦可畏也。賦也。牆。垣也。古者樹牆下以桑。

○將仲子兮。無踰我園。無折我樹檀。叶徒沿反豈敢愛之。畏人之多言。仲可懷也。人之多言。亦可畏也。賦也。園者。圃之藩。其內可種木也。檀。皮靑。滑澤。材彊韌。可爲車。

將仲子三章。章八句。

叔于田。叶池因反巷無居人。豈無居人。不如叔也。洵美且仁。賦也。叔。莊公弟共叔段也。事見春秋。田。取禽也。巷。里塗也。洵。信。美。好也。仁。愛人也。○段不義而得衆。國人愛之。故作此詩。言叔出而田。則所居之巷若無居人矣。非實無居人也。雖有而不如叔之美且仁。是以若無人耳。或疑此亦民間男女相悅之辭也。

○叔于狩。叶始九反巷無飲酒。豈無飲酒。不如叔也。洵美且好。叶許厚反○賦也。冬獵曰狩。

○叔適野。叶上與反巷無服馬。叶滿補反豈無服馬。不如叔也。洵美且武。賦也。適。之也。郊外曰野。服。乘也。

叔于田三章，章五句。

叔于田，乘乘下去聲馬。叶滿補反執轡如組。音祖兩驂如舞。叔在藪，音叟叶素苦反火烈具舉。襢音但裼音錫暴虎，獻于公所。將音鏘叔無狃，音紐叶女古反戒其傷女。音汝○賦也。叔，亦段也。車衡外兩馬曰驂。如舞，謂諧和中節。皆言御之善也。藪，澤也。火，焚而射也。烈，熾盛貌。具，俱也。襢裼，肉袒也。暴，空手搏獸也。公，莊公也。狃，習也。國人戒之曰：請叔無習此事。恐其或傷汝也。蓋叔多材好勇，而鄭人愛之如此。○叔于田，乘乘黃。兩服上襄。兩驂鴈行。音杭叔在藪，火烈具揚。叔善射忌，音記又良御忌。叶魚駕反抑磬音慶控口貢反忌，抑縱送忌。賦也。乘黃，四馬皆黃也。衡下夾轅兩馬曰服。襄，駕也。馬之上者為上駕，猶言上駟也。鴈行者，驂少次服後，如鴈行也。揚，起也。忌、抑，皆語助辭。騁馬曰磬。止馬曰控。舍拔曰縱。覆鞬曰送。○叔于田，乘乘鴇。音保叶補苟反兩服齊首。兩驂如手。叔在藪，火烈具阜。叔馬慢忌，叶莫半反叔發罕忌。叶虛旰反抑釋掤音冰忌，抑鬯音暢弓忌。叶姑弘反賦也。驪白雜毛曰鴇，今所謂烏驄也。齊首，如手，兩服並首在前，而兩驂在旁，稍次其後，如人之兩手也。阜，盛。慢，遲也。發，發矢也。罕，希。釋，解也。掤，矢筩蓋，春秋傳作冰。鬯，弓囊也，與韔同。言其田事將畢，而從容整暇如此。亦喜其無傷之辭也。

大叔于田三章，章十句。陸氏曰：首章作大叔于田者，誤。蘇氏曰：二詩皆曰叔于田，故加大以別之。不知者乃以段有大叔之號，而讀曰泰，又加大於首章，失之矣。

清人在彭，叶普郎反駟介旁旁。音崩叶補岡反二矛重平聲英，叶於良反河上乎翱翔。賦也。清，邑名。清人，清邑之人也。彭，河上地名。駟介，四馬而被甲也。也。旁旁，馳驅不息之貌。二矛，酋矛、夷矛也。英，以朱羽為矛飾也。酋矛長二丈，夷矛長二丈四尺，並建於車上，則其英重疊而見。翱翔，遊戲之貌。○鄭文公惡高克，使將清邑之兵，禦狄於河上，久而不召，師散而歸。鄭人為之賦此詩，言其師出之久，無事而不得歸，但相與遊戲如此，其勢必至於潰散而後已爾。○清人在消，駟介麃麃。音標二矛重喬，河上乎逍遙。賦也。消，亦河上地名。麃麃，武貌。矛之上句曰喬，所以懸英也。英弊而盡，所存者喬而已。○清人在軸，叶音胄駟介陶陶。叶徒候反左旋右抽，叶敕救反中軍作好。叶許候反○賦也。軸，亦河上地名。陶陶，樂而自適之貌。左，謂御在將車之左，執轡而御馬者也。旋，還車也。右，謂勇力之士，在將車之右，執兵以擊刺者也。抽，拔刃也。中軍，謂將在鼓下，居車之中，即高克也。好，謂容好也。○東萊呂氏曰：言師久而不歸，無所聊賴，姑遊戲以自樂，必潰之勢也。不言已潰而言將潰，其情深，其辭危矣。

清人三章，章四句。事見春秋。○胡氏曰：人君擅一國之名寵，生殺予奪，惟我所制耳。使高克不臣之罪已著，按而誅之可也。情狀未明，黜而退之可也。愛惜其才，以禮馭之亦可也。烏可假以兵權，委諸竟上，坐視其離散而莫之卹乎。春秋書曰：鄭棄其師，其責之深矣。

羔裘如濡。叶而朱、而由二反 洵直且侯。叶洪姑、洪鉤二反 彼其音記之子。舍音赦命不渝。叶容朱、容周二反。○賦也。羔裘、大夫服也。如濡、潤澤也。洵、信。直、順。侯、美也。其、語助辭。舍、處。渝、變也。○言此羔裘潤澤、毛順而美。彼服此者、當生死之際、又能以身居其所受之理、而不可奪。蓋美其大夫之辭。然不知其所指矣。○羔裘豹飾。孔武有力。彼其之子、邦之司直。賦也。飾、緣袖也。禮、君用純物、臣下之。故羔裘而以豹皮爲飾也。孔、甚也。豹甚武而有力、故服其所飾之裘者如之。司、主也。○羔裘晏兮。三英粲兮。彼其之子、邦之彥叶魚肝反兮。賦也。晏、鮮盛也。三英、裘飾也。未詳其制。粲、光明也。彥、士之美稱。

羔裘三章、章四句。

遵大路兮。摻所覽反執子之袪叶起據反兮。無我惡去聲兮。不寁音昝故也。賦也。遵、循。摻、擥。袪、袂。寁、速。故、舊也。○淫婦爲人所棄。故於其去也擥其袪而留之曰、子無惡我而不留。故舊不可以遽絕也。宋玉賦、有遵大路兮、攬子袪之句。亦男女相說之辭也。○遵大路兮。摻執子之手兮。無我魗音讎叶齒九反兮。不寁好叶許口反也。賦也。魗、與醜同。欲其不以己爲醜而棄之也。好、情好也。

遵大路二章、章四句。

女曰雞鳴。士曰昧旦。子興視夜。明星有爛。將翺將翔。弋鳧音符與鴈。賦也。昧、晦。旦、明也。昧旦、天欲旦、昧晦未辨之際也。明星、啓明之星、先日而出者也。弋、繳射、謂以生絲繫矢而射也。鳧、水鳥。如鴨、青色、背上有文。○此詩人述賢夫婦相警戒之詞。言女曰雞鳴、以警其夫、而士曰昧旦、則不止於雞鳴矣。婦人又語其夫曰、若是則子可以起而視夜之如何。意者明星已出而爛然、則當翺翔而往、弋取鳧鴈而歸矣。其相與警戒之言如此、則不留於宴昵之私可知矣。○弋言加叶居之、居何二反之。與子宜叶魚奇、魚何二反之。宜言飲酒。與子偕老。叶呂吼反琴瑟在御。莫不靜好。叶許厚反。○賦也。加、中也。史記所謂以弱弓微繳加諸鳧鴈之上是也。宜、和其所宜也。內則所謂鴈宜麥之屬是也。○射者男子之事、而中饋婦人之職。故婦謂其夫既得鳧鴈以歸、則我當爲子和其滋味之所宜、以之飲酒相樂、期於偕老。而琴瑟之在御者、亦莫不安靜而和好。其和樂而不淫可見矣。○知子之來叶六直反之。雜佩以贈叶音則之。知子之順之。雜佩以問之。知子之好去聲之。雜佩以報之。賦也。來之、致其來者、如所謂脩文德以來之。雜佩者、左右佩玉也。上橫曰珩、下繫三組、貫以蠙珠。中組之半、貫一大珠、曰瑀。末懸一玉、兩端皆銳、曰衝牙。兩旁組半各懸一玉、長博而方、曰琚。其末各懸一玉、如半璧而內向、曰璜。又以兩組貫珠、上繫珩兩端、下交貫於瑀、而下繫於兩璜。行則衝牙觸璜而有聲也。呂氏曰、非獨玉也。觿燧箴管、凡可佩者皆是也。贈、送。順、愛。問、遺也。○婦又語其夫曰、我苟知子之所致而來、及所親愛者、則當解此雜佩以送遺報答之。蓋不惟治其門內之職、又欲其君子親賢友善、結其驩心、而無所愛於服飾之玩也。

女曰雞鳴三章。章六句。

有女同車。顏如舜華。叶芳無反將翺將翔。佩玉瓊琚。彼美孟姜。洵美且都。賦也。舜木槿也。樹如李。其華朝生暮落。孟字。姜姓。洵信。都閑雅也。○此疑亦淫奔之詩。言所與同車之女。其美如此。而又歎之曰。彼美色之孟姜。信美矣而又都也。○有女同行。叶戶郎反顏如舜英。叶於良反將翺將翔。佩玉將將。音鏘彼美孟姜。德音不忘。賦也。英猶華也。將將聲也。德音不忘。言其賢也。

有女同車二章。章六句。

山有扶蘇。隰有荷華。叶芳無反不見子都。乃見狂且。音疽○興也。扶蘇。扶胥。小木也。荷華。芙蕖也。子都。男子之美者也。狂。狂人也。且。語辭也。○淫女戲其所私者曰。山則有扶蘇矣。隰則有荷華矣。今乃不見子都。而見此狂人何哉。○山有橋松。隰有游龍。不見子充。乃見狡童。興也。上竦無枝曰橋。亦作喬。游。枝葉放縱也。龍。紅草也。一名馬蓼。葉大而色白。生水澤中。高丈餘。子充。猶子都也。狡童。狡獪之小兒也。

山有扶蘇二章。章四句。

蘀音托兮蘀兮。風其吹女。音汝叔兮伯兮。倡去聲予和去聲叶戶圭反女。興也。蘀。木槁而將落者也。女。指蘀而言也。叔伯。男子之字也。予。女子自予也。女。叔伯也。○此淫女之辭。言蘀兮蘀兮。則風將吹女矣。叔兮伯兮。則盍倡予。而予將和女矣。○蘀兮蘀兮。風其漂女。叔兮伯兮。倡予要音腰女。興也。漂。飄同。要。成也。

蘀兮二章。章四句。

彼狡童兮。不與我言兮。維子之故。使我不能餐七丹反叶七宣反兮。賦也。此亦淫女見絕而戲其人之詞。言悅己者衆。子雖見絕。未至於使我不能餐也。○彼狡童兮。不與我食兮。維子之故。使我不能息兮。賦也。息。安也。

狡童二章。章四句。

子惠思我。褰裳涉溱。音臻子不我思。豈無他人。狂童之狂也且。音疽○賦也。惠。愛也。溱。鄭水名。狂童。猶狂且。狡童也。且。語辭也。○淫女語其所私者曰。子惠然而思我。則將褰裳而涉溱以從子。子不我思。則豈無他人之可從。而必於子哉。狂童之狂也且。亦謔之之辭。○子惠思我。褰裳涉洧。叶于己反子不我思。豈無他士。狂童之狂也且。賦也。洧亦鄭水名。士未娶者之稱。

褰裳二章。章五句。

子之丰。音風叶芳用反兮。俟我乎巷。叶胡貢反兮。悔予不送兮。賦也。丰。豐滿也。巷。門外也。○婦人所期之男子。已俟乎巷。而婦人以有異志不從。既則悔之。而作是詩也。○子之昌兮。俟我乎堂兮。悔予不將兮。賦也。昌。盛壯貌。將。亦送也。○衣去聲錦褧絅同衣。裳錦褧裳。叔兮伯兮。駕予與行。叶戶郎反。○賦也。褧。禪也。叔伯。或人之字也。○婦人既悔其始之不送而失此人也。則曰我之服飾既盛備矣。豈無駕車以迎我而偕行者乎。○裳錦褧裳。衣錦褧衣。叔兮伯兮。駕予與歸。賦也。婦人謂嫁曰歸。

丰四章。二章章三句。二章章四句。

東門之墠。音善叶上演反茹音如藘音閭在阪。音反叶孚臠反其室則邇。其人甚遠。賦也。東門。城東門也。墠。除地町町者。茹藘。茅蒐也。一名茜。可以染絳。陂者曰阪。門之旁有墠。墠之外有阪。阪之上有草。識其所與淫者之居也。室邇人遠者。思之而未得見之辭也。○東門之栗。有踐家室。豈不爾思。子不我即。賦也。踐。行列貌。門之旁有栗。栗之下有成行列之家室。亦識其處也。即。就也。

東門之墠二章。章四句。

風雨淒淒。音妻雞鳴喈喈。音皆叶居奚反既見君子。云胡不夷。賦也。淒淒。寒涼之氣。喈喈。雞鳴之聲。風雨晦冥。蓋淫奔之時。君子指外期之男子也。夷。平也。○淫奔之女。言當此之時。見其所期之人而心悅也。○風雨瀟瀟。雞鳴膠膠。叶音驕既見君子。云胡不瘳。叶憐蕭反○賦也。瀟瀟。風雨之聲。膠膠。猶喈喈也。瘳。病愈也。言積思之病。至此而愈也。○風雨如晦。叶呼洧反雞鳴不已。既見君子。云胡不喜。賦也。晦。昏。已。止也。

風雨三章。章四句。

青青子衿。音金悠悠我心。縱我不往。子寧不嗣音。賦也。青青。純緣之色。具父母。衣純以青。子。男子也。衿。領也。悠悠。思之長也。我。女子自我也。嗣音。繼續其聲問也。此亦淫奔之詩。○青青子佩。叶蒲眉反悠悠我思。叶新齎反縱我不往。子寧不來。叶陵之反○賦也。青青。組綬之色。佩。佩玉也。○挑兮達音獺叶他悅反兮。在城闕兮。一日不見。如三月兮。賦也。挑。輕儇跳躍之貌。達。放恣也。

子衿三章。章四句。

揚之水。不流束楚。終鮮上聲兄弟。維予與女。女同汝無信人之言。人實迋音誑女。興也。兄弟。婚姻之稱。禮所謂不得嗣爲兄弟是也。予女。男女自相謂也。人。他人也。迋。與誑同。○淫者相謂言揚之水則不流束楚矣。終鮮兄弟。則維予與女矣。豈可以他人離間之言而疑之哉。彼人之言。特誑女耳。○揚之水。不流束薪。終鮮兄弟。維予二人。無信人之言。人實不信。叶斯人反○興也。

揚之水二章。章六句。

出其東門。有女如雲。雖則如雲。匪我思存。縞音杲衣綦音其巾。聊樂音洛我員。音云○賦也。如雲。美且衆也。縞。白色。綦。蒼艾色。縞衣綦巾。女服之貧陋者。此人自目其室家也。員。與云同。語辭也。○人見淫奔之女而作此詩。以爲此女雖美且衆。而非我思之所存。不如己之室家。雖貧且陋。而聊可以自樂也。是時淫風大行。而其間乃有如此之人。亦可謂能自好而不爲習俗所移矣。羞惡之心。人皆有之。豈不信哉。○出其闉音因闍。音都有女如荼。音徒雖則如荼。匪我思且。音疽縞衣茹藘。聊可與娛。賦也。闉。曲城也。闍。城臺也。荼。茅華。輕白可愛者也。且。語助辭。茹藘。可以染絳。故以名衣服之色。娛。樂也。

出其東門二章。章六句。

野有蔓草。零露漙音團叶上兗反兮。有美一人。清揚婉兮。邂逅相遇。適我願叶五遠反兮。賦而興也。蔓。延也。漙。露多貌。清揚。眉目之間。婉然美也。邂逅。不期而會也。○男女相遇於野田草露之間。故賦其所在以起興。言野有蔓草。則零露漙矣。有美一人。則清揚婉矣。邂逅相遇。則得以適我願矣。○野有蔓草。零露瀼瀼。有美一人。婉如清揚。邂逅相遇。與子偕臧。賦而興也。瀼瀼。亦露多貌。臧。美也。與子偕臧。言各得其所欲也。

野有蔓草二章。章六句。

溱與洧。方渙渙叶于元反兮。士與女。方秉蕑音間叶古賢反兮。女曰觀乎。士曰既且。音疽且往觀乎。洧之外。洵訏音吁且樂。音洛維士與女。伊其相謔。贈之以勺藥。賦而興也。渙渙。春水盛貌。蓋冰解而水散之時也。蕑。蘭也。其莖葉似澤蘭。廣而長節。節中赤。高四五尺。且。語辭。洵。信。訏。大也。勺藥。亦香草也。三月開花。芳色可愛。○鄭國之俗。三月上巳之辰。采蘭水上。以祓除不祥。故其女問於士曰。盍往觀乎。士曰。吾既往矣。女復要之曰。且往觀乎。蓋洧水之外。其地信寬大而可樂也。於是士女相與戲謔。且以勺藥爲贈。而結恩情之厚也。此詩淫奔者自敘之辭。○溱與洧。瀏音畱其清矣。士與女。殷其盈矣。女曰觀乎。士曰旣且。且往觀乎。洧之外。洵訏且樂。維士與女。伊其將謔。贈之以勺藥。賦而興也。瀏深貌。殷衆也。將當作相。聲之誤也。

溱洧二章。章十二句。

鄭國二十一篇。五十三章。二百八十三句。鄭衛之樂。皆爲淫聲。然以詩考之。衛詩三十有九。而淫奔之詩才四之一。鄭詩二十有一。而淫奔之詩已不翅七之五。衛猶爲男悅女之辭。而鄭皆爲女惑男之語。衛人猶多刺譏懲創之意。而鄭人幾於蕩然無復羞愧悔悟之萌。是則鄭聲之淫有甚於衛矣。故夫子論爲邦。獨以鄭聲爲戒而不及衛。蓋擧重而言。固自有次第也。詩可以觀。豈不信哉。

齊一之八 齊。國名。本少昊時爽鳩氏所居之地。在禹貢爲青州之域。周武王以封太公望。東至于海。西至于河。南至于穆陵。北至于無棣。太公姜姓。本四岳之後。旣封於齊。通工商之業。便魚鹽之利。民多歸之。故爲大國。今青齊淄濰德棣等州。是其地也。

雞旣鳴矣。朝音潮旣盈矣。匪雞則鳴。蒼蠅之聲。賦也。言古之賢妃御於君所。至於將旦之時。必告君曰。雞旣鳴矣。會朝之臣旣已盈矣。欲令君早起而視朝也。然其實非雞之鳴也。乃蒼蠅之聲也。蓋賢妃當夙興之時。心常恐晚。故聞其似者而以爲眞。非其心存警畏而不留於逸欲。何以能此。故詩人敍其事而美之也。○東方明叶謨郎反矣。朝旣昌矣。匪東方則明。月出之光。賦也。東方明。則日將出矣。昌。盛也。此再告也。○蟲飛薨薨。甘與子同夢。叶莫滕反會且歸矣。無庶予子憎。賦也。蟲飛。夜將旦而百蟲作也。甘。樂。會。朝也。○此三告也。言當此時。我豈不樂與子同寢而夢哉。然羣臣之會於朝者。俟君不出。將散而歸矣。無乃以我之故。而幷以子爲憎乎。

雞鳴三章。章四句。

子之還音旋兮。遭我乎峱音鐃之閒叶居賢反兮。並驅從兩肩兮。揖我謂我儇許全反兮。賦也。還。便捷之貌。峱。山名也。從。逐也。獸三歲曰肩。儇。利也。○獵者交錯於道路。且以便捷輕利相稱譽如此。而不自知其非也。則其俗之不美可見。而其來亦必有所自矣。○子之茂叶莫口反兮。遭我乎峱之道叶徒厚反兮。並驅從兩牡兮。揖我謂我好叶許厚反兮。賦也。茂。美也。○子之昌兮。遭我乎峱之陽兮。並驅從兩狼兮。揖我謂我臧兮。賦也。昌。盛也。山南曰陽。狼。似犬。銳頭白頰。高前廣後。臧。善也。

還三章章四句。

俟我於著(音宁叶直居反)乎而。充耳以素(叶孫租反)乎而。尚之以瓊華(叶芳無反)乎而。(賦也。俟待也。我嫁者自謂也。著門屏之閒也。充耳以纊懸瑱。所謂紞也。尚加也。瓊華美石似玉者。飾所以爲瑱也。○東萊呂氏曰。昏禮壻往婦家親迎。既奠鴈。御輪而先歸。俟於門外。婦至則揖以入。時齊俗不親迎。故女至壻門。始見其俟已也。)○俟我於庭乎而。充耳以青乎而。尚之以瓊瑩(音榮)乎而。(賦也。庭在大門之內寢門之外。瓊瑩亦美石似玉者。○呂氏曰。此昏禮所謂壻道婦及寢門揖入之時也。)○俟我於堂乎而。充耳以黃乎而。尚之以瓊英(叶於良反)乎而。(賦也。瓊英亦美石似玉者。○呂氏曰。升階而後至堂。此昏禮所謂升自西階之時也。)

著三章章三句。

東方之日兮。彼姝(音樞)者子。在我室兮。在我室兮。履我即兮。(興也。履躡。即就也。言此女躡我之跡而相就也。)○東方之月兮。彼姝者子。在我闥(叶宅悅反)兮。在我闥兮。履我發(叶方月反)兮。(興也。闥門內也。發行去也。言躡我而行去也。)

東方之日二章章五句。

東方未明(叶謨郎反)。顛倒(上聲)衣裳。顛之倒(叶都妙反)之。自公名之。(賦也。自從也。羣臣之朝。別色始入。○此詩人刺其君興居無節。號令不時。言東方未明而顛倒其衣裳。則既早矣。而又已有從君所而來名之者焉。蓋猶以爲晚也。或曰。所以然者。以有自公所而名之者故也。)○東方未晞。顛倒裳衣。倒之顛(叶典因反)之。自公令(去聲叶力呈反)之。(賦也。晞明之始升也。令號令也。)○折(音哲)柳樊圃(叶博故反)。狂夫瞿瞿(音句)。不能辰夜(叶羊茹反)。不夙則莫(音暮)。(比也。柳楊之下垂者。柔脆之木也。樊藩也。圃菜園也。瞿瞿驚顧之貌。夙早也。○折柳樊圃。雖不足恃。然狂夫見之。猶驚顧而不敢越。以比辰夜之限甚明。人所易知。今乃不能知。而不失之早。則失之莫也。)

東方未明三章章四句。

南山崔崔(音摧)。雄狐綏綏。魯道有蕩。齊子由歸。既曰歸止。曷又懷(叶胡威反)止。(比也。南山齊南山也。崔崔高大貌。狐邪媚之獸。綏綏求匹之貌。魯道適魯之道也。蕩平易也。齊子襄公之妹。魯桓公夫人文姜。襄公通焉者也。由從也。婦人謂嫁曰歸。懷思也。止語辭。○言南山有狐。以比襄公居高位而行邪行。且文姜既從此道歸於魯矣。襄公何爲而復思之乎。○葛屨五兩。如字。又音亮。冠緌。音蕤。雙。叶所終反。止。魯道有蕩。齊子庸止。既曰庸止。曷又從止。比也。兩。二屨也。緌。冠上飾也。屨必兩。緌必雙。物各有耦。不可亂也。庸。用也。用此道以嫁於魯也。從。相從也。○蓺麻如之何。衡音橫。從音宗。其畝。取去聲。妻如之何。必告音谷。父母。既曰告止。曷又鞠音菊。止。興也。蓺。樹。鞠。窮也。○欲樹麻者。必先縱橫耕治其田畝。欲娶妻者。必先告其父母。今魯桓公既告父母而娶矣。又曷爲使之得窮其欲而至此哉。○析薪如之何。匪斧不克。取妻如之何。匪媒不得。既曰得止。曷又極止。興也。克。能也。極。亦窮也。

南山四章。章六句。春秋桓公十八年。公與夫人姜氏如齊。公薨於齊。傳曰。公將有行。遂與姜氏如齊。申繻曰。女有家。男有室。無相瀆也。謂之有禮。易此必敗。公會齊侯于濼。遂及文姜如齊。齊侯通焉。公謫之。以告。夏四月。享公。使公子彭生乘公。公薨于車。此詩前二章刺齊襄。後二章刺魯桓也。

無田音佃。甫田。維莠音酉。驕驕。叶音高。無思遠人。勞心忉忉。音刀。○比也。田。謂耕治之也。甫。大也。莠。害苗之草也。驕驕。張王之意。忉忉。憂勞也。○言無田甫田也。田甫田而力不給。則草盛矣。無思遠人也。思遠人而人不至。則心勞矣。以戒時人厭小而務大。忽近而圖遠。將徒勞而無功也。○無田甫田。維莠桀桀。無思遠人。勞心怛怛。叶旦悅反。○比也。桀桀。猶驕驕也。怛怛。猶忉忉也。○婉兮孌兮。叶龍眷反。總角丱兮。音慣。叶古縣反。未幾上聲。見兮。突而弁兮。比也。婉孌。少好貌。丱。兩角貌。未幾。未多時也。突。忽然高出之貌。弁。冠名。○言總角之童。見之未久。而忽然戴弁以出者。非其躐等而強求之也。蓋循其序而勢有必至耳。此又以明小之可大。邇之可遠。能循其序而脩之。則可以忽然而至其極。若躐等而欲速。則反有所不達矣。

甫田三章。章四句。

盧令令。音零。其人美且仁。賦也。盧。田犬也。令令。犬頷下環聲。○此詩大意與還略同。○盧重平聲。環。其人美且鬈。音權。○賦也。重環。子母環也。鬈。鬚鬢好貌。○盧重鋂。音梅。其人美且偲。音鰓。○賦也。鋂。一環貫二也。偲。多鬚之貌。春秋傳所謂于思。即此字。古通用耳。

盧令三章。章二句。

敝笱在梁。其魚魴鰥。音關。叶古倫反。齊子歸止。其從去聲。如雲。比也。敝。壞。笱。罟也。魴鰥。大魚也。歸。歸齊也。如雲。言眾也。○齊人以敝笱不能制大魚。比魯莊公不能防閑文姜。故歸齊而從之者眾也。○敝笱在梁。其魚魴鱮。音序。齊子歸止。其從如雨。比也。鱮。似魴。厚而頭大。或謂之鰱。如雨。亦多也。○

敝笱在梁。其魚唯唯。上聲齊子歸止。其從如水。比也。唯唯。行出入之貌。如水。亦多也。

敝笱三章。章四句。按春秋魯莊公二年。夫人姜氏會齊侯于禚。四年。夫人姜氏享齊侯于祝丘。五年。夫人姜氏如齊師。七年。夫人姜氏會齊侯于防。又會齊侯于穀。

載驅薄薄。音粕簟茀朱鞹。音擴魯道有蕩。齊子發夕。叶祥龠反。○賦也。薄薄。疾驅聲。簟。方文席也。茀。車後戶也。朱。朱漆也。鞹。獸皮之去毛者。蓋車革質而朱漆也。夕。猶宿也。發夕。謂離於所宿之舍。○齊人刺文姜乘此車而來會襄公也。○四驪音離濟濟。上聲垂轡濔濔。音你魯道有蕩。齊子豈音愷弟。叶待禮反。○賦也。驪。馬黑色也。濟濟。美貌。濔濔。柔貌。豈弟。樂易也。言無忌憚羞恥之意也。○汶音問水湯湯。音傷行人彭彭。音邦魯道有蕩。齊子翱翔。賦也。汶。水名。在齊南魯北二國之竟。湯湯。水盛貌。彭彭。多貌。言行人之多。亦以見其無恥也。○汶水滔滔。音叨行人儦儦。音標。叶音褒魯道有蕩。齊子遊敖。賦也。滔滔。流貌。儦儦。衆貌。遊敖。猶翱翔也。

載驅四章。章四句。

猗嗟昌兮。頎音祈而長兮。抑若揚兮。美目揚兮。巧趨蹌兮。射則臧兮。賦也。猗嗟。歎辭。昌。盛也。頎。長貌。抑而若揚。美之盛也。揚。目之動也。蹌。趨翼如也。臧。善也。○齊人極道魯莊公威儀技藝之美如此。所以刺其不能以禮防閑其母。若曰惜乎其獨少此耳。○猗嗟名兮。美目清兮。儀既成兮。終日射音石侯。不出正音征兮。展我甥叶桑經反兮。賦也。名。猶稱也。言其威儀技藝之可名也。清。目清明也。儀既成。言其終事而禮無違也。侯。張布而射之者也。正。設的於侯中而射之者也。大射。則張皮侯而設鵠。賓射。則張布侯而設正。展。誠也。姊妹之子曰甥。言稱其爲齊之甥。而又以明非齊侯之子。此詩人之微辭也。按春秋桓公三年。夫人姜氏至自齊。六年九月。子同生。即莊公也。十八年。桓公乃與夫人如齊。則莊公誠非齊侯之子矣。○猗嗟孌叶龍眷反兮。清揚婉叶許願反兮。舞則選去聲兮。射則貫叶扃縣反兮。四矢反叶孚絢反兮。以禦亂叶靈眷反兮。賦也。孌。好貌。清。目之美也。揚。眉之美也。婉。亦好貌。選。異於衆也。或曰。齊於樂節也。貫。中而貫革也。四矢。禮射每發四矢。反。復也。中皆得其故處也。言莊公射藝之精。可以禦亂。如以金僕姑射南宮長萬可見。

猗嗟三章。章六句。或曰。子可以制母乎。趙子曰。夫死從子。通乎其下。況國君乎。君者。人神之主。風教之本也。不能正家。如正國何。若莊公者。哀痛以思父。誠敬以事母。威刑以馭下。車馬僕從。莫不俟命。夫人徒往乎。夫人之往也。則公哀敬之不至。威命之不行耳。東萊呂氏曰。此詩三章。譏刺之意。皆在言外。嗟歎再三。則莊公所大闕者。不言可見矣。

齊國十一篇。三十四章。一百四十三句。

魏一之九 魏。國名。本舜禹故都。在禹貢冀州雷首之北。析城之西。南枕河曲。北涉汾水。其地陿隘。而民貧俗儉。蓋有聖賢之遺風焉。周初以封同姓。後爲晉獻公所滅而取其地。今河中府解州。卽其地也。蘇氏曰。魏地入晉久矣。其詩疑皆爲晉而作。故列於唐風之前。猶邶鄘之於衞也。今按篇中公行公路公族。皆晉官。疑實晉詩。又恐魏亦嘗有此官。蓋不可考矣。

糾糾音趙葛屨。可以履霜。摻摻音纖女手。可以縫裳。要音腰之襋音棘之。好人服叶蒲北反之。興也。糾糾。繚戾寒涼之意。夏葛屨。冬皮屨。摻摻。猶纖纖也。女。婦未廟見之稱也。娶婦三月廟見。然後執婦功。要。裳要。襋。衣領。好人。猶大人也。○魏地陿隘。其俗儉嗇而褊急。故以葛屨履霜起興。而刺其使女縫裳。又使治其要襋而遂服之也。此詩疑卽縫裳之女所作。

○好人提提。宛然左辟音避。佩其象揥。維是褊心。是以爲刺。叶音砌。○賦也。提提。安舒之意。宛然。讓之貌也。讓而辟者必左。揥。所以摘髮。用象爲之。貴者之飾也。其人如此。若無有可刺矣。所以刺之者。以其褊迫急促。如前章之云耳。

葛屨二章。一章六句。一章五句。廣漢張氏曰。夫子謂與其奢也寧儉。則儉雖失中。本非惡德。然而儉之過。則至於吝嗇迫隘。計較分毫之間。而謀利之心始急矣。葛屨汾沮洳園有桃。三詩。皆言其急迫瑣碎之意。

彼汾音焚沮去聲洳。音孺言采其莫。音慕彼其音記之子。美無度。美無度。殊異乎公路。興也。汾。水名。出太原晉陽山。西南入河。沮洳。水浸處下濕之地。莫。菜也。似柳葉厚而長。有毛刺。可爲羹。無度。言不可以尺寸量也。公路者。掌公之路車。晉以卿大夫之庶子爲之。○此亦刺儉不中禮之詩。言若此人者。美則美矣。然其儉嗇褊急之態。殊不似貴人也。○彼汾一方。言采其桑。彼其之子。美如英。叶於良反美如英。殊異乎公行。音杭。○興也。一方。彼一方也。史記扁鵲視見垣一方人。英。華也。公行。卽公路也。以其主兵車之行列。故謂之公行也。○彼汾一曲。言采其藚。音續彼其之子。美如玉。美如玉。殊異乎公族。興也。一曲。謂水曲流處。藚。水舃也。葉如車前草。公族。掌公之宗族。晉以卿大夫之適子爲之。

汾沮洳三章。章六句。

園有桃。其實之殽。心之憂矣。我歌且謠。音遙不知我者。謂我士也驕。彼人是哉。叶將黎反子曰何其。音基心之憂矣。其誰知之。其誰知之。蓋亦勿思。叶新齋反。○興也。殽。食也。合曲曰歌。徒歌曰謠。其。語辭。○詩人憂其國小而無政。故作是詩。言園有桃。則其實之殽矣。心有憂。則我歌且謠矣。然不知我之心者。見其歌謠而反以爲驕。且曰彼之所爲已是矣。而子之言獨何爲哉。蓋舉國之人。莫覺其非。而反以憂之者爲驕也。於是憂者重嗟歎之。以爲此之可憂。初不難知。彼之非我。特未之思耳。誠思之。則將不暇非我而自憂矣。

園有棘。其實之食。心之憂矣。聊以行國。叶于逼反不知我者。謂我士也罔極。彼人是哉。子曰何其。心之憂矣。其誰知之。其誰知之。蓋亦勿思。興也。棘棗之短者。聊且略之辭。歌謠之不足。則出遊於國中而寫憂也。極。至也。罔極。言其心縱恣無所至極。

園有桃二章。章十二句。

陟彼岵音戶兮。瞻望父兮。父曰嗟予子行役。夙夜無已。上慎旃哉。猶來無止。賦也。山無草木曰岵。上猶尚也。○孝子行役不忘其親。故登山以望其父之所在。因想像其父念己之言曰。嗟乎我之子行役。夙夜勤勞。不得止息。又祝之曰。庶幾慎之哉。猶可以來歸。無止於彼而不來也。蓋生則必歸。死則止而不來矣。或曰。止。獲也。言無爲人所獲也。○陟彼屺音起兮。瞻望母叶滿彼反兮。母曰嗟予季行役。夙夜無寐。上慎旃哉。猶來無棄。賦也。山有草木曰屺。季。少子也。尤憐愛少子者。婦人之情也。無寐。亦言其勞之甚也。棄。謂死而棄其尸也。○陟彼岡兮。瞻望兄叶虛王反兮。兄曰嗟予弟行役。夙夜必偕。叶舉里反上慎旃哉。猶來無死。叶想止反○賦也。山脊曰岡。必偕。言與其儕同作同止。不得自如也。

陟岵三章。章六句。

十畝之閒叶居賢反兮。桑者閑閑叶胡田反兮。行與子還叶音旋兮。賦也。十畝之閒。郊外所受場圃之地也。閑閑。往來者自得之貌。行。猶將也。還。猶歸也。○政亂國危。賢者不樂仕於其朝。而思與其友歸於農圃。故其辭如此。○十畝之外叶五墜反兮。桑者泄泄音異兮。行與子逝兮。賦也。十畝之外。鄰圃也。泄泄。猶閑閑也。逝。往也。

十畝之閒二章。章三句。

坎坎伐檀叶徒沿反兮。寘之河之干叶居焉反兮。河水清且漣音連猗。音醫不稼不穡。胡取禾三百廛直連反兮。不狩不獵。胡瞻爾庭有縣音玄貆音暄兮。彼君子兮。不素餐叶七宣反兮。賦也。坎坎。用力之聲。檀。木可爲車者。寘。與置同。干。厓也。漣。風行水成文也。猗。與兮同。語辭也。書斷斷猗。大學作兮。莊子亦云。而我猶爲人猗。是也。種之曰稼。斂之曰穡。胡。何也。一夫所居曰廛。狩。亦獵也。貆。貉類。素。空。餐。食也。○詩人言有人於此。用力伐檀。將以爲車而行陸也。今乃寘之河干。則河水清漣而無所用。雖欲自食其力而不可得矣。然其志則自以爲不耕則不可以得禾。不獵則不可以得獸。是以甘心窮餓而不悔也。詩人述其事而歎之。以爲是眞能不空食者。後世若徐穉之流。非其力不食。其厲志蓋如此。○坎坎伐輻音福叶筆力反兮。寘之河之側叶莊力反兮。河水清且直猗。不稼不穡。胡取禾三百億兮。不狩不獵。胡瞻爾庭有縣特兮。彼君子兮。不素食兮。賦也。輻。車輻也。伐木以爲輻也。直。波文之直也。十萬曰億。蓋言禾秉之數也。獸三歲曰特。○坎坎伐輪兮。寘之河之漘音脣兮。河水淸且淪猗。不稼不穡。胡取禾三百囷。丘倫反兮。不狩不獵。胡瞻爾庭有縣鶉音純兮。彼君子兮。不素飧音孫叶素倫反兮。賦也。輪。車輪也。伐木以爲輪也。淪。小風水成文。轉如輪也。囷。圓倉也。鶉。鶉屬。熟食曰飧。

伐檀三章。章九句。

碩鼠碩鼠。無食我黍。三歲貫音慣女。音汝莫我肯顧。叶果五反逝將去女。適彼樂音洛下同土。樂土樂土。爰得我所。比也。碩。大也。三歲。言其久也。貫。習。顧。念。逝。往也。樂土。有道之國也。○民困於貪殘之政。故託言大鼠害己而去之也。○碩鼠碩鼠。無食我麥。叶訖力反三歲貫女。莫我肯德。逝將去女。適彼樂國。叶于逼反樂國樂國。爰得我直。比也。德。歸恩也。直。猶宜也。○碩鼠碩鼠。無食我苗。叶音毛三歲貫女。莫我肯勞。逝將去女。適彼樂郊。叶音高樂郊樂郊。誰之永號。音毫○比也。勞。勤苦也。謂不以我爲勤勞也。永號。長呼也。言旣往樂郊。則無復有害己者。當復爲誰而永號乎。

碩鼠三章。章八句。

魏國七篇。十八章。一百二十八句。

唐一之十

唐。國名。本帝堯舊都。在禹貢冀州之域。大行恒山之西。大原大岳之野。周成王以封弟叔虞爲唐侯。南有晉水。至子燮乃改國號曰晉。後徙曲沃。又徙居絳。其地土瘠民貧。勤儉質朴。憂深思遠。有堯之遺風焉。其詩不謂之晉而謂之唐。蓋仍其始封之舊號耳。唐叔所都。在今大原府。曲沃及絳。皆在今絳州。

蟋蟀在堂。歲聿其莫。音慕今我不樂。音洛下同日月其除。去聲無已大音泰康。職思其居。叶音據好去聲樂無荒。良士瞿瞿。音句○賦也。蟋蟀。蟲名。似蝗而小。正黑有光澤如漆。有角翅。或謂之促織。九月在堂。聿。遂。莫。晚。除。去也。大康。過於樂也。職。主也。瞿瞿。卻顧之貌。○唐俗勤儉。故其民間終歲勞苦。不敢少休。及其歲晚務閒之時。乃敢相與燕飮爲樂。而言今蟋蟀在堂。而歲忽已晚矣。當此之時而不爲樂。則日月將舍我而去矣。然其憂深而思遠也。故方燕樂。而又遽相戒曰。今雖不可以不爲樂。然不已過於樂乎。蓋亦顧念其職之所居者。使其雖好樂而無荒。若彼良士之長慮而卻顧焉。則可以不至於危亡也。蓋其民俗之厚。而前聖遺風之遠如此。○蟋蟀在堂。歲聿其逝。今我不樂。日月其邁。叶力制反無已大康。職思其外。叶五墜反好樂無荒。良士蹶蹶。賦也。逝、邁皆去也。外、餘也。其所治之事。固當思之。而所治之餘。亦不敢忽。蓋其事變或出於平常思慮之所不及。故當過而備之也。蹶蹶、動而敏於事也。○蟋蟀在堂。役車其休。今我不樂。日月其慆。音叨叶佗侯反無已大康。職思其憂。好樂無荒。良士休休。賦也。庶人乘役車。歲晚則百工皆休矣。慆、過也。休休、安閑之貌。樂而有節。不至於淫。所以安也。

蟋蟀三章。章八句。

山有樞。隰有榆。子有衣裳。弗曳弗婁。子有車馬。弗馳弗驅。宛其死矣。他人是愉。興也。樞、荎也。今刺榆也。榆、白枌也。婁、亦曳也。馳、走。驅、策也。宛、坐見貌。愉、樂也。○此詩蓋亦答前篇之意而解其憂。故言山則有樞矣。隰則有榆矣。子有衣裳車馬。而不服不乘。則一旦宛然以死。而他人取之以為己樂矣。蓋言不可不及時為樂。然其憂愈深而意愈蹙矣。○山有栲。音考叶去九反隰有杻。音紐子有廷內。弗洒弗埽。叶蘇后反子有鐘鼓。弗鼓弗考。叶去九反宛其死矣。他人是保。叶補苟反興也。栲、山樗也。似樗。色小白。葉差狹。杻、檍也。葉似杏而尖。白色。皮正赤。其理多曲少直。材可為弓弩幹者也。考、擊也。保、居有也。○山有漆。音七隰有栗。子有酒食。何不日鼓瑟。且以喜樂。音洛且以永日。宛其死矣。他人入室。興也。君子無故琴瑟不離於側。永、長也。人多憂。則覺日短。飲食作樂。可以永長此日也。

山有樞三章。章八句。

揚之水。白石鑿鑿。音作素衣朱襮。音博從子于沃。叶鬱縛反既見君子。云何不樂。音洛。○比也。鑿鑿、巉巖貌。襮、領也。諸侯之服。繡黼領而丹朱純也。子、指桓叔也。沃、曲沃也。○晉昭侯封其叔父成師于曲沃。是為桓叔。其後沃盛強而晉微弱。國人將叛而歸之。故作此詩。言水緩弱而石巉巖。以比晉衰而沃盛。故欲以諸侯之服。從桓叔于曲沃。且自喜其見君子而無不樂也。○揚之水。白石皓皓。叶胡暴反素衣朱繡。叶先妙反從子于鵠。叶居號反既見君子。云何其憂。叶一笑反。○比也。朱繡、即朱襮也。鵠、曲沃邑也。○揚之水。白石粼粼。我聞有命。叶彌并反不敢以告人。比也。粼粼、水清石見之貌。聞其命而不敢以告人者。為之隱也。桓叔將以傾晉。而民為之隱。蓋欲其成矣。○李氏曰。古者不軌之臣。欲行其志。必先施小惠以收眾情。然後民翕然從之。田氏之於齊。亦猶是也。故其名公子陽生於魯。國人皆知其已至。而不言。所謂我聞有命。不敢以告人也。

揚之水三章。二章章六句。一章四句。

椒聊之實。蕃衍盈升。彼其音記之子。碩大無朋。椒聊且音疽遠條且。興而比也。椒。樹似茱萸。有針刺。其實味辛而香烈。聊。語助也。朋。比也。且。歎辭。遠條。長枝也。○椒之蕃盛。則采之盈升矣。彼其之子。則碩大而無朋矣。椒聊且。遠條且。歎其枝遠而實益蕃也。此不知其所指。序亦以為沃也。○椒聊之實。蕃衍盈匊。音菊彼其之子。實大且篤。椒聊且。遠條且。興而比也。兩手曰匊。篤。厚也。

椒聊二章。章六句。

綢音儔繆平聲束薪。三星在天。叶鐵因反今夕何夕。見此良人。子兮子兮。如此良人何。興也。綢繆。猶纏綿也。三星。心也。在天。昏始見於東方。建辰之月也。良人。夫稱也。○國亂民貧。男女有失其時而後得遂其婚姻之禮者。詩人敘其婦語夫之辭曰。方綢繆以束薪也。而仰見三星之在天。今夕不知其何夕也。而忽見良人之在此。既又自謂曰。子兮子兮。其將奈此良人何哉。喜之甚而自慶之辭也。○綢繆束芻。叶側九反三星在隅。叶語口反今夕何夕。見此邂音懈逅。音候叶狠口反子兮子兮。如此邂逅何。興也。隅。東南隅也。昏見之星至此。則夜久矣。邂逅。相遇之意。此為夫婦相語之辭也。○綢繆束楚。三星在戶。今夕何夕。見此粲者。叶章與反子兮子兮。如此粲者何。興也。戶。室戶也。戶必南出。昏見之星至此。則夜分矣。粲。美也。此為夫婦之辭也。或曰。女三為粲。一妻二妾也。

綢繆三章。章六句。

有杕音第之杜。其葉湑湑。上聲獨行踽踽。音矩豈無他人。不如我同父。嗟行之人。胡不比音鼻焉。人無兄弟。胡不佽音次焉。興也。杕。特也。杜。赤棠也。湑湑。盛貌。踽踽。無所親之貌。同父。兄弟也。比。輔。佽。助也。○此無兄弟者。自傷其孤特。而求助於人之辭。言杕然之杜。其葉猶湑湑然。人無兄弟。則獨行踽踽。曾杜之不如矣。然豈無他人之可與同行也哉。特以其不如我兄弟。是以不免於踽踽耳。於是嗟歎行路之人。何不閔我之獨行而見親。憐我之無兄弟而見助乎。○有杕之杜。其葉菁菁。音精獨行睘睘。音瓊豈無他人。不如我同姓。叶桑經反嗟行之人。胡不比焉。人無兄弟。胡不佽焉。興也。菁菁。亦盛貌。睘睘。無所依貌。

杕杜二章。章九句。

羔裘豹祛。音嶇自我人居居。豈無他人。維子之故。賦也。羔裘，君純羔，大夫以豹飾。袪，袂也。居居，未詳。○羔裘豹褎。音袖自我人究究。豈無他人。維子之好。去聲叶呼候反。○賦也。褎，猶袪也。究究，亦未詳。

羔裘二章，章四句。此詩不知所謂，不敢强解。

肅肅鴇羽。集于苞栩。音許王事靡盬。音古不能蓺稷黍。父母何怙。音戶悠悠蒼天。曷其有所。比也。肅肅，羽聲。鴇，鳥名，似鴈而大，無後趾。集，止也。苞，叢生也。栩，柞櫟也，其子爲皁斗，殼可以染皁者是也。盬，不攻緻也。蓺，樹。怙，恃也。○民從征役而不得養其父母，故作此詩。言鴇之性不樹止，而今乃飛集于苞栩之上。如民之性本不便於勞苦，今乃久從征役，而不得耕田以供子職也。悠悠蒼天，何時使我得其所乎。○肅肅鴇翼。集于苞棘。王事靡盬。不能蓺稷黍。父母何食。悠悠蒼天。曷其有極。比也。極，已也。○肅肅鴇行。音杭集于苞桑。王事靡盬。不能蓺稻粱。父母何嘗。悠悠蒼天。曷其有常。比也。行，列也。稻，即今南方所食稻米，水生而色白者也。粱，粟類也，有數色。嘗，食也。常，復其常也。

鴇羽三章，章七句。

豈曰無衣七兮。不如子之衣。安且吉兮。賦也。侯伯七命，其車旗衣服，皆以七爲節。子，天子也。○史記：曲沃桓叔之孫武公伐晉，滅之，盡以其寶器賂周釐王。王以武公爲晉君，列於諸侯。此詩蓋述其請命之意。言我非無是七章之衣也，而必請命者，蓋以不如天子之命服之爲安且吉也。蓋當是時，周室雖衰，典刑猶在。武公既負弑君簒國之罪，則人得討之，而無以自立於天地之間。故賂王請命，而爲說如此。然其倨慢無禮，亦已甚矣。釐王貪其寶玩，而不思天理民彝之不可廢，是以誅討不加，而爵命行焉。則王綱於是乎不振，而人紀武幾乎絕矣。嗚呼痛哉。○豈曰無衣六兮。不如子之衣。安且燠音郁兮。賦也。天子之卿六命，變七言六者，謙也。不敢以當侯伯之命，得受六命之服，比於天子之卿，亦幸矣。燠，煖也。言其可以久也。

無衣二章，章三句。

有杕之杜。生于道左。彼君子兮。噬音逝肯適我。中心好去聲之。曷飲食音嗣之。比也。左，東也。噬，發語辭。曷，何也。○此人好賢，而恐不足以致之，故言此杕然之杜，生于道左，其蔭不足以休息，如己之寡弱，不足恃賴，則彼君子者，亦安肯顧而適我哉。然其中心好之，則不已也，但無自而得飲食之耳。夫以好賢之心如此，則賢者安有不至，而何寡弱之足患哉。○有杕之杜。生于道周。彼君子兮。噬肯來遊。中心好之。曷飲食之。比也。周，曲也。

有杕之杜二章。章六句。

葛生蒙楚。蘞音廉蔓于野。叶上與反予美亡此。誰與獨處。興也。蘞草名。似栝樓。葉盛而細。蔓延也。予美婦人指其夫也。○婦人以其夫久從征役而不歸。故言葛生而蒙于楚。蘞生而蔓于野。各有所依託。而予之所美者。獨不在是。則誰與而獨處於此乎。○葛生蒙棘。蘞蔓于域。予美亡此。誰與獨息。興也。域。塋域也。息。止也。○角枕粲兮。錦衾爛兮。予美亡此。誰與獨旦。賦也。粲。爛。華美鮮明之貌。獨旦。獨處至旦也。○夏之日。冬之夜。叶羊茹反百歲之後。歸于其居。叶姬御反○賦也。夏日永。冬夜永。居。墳墓也。○夏日冬夜。獨居憂思。於是為切。然君子之歸無期。亦可得而見矣。要死而相從耳。鄭氏曰。言此者。婦人專一。義之至。情之盡。蘇氏曰。思之深而無異心。此唐風之厚也。○冬之夜。同上夏之日。百歲之後。叶音戶歸于其室。賦也。室。壙也。

葛生五章。章四句。

采苓采苓。首陽之巔。叶典因反人之為言。苟亦無信。叶斯人反舍音捨旃舍旃。苟亦無然。人之為言。胡得焉。比也。首陽。首山之南也。巔。山頂也。旃。之也。○此刺聽讒之詩。言子欲采苓於首陽之巔乎。然人之為是言以告子者。未可遽以為信也。姑舍置之。而無遽以為然。徐察而審聽之。則造言者無所得。而讒止矣。或曰。興也。下章放此。○采苦采苦。首陽之下。叶後五反人之為言。苟亦無與。舍旃舍旃。苟亦無然。人之為言。胡得焉。比也。苦。苦菜也。生山田及澤中。得霜甜脆而美。與。許也。○采葑采葑。首陽之東。人之為言。苟亦無從。舍旃舍旃。苟亦無然。人之為言。胡得焉。比也。從。聽也。

采苓三章。章八句。

唐國十二篇。三十三章。二百三句。

秦一之十一

秦。國名。其地在禹貢雍州之域。近鳥鼠山。初伯益佐禹治水有功。賜姓嬴氏。其後中潏居西戎以保西垂。六世孫大駱生成及非子。非子事周孝王。養馬於汧渭之間。馬大繁息。孝王封為附庸而邑之秦。至宣王時。犬戎滅成之族。宣王遂命非子曾孫秦仲為大夫。誅西戎不克。見殺。及幽王為西戎犬戎所殺。平王東遷。秦仲孫襄公以兵送之。王封襄公為諸侯。曰。能逐犬戎。即有岐豐之地。襄公遂有周西都畿內八百里之地。至玄孫德公。又徙於雍。秦即今之秦州。雍。今京兆府興平縣是也。

有車鄰鄰。有馬白顛。叶典因反未見君子。寺人之令。平聲○賦也。鄰鄰。眾車之聲。白顛。額有白毛。今謂之的顙。君子。指秦君。寺人。內小臣也。令。使也。○是時秦君始有車馬。及此寺人之官。將見者必先使寺人通之。故國人創見而誇美之也。○阪音反有漆。隰有栗。既見君子。並坐鼓瑟。今者不樂。音洛逝者其耋。音垤叶地一反。○興也。八十曰耋。○阪則有漆矣。隰則有栗矣。既見君子。則並坐鼓瑟矣。失今不樂。則逝者其耋矣。○阪有桑。隰有楊。既見君子。並坐鼓簧。今者不樂。逝者其亡。興也。簧。笙中金葉。吹笙則鼓動之以出聲者也。

車鄰三章。一章四句。二章章六句。

駟驖音鐵孔阜。六轡在手。公之媚子。從公于狩。叶始九反。○賦也。駟驖。四馬皆黑色如鐵也。孔。甚也。阜。肥大也。六轡者。兩服兩驂各兩轡。而驂馬內兩轡。納之於軜。故惟六轡在手也。媚子。所親愛之人也。此亦前篇之意也。○奉時辰牡。辰牡孔碩。叶常灼反公曰左之。舍音捨拔音鈸則獲。叶黃郭反。○賦也。時。是。辰。時也。牡。獸之牡者也。辰牡者。冬獻狼。夏獻麋。春秋獻鹿豕之類。奉之者。虞人翼以待射也。碩。肥大也。公曰左之者。命御者使左其車以射獸之左也。蓋射必中其左。乃爲中殺。五御所謂逐禽左者。爲是故也。拔。矢括也。曰左之而舍拔無不獲者。言獸之多而射御之善也。○遊于北園。四馬既閑。叶胡田反輶音由車鸞鑣。音標載獫音獫歇驕。音囂。○賦也。田事已畢。故遊于北園。閑。調習也。輶。輕也。鸞。鈴也。效鸞鳥之聲。鑣。馬銜也。驅逆之車。置鸞於馬銜之兩旁。乘車則鸞在衡。和在軾也。獫。歇驕。皆田犬名。長喙曰獫。短喙曰歇驕。以車載犬。蓋以休其足力也。韓愈畫記。有騎擁田犬者。亦此類。

駟驖三章。章四句。

小戎俴音踐收。五楘音木梁輈。音舟游環脅驅。叶俱懼反又居錄反陰靷音胤鋈音沃續。叶辭屢反又如字文茵音因暢轂。叶又去聲駕我騏音其馵。音注又之錄反言念君子。溫其如玉。在其板屋。亂我心曲。賦也。小戎。兵車也。俴。淺也。收。軫也。謂車前後兩端橫木。所以收斂所載者也。凡車之制。廣皆六尺六寸。其平地任載者爲大車。則軫深八尺。兵車。則軫深四尺四寸。故曰小戎俴收也。五。五束也。楘。歷錄然文章之貌也。梁輈。從前軫以前稍曲而上。至衡則向下鉤之衡。橫於輈下。而輈形穹隆上曲。如屋之梁。又以皮革五處束之。其文章歷錄然也。游環。靷環也。以皮爲環。當兩服馬之背上。游移前卻無定處。引兩驂馬之外轡。貫其中而執之。所以制驂馬。使不得外出。左傳曰。如驂之有靳是也。脅驅。亦以皮爲之。前係於衡之兩端。後係於軫之兩端。當服馬脅之外。所以驅驂馬。使不得內入也。陰。揜軓也。軓在軾前。而以板橫側揜之。以其陰暎此軓。故謂之陰也。靷。以皮二條前係驂馬之頸。後係陰版之上也。鋈續。陰版之上有續靷之處。消白金沃灌其環以爲飾也。蓋車衡之長六尺六寸。止容二服。驂馬之頸不當於衡。故別爲二靷以引車。亦謂之靳。左傳曰。兩靷將絕。是也。文茵。車中所坐虎皮褥也。暢。長也。轂者。車輪之中。外持輻。內受軸者也。大車之轂一尺有半。兵車之轂長三尺二寸。故兵車曰暢轂。騏。

騏文也。馬左足白曰馵。君子，婦人目其夫也。溫其如玉，美之之辭也。板屋者，西戎之俗以版爲屋。心曲，心中委曲之處也。○西戎者，秦之臣子所與不共戴天之讎也。襄公上承天子之命，率其國人往而征之。故其從役者之家人，先誇車甲之盛如此，而後及其私情。蓋以義興師，則雖婦人亦知勇於赴敵而無所怨矣。

○四牡孔阜，六轡在手。騏駵音留是中。叶諸仍反騧音瓜驪是驂。叶疏簪反龍盾之合，鋈以觼音厥軜。音納言念君子，溫其在邑。叶於合反方何爲期。胡然我念之。賦也。赤馬黑鬣曰駵。中，兩服馬也。黃馬黑喙曰騧。驪，黑色也。盾，干也。畫龍於盾，合而載之，以爲車上之衛。必載二者，備破毀也。觼，環之有舌者。軜，驂內轡也。置觼於軾前以係軜，故謂之觼軜。亦消沃白金以爲飾也。邑，西鄙之邑也。方，將也。將以何時爲歸期乎。何爲使我思念之極也。

○俴駟孔羣，厹音求矛鋈錞。音隊叶朱倫反蒙伐有苑。叶音氳虎韔音暢鏤音漏膺。交韔二弓。叶姑宏反竹閉緄音衮縢。音滕言念君子，載寢載興。厭厭平聲良人，秩秩德音。叶一陵反○賦也。俴駟，四馬皆以淺薄之金爲甲，欲其輕而易於馬之旋習也。孔，甚。羣，和也。厹矛，三隅矛也。鋈錞，以白金沃矛之下端平底者也。蒙，雜也。伐，中干也。盾之別名。苑，文貌。畫雜羽之文於盾上也。虎韔，以虎皮爲弓室也。鏤膺，鏤金以飾馬當胸帶也。交韔，交二弓於韔中，謂顛倒安置之。必二弓，以備壞也。閉，弓檠也。儀禮作鞃。緄，繩。縢，約也。以竹爲閉，而以繩約之於弛弓之裏，檠弓體使正也。載寢載興，言思之深而起居不寧也。厭厭，安也。秩秩，有序也。

小戎三章，章十句。

蒹音兼葭音加蒼蒼，白露爲霜。所謂伊人，在水一方。遡音素洄音回從之，道阻且長。遡游從之，宛在水中央。賦也。蒹，似萑而細，高數尺，又謂之蒹。葭，蘆也。蒹葭未敗，而露始爲霜，秋水時至，百川灌河之時也。伊人，猶言彼人也。一方，彼一方也。遡洄，逆流而上也。遡游，順流而下也。宛然，坐見貌。在水之中央，言近而不可至也。○言秋水方盛之時，所謂彼人者，乃在水之一方，上下求之而皆不可得。然不知其何所指也。

○蒹葭淒淒，白露未晞。所謂伊人，在水之湄。遡洄從之，道阻且躋。遡游從之，宛在水中坻。音遲○賦也。淒淒，猶蒼蒼也。晞，乾也。湄，水草之交也。躋，升也，言難至也。小渚曰坻。

○蒹葭采采，叶此禮反白露未已。所謂伊人，在水之涘。叶以始二音遡洄從之，道阻且右。叶羽軌反遡游從之，宛在水中沚。賦也。采采，言其盛而可采也。已，止也。右，不相直而出其右也。小渚曰沚。

蒹葭三章，章八句。

終南何有，有條有梅。叶莫悲反君子至止，錦衣狐裘。叶渠之反顏如渥音握丹，其君也哉。叶將黎反○興也。終南，山名，在今京兆府南。條山楸也。皮葉白。色亦白。材理好。宜爲車版。君子。指其君也。至止。至終南之下也。錦衣狐裘。諸侯之服也。玉藻曰。君衣狐白裘。錦衣以裼之。渥。漬也。其君也哉。言容貌衣服。稱其爲君也。此秦人美其君之辭。亦車鄰駟驖之意也。

○**終南何有。有紀有堂。君子至止。黻**音弗**衣繡裳。佩玉將將。**音鏘**壽考不忘。**興也。紀。山之廉角也。堂。山之寬平處也。黻之狀亞。兩己相戾也。繡。刺繡也。將將。佩玉聲也。壽考不忘者。欲其居此位。服此服。長久而安寧也。

終南二章。章六句。

交交黃鳥。止于棘。誰從穆公。子車奄息。維此奄息。百夫之特。臨其穴。叶戶橘反**惴惴其慄。彼蒼者天。**叶鐵因反**殲**音尖**我良人。如可贖兮。人百其身。**興也。交交。飛而往來之貌。從穆公。從死也。子車。氏。奄息。名。特。傑出之稱。穴。壙也。惴惴。懼貌。慄。懼。殲。盡。良。善。贖。貿也。○秦穆公卒。以子車氏之三子爲殉。皆秦之良也。國人哀之。爲之賦黃鳥。事見春秋傳。卽此詩也。言交交黃鳥。則止于棘矣。誰從穆公。則子車奄息也。蓋以所見起興也。臨穴而惴慄。蓋生納之壙中也。三子皆國之良。而一旦殺之。若可貿以他人。則人皆願百其身以易之矣。

○**交交黃鳥。止于桑。誰從穆公。子車仲行。**音杭**維此仲行。百夫之防。臨其穴。惴惴其慄。彼蒼者天。殲我良人。如可贖兮。人百其身。**興也。防。當也。言一人可以當百夫也。

○**交交黃鳥。止于楚。誰從穆公。子車鍼**音拑**虎。維此鍼虎。百夫之禦。臨其穴。惴惴其慄。彼蒼者天。殲我良人。如可贖兮。人百其身。**興也。禦。猶當也。

黃鳥三章。章十二句。春秋傳曰。君子曰。秦穆公之不爲盟主也宜哉。死而棄民。先王違世。猶貽之法。而況奪之善人乎。今縱無法以遺後嗣。而又收其良以死。難以在上矣。君子是以知秦之不復東征也。愚按穆公於此。其罪不可逃矣。但或以爲穆公遺命如此。而三子自殺以從之。則三子亦不得爲無罪。今觀臨穴惴慄之言。則是康公從父之亂命。迫而納之於壙。其罪有所歸矣。又按史記。秦武公卒。初以人從死。死者六十六人。至穆公。遂用百七十七人。而三良與焉。蓋其初特出於戎翟之俗。而無明王賢伯以討其罪。於是習以爲常。則雖以穆公之賢而不免。論其事者。亦徒閔三良之不幸。而歎秦之衰。至於王政不綱。諸侯擅命。殺人不忌。至於如此。則莫知其爲非也。嗚呼。俗之弊也久矣。其後始皇之葬。後宮皆令從死。工匠生閉墓中。尚何怪哉。

鴥音聿**彼晨風。**叶孚愔反**鬱彼北林。未見君子。憂心欽欽。如何如何。忘我實多。**興也。鴥。疾飛貌。晨風。鸇也。鬱。茂盛貌。君子。指其夫也。欽欽。憂而不忘之貌。○婦人以夫不在。而言鴥彼晨風。則歸於鬱然之北林矣。故我未見君子。而憂心欽欽也。彼君子者。如之何而忘我之多乎。此與扊扅之歌同意。蓋秦俗也。○

山有苞櫟。音歷叶歷各反隰有六駮。音剝未見君子。憂心靡樂。音洛如何如何。忘我實多。興也。駮，梓榆也。其皮青白如駮。○山則有苞櫟矣，隰則有六駮矣。未見君子，則憂心靡樂矣。靡樂，則憂之甚也。○山有苞棣。隰有樹檖。未見君子。憂心如醉。如何如何。忘我實多。興也。棣，唐棣也。檖，赤羅也。實似梨而小，酢可食。如醉，則憂又甚矣。

晨風三章，章六句。

豈曰無衣。與子同袍。叶步謀反王于興師。脩我戈矛。與子同仇。賦也。袍，襺也。戈，長六尺六寸。矛，長二丈。王于興師，以天子之命而興師也。○秦俗強悍，樂於戰鬭，故其人平居而相謂曰：豈以子之無衣，而與子同袍乎？蓋以王于興師，則將脩我戈矛，而與子同仇也。其懽愛之心，足以相死如此。蘇氏曰：秦本周地，故其民猶思周之盛時，而稱先王焉。或曰：興也。取與子同三字為義。後章放此。○豈曰無衣。與子同澤。叶徒洛反王于興師。脩我矛戟。叶訖約反與子偕作。賦也。澤，裏衣也。以其親膚近於垢，故謂之澤。戟，車戟也。長丈六尺。○豈曰無衣。與子同裳。王于興師。脩我甲兵。叶蒲芒反與子偕行。叶戶郎反。○賦也。行，往也。

無衣三章，章五句。秦人之俗，大抵尚氣槩，先勇力，忘生輕死，故其見於詩如此。然本其初而論之，岐豐之地，文王用之以興二南之化，如彼其忠且厚也。秦人用之，未幾而一變其俗，至於如此，則已悍然有招八州而朝同列之氣矣。何哉？雍州土厚水深，其民厚重質直，無鄭衛驕惰浮靡之習。以善導之，則易以興起而篤於仁義；以猛驅之，則其強毅果敢之資，亦足以強兵力農而成富強之業，非山東諸國所及也。嗚呼！後世欲為定都立國之計者，誠不可不監乎此；而凡為國者，其於導民之路，尤不可不審其所之也。

我送舅氏。曰至渭陽。何以贈之。路車乘黃。乘，去聲。賦也。舅氏，秦康公之舅，晉公子重耳也。出亡在外，穆公召而納之。時康公為太子，送之渭陽而作此詩。渭，水名。秦時都雍，至渭陽者，蓋東行送之於咸陽之地也。路車，諸侯之車也。乘黃，四馬皆黃也。○我送舅氏。悠悠我思。叶新齎反何以贈之。瓊瑰音嬀玉佩。叶蒲眉反○賦也。悠悠，長也。序以為時康公之母穆姬已卒，故康公送其舅而念母之不見也。或曰：穆姬之卒不可考，此但別其舅而懷思耳。瓊瑰，石而次玉。

渭陽二章，章四句。按春秋傳，晉獻公烝於齊姜，生秦穆夫人、太子申生；娶犬戎胡姬，生重耳；小戎子生夷吾；驪姬生奚齊；其娣生卓子。驪姬譖申生，申生自殺，又譖二公子，二公子皆出奔。獻公卒，奚齊、卓子繼立，皆為大夫里克所弒。秦穆公納夷吾，是為惠公。卒，子圉立，是為懷公。立之明年，秦穆公又召重耳而納之，是為文公。王氏曰：至渭陽者，送之遠也。悠悠我思者，思之長也。路車乘黃、瓊瑰玉佩者，贈之厚也。廣漢張氏曰：康公為太子，送舅氏而念母之不見，是固良心也。而卒不能自克於令狐之役，怨欲害乎良心也。使康公知循是心。養其端而充之。則怨欲可消矣。

於我乎夏屋渠渠。今也每食無餘。于音吁嗟乎。不承權輿。賦也。夏。大也。渠渠。深廣貌。承。繼也。權輿。始也。○此言其君始有渠渠之夏屋以待賢者。而其後禮意寖衰。供億寖薄。至於賢者每食而無餘。於是歎之。言不能繼其始也。○於我乎每食四簋。叶已有反今也每食不飽。叶補苟反于嗟乎。不承權輿。賦也。簋。瓦器。容斗二升。方曰簠。圓曰簋。簠盛稻粱。簋盛黍稷。四簋。禮食之盛也。

權輿二章。章五句。漢楚元王敬禮申公白公穆生。穆生不嗜酒。元王每置酒。嘗為穆生設醴。及王戊即位。常設。後忘設焉。穆生退曰。可以逝矣。醴酒不設。王之意怠。不去。楚人將鉗我於市。遂稱疾。申公白公強起之。曰。獨不念先王之德歟。今王一旦失小禮。何足至此。穆生曰。先王之所以禮吾三人者。為道之存故也。今而忽之。是忘道也。忘道之人。胡可與久處。豈為區區之禮哉。遂謝病去。亦此詩之意也。

秦國十篇。二十七章。一百八十一句。

陳一之十二 陳。國名。大皡伏羲氏之墟。在禹貢豫州之東。其地廣平。無名山大川。西望外方。東不及孟諸。周武王時。帝舜之冑有虞閼父為周陶正。武王賴其利器用。與其神明之後。以元女大姬妻其子滿。而封之于陳。都于宛丘之側。與黃帝帝堯之後共為三恪。是為胡公。大姬婦人尊貴。好樂巫覡歌舞之事。其民化之。今之陳州。即其地也。

子之湯音蕩兮。宛丘之上兮。洵音荀有情兮。而無望兮。賦也。子。指遊蕩之人也。湯。蕩也。四方高中央下曰宛丘。洵。信也。望。人所瞻望也。○國人見此人常遊蕩於宛丘之上。故敘其事以刺之。言雖信有情思而可樂矣。然無威儀可瞻望也。○坎其擊鼓。宛丘之下。叶後戶反無冬無夏。叶與下同值音治其鷺羽。賦也。坎。擊鼓聲。值。植也。鷺。舂鉏。今鷺鷥。好而潔白。頭上有長毛十數枚。羽。以其羽為翳。舞者持以指麾也。言無時不出遊。而鼓舞於是也。○坎其擊缶。音否宛丘之道。叶徒厚反無冬無夏。值其鷺翿。音導。叶殖有反。○賦也。缶。瓦器。可以節樂。翿。翳也。

宛丘三章。章四句。

東門之枌。音汾宛丘之栩。音許子仲之子。婆娑音梭其下。叶後五反。○賦也。枌。白楡也。先生葉。卻著莢。皮色白。子仲之子。子仲氏之女也。婆娑。舞貌。○此男女聚會歌舞。而賦其事以相樂也。○穀旦于差。音釵。叶七何反南方之原。不績其麻。叶謨婆反市也婆娑。賦也。穀。善。差。擇也。○既差擇善旦以會于南方之原。於是棄其業以舞於市而往會也。○穀旦于逝。越以鬷音宗邁。叶力制反視爾如荍。音翹貽我握椒。賦也。逝。往。越。於。鬷。衆。

也。適、行也。荍、芘芣也、又名荊葵、紫色。椒、芬芳之物也。○言又以善旦而往、於是以其衆行、而男女相與道其慕悅之辭曰、我視爾顏色之美、如芘芣之華、於是遺我以一握之椒、而交情好也。

東門之枌三章、章四句。

衡門之下、可以棲音西遲。泌音祕之洋洋、可以樂音洛飢。賦也。衡門、橫木爲門也。門之深者、有阿塾堂宇。此惟橫木爲之。棲遲、遊息也。泌、泉水也。洋洋、水流貌。○此隱居自樂而無求者之辭。言衡門雖淺陋、然亦可以遊息。泌水雖不可飽、然亦可以玩樂而忘飢也。○豈其食魚、必河之魴音房。豈其取音娶妻、必齊之姜。賦也。姜、齊姓。○豈其食魚、必河之鯉。豈其取妻、必宋之子。叶奬里反。○賦也。子、宋姓。

衡門三章、章四句。

東門之池、可以漚烏豆反麻。叶謨婆反彼美淑姬、可與晤音悞歌。興也。池、城池也。漚、漬也。治麻者、必先以水漬之。晤、猶解也。○此亦男女會遇之辭。蓋因其會遇之地、所見之物、以起興也。○東門之池、可以漚紵音苧。彼美淑姬、可與晤語。興也。紵、麻屬。○東門之池、可以漚菅。音閒叶居賢反彼美淑姬、可與晤言。興也。菅、葉似茅而滑澤、莖有白粉、柔韌宜爲索也。

東門之池三章、章四句。

東門之楊、其葉牂牂。音臧昏以爲期、明星煌煌。興也。東門、相期之地也。楊、柳之揚起者也。牂牂、盛貌。明星、啓明也。煌煌、大明貌。○此亦男女期會而有負約不至者。故因其所見以起興也。○東門之楊、其葉肺肺。音霈昏以爲期、明星晢晢。音制。○興也。肺肺、猶牂牂也。晢晢、猶煌煌也。

東門之楊二章、章四句。

墓門有棘、斧以斯之。夫也不良、國人知之。知而不已、誰昔然矣。興也。墓門、凶僻之地、多生荊棘。斯、析也。夫、指所刺之人也。誰昔、昔也。猶言疇昔也。○言墓門有棘、則斧以斯之矣。此人不良、則國人知之矣。國人知之、猶不自改、則自疇昔而已然、非一日之積矣。所謂不良之人、亦不知其何所指也。○墓門有梅、有鴞萃止。夫也不良、歌以訊叶息悴反之。訊予不顧、叶果五反顛倒思予。叶演女反。○興也。鴞、惡聲之鳥也。萃、集。訊、告也。顛倒、狼狽之狀。○墓門有梅、則有鴞萃之矣。夫也不良、則有歌其惡以訊之者矣。訊之而不予顧、至於顛倒、然後思予、則豈有所及哉。或曰、訊予之予、疑當依前章作而字。

墓門二章、章六句。

防有鵲巢。邛音窮有旨苕。音條叶徒刀反誰侜音周予美。心焉忉忉。音刀。○興也。防，人所築以捍水者。邛，丘。旨，美也。苕，苕饒也。莖如勞豆而細，葉似蒺藜而青，其莖葉綠色，可生食，如小豆藿也。侜，侜張也。猶鄭風之所謂迋也。予美，指所與私者也。忉忉，憂貌。○此男女之有私而憂或間之之辭。故曰防則有鵲巢矣。邛則有旨苕矣。今此何人，而侜張予之所美，使我憂之而至於忉忉乎。○中唐有甓。音闢邛有旨鷊。音逆誰侜予美。心焉惕惕。音剔。○興也。廟中路謂之唐。甓，瓴甋也。鷊，小草。雜色如綬。惕惕，猶忉忉也。

防有鵲巢二章。章四句。

月出皎兮。佼音絞人僚音了兮。舒窈音杳糾音矯兮。勞心悄兮。興也。皎，月光也。佼人，美人也。僚，好貌。窈，幽遠也。糾，愁結也。悄，憂也。○此亦男女相悅而相念之辭。言月出則皎然矣。佼人則僚然矣。安得見之而舒窈糾之情乎。是以爲之勞心而悄然也。○月出皓音昊兮。佼人懰音柳叶朗老反兮。舒懮音黝受叶時倒反兮。勞心慅音草兮。興也。懰，好貌。懮受，憂思也。慅，猶悄也。○月出照兮。佼人燎音料兮。舒夭上聲紹音邵兮。勞心慘當作懆七弔反兮。興也。燎，明也。夭紹，糾緊之意。慘，憂也。

月出三章。章四句。

胡爲乎株林。從夏上聲南。叶尼心反下同匪適株林。從夏南。賦也。株林，夏氏邑也。夏南，徵舒字也。○靈公淫於夏徵舒之母，朝夕而往夏氏之邑。故其民相與語曰，君胡爲乎株林乎。曰從夏南耳。然則非適株林也，特以從夏南故耳。蓋淫乎夏姬不可言也。故以從其子言之。詩人之忠厚如此。○駕我乘去聲馬。叶滿補反說音稅于株野。叶上與反乘平聲我乘駒。朝食于株。賦也。說，舍也。馬六尺以下曰駒。

株林二章。章四句。春秋傳。夏姬，鄭穆公之女也。嫁於陳大夫夏御叔。靈公與其大夫孔寧、儀行父通焉。洩冶諫不聽而殺之。後卒爲其子徵舒所弑。而徵舒復爲楚莊王所誅。

彼澤之陂。叶音波有蒲與荷。音何有美一人。傷如之何。寤寐無爲。涕泗音四滂沱。興也。陂，澤障也。蒲，水草，可爲席者。荷，芙蕖也。自目曰涕。自鼻曰泗。○此詩之旨與月出相類。言彼澤之陂，則有蒲與荷矣。有美一人而不可見，則雖憂傷而如之何哉。寤寐無爲，涕泗滂沱而已矣。○彼澤之陂。有蒲與蕑。音間叶居賢反有美一人。碩大且卷。音權寤寐無爲。中心悁悁。音娟。○興也。蕑，蘭也。卷，鬢髮之美也。悁悁，猶悒悒也。○彼澤之陂。有蒲菡萏。叶待檢反 有美一人。碩大且儼。寤寐無爲。輾轉伏枕。叶知險反○興也。菡萏。荷華也。儼。矜莊貌。輾轉伏枕。臥而不寐。思之深且久也。

澤陂三章。章六句。

陳國十篇。二十六章。一百一十四句。東萊呂氏曰。變風終於陳靈。其間男女夫婦之詩一何多邪。曰。有天地。然後有萬物。有萬物。然後有男女。有男女。然後有夫婦。有夫婦。然後有父子。有父子。然後有君臣。有君臣。然後有上下。有上下。然後禮義有所錯。男女者。三綱之本。萬事之先也。正風之所以爲正者。舉其正者以勸之也。變風之所以爲變者。舉其不正者以戒之也。道之升降。時之治亂。俗之汙隆。民之死生。於是乎在。錄之煩悉。篇之重複。亦何疑哉。

檜一之十三 檜。國名。高辛氏火正祝融之墟。在禹貢豫州外方之北。滎波之南。居溱洧之間。其君妘姓。祝融之後。周衰。爲鄭桓公所滅而遷國焉。今之鄭州。卽其地也。蘇氏以爲檜詩皆爲鄭作。如邶鄘之於衛也。未知是否。

羔裘逍遙。狐裘以朝。音潮叶直勞反 豈不爾思。勞心忉忉。音刀○賦也。緇衣羔裘。諸侯之朝服。錦衣狐裘。其朝天子之服也。舊說檜君好潔其衣服。逍遙遊宴。而不能自強於政治。故詩人憂之。○羔裘翱翔。狐裘在堂。豈不爾思。我心憂傷。賦也。翱翔。猶逍遙也。堂。公堂也。○羔裘如膏。去聲 日出有曜。叶羊號反 豈不爾思。中心是悼。賦也。膏。脂所漬也。日出有曜。日照之則有光也。

羔裘三章。章四句。

庶見素冠兮。棘人欒欒兮。音鸞 勞心慱慱兮。音團 賦也。庶。幸也。縞冠素紕。既祥之冠也。黑經白緯曰縞。緣邊曰紕。棘。急也。喪事欲其總總爾。哀遽之狀也。欒欒。瘠貌。慱慱。憂勞之貌。○祥冠。祥則冠之。禫則除之。今人皆不能行三年之喪矣。安得見此服乎。當時賢者庶幾見之。至於憂勞也。○庶見素衣兮。我心傷悲兮。聊與子同歸兮。賦也。素冠則素衣矣。與子同歸。愛慕之辭也。○庶見素韠兮。音畢 我心蘊上聲 結叶訖力反 兮。聊與子如一兮。賦也。韠。蔽膝也。以韋爲之。冕服謂之韍。其餘曰韠。韠從裳色。素衣素裳。則素韠矣。蘊結。思之不解也。與子如一。甚於同歸矣。

素冠三章。章三句。按喪禮。爲父爲君。斬衰三年。昔宰予欲短喪。夫子曰。子生三年。然後免於父母之懷。予也有三年之愛於其父母乎。三年之喪。天下之通喪也。傳曰。子夏三年之喪畢。見於夫子。援琴而弦。衎衎而樂。作而曰。先王制禮。不敢不及。夫子曰。君子也。閔子騫三年之喪畢。見於夫子。援琴而弦。切切而哀。作而曰。先王制禮。不敢過也。夫子曰。

君子也。子路曰。敢問何謂也。夫子曰。子夏哀已盡。能引而致之於禮。故曰君子也。閔子騫哀未盡。能自割以禮。故曰君子也。夫三年之喪。賢者之所輕。不肖者之所勉。

隰有萇音長楚。猗音婀儺音娜其枝。夭平聲之沃沃。樂音洛子之無知。賦也。萇楚。銚弋。今羊桃也。子如小麥。亦似桃。猗儺。柔順也。夭。少好貌。沃沃。光澤貌。子。指萇楚也。○政煩賦重。人不堪其苦。歎其不如草木之無知而無憂也。○隰有萇楚。猗儺其華。夭之沃沃。樂子之無家。賦也。無家言無累也。

○隰有萇楚。猗儺其實。夭之沃沃。樂子之無室。賦也。無室。猶無家也。

隰有萇楚三章。章四句。

匪風發叶方月反兮。匪車偈音揭兮。顧瞻周道。中心怛叶旦月反兮。賦也。發。飄揚貌。偈。疾驅貌。周道。適周之路也。怛。傷也。○周室衰微。賢人憂歎而作此詩。言常時風發而車偈。則中心怛然。今非風發也。非車偈也。特顧瞻周道而思王室之陵遲。故中心爲之怛然耳。○匪風飄叶匹妙反兮。匪車嘌音漂叶匹妙反兮。顧瞻周道。中心弔兮。賦也。回風曰飄。嘌。漂搖不安之貌。弔。亦傷也。○誰能亨魚。溉音蓋之釜鬵。音尋誰將西歸。懷之好音。興也。溉。滌也。鬵。釜屬。西歸。歸於周也。○誰能亨魚乎。有則我願爲之溉其釜鬵。誰將西歸乎。有則我願慰之以好音。以見思之之甚。但有西歸之人。即思有以厚之也。

匪風三章。章四句。

檜國四篇。十二章。四十五句。

曹一之十四 曹。國名。其地在禹貢兗州陶丘之北。雷夏菏澤之野。周武王以封其弟振鐸。今之曹州。即其地也。

蜉蝣之羽。衣裳楚楚。叶創舉反心之憂矣。於我歸處。比也。蜉蝣。渠略也。似蛣蜣。身狹而長角。黃黑色。朝生暮死。楚楚。鮮明貌。○此詩蓋以時人有玩細娛而忘遠慮者。故以蜉蝣爲比而刺之。言蜉蝣之羽翼。猶衣裳之楚楚可愛也。然其朝生暮死。不能久存。故我心憂之。而欲其於我歸處耳。序以爲刺其君。或然而未有考也。○蜉蝣之翼。采采衣服。叶蒲北反心之憂矣。於我歸息。比也。采采。華飾也。息。止也。○蜉蝣掘求勿反閱。麻衣如雪。心之憂矣。於我歸說。音稅叶輸爇反。○比也。掘閱。未詳。說。舍息也。

蜉蝣三章。章四句。

彼候人兮。何上聲戈與祋。都律都外二反彼其音記之子。三百赤芾。音弗。○興也。候人。道路迎送賓客之官。何。揭。祋。殳也。之子。指小人。芾。冕服之韠也。一命。緼芾黝珩。再命。赤芾黝珩。三命。赤芾蔥珩。大夫以上。赤芾乘軒。○此刺其君遠君子而近小人之辭。言彼候人而何戈與祋者。宜也。彼其之子。而三百赤芾。何哉。晉文公入曹。數其不用僖負羈。而乘軒者三百人。其謂是歟。

○維鵜音啼在梁。不濡其翼。彼其之子。不稱去聲其服。叶蒲北反。○興也。鵜。洿澤水鳥。俗所謂淘河也。

○維鵜在梁。不濡其咮。音晝彼其之子。不遂其媾。音垢○興也。咮。喙。遂。稱。媾。寵也。遂之爲稱。猶今人謂遂意爲稱意。

○薈音濊兮蔚音畏兮。南山朝隮。音賷婉兮孌兮。季女斯飢。比也。薈蔚。草木盛多之貌。朝隮。雲氣升騰也。婉。少貌。孌。好貌。○薈蔚朝隮。言小人衆多。而氣燄盛也。季女婉孌自保。不妄從人。而反飢困。言賢者守道。而反貧賤也。

候人四章。章四句。

鳲鳩在桑。其子七兮。淑人君子。其儀一兮。其儀一兮。心如結兮。叶訖力反興也。鳲鳩。秸鞠也。亦名戴勝。今之布穀也。飼子朝從上下。暮從下上。平均如一也。如結。如物之固結而不散也。○詩人美君子之用心均平專一。故言鳲鳩在桑。則其子七矣。淑人君子。則其儀一矣。其儀一。則心如結矣。然不知其何所指也。陳氏曰。君子動容貌。斯遠暴慢。正顏色。斯近信。出辭氣。斯遠鄙倍。其見於威儀動作之間者。有常度矣。豈固爲是拘拘者哉。蓋和順積中。而英華發外。是以由其威儀一於外。而心如結於內者。從可知也。

○鳲鳩在桑。其子在梅。叶莫悲反淑人君子。其帶伊絲。叶新齎反其帶伊絲。其弁伊騏。音其。○興也。鳲鳩常言在桑。其子每章異木。子自飛去。母常不移也。帶。大帶也。大帶用素絲。有雜色飾焉。弁。皮弁也。騏。馬之靑黑色者。弁之色亦如此也。書云。四人騏弁。今作綦。○言鳲鳩在桑。則其子在梅矣。淑人君子。則其帶伊絲矣。其帶伊絲。則其弁伊騏矣。言有常度。不差忒也。

○鳲鳩在桑。其子在棘。淑人君子。其儀不忒。其儀不忒。正是四國。叶于逼反。○興也。有常度而其心一。故儀不忒。儀不忒。則足以正四國矣。大學傳曰。其爲父子兄弟足法。而後民法之也。

○鳲鳩在桑。其子在榛。淑人君子。正是國人。正是國人。胡不萬年。叶尼因反。○興也。儀不忒。故能正國人。胡不萬年。願其壽考之辭也。

鳲鳩四章。章六句。

冽音列彼下泉。浸彼苞稂。音郎愾苦愛反我寤嘆。念彼周京。叶居良反。○比而興也。冽。寒也。下泉。泉下流者也。苞。草叢生也。稂。童梁。莠屬也。愾。歎息之聲也。周京。天子所居也。○王室陵夷。而小國困弊。故以寒泉下流。而苞稂見傷爲比。遂興其愾然以念周京也。

○冽彼下泉。浸彼苞蕭。叶疏鳩反愾我寤嘆。念彼京周。比而興也。蕭。蒿也。京周。猶周京也。

○冽彼下泉。浸彼苞蓍。音尸愾我寤嘆。念彼京師。叶霜夷反。○比而興也。蓍。筮草也。京師猶京周也。詳見大雅公劉篇。○芃芃（音蓬）黍苗。陰雨膏（去聲）之。四國有王。郇（音荀）伯勞（去聲）之。（比而興也。芃芃。美貌。郇伯。郇侯。文王之後。嘗爲州伯。治諸侯有功。○言黍苗既芃芃然矣。又有陰雨以膏之。四國既有王矣。而又有郇伯以勞之。傷今之不然也。）

下泉四章。章四句。（程子曰。易剝之爲卦也。諸陽消剝已盡。獨有上九一爻尚存。如碩大之果不見食。將有復生之理。上九亦變。則純陰矣。然陽無可盡之理。變於上。則生於下。無間可容息也。陰道極盛之時。其亂可知。亂極則自當思治。故衆心願戴於君子。君子得輿也。詩匪風下泉。所以居變風之終也。○陳氏曰。亂極而不治。變極而不正。則天理滅矣。人道絕矣。聖人於變風之極。則係之以思治之詩。以示循環之理。以言亂之可治。變之可正也。）

曹國四篇。十五章。六十八句。

豳一之十五（豳。國名。在禹貢雍州岐山之北。原隰之野。虞夏之際。棄爲后稷。而封於邰。及夏之衰。棄稷不務。棄子不窋失其官守。而自竄於戎狄之間。不窋生鞠陶。鞠陶生公劉。能復脩后稷之業。民以富實。乃相土地之宜。而立國於豳之谷焉。十世而大王徙居岐山之陽。十二世而文王始受天命。十三世而武王遂爲天子。武王崩。成王立。年幼不能莅阼。周公旦以冢宰攝政。乃述后稷公劉之化。作詩一篇以戒成王。謂之豳風。而後人又取周公所作。及凡爲周公而作之詩以附焉。豳在今邠州三水縣。邰在今京兆府武功縣。）

七月流火。（叶虎委反）九月授衣。（叶上聲）一之日觱（音必）發。（叶芳吠反）二之日栗烈。（叶力制反）無衣無褐。（音曷。叶許例反）何以卒歲。三之日于耜。（叶羊里反）四之日舉趾。同我婦子。（叶奬里反）饁（音曄）彼南畝。（叶滿彼反）田畯（音俊）至喜。（賦也。七月。斗建申之月。夏之七月也。後凡言月者放此。流。下也。火。大火。心星也。以六月之昏。加於地之南方。至七月之昏。則下而西流矣。九月霜降始寒。而蠶績之功亦成。故授人以衣。使禦寒也。一之日。謂斗建子。一陽之月。二之日。謂斗建丑。二陽之月也。變月言日。言是月之日也。後凡言日者放此。蓋周之先公。已用此以紀候。故周有天下。遂以爲一代之正朔也。觱發。風寒也。栗烈。氣寒也。褐。毛布也。歲。夏正之歲也。于。往也。耜。田器也。于耜。言往脩田器也。舉趾。舉足而耕也。我。家長自我也。饁。餉田也。田畯。田大夫。勸農之官也。○周公以成王未知稼穡之艱難。故陳后稷公劉風化之所由。使瞽矇朝夕諷誦以教之。此章首言七月暑退將寒。故九月而授衣以禦之。蓋十一月以後。風氣日寒。不如是則無以卒歲也。正月則往脩田器。二月則舉趾而耕。少者既皆出而在田。故老者率婦子而餉之。治田早而用力齊。是以田畯至而喜之也。此章前段言衣之始。後段言食之始。二章至五章。終前段之意。六章至八章。終後段之意。）

○七月流火。九月授衣。春日載陽。有鳴倉庚。（叶古郎反）女執懿筐。遵彼微行。（叶戶郎反）爰求柔桑。春日遲遲。采蘩祁祁。女心傷悲。殆及公子同歸。（賦也。載。始也。陽。溫和也。倉庚。黃鸝也。懿。深美也。遵。循也。微行。小徑也。柔桑。稚桑也。遲遲。日長而暄也。蘩。白蒿也。所以生蠶。今人猶用之。蓋蠶生未齊。未可食桑。故以此啖之也。祁祁。衆多也。或曰。徐也。公子。豳公之子也。○再言流火授衣者。將言女功之始。故又本於此。遂言春日始和。有鳴倉庚之時。而蠶始生。則執深筐以求穉桑。然又有生而未齊者。則采蘩者衆。而此治蠶之女。感時而傷悲。蓋是時。公子猶娶於國中。而貴家大族連姻公室者。亦無不力於蠶桑之務。故其許嫁之女。預以將及公子同歸。而遠其父母爲悲也。其風俗之厚。而上下之情。交相忠愛如此。後章凡言公子者放此。○七月流火。八月萑音完葦。音偉蠶月條音挑桑。取彼斧斨。音槍以伐遠揚。猗音伊彼女桑。七月鳴鵙。音決八月載績。載玄載黃。我朱孔陽。爲公子裳。賦也。萑葦。即蒹葭也。蠶月。治蠶之月。條桑。枝落之。采其葉也。斧。隋銎。斨。方銎。遠揚。遠枝揚起者也。取葉存條曰猗。女桑。小桑也。小桑不可條取。故取其葉而存其條。猗猗然耳。鵙。伯勞也。績。緝也。玄。黑而有赤之色。朱。赤色。陽。明也。○言七月暑退將寒。而是歲禦冬之備。亦庶幾其成矣。又當預擬來歲治蠶之用。故於八月萑葦既成之際。而收蓄之。將以爲曲薄。至來歲治蠶之月。則采桑以供蠶食。而大小畢取。見蠶盛而人力至也。蠶事既備。又於鳴鵙之後。麻熟而可績之時。則績其麻以爲布。而凡此蠶績之所成者。皆染之。或玄或黃。而其朱者尤爲鮮明。皆以供上而爲公子之裳。言勞於其事而不自愛。以奉其上。蓋至誠慘怛之意。上以是施之。下以是報之也。以上二章。專言蠶績之事。以終首章前段無衣之意。○四月秀葽。音腰五月鳴蜩。音條八月其穫。音鑊十月隕蘀。音託一之日于貉。音鶴取彼狐狸。爲公子裘。叶渠之反二之日其同。載纘武功。言私其豵。音宗獻豜音堅于公。賦也。不榮而實曰秀。葽。草名。蜩。蟬也。穫。禾之早者可穫也。隕。墜。蘀。落也。謂草木隕落也。貉。狐狸也。于貉。猶言于耜。謂往取狐狸也。同。竭作以狩也。纘。習而繼之也。豵。一歲豕。豜。三歲豕。○言自四月純陽而歷一陰。四陰以至純陰之月。則大寒之候將至。雖蠶桑之功無所不備。猶恐其不足以禦寒。故于貉而取狐狸之皮。以爲公子之裘也。獸之小者私之以爲己有。而大者則獻之於上。亦愛其上之無已也。此章專言狩獵。以終首章前段無褐之意。○五月斯螽音終動股。六月莎音蓑雞振羽。七月在野。叶上與反八月在宇。九月在戶。十月蟋蟀入我牀下。叶後五反穹起弓反窒珍悉反熏許云反鼠。塞入聲向墐音覲戶。嗟我婦子。叶兹五反曰爲改歲。入此室處。賦也。斯螽。莎雞。蟋蟀。一物隨時變化而異其名。動股。始躍而以股鳴也。振羽。能飛而以翅鳴也。宇。簷下也。暑則在野。寒則依人。穹。空隙也。窒。塞也。向。北出牖也。墐。塗也。庶人蓽戶。冬則塗之。東萊呂氏曰。十月而曰改歲。三正之通於民俗尚矣。周特舉而迭用之耳。○言觀蟋蟀之依人。則知寒之將至矣。於是室中空隙者塞之。熏鼠使不得穴於其中。塞向以當北風。墐戶以禦寒氣。而語其婦子曰。歲將改矣。天既寒而事亦已。可以入此室處矣。此見老者之愛也。此章亦以終首章前段禦寒之意。○六月食鬱及薁。音郁七月亨音烹葵及菽。音叔八月剝棗。音走十月穫稻。叶徒苟反爲此春酒。以介眉壽。叶殖酉反七月食瓜。叶音孤八月斷壺。九月叔苴。音疽采荼音徒薪樗。敕書反食音嗣我農夫。賦也。鬱。棣屬。薁。蘡薁也。葵。菜名。菽。豆也。剝。擊也。穫稻以釀酒也。介。助也。介眉壽者。頌禱之辭也。壺。瓠也。食瓜斷壺。亦去圃爲場之漸。

也。叔。拾也。苴。麻子也。荼。苦菜也。樗。惡木也。〇自此至卒章。皆言農圃飲食祭祀燕樂。以終首章後段之意。而此章果酒嘉蔬。以供老疾奉賓祭。瓜瓠苴荼。以爲常食。少長之義。豐儉之節然也。

〇九月築場圃。音布十月納禾稼。叶古護反黍稷重平聲穋。音六叶六直反禾麻菽麥。叶訖力反嗟我農夫。我稼既同。上入執宮功。晝爾于茅。宵爾索綯。音陶亟音棘其乘屋。其始播百穀。賦也。場圃同地。物生之時。則耕治以爲圃而種菜茹。物成之際。則築堅之以爲場而納禾稼。蓋自田而納之於場也。禾者。穀連藁秸之總名。禾之秀實而在野曰稼。先種後熟曰重。後種先熟曰穋。再言禾者。稻秫苽粱之屬皆禾也。同。聚也。宮。邑居之宅也。古者民受五畝之宅。二畝半爲廬在田。春夏居之。二畝半爲宅在邑。秋冬居之。功。葺治之事。或曰。公室官府之役也。古者用民之力。歲不過三日是也。索。絞也。綯。索也。乘。升也。〇言納於場者無所不備。則我稼同矣。可以上入都邑而執治宮室之事矣。故晝往取茅。夜而絞索。亟升其屋而治之。蓋以來歲將復始播百穀。而不暇於此故也。不待督責而自相警戒。不敢休息如此。呂氏曰。此章終始農事。以極憂勤艱難之意。

〇二之日鑿冰沖沖。三之日納于凌音另陰。叶於容反四之日其蚤。音早獻羔祭韭。音九叶巳小反九月肅霜。十月滌音笛場。朋酒斯饗。叶虛良反曰殺羔羊。躋音賫彼公堂。稱彼兕觥。音肱叶古黃反萬壽無疆。賦也。鑿冰。謂取冰於山也。沖沖。鑿冰之意。周禮正歲十二月令斬冰是也。納。藏也。藏冰所以備暑也。凌陰。冰室也。豳土寒多。正月風未解凍。故冰猶可藏也。蚤。蚤朝也。韭。菜名。獻羔祭韭而後啓之。月令仲春獻羔開冰。先薦寢廟是也。蘇氏曰。古者藏冰發冰。以節陽氣之盛。夫陽氣之在天地。譬猶火之著於物也。故常有以解之。十二月陽氣蘊伏。錮而未發。其盛在下。則納冰於地中。至於二月。四陽作。蟄蟲起。陽始用事。則亦始啓冰而廟薦之。至於四月。陽氣畢達。陰氣將絕。則冰於是大發。食肉之祿。老病喪浴。冰無不及。是以冬無愆陽。夏無伏陰。春無淒風。秋無苦雨。雷出不震。無災霜雹。癘疾不降。民不夭札也。胡氏曰。藏冰開冰。亦聖人輔相燮調之一事耳。不專恃此以爲治也。肅霜。氣肅而霜降也。滌場者。農事畢而埽場地也。兩尊曰朋。鄉飲酒之禮。兩尊壺于房戶間是也。躋。升也。公堂。君之堂也。稱。舉也。疆。竟也。〇張子曰。此章見民忠愛其君之甚。既勸趨其藏冰之役。又相戒遬畢場功。殺羊以獻於公。舉酒而祝其壽也。

七月八章。章十一句。

周禮籥章。中春晝擊土鼓。龡豳詩以逆暑。中秋夜迎寒亦如之。卽謂此詩也。王氏曰。仰觀星日霜露之變。俯察昆蟲草木之化。以知天時。以授民事。女服事乎內。男服事乎外。上以誠愛下。下以忠利上。父父子子。夫夫婦婦。養老而慈幼。食力而助弱。其祭祀也時。其燕饗也節。此七月之義也。

鴟鴞鴟鴞。既取我子。又叶入聲無毀我室。又叶上聲恩斯勤斯。鬻音育子之閔叶眉貧反斯。比也。爲鳥言以自比也。鴟鴞。鵂鶹。惡鳥。攫鳥子而食者也。室。鳥自名其巢也。恩。情愛也。勤。篤厚也。鬻。養。閔。憂也。〇武王克商。使弟管叔鮮蔡叔度監于紂子武庚之國。武王崩。成王立。周公相之。而二叔以武庚叛。且流言于國曰。周公將不利于孺子。故周公東征二年。乃得管叔武庚而誅之。而成王猶未知周公之意也。公乃作此詩以貽王。託爲鳥之愛巢者。呼鴟鴞而謂之曰。鴟鴞鴟鴞。爾既取我之子矣。無更毀我之室也。以我情愛之心。篤厚之意。鬻養此子。誠可憐憫。今既取之。其毒甚矣。況又毀我室乎。以比武庚既敗管蔡。不可更毀我王室也。

○**迨天之未陰雨。徹彼桑土。**音杜**綢**音儔**繆**平聲**牖戶。今女**音汝**下民。或敢侮予。**叶演女反。○比也。迨。及。徹。取也。桑土。桑根也。綢繆。纏綿也。牖。巢之通氣處。戶。其出入處也。○亦為鳥言。我及天未陰雨之時。而往取桑根。以纏綿巢之隙穴。使之堅固。以備陰雨之患。則此下土之民。誰敢有侮予者。亦以比己深愛王室。而預防其患難之意。故孔子贊之曰。為此詩者。其知道乎。能治其國家。誰敢侮之。

○**予手拮**音吉**据。**音居**予所捋**力活反**荼。予所蓄租。**子胡反**予口卒瘏。**音徒**曰予未有室家。**叶古胡反。○比也。拮据。手口共作之貌。捋。取也。荼。萑苕。可藉巢者也。蓄。積。租。聚。卒。盡。瘏。病也。室家。巢也。○亦為鳥言。作巢之始。所以拮据以捋荼蓄租。勞苦而至於盡病者。以巢之未成也。以比己之前日所以勤勞如此者。以王室之新造。而未集故也。

○**予羽譙譙。**音樵**予尾翛翛。**音消**予室翹翹。風雨所漂搖。予維音嘵嘵。**音囂。○比也。譙譙。殺也。翛翛。敝也。翹翹。危也。嘵嘵。急也。○亦為鳥言。羽殺尾敝。以成其室。而未定也。風雨又從而漂搖之。則我之哀鳴。安得而不急哉。以比己既勞悴王室。又未安而多難乘之。則其作詩以喻王。亦不得而不汲汲也。

鴟鴞四章。章五句。事見書金縢篇。

我徂東山。慆慆音滔**不歸。我來自東。零雨其濛。我東曰歸。我心西悲。制彼裳衣。勿士行**音杭**枚。**叶謨悲反**蜎蜎**音娟**者蠋。**音蜀**烝在桑野。**叶上與反**敦**音堆**彼獨宿。亦在車下。**叶後五反。○賦也。東山。所征之地也。慆慆。言久也。零。落也。濛。雨貌。裳衣。平居之服也。勿士行枚。未詳其義。鄭氏曰。士。事也。行。陣也。枚。如箸。銜之。有繬結項中。以止語也。蜎蜎。動貌。蠋。桑蟲。如蠶者也。烝。發語辭。敦。獨處不移之貌。此則興也。○成王既得鴟鴞之詩。又感雷風之變。始悟而迎周公。於是周公東征已三年矣。既歸。因作此詩。以勞歸士。蓋為之述其意而言曰。我之東征既久。而歸途又有遇雨之勞。因追言其在東而言歸之時。心已西嚮而悲。於是制其平居之服。而以為自今可以勿為行陳銜枚之事矣。及其在塗。則又覩物起興而自歎曰。彼蜎蜎者蠋。則在彼桑野矣。此敦然而獨宿者。則亦在此車下矣。

○**我徂東山。慆慆不歸。我來自東。零雨其濛。果臝**力果反**之實。亦施**音異**于宇。伊威在室。蠨**音蕭**蛸**音宵**在戶。町**音廷**畽**他短反**鹿場。熠**音翊**燿**以照反**宵行。**戶郎反**亦可畏**叶於非反**也。伊可懷**叶胡威反**也。**賦也。果臝。栝樓也。施。延也。蔓生延施于宇下也。伊威。鼠婦也。室不掃則有之。蠨蛸。小蜘蛛也。戶無人出入。則結網當之。町畽。舍旁隙地也。無人焉。故鹿以為場也。熠燿。明不定貌。宵行。蟲名。如螢。夜行喉下有光如螢。○章首四句。言其往來之勞。在外之久。故每章重言。見其感念之深。遂言已東征而室廬荒廢。至於如此。亦可畏矣。然豈可畏而不歸哉。亦可懷思而已。此則述其歸未至而思家之情也。

○**我徂東山。慆慆不歸。我來自東。零雨其濛。鸛鳴于垤。**叶地一反**婦歎于室。洒埽穹窒。我征聿至。**叶入聲**有敦**音堆**瓜苦。烝在**

栗薪。自我不見。于今三年。叶尼因反。○賦也。鸛。水鳥似鶴者也。垤。蟻冢也。穹窒見七月。○將陰雨則穴處者先知。故蟻出垤而鸛就食之。遂鳴于其上也。行者之妻亦思其夫之勞苦而嘆息於家。於是洒埽穹窒以待其歸。而其夫之行。忽已至矣。因見苦瓜繫於栗薪之上。而曰。自我之不見此。亦已三年矣。栗。周土所宜木。與苦瓜皆微物也。見之而喜。則其行久而感深可知矣。○我徂東山。慆慆不歸。我來自東。零雨其濛。倉庚于飛。熠燿其羽。之子于歸。皇駁音剝其馬。叶滿補反親結其縭。叶離羅二音九十其儀。叶宜俄二音其新孔嘉。叶居宜居何二反其舊如之何。叶奚何二音。○賦而興也。倉庚飛。昏姻時也。熠燿。鮮明也。黃白曰皇。駵白曰駁。縭。婦人之褘也。母戒女而爲之施衿結帨也。九其儀。十其儀。言其儀之多也。○賦時物以起興。而言東征之歸士。未有室家者。及時而昏姻。既甚美矣。其舊有室家者。相見而喜。當如何邪。

東山四章。章十二句。序曰。一章言其完也。二章言其思也。三章言其室家之望女也。四章樂男女之得及時也。君子之於人。序其情而閔其勞。所以說也。說以使民。民忘其死。其惟東山乎。愚謂完謂全師而歸。無死傷之苦。思謂未至而思。有愴恨之懷。至於室家望女。男女及時。亦皆其心之所願而不敢言者。上之人乃先其未發而歌詠以勞苦之。則其歡欣感激之情。爲如何哉。蓋古之勞詩皆如此。其上下之際。情志交孚。雖家人父子之相語。無以過之。此其所以維持鞏固數十百年。而無一旦土崩之患也。

既破我斧。又缺我斨。音鏘周公東征。四國是皇。哀我人斯。亦孔之將。賦也。隋銎曰斧。方銎曰斨。征伐之用也。四國。四方之國也。皇。匡也。將。大也。○從軍之士。以前篇周公勞已之勤。故言此以答其意曰。東征之役。既破我斧而缺我斨。其勞甚矣。然周公之爲此舉。蓋將使四方莫敢不一於正而後已。其哀我人也。豈不大哉。然則雖有破斧缺斨之勞。而義有所不得辭矣。夫管蔡流言以謗周公。而公以六軍之衆。往而征之。使其心一有出於自私。而不在於天下。則撫之雖勤。勞之雖至。而從役之士。豈能不怨也哉。今觀此詩。固足以見周公之心。大公至正。天下信其無一毫自愛之私。抑又以見當是之時。雖被堅執銳之人。亦皆能以周公之心爲心。而不自爲一身一家之計。蓋亦莫非聖人之徒也。學者於此熟玩而有得焉。則其心正大。而天地之情眞可見矣。○既破我斧。又缺我錡。音奇叶巨何反周公東征。四國是吪。音吪哀我人斯。亦孔之嘉。叶居何反。○賦也。錡。鑿屬。吪。化。嘉。善也。○既破我斧。又缺我銶。音求周公東征。四國是遒。音四哀我人斯。亦孔之休。賦也。銶。木屬。遒。斂而固之也。休。美也。

破斧三章。章六句。范氏曰。象日以殺舜爲事。舜爲天子也。則封之。管蔡啓商以叛。周公之爲相也。則誅之。迹雖不同。其道則一也。蓋象之禍。及於舜而已。故舜封之。管蔡流言。將危周公以間王室。得罪於天下。故周公誅之。非周公誅之。天下之所當誅也。周公豈得而私之哉。

伐柯如何。匪斧不克。取（去聲）妻如何。匪媒不得。比也。柯斧柄也。克能也。媒通二姓之言者也。○周公居東之時。東人言此以比平日欲見周公之難。

○伐柯伐柯。其則不遠。我遘（音姤）之子。籩豆有踐。（上聲）○比也。則法也。我東人自我也。之子指其妻而言也。籩竹豆也。豆木豆也。踐行列之貌。○言伐柯而有斧。則不過即此舊斧之柯。而得其新柯之法。娶妻而有媒。則亦不過即此見之。而成其同牢之禮矣。東人言此以比今日得見周公之易。深喜之之辭也。

伐柯二章。章四句。

九罭（音域）之魚。鱒（音尊）魴。我覯之子。袞衣繡裳。興也。九罭九囊之網也。鱒似鯶而鱗細眼赤。魴已見上。皆魚之美者也。我東人自我也。之子指周公也。袞衣裳九章。一曰龍。二曰山。三曰華蟲。雉也。四曰火。五曰宗彝。虎蜼也。皆繢於衣。六曰藻。七曰粉米。八曰黼。九曰黻。皆繡於裳。天子之龍。一升一降。上公但有降龍。以龍首卷然。故謂之袞也。○此亦周公居東之時。東人喜得見之。而言九罭之網。則有鱒魴之魚矣。我覯之子。則見其袞衣繡裳之服矣。

○鴻飛遵渚。公歸無所。於女（音汝）信處。興也。遵循也。渚小洲也。女東人自相女也。再宿曰信。○東人聞成王將迎周公。又自相謂而言。鴻飛則遵渚矣。公歸豈無所乎。今特於女信處而已。○鴻飛遵陸。公歸不復。於女信宿。興也。高平曰陸。不復言將留相王室而不復來東也。○是以有袞衣兮。無以我公歸兮。無使我心悲兮。賦也。承上二章。言周公信處信宿於此。是以東方有此服袞衣之人。又願其且留於此。無遽迎公以歸。歸則將不復來。而使我心悲也。

九罭四章。一章四句。三章章三句。

狼跋其胡。載疐（音致）其尾。公孫（音遜）碩膚。赤舃（音昔）几几。興也。跋躐也。胡頷下懸肉也。載則。疐跲也。老狼有胡。進而躐其胡。則退而跲其尾。公周公也。孫讓。碩大。膚美也。赤舃冕服之舃也。几几安重貌。○周公雖遭疑謗。然所以處之不失其常。故詩人美之。言狼跋其胡。則疐其尾矣。公遭流言之變。而其安肆自得乃如此。蓋其道隆德盛。而安土樂天。有不足言者。所以遭大變而不失其常也。夫公之被毀。以管蔡之流言也。而詩人以爲此非四國之所爲。乃公自讓其大美而不居耳。蓋不使讒邪之口。得以加乎公之忠聖。此可見其愛公之深。敬公之至。而其立言亦有法矣。○狼疐其尾。載跋其胡。公孫碩膚。德音不瑕。（叶洪孤反）○興也。德音猶令聞也。瑕疵病也。○程子曰。周公之處己也。夔夔然存恭畏之心。其存誠也。蕩蕩然無顧慮之意。所以不失其聖。而德音不瑕也。

狼跋二章。章四句。范氏曰。神龍或潛或飛。能大能小。其變化不測。然得而畜之若犬羊然。有欲故也。唯其可以畜之。是以亦得醢而食之。凡有欲之類。莫不可制焉。唯聖人無欲。故天地萬物不能易也。富貴貧賤死生。如寒暑晝夜相代乎前。吾豈有二其心乎哉。亦順受之而已矣。舜受堯之天下。不以爲泰。孔子阨於陳蔡。而不以爲戚。周公

遂則四國流言。近則王不知。而
亦曷几几。德音不瑕。其致一也。

豳國七篇。二十七章。二百三句。程元問於文中子曰。敢問豳風何風也。曰。變風也。元曰。周公之際。亦有變風乎。曰。君臣相誚。其能正乎。成王終疑周公。則風遂變矣。非周公至誠。其孰卒正之哉。元曰。居變風之末。何也。曰。夷王以下。變風不復正矣。夫子蓋傷之也。故終之以豳風。言變之可正也。惟周公能之。故係之以正。變而克正。危而克扶。始終不失其本。其惟周公乎。係之豳。遠矣哉。○籥章。龡豳詩。以逆暑迎寒。已見於七月之篇矣。又曰。祈年于田祖。則龡豳雅以樂田畯。祭蜡。則龡豳頌以息老物。則考之於詩。未見其篇章之所在。故鄭氏三分七月之詩以當之。其道情思者爲風。正禮節者爲雅。樂成功者爲頌。然一篇之詩。首尾相應。乃剟取其一節而偏用之。恐無此理。故王氏不取。而但謂本有是詩而亡之。其說近是。或者又疑但以七月全篇。隨事而變其音節。或以爲風。或以爲雅。或以爲頌。則於理爲通。而事亦可行。如又不然。則雅頌之中。凡爲農事而作者。皆可冠以豳號。其說具於大田良耜諸篇。讀者擇焉可也。

詩經卷之四

小雅二

雅者。正也。正樂之歌也。其篇本有大小之殊。而先儒說又各有正變之別。以今考之。正小雅。燕饗之樂也。正大雅。會朝之樂。受釐陳戒之辭也。故或歡欣和說。以盡羣下之情。或恭敬齊莊。以發先王之德。辭氣不同。音節亦異。多周公制作時所定也。及其變也。則事未必同。而各以其聲附之。其次序時世。則有不可考者矣。

鹿鳴之什二之一

雅頌無諸國別。故以十篇爲一卷。而謂之什。猶軍法以十人爲什也。

呦呦音幽鹿鳴。叶音芒食野之苹。叶音旁我有嘉賓。鼓瑟吹笙。叶師莊反吹笙鼓簧。音黃承筐是將。人之好去聲我。示我周行。叶音杭○興也。呦呦。聲之和也。苹。藾蕭也。青色。白莖。如筯。我。主人也。賓。所燕之客。或本國之臣。或諸侯之使也。瑟笙。燕禮所用之樂也。簧。笙中之簧也。承。奉也。筐。所以盛幣帛者也。將。行也。奉筐而行幣帛。飲則以酬賓送酒。食則以侑賓勸飽也。周行。大道也。古者於旅也語。故欲於此聞其言也。○此燕饗賓客之詩也。蓋君臣之分。以嚴爲主。朝廷之禮。以敬爲主。然一於嚴敬。則情或不通。而無以盡其忠告之益。故先王因其飲食聚會。而制爲燕饗之禮。以通上下之情。而其樂歌。又以鹿鳴起興。而言其禮意之厚如此。庶乎人之好我。而示我以大道也。記曰。私惠不歸德。君子不自留焉。蓋其所望於羣臣嘉賓者。唯在於示我以大道。則必不以私惠爲德而自留矣。嗚呼。此其所以和樂而不淫也與。

○呦呦鹿鳴。食野之蒿。我有嘉賓。德音孔昭。叶側豪反視民不恌。他彫反叶音挑君子是則是傚。叶胡高反我有旨酒。嘉賓式燕以敖。音翱○興也。蒿。菣也。即青蒿也。孔。甚。昭。明也。視。與示同。恌。偷薄也。敖。游也。○言嘉賓之德音甚明。足以示民使不偷薄。而君子所當則傚。則亦不待言語之間。而其所以示我者深矣。

○呦呦鹿鳴。食野之芩。音琴我有嘉賓。鼓瑟鼓琴。鼓瑟鼓琴。和樂音洛且湛。音耽叶持林反我有旨酒。以燕樂嘉賓之心。興也。芩。草名。莖如釵股。葉如竹。蔓生。湛。樂之久也。燕。安也。○言安樂其心。則非止養其體。娛其外而已。蓋所以致其殷勤之厚。而欲其教示之無已也。

鹿鳴三章。章八句。

按序以此爲燕羣臣嘉賓之詩。而燕禮亦云。工歌鹿鳴四牡皇皇者華。即謂此也。鄉飲酒用樂亦然。而學記言大學始教。宵雅肄三。亦謂此三詩。然則又爲上下通用之樂矣。豈本爲燕羣臣嘉賓而作。其後乃推而用之鄉人也與。然於朝曰君臣焉。於燕曰賓主焉。先王以禮使臣之厚。於此見矣。○范氏曰。食之以禮。樂之以樂。將之以實。求之以誠。此所以得其心也。賢者豈以飲食幣帛爲悅哉。夫婚姻不備。則貞女不行也。禮樂不備。則賢者不處也。賢者不處。則豈得樂而盡其心乎。

四牡騑騑。音非周道倭遲。音威豈不懷歸。王事靡盬。音古我心傷悲。賦也。騑騑。行不止之貌。周道。大路也。倭遲。回遠之貌。盬。不堅固也。○此勞使臣之詩也。夫君之使臣。臣之事君。禮也。故爲臣者。奔走於王事。特以盡其職分之所當爲而已。何敢自以爲勞哉。然君之心。則不敢以是而自安也。故燕饗之際。敘其情以閔其勞。言罵此四牡而出使於外。其道路之回遠如此。當是時。豈不思歸乎。特以王事不可以不堅固。不敢徇私以廢公。是以內顧而傷悲也。臣勞於事而不自言。君探其情而代之言。上下之間。可謂各盡其道矣。傳曰。思歸者。私恩也。靡盬者。公義也。傷悲者。情思也。無私恩非孝子也。無公義非忠臣也。君子不以私害公。不以家事辭王事。范氏曰。臣之事上也。必先公而後私。君之勞臣也。必先恩而後義。

○四牡騑騑。嘽嘽音灘駱音洛馬。叶滿補反豈不懷歸。王事靡盬。不遑啓處。賦也。嘽嘽。衆盛之貌。白馬黑鬣曰駱。遑。暇。啓。跪。處。居也。

○翩翩音篇者鵻。音隹載飛載下。叶後五反集于苞栩。音許王事靡盬。不遑將父。興也。翩翩。飛貌。鵻。夫不也。今鵓鳩也。凡鳥之短尾者皆鵻屬。將。養也。○翩翩者鵻。猶或飛或下。而集於所安之處。今使人乃勞苦於外。而不遑養其父。此君人者。所以不能自安。而深以爲憂也。范氏曰。忠臣孝子之行役。未嘗不念其親。君之使臣。豈待其勞苦而自傷哉。亦憂其憂。如己而已矣。此聖人所以感人心也。

○翩翩者鵻。載飛載止。集于苞杞。音起王事靡盬。不遑將母。叶滿彼反。○興也。杞。枸檵也。

○駕彼四駱。載驟駸駸。音侵豈不懷歸。是用作歌。將母來諗。音審叶深。賦也。駸駸。驟貌。諗。告也。以其不獲養父母之情。而來告於君也。非使人作是歌也。設言其情以勞之耳。獨言將母者。因上章之文也。

四牡五章。章五句。按序。言此詩所以勞使臣之來。甚協詩意。故春秋傳亦云。而外傳以爲章使臣之勤。所謂使臣。雖叔孫之自稱。亦正合其本事也。但儀禮又以爲上下通用之樂。疑亦本爲勞使臣而作。其後乃移以他用耳。

皇皇者華。叶芳無反于彼原隰。駪駪音莘征夫。每懷靡及。興也。皇皇。猶煌煌也。華。草木之華也。高平曰原。下濕曰隰。駪駪。衆多疾行之貌。征夫。使臣與其屬也。懷。思也。○此遣使臣之詩也。君之使臣。固欲其宣上德而達下情。而臣之受命。亦惟恐其無以副君之意也。故先王之遣使臣也。美其行道之勤。而述其心之所懷。曰彼煌煌之華。則于彼原隰矣。此駪駪然之征夫。則其所懷思。常若有所不及矣。蓋亦因以爲戒。然其辭之婉而不迫如此。詩之忠厚。亦可見矣。

○我馬維駒。六轡如濡。載馳載驅。周爰咨諏。賦也。如濡。鮮澤也。周。徧。爰。於也。咨諏。訪問也。○使臣自以每懷靡及。故廣詢博訪。以補其不及而盡其職也。程子曰。咨訪使臣之大務。

○我馬維騏。音其六轡如絲。叶新齎反載馳載驅。周爰咨謀。叶莫悲反。○賦也。如絲。調忍也。謀。猶諏也。變文以協韻耳。下章放此。

○我馬維駱。六轡沃烏毒反若。載馳載驅。周爰咨度。入聲。○賦也。沃若。猶如濡也。度。猶謀也。

○我馬維駰。音因六轡既均。載馳載驅。周爰咨詢。賦也。陰白雜毛曰駰。均。調也。詢。猶度也。

皇皇者華五章。章四句。按序。以此詩爲君遣使臣。春秋內外傳皆云。君教使臣。其說已見前篇。儀禮亦見鹿鳴。疑亦本爲遣使臣而作。其後乃移以他用也。

然叔孫穆子所謂君敎使臣曰每懷靡及諏謀度詢必咨於周敢不拜敎可謂得詩之意矣范氏曰王者遣使於四方敎之以咨諏善道將以廣聰明也夫臣欲助其君之德必求賢以自助故臣能從善則可以善君矣臣能聽諫則可以諫君矣未有不自治而能正君者也

常棣之華鄂五各反不韡韡音偉凡今之人莫如兄弟待禮反○興也常棣棣也子如櫻桃可食鄂鄂然外見之貌不猶豈不也韡韡光明貌○此燕兄弟之樂歌故言常棣之華則其鄂然而外見者豈不韡韡乎凡今之人則豈有如兄弟者乎

○死喪之威兄弟孔懷叶胡威反原隰裒薄侯反矣兄弟求矣賦也威畏懷思裒聚也○言死喪之禍他人所畏惡惟兄弟爲相恤耳至於積尸裒聚於原野之間亦惟兄弟爲相求也此詩蓋周公既誅管蔡而作故此章以下專以死喪急難鬬鬩之事爲言其志切其情哀乃處兄弟之變如孟子所謂其兄關弓而射之則已垂涕泣而道之者序以爲閔管蔡之失道者得之而又以爲文武之詩則誤矣大抵舊說詩之時世皆不足信舉此自相矛盾者以見其一端後不能悉辯也

○脊音積令音零在原兄弟急難叶泥沿反每有良朋況也永歎音灘叶他涓反○興也脊令雝渠水鳥也況發語辭或曰當作怳○脊令飛則鳴行則搖有急難之意故以起興而言當此之時雖有良朋不過爲之長歎息而已力或不能相及也東萊呂氏曰疏其所親而親其所疏此失其本心者也故此詩反覆言朋友之不如兄弟蓋示之以親疏之分使之反循其本也本心既得則由親及疏秩然有序兄弟之親既篤朋友之義亦敦矣初非薄於朋友也苟雜施而不孫雖曰厚於朋友如無源之水朝滿夕除胡可保哉或曰人之在難朋友亦可以坐視與日每有良朋況也永歎則非不憂憫但視兄弟急難爲有差等耳詩人之辭容有抑揚然常棣周公作也聖人之言小大高下皆宜而前後左右不相悖

○兄弟鬩許歷反于牆外禦其務音侮每有良朋烝之承反也無戎叶而主反○賦也鬩鬬狠也禦禁也烝發語聲戎助也○言兄弟設有不幸鬬狠於內然有外侮則同心禦之矣雖有良朋豈能有所助乎富辰曰兄弟雖有小忿不廢懿親

○喪亂既平既安且寧雖有兄弟不如友生叶桑經反○賦也上章言患難之時兄弟相救非朋友可比此章遂言安寧之後乃有視兄弟不如友生者悖理之甚也

○儐賓胤反爾籩豆飲酒之飫於慮反兄弟既具和樂音洛且孺賦也儐陳飫饜具俱也孺小兒之慕父母也○言陳籩豆以醉飽而兄弟有不具焉則無與共享其樂矣

⊙妻子好去聲合如鼓瑟琴兄弟既翕音吸和樂且湛音耽叶持林反○賦也翕合也○言妻子好合如琴瑟之和而兄弟有不合焉則無以久其樂矣

○宜爾室家叶古胡反樂爾妻帑音奴是究是圖亶其然乎賦也帑子究窮圖謀亶信也○宜爾室家者兄弟具而後樂且孺也樂爾妻帑者兄弟翕而後樂且湛也兄弟於人其重如此試以是究而圖之豈不信其然乎東萊呂氏曰告人以兄弟之當親未有不以爲然者也苟非是究是圖實從事於此則亦未有誠知其然者也不誠知其然則所知者特其名而已矣凡學蓋莫不然

常棣八章。章四句。此詩首章略言至親莫如兄弟之意。次章乃以意外不測之事言之。以明兄弟之情其切如此。三章但言急難。則淺於死喪矣。至於四章。則又以其情義之甚薄。而猶有所不能已者言之。其序若曰。不待死喪。然後相救。但有急難。便當相助。言又不幸而至於或有小忿。猶必共禦外侮。其所以言之者。雖若益輕以約。而所以著夫兄弟之義者。益深且切矣。至於五章。遂言安寧之後。乃謂兄弟不如友生。則是親反爲路人。而人道或幾乎息矣。故下兩章。乃復極言兄弟之恩。異形同氣。死生苦樂。無適而不相須之意。卒章又申告之。使反復窮極而驗其信然。可謂委曲漸次。說盡人情矣。讀者宜深味之。

伐木丁丁。音爭鳥鳴嚶嚶。音鶯出自幽谷。遷于喬木。嚶其鳴矣。求其友聲。相去聲彼鳥矣。猶求友聲。矧伊人矣。不求友生。叶桑經反神之聽之。終和且平。興也。丁丁。伐木聲。嚶嚶。鳥聲之和也。幽。深。遷。升。喬。高。相。視。矧。況也。○此燕朋友故舊之樂歌。故以伐木之丁丁。興鳥鳴之嚶嚶。而言鳥之求友。遂以鳥之求友。喻人之不可無友也。人能篤朋友之好。則神之聽之。終和且平矣。

○伐木許許。音虎釃音師酒有藇。音序既有肥羜。音苧以速諸父。寧適不來。微我弗顧。叶居五反於音烏粲洒去聲埽。去聲叶蘇叽反陳饋八簋。叶巳有反既有肥牡。以速諸舅。寧適不來。微我有咎。興也。許許。衆人共力之聲。淮南子曰。舉大木者呼邪許。蓋舉重勸力之歌也。釃酒者。或以筐。或以草。泲之而去其糟也。禮所謂縮酌用茅是也。藇。美貌。羜。未成羊也。速。召也。諸父。朋友之同姓而尊者也。微。無。顧。念也。於。歎辭。粲。鮮明貌。八簋。器之盛也。諸舅。朋友之異姓而尊者也。先諸父而後諸舅者。親疎之殺也。咎。過也。○言具酒食以樂朋友如此。寧使彼適有故而不來。而無使我恩意之不至也。孔子曰。所求乎朋友。先施之。未能也。此可謂能先施矣。

○伐木于阪。叶孚臠反釃酒有衍。籩豆有踐。上聲兄弟無遠。民之失德。乾餱音侯以愆。叶起淺反有酒湑上聲我。無酒酤音古我。坎坎鼓我。蹲蹲音存舞我。迨音待我暇叶後五反矣。飲此湑矣。興也。衍。多也。踐。陳列貌。兄弟。朋友之同儕者。無遠。皆在也。先諸舅而後兄弟者。尊卑之等也。乾餱。食之薄者也。愆。過也。湑。亦釃也。酤。買也。坎坎。擊鼓聲。蹲蹲。舞貌。迨。及也。○言人之所以至於失朋友之義者。非必有大故。或但以乾餱之薄。不以分人。而至於有愆耳。故我於朋友。不計有無。但及閒暇。則飲酒以相樂也。

伐木三章。章十二句。劉氏曰。此詩每章首輒云伐木。凡三云伐木。故知當爲三章。舊作六章。誤矣。今從其說正之。

天保定爾。亦孔之固。俾爾單音丹厚。何福不除。去聲俾爾多益。以莫不庶。賦也。保。安也。爾。指君也。固。堅。單。盡也。除。除舊而生新也。庶。衆也。○人君以鹿鳴以下五詩燕其臣。臣受賜者。歌此詩以答其君。言天之安定我君。使之獲福如此也。

○天保定爾。俾爾戩音翦穀。罄無不宜。受

天百祿。降爾遐福。維日不足。賦也。聞人氏曰。戩與翦同。盡也。穀。善也。盡善云者。猶其曰單厚多益也。磬。盡。遐。遠也。爾有以受天之祿矣。而又降爾以福。言天人之際。交相與也。書所謂昭受上帝。天其申命用休。語意正如此。

○天保定爾。以莫不興。如山如阜。如岡如陵。如川之方至。以莫不增。賦也。興。盛也。高平曰陸。大陸曰阜。大阜曰陵。皆高大之意。川之方至。言其盛長之未可量也。

○吉蠲音涓為饎。音熾是用孝享。叶虛良反禴音藥祠烝嘗。于公先王。君曰卜爾。萬壽無疆。賦也。吉。言諏日擇士之善。蠲。言齊戒滌濯之潔。饎。酒食也。享。獻也。宗廟之祭。春曰祠。夏曰禴。秋曰嘗。冬曰烝。公。先公也。謂后稷以下至公叔祖類也。先王。大王以下也。君。通謂先公先王也。卜。猶期也。此尸傳神意以嘏主人之辭。文王時。周未有曰先王者。此必武王以後所作也。

○神之弔音的矣。詒音怡爾多福。叶筆力反民之質矣。日用飲食。羣黎百姓。徧為爾德。賦也。弔。至也。神之至矣。猶言祖考來格也。詒。遺。質。實也。言其質實無偽。日用飲食而已。羣。眾也。黎。黑也。猶秦言黔首也。百姓。庶民也。為爾德者。言則而象之。猶助爾而為德也。

○如月之恆。如日之升。如南山之壽。不騫音牽不崩。如松柏之茂。無不爾或承。賦也。恆。弦。升。出也。月上弦而就盈。日始出而就明。騫。虧也。承。繼也。言舊葉將落。而新葉已生。相繼而長茂也。

天保六章。章六句。

采薇采薇。薇亦作叶則故反止。曰歸曰歸。歲亦莫音暮止。靡室靡家。叶古乎反玁音險狁音允之故。不遑啟居。玁狁之故。興也。薇。菜名。作。生出地也。莫。晚。靡。無也。玁狁。北狄也。遑。暇。啟。跪也。○此遣戍役之詩。以其出戍之時。采薇以食。而念歸期之遠也。故為其自言。而以采薇起興曰。采薇采薇。則薇亦作止矣。曰歸曰歸。則歲亦莫止矣。然凡此所以使我舍其室家而不暇啟居者。非上之人故為是以苦我也。直以玁狁侵陵之故。有所不得已而然耳。蓋敘其勤苦悲傷之情。而又風以義也。程子曰。毒民不由其上。則人懷敵愾之心矣。又曰。古者戍役。兩朞而還。今年春莫行。明年夏代者至。復留備秋。至過十一月而歸。又明年中春至。春莫遣次戍者。每秋與冬初。兩番戍者皆在疆圉。如今之防秋也。

○采薇采薇。薇亦柔止。曰歸曰歸。心亦憂止。憂心烈烈。載飢載渴。叶巨烈反我戍未定。靡使歸聘。興也。柔。始生而弱也。烈烈。憂貌。載。則也。定。止。聘。問也。○言戍人念歸期之遠。而憂勞之甚。然戍事未已。則無人可使歸而問其室家之安否也。

○采薇采薇。薇亦剛止。曰歸曰歸。歲亦陽止。王事靡盬。不遑啟處。憂心孔疚。叶訖力反我行不來。叶六直反○興也。剛。既成而剛也。陽。十月也。時純陰用事。嫌於無陽。故名之曰陽月也。孔。甚。疚。病也。來。歸也。此見士之竭力致死。無還心也。

○彼爾維何。維常之華。叶芳無反彼路斯何。君子之車。叶尺奢反戎車既駕。四牡業業。豈敢定居。一月三捷。興也。爾。華盛貌。常。常棣也。路。戎車也。君子。謂將帥也。業業。壯也。捷。勝也。○

彼爾然而盛者。常棣之華也。彼路車者。君子之車也。戎車既駕。而四牡盛矣。則何敢以定居乎。庶乎一月之閒。三戰而三捷爾。○駕彼四牡。四牡騤騤。求龜反君子所依。小人所腓。音肥四牡翼翼。象弭音米魚服。叶蒲北反豈不日戒。叶訖力反玁狁孔棘。賦也。騤騤。強也。依。猶乘也。腓。猶芘也。程子曰。腓。隨動也。如足之腓。足動則隨而動也。翼翼。行列整治之狀。象弭。以象骨飾弓弰也。魚。獸名。似猪。東海有之。其皮背上斑文。腹下純青。可爲弓鞬矢服也。戒。警。棘。急也。○言戎車者。將帥之所依乘。戍役之所芘倚。且其行列整治。而器械精好如此。豈不日相警戒乎。玁狁之難甚急。誠不可以忘備也。○昔我往矣。楊柳依依。今我來思。雨去聲雪霏霏。芳菲反行道遲遲。載渴載飢。我心傷悲。莫知我哀。叶於希反○賦也。楊柳。蒲柳也。霏霏。雪甚貌。遲遲。長遠也。○此章又設爲役人預自道其歸時之事。以見其勤勞之甚也。程子曰。此皆極道其勞苦憂傷之情也。上能察其情。則雖勞而不怨。雖憂而能勵矣。范氏曰。吁。於采薇。見先王以人道使人。後世則牛羊而已矣。

采薇六章。章八句。

我出我車。于彼牧矣。叶莫狄反自天子所。謂我來矣。叶六直反召彼僕夫。謂之載矣。叶節力反王事多難。去聲維其棘矣。賦也。牧。郊外也。自。從也。天子。周王也。僕夫。御夫也。○此勞還率之詩。追言其始受命出征之時。出車於郊外而語其人曰。我受命於天子之所而來。於是乎召僕夫。使之載其車以行。而戒之曰。王事多難。是行也。不可以緩矣。○我出我車。于彼郊矣。音高設此旐矣。音兆建彼旄矣。音毛彼旟音餘旐斯。胡不旆旆。叶蒲寐反憂心悄悄。僕夫況瘁。音悴○賦也。郊在牧內。蓋前軍已至牧而後軍猶在郊也。設。陳也。龜蛇曰旐。建。立也。旄。注旄於旗干之首也。鳥隼曰旟。鳥隼。龜蛇。曲禮所謂前朱雀而後玄武也。楊氏曰。師行之法。四方之星。各隨其方以爲左右前後。進退有度。各司其局。則士無失伍離次矣。旆旆。飛揚之貌。悄悄。憂貌。況。茲也。或云當作怳。○言出車在郊。建設旗幟。彼旟旐者。豈不旆旆而飛揚乎。但將帥方以任大責重爲憂。而僕夫亦爲之恐懼而憔悴耳。東萊呂氏曰。古者出師。以喪禮處之。命下之日。士皆泣涕。夫子之言行三軍。亦曰臨事而懼。皆此意也。○王命南仲。往城于方。出車彭彭。叶鋪郎反旂旐央央。天子命我。城彼朔方。赫赫南仲。玁狁于襄。賦也。王。周王也。南仲。此時大將也。方。朔方。今靈夏等州之地。彭彭。衆盛貌。交龍爲旂。此所謂左青龍也。央央。鮮明也。赫赫。威名光顯也。襄。除也。或曰。上也。與懷山襄陵之襄同。言勝之也。○東萊呂氏曰。大將傳天子之命以令軍衆。於是車馬衆盛。旂旐鮮明。威靈氣焰。赫然動人矣。兵事以哀敬爲本。而所尚則威。二章之戒懼。三章之奮揚。並行而不相悖也。程子曰。城朔方而玁狁之難除。禦戎狄之道。守備爲本。不以攻戰爲先也。○昔我往矣。黍稷方華。叶芳無反今我來思。雨雪載塗。王事多難。不遑啓居。豈不懷歸。畏此簡書。賦也。華。盛也。塗。凍釋而泥塗也。簡書。戒命也。鄰國有急。則以簡書相戒命也。或曰。簡書。策命臨遣之辭也。○此言其既歸在塗。而本其往時所見。與今還時所遭。以見其出之久也。東萊呂氏曰。采薇之所謂往。遣戍時也。此詩之所謂往。在道時也。采薇之所謂來。戍畢時也。此詩之所謂來。歸而在道時也。○

喓喓音腰草蟲。趯趯音剔阜螽。未見君子。憂心忡忡。音充既見君子。我心則降。音杭叶胡攻反赫赫南仲。薄伐西戎。賦也。此言將帥之出征也。其室家感時物之變而念之。以爲未見而憂之如此。必既見然後心可降耳。然此南仲。今何在乎。方往伐西戎而未歸也。豈既卻玁狁而還師以伐昆夷也與。薄之爲言聊也。蓋不勞餘力矣。○春日遲遲。卉音諱木萋萋。音妻倉庚喈喈。音皆叶居奚反采蘩祁祁。執訊音信獲醜。薄言還音旋歸。赫赫南仲。玁狁于夷。賦也。卉草也。萋萋盛貌。倉庚黃鸝也。喈喈聲之和也。訊其魁首當訊問者也。醜徒衆也。夷平也。○歐陽氏曰。述其歸時。春日暄妍。草木榮茂。而禽鳥和鳴。於此之時。執訊獲醜而歸。豈不樂哉。鄭氏曰。此詩亦伐西戎。獨言平玁狁者。玁狁大。故以爲始以爲終。

出車六章。章八句。

有杕音第之杜。有睆音莞其實。王事靡盬。繼嗣我日。日月陽止。女心傷止。征夫遑止。賦也。睆實貌。嗣續也。陽十月也。遑暇也。○此勞還役之詩。故追述其未還之時。室家感於時物之變而思之曰。特生之杜。有睆其實。則秋冬之交矣。而征夫以王事出。乃以日繼日。而無休息之期。至於十月。可以歸而猶不至。故女心悲傷。而曰征夫亦可以暇矣。曷爲而不歸哉。或曰。興也。下章放也。○有杕之杜。其葉萋萋。王事靡盬。我心傷悲。卉木萋止。女心悲止。征夫歸止。賦也。萋萋盛貌。春將暮之時也。歸止可以歸也。○陟彼北山。言采其杞。王事靡盬。憂我父母。叶滿洧反檀車幝幝。音闡四牡痯痯。音管叶古轉反征夫不遠。賦也。檀木堅。宜爲車。幝幝敝貌。痯痯罷貌。○登山采杞。則春已暮而杞可食矣。蓋託以望其君子。而念其以王事詒父母之憂也。然檀車之堅而敝矣。四牡之壯而罷矣。則征夫之歸亦不遠矣。○匪載匪來。叶六直反憂心孔疚。叶訖力反期逝不至。叶朱力反而多爲恤。卜筮偕叶舉里反止。會言近叶渠紀反止。征夫邇止。賦也。載裝。疚病。逝往。恤憂。偕俱。會合也。○言征夫不裝載而來歸。固已使我念之而甚病矣。況歸期已過而猶不至。則使我多爲憂恤。宜如何哉。故且卜且筮。相襲俱作。合言於繇。而皆曰近矣。則征夫其亦邇而將至矣。范氏曰。以卜筮終之。言思之切而無所不爲也。

杕杜四章。章七句。

鄭氏曰。遣將帥及戍役。同歌同時。欲其同心也。反而勞之。異歌異日。殊尊卑也。記曰。賜君子小人不同日。此其義也。王氏曰。出而用兵。則均服同食。一衆心也。入而振旅。則殊尊卑。辨貴賤。定衆志也。范氏曰。出車勞率。故美其功。杕杜勞衆。故極其情。先王以己之心爲人之心。故能曲盡其情。使民忘其死以忠於上也。

南陔此笙詩也。有聲無辭。舊在魚麗之後。以儀禮考之。其篇次當在此。今正之。說見華黍。

鹿鳴之什十篇一篇無辭。凡四十六章。二百九十七句。

白華之什二之二（毛公以南陔以下三篇無辭。故升魚麗以足鹿鳴什數。而附笙詩二篇於其後。因以南有嘉魚爲次什之首。今悉依儀禮正之。）

白華（笙詩也。說見上下篇。）

華黍（亦笙詩也。鄉飲酒禮。鼓瑟而歌鹿鳴四牡皇皇者華。然後笙入堂下磬南北面立。樂南陔白華華黍。燕禮。亦鼓瑟而歌鹿鳴四牡皇皇者華。然後笙入立于縣中。奏南陔白華華黍。南陔以下。今無以考其名篇之義。然曰笙。曰樂。曰奏。而不言歌。則有聲而無辭明矣。所以知其篇第在此者。意古經篇題之下。必有譜焉。如投壺魯鼓薛鼓之節而亡之耳。）

魚麗（音離）于罶。（音柳叶酒）鱨（音常）鯊。（音沙叶蘇何反）君子有酒。旨且多。（興也。麗。歷也。罶。以曲薄爲笱。而承梁之空者也。鱨。揚也。今黃頰魚是也。似燕頭。魚身。形厚而長大。頰骨正黃。魚之大而有力解飛者。鯊。鮀也。魚狹而小。常張口吹沙。故又名吹沙。君子。指主人。旨且多。旨而又多也。○此燕饗通用之樂歌。卽燕饗所薦之羞。而極道其美且多。見主人禮意之勤。以優賓也。或曰賦也。下二章放此。）○魚麗于罶。魴鱧。（音禮）君子有酒。多且旨。（興也。鱧。鮦也。又曰鯇也。）○魚麗于罶。鰋（音偃）鯉。君子有酒。旨且有。（叶羽已反。○興也。鰋。鮎也。有。猶多也。）○物其多矣。維其嘉（叶居何反）矣。（賦也。）○物其旨矣。維其偕（叶舉里反）矣。（賦也。）○物其有（叶羽已反）矣。維其時（叶上紙反）矣。（賦也。蘇氏曰。多則患其不嘉。旨則患其不齊。有則患其不時。今多而能嘉。旨而能齊。有而能時。言曲全也。）

魚麗六章。三章章四句。三章章二句。（按儀禮。鄉飲酒及燕禮。前樂旣畢。皆閒歌魚麗。笙由庚。歌南有嘉魚。笙崇丘。歌南山有臺。笙由儀。閒。代也。言一歌一吹也。然則此六者。蓋一時之詩。而皆爲燕饗賓客上下通用之樂。毛公分魚麗以足前什。而說者不察。遂分魚麗以上爲文武詩。嘉魚以下爲成王詩。其失甚矣。）

由庚（此亦笙詩。說見魚麗。）

南有嘉魚。烝然罩罩。（音笊）君子有酒。嘉賓式燕以樂。（音洛叶五教反。○興也。南。謂江漢之閒。嘉魚。鯉質鱒鯽肌。出於沔南之丙穴。烝然。發語聲也。罩。篧也。編細竹以罩魚者也。重言罩罩。非一之辭也。○此亦燕饗通用之樂。故其辭曰。南有嘉魚。則必烝然而罩罩之矣。君子有酒。則必與嘉賓共之。而式燕以樂矣。此亦因所薦之物。而道達主人樂賓之意也。）○南有嘉魚。烝然汕汕。（音訕）君子有酒。嘉賓式燕以衎。（音看。○興也。汕。樔也。以薄汕魚也。衎。樂也。）○南有樛（音鳩）木。甘瓠（音護）纍（音雷）之。君子有酒。嘉賓式燕綏之。（興也。○東萊呂氏曰。瓠有甘有苦。甘瓠則可食者也。樛木下垂而美實纍之。固結而不可解也。思謂此興之取義者，似比而實興也。○翩翩者鵻之誰反，烝然來叶六直反思。君子有酒，嘉賓式燕又叶夷昔反思。興也。此興之全不取義者也。思，語辭也。又，既燕而又燕，以見其至誠有加而無已也。或曰：又思，言其又思念而不忘也。

南有嘉魚四章，章四句。說見魚麗。

崇丘說見魚麗。

南山有臺叶田飴反，北山有萊叶陵之反。樂音洛只音紙君子，邦家之基。樂只君子，萬壽無期。興也。臺，夫須，即莎草也。萊，草名，葉香可食者也。君子，指賓客也。○此亦燕饗通用之樂。故其辭曰：南山則有臺矣，北山則有萊矣。樂只君子，則邦家之基矣。樂只君子，則萬壽無期矣。所以道達主人尊賓之意，美其德而祝其壽也。

○南山有桑，北山有楊。樂只君子，邦家之光。樂只君子，萬壽無疆。興也。

○南山有杞，北山有李。樂只君子，民之父母叶滿彼反。樂只君子，德音不已。興也。杞，樹如樗，一名狗骨。

○南山有栲音考叶音口，北山有杻音紐。樂只君子，遐不眉壽叶直酉反。樂只君子，德音是茂叶莫口反。○興也。栲，山樗。杻，檍也。遐，何通。眉壽，秀眉也。

○南山有枸音矩，北山有楰音庾。樂只君子，遐不黃耇音苟叶果五反。樂只君子，保艾五蓋反爾後叶下五反。○興也。枸，枳枸，樹高大似白楊，有子著枝端，大如指，長數寸，噉之甘美如飴。八月熟，亦名木蜜。楰，鼠梓，樹葉木理如楸，亦名苦楸。黃，老人髮復黃也。耇，老人面凍梨色，如浮垢也。保，安。艾，養也。

南山有臺五章，章六句。說見魚麗。

由儀說見魚麗。

蓼音六彼蕭斯，零露湑上聲兮。既見君子，我心寫叶想羽反兮。燕笑語兮，是以有譽處兮。興也。蓼，長大貌。蕭，蒿也。湑湑然，蕭上露貌。君子，指諸侯也。寫，輸寫也。燕，謂燕飲。譽，善聲也。處，安樂也。蘇氏曰：譽、豫通。凡詩之譽，皆言樂也。亦通。○諸侯朝於天子，天子與之燕，以示慈惠。故歌此詩，言蓼彼蕭斯，則零露湑然矣。既見君子，則我心輸寫而無留恨矣。是以燕笑語而有譽處也。其曰既見，蓋於其初燕而歌之也。

○蓼彼蕭斯，零露瀼瀼音穰。既見君子，爲龍爲光。其德不爽叶師莊反，壽考不忘。興也。瀼瀼，露蕃貌。龍，寵也。爲龍爲光，喜其德之辭也。爽，差也。其德不爽，則壽考不忘矣。褒美而祝頌之，又因以勸戒之也。

○蓼彼蕭斯，零露泥泥音你。既見君子，孔燕豈弟。宜兄宜弟，令德壽豈音愷叶去禮反。○興也。泥泥，露濡貌。孔，甚。豈，樂。弟，易也。宜兄宜弟，猶曰宜其家人。蓋諸侯繼世而立。多疑忌其兄弟。如晉詛無畜羣公子。秦鍼懼選之類。故以宜兄宜弟美之。亦所以警戒之也。壽豈壽而且樂也。○**蓼彼蕭斯。零露濃濃。**音農**既見君子。鞗**音條**革沖沖。**音蟲**和鸞雝雝。萬福攸同。**興也。濃濃厚貌。鞗轡也。革轡首也。馬轡所把之外。有餘而垂者也。沖沖垂貌。和鸞皆鈴也。在軾曰和。在鑣曰鸞。皆諸侯車馬之飾也。庭燎亦以君子目諸侯。而稱其鸞旂之美。正此類也。攸所。同聚也。

蓼蕭四章。章六句。

湛湛上聲**露斯。匪陽不晞。**音希**厭厭**平聲**夜飲。不醉無歸。**興也。湛湛露盛貌。陽日。晞乾也。厭厭安也。亦久也。足也。夜飲私燕也。燕禮宵則兩階及庭門皆設大燭焉。○此亦天子燕諸侯之詩。言湛湛露斯。非日則不晞。以興厭厭夜飲。不醉則不歸。蓋於其夜飲之終而歌之也。○**湛湛露斯。在彼豐草。厭厭夜飲。在宗載考。**興也。豐茂也。夜飲必於宗室。蓋路寢之屬也。考成也。○**湛湛露斯。在彼杞棘。顯允君子。莫不令德。**興也。顯明。允信也。君子指諸侯爲賓者也。令善也。令德謂其飲多而不亂。德足以將之也。○**其桐其椅。**音醫**其實離離。豈弟君子。莫不令儀。**興也。離離垂也。令儀言醉而不喪其威儀也。

湛露四章。章四句。春秋傳。甯武子曰。諸侯朝正於王。王宴樂之。於是賦湛露。曾氏曰。前兩章言厭厭夜飲。後兩章言令德令儀。雖過三爵。亦可謂不繼以淫矣。

白華之什十篇。五篇無辭。凡二十三章。一百四句。

彤弓之什二之三

彤弓弨音超兮，受言藏之。我有嘉賓，中心貺叶虛王反之。鐘鼓既設，一朝饗叶虛良反之。賦也。彤弓，朱弓也。弨，弛貌。貺，與也。大飲賓曰饗。○此天子燕有功諸侯而錫以弓矢之樂歌也。東萊呂氏曰：受言藏之，言其重也。弓人所獻，藏之王府，以待有功，不敢輕與人也。中心貺之，言其誠也。中心實欲貺之，非由外也。一朝饗之，言其速也。以王府寶藏之弓，一朝舉以畀人，未嘗有遲留顧惜之意也。後世視府藏爲已私分，至有以武庫兵賜弄臣者，則與受言藏之者異矣。賞賜非出於利誘，則迫於事勢，至有朝賜鐵券而暮屠戮者，則與中心貺之者異矣。屯膏吝賞，功臣解體，至有印刓而不忍予者，則與一朝饗之者異矣。

○彤弓弨兮，受言載叶子利反之。我有嘉賓，中心喜叶去聲之。鐘鼓既設，一朝右音又，叶于記反之。賦也。載，抗之也。喜，樂也。右，勸也，尊也。

○彤弓弨兮，受言櫜音高，叶古號反之。我有嘉賓，中心好去聲之。鐘鼓既設，一朝醻音酬，叶大到反之。賦也。櫜，韜也。好，說也。醻，報也。飲酒之禮，主人獻賓，賓酢主人，主人又酌自飲，而遂酌以飲賓，謂之醻。醻猶厚也，勸也。

彤弓三章，章六句。春秋傳甯武子曰：諸侯敵王所愾，而獻其功，於是乎賜之彤弓一、彤矢百、玈弓矢千，以覺報宴。注曰：愾，恨怒也。覺，明也。謂諸侯有四夷之功，王賜之弓矢，又爲歌彤弓以明報功宴樂。鄭氏曰：凡諸侯賜弓矢，然後專征伐。東萊呂氏曰：所謂專征者，如四夷入邊，臣子篡弒，不容待報者。其他則九伐之法，乃大司馬所職，非諸侯所專也。與後世强臣拜表輒行者異矣。

菁菁音精者莪，在彼中阿。既見君子，樂音洛且有儀叶五何反。興也。菁菁，盛貌。莪，蘿蒿也。中阿，阿中也。大陵曰阿。君子，指賓客也。○此亦燕飲賓客之詩。言菁菁者莪，則在彼中阿矣。既見君子，則我心喜樂而有禮儀矣。或曰：以菁菁者莪比君子容貌威儀之盛也。下章放此。

○菁菁者莪，在彼中沚音止。既見君子，我心則喜。興也。中沚，沚中也。喜，樂也。

○菁菁者莪，在彼中陵。既見君子，錫我百朋。興也。中陵，陵中也。古者貨貝，五貝爲朋。錫我百朋者，見之而喜，如得重貨之多也。

○汎汎芳劒反楊舟，載沉載浮。既見君子，我心則休。比也。楊舟，楊木爲舟也。載，則也。載沉載浮，猶言載清載濁、載馳載驅之類，以比未見君子而心不定也。休者，休休然，言安定也。

菁菁者莪四章，章四句。

六月棲棲。音西戎車既飭。音敕四牡騤騤。音逵載是常服。叶蒲北反玁狁孔熾。我是用急。叶音棘王于出征。以
匡王國。叶于逼反。○賦也。六月。建未之月也。棲棲。猶遑遑不安之貌。戎車。兵車也。飭。整也。騤騤。強貌。常服。戎事之常服。以韎韋爲弁。又以爲衣而素裳白舄也。玁狁。卽獫狁。北狄也。孔。
甚。熾。盛。匡。正也。○成康既沒。周室寖衰。八世而厲王胡暴虐。周人逐之。出居于彘。玁狁內侵。逼近京邑。王崩。子宣王靖卽位。命尹吉甫帥師伐之。有功而歸。詩人作歌以序其事如此。司馬法
冬夏不興師。今乃六月而出師者。以玁狁甚熾。其事危急。故不得已而王命於是出征。以正王國也。○比去聲物四驪。閑之維則。維此六月。既成我
服。叶蒲北反我服既成。于三十里。王于出征。以佐天子。叶獎里反。○賦也。比物。齊其力也。凡大事祭祀朝覲會同。毛馬而頒之。凡軍事。物馬而頒
之。毛馬。齊其色。物馬。齊其力。吉事尚文。武事尚強也。則。法也。服。戎服也。三十里。一舍也。古者吉行日五十里。師行日三十里。○既比其物。而曰四驪。則其色又齊。可以見爲之有餘矣。閑習之
而皆中法則。又可以見教之有素矣。於是此月之中。卽成我服。既成我服。卽日引道。不徐不疾。盡舍而止。又見其應變之速。從事之敏。而不失其常度也。王命於此而出征。欲其有以敵王所
愾而佐天子耳。○四牡脩廣。其大有顒。玉容反薄伐玁狁。以奏膚公。有嚴有翼。共音恭武之服。叶蒲北反共武之
服。以定王國。叶于逼反。○賦也。脩。長。廣。大也。顒。大貌。奏。薦。膚。大。公。功。嚴。威。翼。敬也。共。與供同。服。事也。言將帥皆嚴敬以共武事也。○玁狁匪茹。音孺整居焦
穫。音護侵鎬。音浩及方。至于涇陽。織音志文鳥章。白旆央央。於良反元戎十乘。去聲以先啓行。叶戶郎反。○賦也。茹。度。整。
齊也。焦。穫。鎬。方。皆地名。焦。未詳所在。穫。郭璞以爲瓠中。則今在耀州三原縣也。鎬。劉向以爲千里之鎬。則非鎬京之鎬矣。亦未詳其所在也。方。疑卽朔方也。涇陽。涇水之北。在豐鎬之西北。言
其深入爲寇也。織。幟字同。鳥章。鳥隼之章也。白旆。繼旐者也。央央。鮮明貌。元。大也。戎。戎車也。軍之前鋒也。啓。開。行。道也。猶言發程也。○言玁狁不自度量。深入爲寇如此。是以建此旌旗。選鋒
銳進。聲其罪而致討焉。直而壯。律而臧。有所不戰。戰必勝矣。○戎車既安。叶於連反如輊。音致如軒。四牡既佶。音吉既佶且閑。叶胡田反薄
伐玁狁。至于大原。音泰文武吉甫。萬邦爲憲。叶許言反。○賦也。輊。車之覆而前也。軒。車之卻而後也。凡車從後視之如輊。從前視之如軒。然後適調也。
佶。壯健貌。大原。地名。亦曰大鹵。今在大原府陽曲縣。至于大原。言逐出之而已。不窮追也。先王治戎狄之法如此。吉甫。尹吉甫。此時大將也。憲。法也。非文無以附衆。非武無以威敵。能文能武。
則萬邦以之爲法矣。○吉甫燕喜。既多受祉。來歸自鎬。我行永久。叶舉里反飲去聲御諸友。叶羽已反炰音庖鱉膾鯉。侯
誰在矣。張仲孝友。叶同上。○賦也。祉。福。御。進。侯。維也。張仲。吉甫之友也。善父母曰孝。善兄弟曰友。○此言吉甫燕飲喜樂。多受福祉。蓋以其歸自鎬而行永久也。是以飲酒
進饌於朋友。而孝友之張仲在焉。言其所與宴者之賢。所以賢吉甫而善是燕也。

六月六章章八句。

薄言采芑。音起 于彼新田。于此菑音緇 畝。叶每彼反 方叔涖音利 止。其車三千。師干之試。叶詩止反 方叔率止。乘其四騏。四騏翼翼。路車有奭。音赩 簟茀音弗 魚服。叶蒲北反 鉤膺鞗音條 革。叶訖力反 ○興也。芑，苦菜也。青白色，摘其葉有白汁出，肥可生食，亦可蒸爲茹。即今苦藚菜，宜馬食，軍行采之，人馬皆可食也。田一歲曰菑，二歲曰新田，三歲曰畬。方叔，宣王卿士，受命爲將者也。涖，臨也。其車三千，法當用三十萬衆，蓋兵車一乘，甲士三人，步卒七十二人，又二十五人將重車在後，凡百人也。然此亦極其盛而言，未必實有此數也。師，衆。干，扞也。試，肄習也。言衆且練也。率，總率之也。翼翼，順序貌。路車，戎路也。奭，赤貌。簟茀，以方文竹簟爲車蔽也。鉤膺，馬婁頷有鉤，而在膺有樊有纓也。樊，馬大帶。纓，鞅也。鞗革，見蓼蕭篇。○宣王之時，蠻荊背叛，王命方叔南征，軍行采芑而食，故賦其事以起興曰：薄言采芑，則于彼新田，于此菑畝矣。方叔涖止，則其車三千，師干之試矣。又遂言其車馬之美，以見軍容之盛也。

○薄言采芑。于彼新田。于此中鄉。方叔涖止。其車三千。旂旐央央。方叔率止。約軝音祇 錯衡。叶戶郎反 八鸞瑲瑲。音倉 服其命服。朱芾音弗 斯皇。有瑲蔥珩。音衡 叶戶郎反 ○興也。中鄉，民居，其田尤治。約，束。軝，轂也。以皮纏束兵車之轂而朱之也。錯，文也。鈴在鑣曰鸞，馬口兩旁各一，四馬故八也。瑲瑲，聲也。命服，天子所命之服也。朱芾，黃朱之芾也。皇，猶煌煌也。瑲，玉聲。蔥，蒼色如蔥者也。珩，佩首橫玉也。禮：三命赤芾蔥珩。

○鴥音聿 彼飛隼。息允反 其飛戾天。亦集爰止。方叔涖止。其車三千。師干之試。方叔率止。鉦音征 人伐鼓。陳師鞠音菊 旅。顯允方叔。伐鼓淵淵。叶於巾反 振旅闐闐。音田 叶徒鄰反 ○興也。隼，鷂屬，急疾之鳥也。戾，至。爰，於也。鉦，鐃也。鐲也。伐，擊也。鉦以靜之，鼓以動之。鉦鼓各有人，而言鉦人伐鼓，互文也。鞠，告也。二千五百人爲師，五百人爲旅。此言將戰，陳其師旅而誓告之也。陳師鞠旅，亦互文耳。淵淵，鼓聲。平和不暴怒也。謂戰時進士衆也。振，止。旅，衆也。言戰罷而止其衆以入也。春秋傳曰：出曰治兵，入曰振旅。是也。闐闐，亦鼓聲也。或曰盛貌。程子曰：振旅亦以鼓，行金止。○言隼飛戾天，而亦集於所止，以興師衆之盛，而進退有節，如下文所云也。

○蠢爾蠻荊。大邦爲讎。方叔元老。克壯其猶。方叔率止。執訊音信 獲醜。叶尺由反 戎車嘽嘽。音灘 嘽嘽焞焞。音推 如霆如雷。顯允方叔。征伐玁狁。蠻荊來威。叶音喂 ○賦也。蠢者，動而無知之貌。蠻荊，荊州之蠻也。大邦，猶言中國也。元，大。猶，謀也。言方叔雖老，而謀則壯也。嘽嘽，衆也。焞焞，盛也。霆，疾雷也。方叔蓋嘗與於北伐之功者，是以蠻荊聞其名而皆來畏服。

采芑四章章十二句。

我車既攻。我馬既同。四牡龐龐。音籠駕言徂東。賦也。攻。堅。同。齊也。傳曰。宗廟齊豪。尚純也。戎事齊力。尚強也。田獵齊足。尚疾也。龐龐。充實也。東。東都洛邑也。○周公相成王。營洛邑爲東都。以朝諸侯。周室既衰。久廢其禮。至于宣王。內脩政事。外攘夷狄。復文武之竟土。脩車馬。備器械。復會諸侯於東都。因田獵而選車徒焉。故詩人作此以美之。首章汎言將往東都也。

○田車既好。叶許厚反四牡孔阜。東有甫草。叶此苟反駕言行狩。叶始苟反○賦也。田車。田獵之車。好。善也。阜。盛大也。甫草。甫田也。後爲鄭地。今開封府中牟縣西圃田澤是也。宣王之時。未有鄭國。圃田屬東都畿內。故往田也。○此章指言將往狩于圃田也。

○之子于苗。叶音毛選徒囂囂。音翺建旐設旄。搏音博獸于敖。賦也。之子。有司也。苗。狩獵之通名也。選。數也。囂囂。聲衆盛也。數車徒者。其聲囂囂。則車徒之衆可知。且車徒不譁。而惟數者有聲。又見其靜治也。敖。近滎陽地名也。○此章言至東都而選徒以獵也。

○駕彼四牡。四牡奕奕。赤芾金舄。會同有繹。賦也。奕奕。連絡布散之貌。赤芾。諸侯之服。金舄。赤舄而加金飾。亦諸侯之服也。時見曰會。殷見曰同。繹。陳列聯屬之貌也。○此章言諸侯來會朝於東都也。

○決拾既佽。音次與柴叶弓矢既調。讀如同與同叶射夫既同。助我舉柴。音恣○賦也。決。以象骨爲之。著於右手大指。所以鉤弦闓體。拾。以皮爲之。著於左臂以遂弦。故亦名遂。佽。比也。調。謂弓強弱與矢輕重相得也。射夫。蓋諸侯來會者。同。協也。柴。說文作𢊁。謂積禽也。使諸侯之人。助而舉之。言獲多也。○此章言既會同而田獵也。

○四黃既駕。兩驂不猗。音意叶於箇反不失其馳。叶徒臥反舍音捨矢如破。叶普過反○賦也。猗。偏倚不正也。馳。馳驅之法也。舍矢如破。巧而力也。蘇氏曰。不善射御者。詭遇則獲。不然不能也。今御者不失其馳驅之法。而射者舍矢如破。則可謂善射御矣。○此章言田獵而見其射御之善也。

○蕭蕭馬鳴。悠悠旆旌。徒御不驚。大庖不盈。賦也。蕭蕭悠悠。皆閑暇之貌。徒。步卒也。御。車御也。驚。如漢書夜軍中驚之驚。不驚。言比卒事不喧譁也。大庖。君庖也。不盈。言取之有度。不極欲也。蓋古者田獵獲禽。面傷不獻。踐毛不獻。不成禽不獻。擇取三等。自左膘而射之。達於右腢。爲上殺。以爲乾豆。奉宗廟。達右耳本者次之。以爲賓客。射左髀達於右䯚。爲下殺。以充君庖。每禽取三十焉。每等得十。其餘以與士大夫習射於澤宮。中者取之。是以獲雖多。而君庖不盈也。張子曰。饌雖多而無餘者。均及於衆而有法耳。凡事有法。則何患乎不均也。舊說不驚。驚也。不盈。盈也。亦通。○此章言其終事嚴而頒禽均也。

○之子于征。有聞音問無聲。允矣君子。展也大成。賦也。允。信。展。誠也。聞師之行而不聞其聲。言至肅也。信矣其君子也。誠哉其大成也。○此章總敘其事之始終而深美之。

車攻八章。章四句。以五章以下考之。恐當作四章。章八句。

吉日維戊。叶莫口反既伯既禱。叶丁口反田車既好。叶許口反四牡孔阜。升彼大阜。從其羣醜。賦也。戊。剛日也。伯。馬祖也。謂天驅房星之神也。醜，衆也。謂禽獸之羣衆也。○此亦宣王之詩。言田獵將用馬力，故以吉日祭○馬祖而禱之。既祭而車牢馬健，於是可以歷險而從禽也。以下章推之，是日也，其戊辰與。○

吉日庚午，既差我馬。叶滿浦反 **獸之所同，麀**音憂**鹿麌麌。**音語 **漆沮**平聲**之從，天子之所。**賦也。庚午亦剛日也。差，擇。齊其足也。同，聚也。鹿牝曰麀。麌麌，衆多也。漆沮，水名，在西都畿內涇渭之北，所謂洛水，今自延韋流入鄜坊至同州入河也。○戊辰之日既禱矣，越三日庚午，遂擇其馬而乘之，視獸之所聚，麀鹿最多之處而從之，惟漆沮之旁爲盛，宜爲天子田獵之所也。

○瞻彼中原，其祁孔有。叶羽已反 **儦儦**音標**俟俟，**叶于紀反 **或羣或友。**叶羽已反 **悉率左右，**叶羽已反 **以燕天子。**叶獎里反。○賦也。中原，原中也。祁，大也。趨則儦儦，行則俟俟。獸三曰羣，二曰友。燕，樂也。○言從王者視彼禽獸之多，於是率其同事之人，各共其事以樂天子也。

○既張我弓，既挾我矢。發彼小豝，音巴 **殪**音意**此大兕。以御賓客，且以酌醴。**賦也。發，發矢也。豕牝曰豝。一矢而死曰殪。兕，野牛也。言能中微而制大也。御，進也。醴，酒名。周官五齊，二曰醴齊。注曰：醴成而汁滓相將，如今甜酒也。○言射而獲禽以爲俎實，進於賓客而酌醴也。

吉日四章，章六句。東萊呂氏曰：車攻、吉日，所以爲復古者何也？蓋蒐狩之禮，可以見王賦之復焉，可以見軍實之盛焉，可以見師律之嚴焉，可以見上下之情焉，可以見綜理之周焉。欲明文武之功業者，此亦足以觀矣。

鴻鴈于飛，肅肅其羽。之子于征，劬勞于野。叶上與反 **爰及矜人，哀此鰥寡。**叶果五反。○興也。大曰鴻，小曰鴈。肅肅，羽聲也。之子，流民自相謂也。征，行也。劬勞，病苦也。矜，憐也。老而無妻曰鰥，老而無夫曰寡。○舊說周室中衰，萬民離散，而宣王能勞來還定安集之，故流民喜之而作此詩，追敘其始而言曰：鴻鴈于飛，則肅肅其羽矣；之子于征，則劬勞于野矣。且其劬勞者，皆鰥寡可哀憐之人也。然今亦未有以見其爲宣王之詩。後三篇放此。

○鴻鴈于飛，集于中澤。叶徒洛反 **之子于垣，**音袁 **百堵皆作。雖則劬勞，其究安宅。**叶達各反。○興也。中澤，澤中也。一丈爲板，五板爲堵。究，終也。○流民自言：鴻鴈集于中澤，以興己之得其所止而築室以居。今雖勞苦，而終獲安定也。

○鴻鴈于飛，哀鳴嗷嗷。音翱 **維此哲人，謂我劬勞。維彼愚人，謂我宣驕。**叶音高。○比也。流民以鴻鴈哀鳴自比而作此歌也。哲，知；宣，示也。知者聞我歌，知其出於劬勞；不知者謂我閒暇而宣驕也。韓詩云：勞者歌其事。魏風亦云：我歌且謠，不知我者謂我士也驕。大抵歌多出於勞苦，而不知者常以爲驕也。

鴻鴈三章，章六句。

夜如何其？音基 **夜未央，庭燎之光。君子至止，鸞聲將將。**音鎗。○賦也。其，語辭。央，中也。庭燎，大燭也。諸侯將朝，則司烜以物百枚并而束之設於門內也。君子諸侯也。將將鸞鑣聲。○王將起視朝。不安於寢。而問夜之早晚曰。夜如何哉。夜雖未央。而庭燎光矣。朝者至而聞其鸞聲矣。○夜如何其。夜未艾。叶音乂庭燎晣晣。音制與艾叶君子至止。鸞聲噦噦。音諱○賦也。艾盡也。晣晣小明也。噦噦近而聞其徐行聲有節也。○夜如何其。夜鄉音向晨。庭燎有煇。音熏君子至止。言觀其旂。叶渠斤反○賦也。鄉晨近曉也。煇火氣也。天欲明而見其煙光相雜也。既至而觀其旂。則辨色矣。

庭燎三章。章五句。

沔音免彼流水。朝音潮宗于海。叶虎洧反鴥惟必反彼飛隼。載飛載止。嗟我兄弟。邦人諸友。叶羽軌反莫肯念亂。誰無父母。叶滿洧反○興也。沔水流滿也。諸侯春見天子曰朝。夏見曰宗。○此憂亂之詩。言流水猶朝宗于海。飛隼猶或有所止。而我之兄弟諸友。乃無肯念亂者。誰獨無父母乎。亂則憂或及之。是豈可以不念哉。○沔彼流水。其流湯湯。音傷鴥彼飛隼。載飛載揚。念彼不蹟。音迹載起載行。叶戶郎反心之憂矣。不可弭忘。興也。湯湯波流盛貌。不蹟不循道也。載起載行。言憂念之深。不遑寧處也。弭止也。水盛隼揚。以興憂念之不能忘也。○鴥彼飛隼。率彼中陵。民之訛言。寧莫之懲。我友敬矣。讒言其興。興也。率循。訛僞。懲止也。○隼之高飛。猶循彼中陵。而民之訛言。乃無懲止之者。然我之友。誠能敬以自持矣。則讒言何自而興乎。始憂於人。而卒反諸己也。

沔水三章。二章章八句。一章六句。疑當作三章章八句。卒章脫前兩句耳。

鶴鳴于九皋。聲聞音問于野。叶上與反魚潛在淵。或在于渚。樂音洛彼之園。爰有樹檀。叶徒沿反其下維蘀。音託他山之石。可以爲錯。入聲○比也。鶴鳥名。長頸竦身。高脚頂赤。身白頸尾黑。其鳴高亮。聞八九里。皋澤中水溢出所爲坎。從外數至九。喻深遠也。蘀落也。錯礪石也。○此詩之作。不可知其所由。然必陳善納誨之辭也。蓋鶴鳴于九皋。而聲聞于野。言誠之不可揜也。魚潛在淵。而或在于渚。言理之無定在也。園有樹檀。而其下維蘀。言愛當知其惡也。他山之石。而可以爲錯。言憎當知其善也。由是四者引而伸之。觸類而長之。天下之理。其庶幾乎。○鶴鳴于九皋。聲聞于天。叶鐵因反魚在于渚。或潛在淵。叶一均反樂彼之園。爰有樹檀。其下維穀。他山之石。可以攻玉。比也。穀一名楮。惡木也。攻錯也。○程子曰。玉之溫潤。天下之至美也。石之麤厲。天下之至惡也。然兩玉相磨。不可以成器。以石磨之。然後玉之爲器。得以成焉。猶君子之與小人處也。橫逆侵加。然後脩省畏避。動心忍性。增益預防。而義理生焉。道德成焉。吾聞諸邵子云。

鶴鳴二章。章九句。

彤弓之什十篇。四十章。二百五十九句。疑脫兩句。當爲二百六十一句。

祈父之什二之四

祈父。音甫予王之爪牙。叶五胡反胡轉予于恤。靡所止居。賦也。祈父司馬也。職掌封圻之兵甲。故以爲號。酒誥曰。圻父薄違。是也。予。六軍之士也。或曰。司右虎賁之屬也。爪牙。鳥獸所用以爲威者也。恤憂也。○軍士怨於久役。故呼祈父而告之曰。予乃王之爪牙。汝何轉我於憂恤之地。使我無所止居乎。

祈父。予王之爪士。胡轉予于恤。靡所底止。音抵賦也。爪士。爪牙之士也。底至也。

○祈父。亶不聰。胡轉予于恤。有母之尸饔。賦也。亶誠也。尸。主也。饔熟食也。言不得奉養。而使母反主勞苦之事也。○東萊呂氏曰。越句踐伐吳。有父母耆老而無昆弟者。皆遣歸。魏公子無忌救趙。亦令獨子無兄弟者歸養。則古者有親老而無兄弟。其當免征役。必有成法。故責司馬之不聰。其意謂此法人皆聞之。汝獨不聞乎。乃驅吾從戎。使吾親不免薪水之勞也。責司馬者。不敢斥王也。

祈父三章。章四句。序以爲刺宣王之詩。說者又以爲宣王三十九年。戰于千畝。王師敗績于姜氏之戎。故軍士怨而作此詩。東萊呂氏曰。太子晉諫靈王之辭曰。自我先王厲宣幽平而貪天禍。至于今未弭。宣王中興之主也。至與幽厲並數之。其辭雖過。觀是詩所刺。則子晉之言。豈無所自歟。但今考之詩文。未有以見其必爲宣王耳。下章放此。

皎皎白駒。食我場苗。縶音執之維之。以永今朝。所謂伊人。於焉逍遙。賦也。皎皎。潔白也。駒。馬之未壯者。謂賢者所乘也。場。圃也。縶。絆其足。維。繫其靷也。永。久也。伊人。指賢者也。逍遙。遊息也。○爲此詩者。以賢者之去而不可留也。故託以其所乘之駒食我場苗。而縶維之。庶幾以永今朝。使其人得以於此逍遙而不去。若後人留客而投其轄於井中也。

○皎皎白駒。食我場藿。音霍縶之維之。以永今夕。叶羊龠反所謂伊人。於焉嘉客。叶克各反。○賦也。藿。猶苗也。夕。猶朝也。嘉客。猶逍遙也。

○皎皎白駒。賁音閟音奔然來思。叶云俱反爾公爾侯。叶洪孤反逸豫無期。慎爾優游。叶汪胡反勉爾遁思。叶新齋反○賦也。賁然。光采之貌也。或以爲來之疾也。思。語辭也。爾。指乘駒之賢人也。慎。勿過也。勉。毋決也。遁思。猶言去意也。○言此乘白駒者。若其肯來。則以爾爲公。以爾爲侯。而逸樂無期矣。猶言橫來。大者王。小者侯也。豈可以過於優游。決於遁思。而終不我顧哉。蓋愛之切而不知好爵之不足縻。留之苦而不恤其志之不得遂也。

○皎皎白駒。在彼空谷。生芻楚俱反一束。其人如玉。毋金玉爾音。而有遐心。賦也。賢者必去而不可留矣。於是歎其乘白駒入空谷。束生芻以秣之。而其人之德美如玉也。蓋已邈乎其不可親矣。然猶冀其相聞而無絕也。故語之曰。毋貴重爾之音聲。而有遠我之心也。

白駒四章。章六句。

黃鳥黃鳥。無集于穀。無啄音卓我粟。此邦之人。不我肯穀。言旋言歸。復我邦族。比也。穀。木名。穀。善。旋。回。復。反也。○民適異國。不得其所。故作此詩。託爲呼其黃鳥而告之曰。爾無集于穀。而啄我之粟。苟此邦之人。不以善道相與。則我亦不久於此而將歸矣。○黃鳥黃鳥。無集于桑。無啄我粱。此邦之人。不可與明。叶謨郎反言旋言歸。復我諸兄。叶虛王反○比也。○黃鳥黃鳥。無集于栩。音許無啄我黍。此邦之人。不可與處。言旋言歸。復我諸父。比也。

黃鳥三章。章七句。東萊呂氏曰。宣王之末。民有失所者。意他國之可居也。及其至彼。則又不若故鄉焉。故思而欲歸。使民如此。亦異於還定安集之時矣。今按詩文。未見其爲宣王之世。下篇亦然。

我行其野。蔽芾音沸其樗。音樞昏姻之故。言就爾居。爾不我畜。復我邦家。叶古胡反○賦也。樗。惡木也。壻之父。婦之父。相謂曰昏姻。畜。養也。○民適異國。依其昏姻而不見收恤。故作此詩。言我行於野中。依惡木以自蔽。於是思昏姻之故而就爾居。而爾不我畜也。則將復我之邦家矣。○我行其野。言采其蓫。音逐言就爾宿。爾不我畜。言歸思復。賦也。蓫。牛蘈。惡菜也。今人謂之羊蹄菜。○我行其野。言采其葍。音福叶筆力反不思舊姻。求爾新特。成不以富。亦祇音支以異。叶逸織反○賦也。葍。惡菜也。特。匹也。○言爾之不思舊姻而求新匹也。雖實不以彼之富。而厭我之貧。亦祇以其新而異於故耳。此詩人責人忠厚之意。

我行其野三章。章六句。王氏曰。先王躬行仁義以道民。厚矣。猶以爲未也。又建官置師。以孝友睦姻任恤六行教民。爲其有父母也。故教以孝。爲其有兄弟也。故教以友。爲其有同姓也。故教以睦。爲其有異姓也。故教以姻。爲鄰里鄉黨相保相愛也。故教以任。相賙相救也。故教以恤。以爲徒教之或不率也。故使官師以時書其德行而勸之。以爲徒勸之或不率也。於是乎有不孝不睦不姻不弟不任不恤之刑焉。方是時也。安有如此詩所刺之民乎。

秩秩斯干。叶居焉反幽幽南山。叶所旃反如竹苞叶補苟反矣。如松茂叶莫口反矣。兄及弟矣。式相好去聲叶許厚反矣。無相猶叶余久反矣。賦也。秩秩。有序也。斯。此也。干。水涯也。南山。終南之山也。苞。叢生而固也。猶。謀也。○此築室既成。而燕飲以落之。因歌其事。言此室臨水而面山。其下之固。如竹之苞。其上之密。如松之茂。又言居是室者。兄弟相好而無相謀。則頌禱之辭。猶所謂聚國族於斯者也。張子曰。猶。似也。人情大抵施之不報則輟。故恩不能終。兄弟之間。各盡己之所宜施者。無學其不相報而廢恩也。君臣父子朋友之閒。亦莫不用此道。盡已而已。愚按此於文義或未必然。然意則善矣。或曰。猶當作尤。

○似續妣音比祖。築室百堵。西南其戶。爰居爰處。爰笑爰語。賦也。似。嗣也。妣。先於祖者。協下韻爾。或曰。謂姜嫄后稷也。西南其戶。天子之宮。其室非一。在東者西其戶。在北者南其戶。猶言南東其畝也。爰。於也。

○約之閣閣。椓音卓之橐橐。音託風雨攸除。去聲鳥鼠攸去。君子攸芋。音吁叶王遇反。○賦也。約。束板也。閣閣。上下相乘也。椓。築也。橐橐。杵聲也。除。亦去也。無風雨鳥鼠之害。言其上下四旁。皆牢密也。芋。尊大也。君子之所居。以為尊且大也。

○如跂音企斯翼。如矢斯棘。如鳥斯革。叶訖力反如翬音輝斯飛。君子攸躋。音賫○賦也。跂。竦立也。翼。敬也。棘。急也。矢行緩則枉。急則直也。革。變。翬。雉。躋。升也。○言其大勢嚴正。如人之竦立。而其恭翼翼也。其廉隅整飭。如矢之急而直也。其棟宇峻起。如鳥之警而革也。其簷阿華采而軒翔。如翬之飛而矯其翼也。蓋其堂之美如此。而君子之所升以聽事也。

○殖殖音提其庭。有覺其楹。噲噲音快其正。叶音征噦噦音嘒其冥。君子攸寧。賦也。殖殖。平正也。庭。宮寢之前庭也。覺。高大而直也。楹。柱也。噲噲。猶快快也。正。向明之處也。噦噦。深廣之貌。冥。奧窔之閒也。言其室之美如此。而君子之所休息以安身也。

○下莞音官上簟。叶徒檢徒錦二反乃安斯寢。叶千檢千錦二反乃寢乃興。乃占我夢。叶彌登反吉夢維何。維熊維羆。音碑叶彼何反維虺音毀維蛇。叶于其土何二反○賦也。莞。蒲蓆也。竹葦曰簟。羆。似熊而長頭高腳。猛憨多力。能拔樹。虺。蛇屬。細頸大頭。色如文綬。大者長七八尺。○祝其君安其室居。夢兆而有祥。亦頌禱之辭也。下章放此。

○大音泰人占之。維熊維羆。男子之祥。維虺維蛇。女子之祥。賦也。大人。大卜之屬。占夢之官也。熊羆陽物在山。彊力壯毅。男子之祥也。虺蛇陰物穴處。柔弱隱伏。女子之祥也。○或曰。夢之有占何也。曰。人之精神。與天地陰陽流通。故晝之所為。夜之所夢。其善惡吉凶。各以類至。是以先王建官設屬。使之觀天地之會。辨陰陽之氣。以日月星辰占六夢之吉凶。獻吉夢。贈惡夢。其於天人相與之際。察之詳而敬之至矣。故曰王前巫而後史。宗祝瞽侑。皆在左右。王中心無為也。以守至正。

○乃生男子。載寢之牀。載衣去聲之裳。載弄之璋。其泣喤喤。音橫叶胡光反朱芾音沸斯皇。室家君王。賦也。半圭曰璋。喤喤。大聲也。芾。天子純朱。諸侯黃朱。皇。猶煌煌也。君。諸侯也。○寢之於牀。尊之也。衣之以裳。服之盛也。弄之以璋。尚其德也。言男子之生於是室者。皆將服朱芾煌煌然。有室有家。為君為王矣。

○乃生女子。載寢之地。載衣之裼。音替載弄之瓦。叶魚位反無非無儀。叶音義唯酒食是議。無父母貽音遺罹。叶音麗○賦也。裼。褓也。瓦。紡塼也。儀。善。罹。憂也。○寢之於地。卑之也。衣之以褓。即其用而無加也。弄之以瓦。習其所有事也。有非。非婦人也。有善。非婦人也。蓋女子以順為正。無非足矣。有善則亦非其吉祥可願之事也。唯酒食是議。而無遺父母之憂。則可矣。易曰。無攸遂。在中饋。貞吉。而孟子之母。亦曰。婦人之禮。精五飯。冪酒漿。養舅姑。縫衣裳而已矣。故有閨門之脩。而無境外之志。此之謂也。

斯干九章。四章章七句。五章章五句。舊說厲王既流于彘。宮室圮壞。故宣王即位。更作宮室。既成而落之。今亦未有以見其必爲是時之詩也。或曰。儀禮下管新宮。春秋傳。宋元公賦新宮。恐即此詩。然亦未有明證。

誰謂爾無羊。三百維羣。誰謂爾無牛。九十其犉。音淳爾羊來思。其角濈濈。音戢爾牛來思。其耳濕濕。賦也。黃牛黑脣曰犉。羊以三百爲羣。其羣不可數也。牛之犉者九十。非犉者尚多也。聚其角而息。濈濈然。呞而動其耳。濕濕然。王氏曰。濈濈。和也。羊以善觸爲患。故言其和。謂聚而不相觸也。濕濕。潤澤也。牛病則耳燥。安則潤澤也。○此詩言牧事有成。而牛羊眾多也。

○或降于阿。或飲于池。叶唐何反或寢或訛。爾牧來思。何上聲蓑音梭何笠。音立或負其餱。音侯三十維物。叶微律反爾牲則具。叶居律反○賦也。訛。動。何。揭也。蓑笠所以備雨。三十維物。齊其色而別之。凡爲色三十也。○言牛羊無驚畏。而牧人持雨具。齎飲食。從其所適以順其性。是以生養蕃息。至於其色。無所不備。而於用無所不有也。

○爾牧來思。以薪以蒸。以雌以雄。叶于陵反爾羊來思。矜矜兢兢。不騫不崩。麾之以肱。畢來既升。賦也。麤曰薪。細曰蒸。雌雄。禽獸也。矜矜兢兢。堅强也。騫。虧也。崩。羣疾也。肱。臂也。既。盡也。升。入牢也。○言牧人有餘力。則出取薪蒸。搏禽獸。其羊亦馴擾從人。不假箠楚。但以手麾之。使來則畢來。使升則既升也。

○牧人乃夢。眾維魚矣。旐音兆維旟音餘矣。大人占之。眾維魚矣。實維豐年。叶尼因反旐維旟矣。室家溱溱。賦也。占夢之說未詳。溱溱。眾也。或曰。眾謂人也。旐。郊野所建。統人少。旟。州里所建。統人多。蓋人不如魚之多。旐所統不如旟所統之眾。故夢人乃是魚。則爲豐年。旐乃是旟。則爲人眾。

無羊四章。章八句。

節音截彼南山。維石巖巖。赫赫師尹。民具爾瞻。叶側銜反憂心如惔。音談不敢戲談。國既卒斬。子律反叶側銜反何用不監。平聲○興也。節。高峻貌。巖巖。積石貌。赫赫。顯盛貌。師尹。大師尹氏也。大師。三公。尹氏。蓋吉甫之後。春秋書尹氏卒。公羊子以爲譏世卿者。即此也。具。俱。瞻。視。惔。燔。卒。終。斬。絕。監。視也。○此詩家父所作。刺王用尹氏以致亂。言節彼南山。則維石巖巖矣。赫赫師尹。則民具爾瞻矣。而其所爲不善。使人憂心如火燔灼。又畏其威而不敢言也。然則國既終斬絕矣。汝何用而不察哉。

○節彼南山。有實其猗。音醫叶於何反赫赫師尹。不平謂何。天方薦音荐瘥。音嵯喪去聲亂弘多。民言無嘉。叶居何反憯音慘莫懲嗟。叶遭哥反○興也。有實其猗。未詳其義。傳曰。實。滿。猗。長也。箋云。猗。倚也。言草木滿其旁倚之畎谷也。或以爲草木之實猗猗然。皆不甚通。薦。荐通。重也。瘥。病。弘。大。憯。曾。懲。創也。○節彼南山。則有實其猗矣。赫赫師尹而不平其心。則謂之何哉。蘇氏曰。爲政者不平其心。則下之榮瘁勞佚。有大相絕者矣。是以神怒而重之以喪亂。人怨

而謗譏其上。然尹氏曾不懲創咨嗟。求所以自改也。○尹氏大音泰師。維周之氐。音底叶都黎反秉國之均。四方是維。天子是毗。音琵

俾民不迷。不弔昊天。不宜空我師。叶霜夷反○賦也。氐。本。均。平。維。持。毗。輔。弔。愍。空。窮。師。衆也。○言尹氏大師。維周之氐。而秉國之均。則是宜有以維持四方。毗輔天子。而使民不迷。乃其職也。今乃不平其心。而既不見愍弔於昊天矣。則不宜久在其位。使天降禍亂。而我衆并及空窮也。

○弗躬弗親。庶民弗信。叶斯人反弗問弗仕。勿罔君子。叶奬里反式夷式已。無小人殆。叶養里反瑣瑣姻亞。則無膴音武仕。賦也。仕。事。罔。欺也。君子指王也。夷。平。已。止。殆。危也。瑣瑣。小貌。壻之父曰姻。兩壻相謂曰亞。膴。厚也。○言王委政於尹氏。尹氏又委政於姻亞之小人。而以其未嘗問未嘗事者欺其君也。故戒之曰。汝之弗躬弗親。庶民已不信矣。其所弗問弗事。則豈可以罔君子哉。當平其心。視所任之人。有不當者則已之。無以小人之故。而至於危殆其國也。瑣瑣姻亞。而必皆膴仕。則小人進矣。

○昊天不傭。敕龍反降此鞠音菊訩。音凶昊天不惠。降此大戾。君子如屆。音戒叶居例反俾民心闋。音缺叶苦桂反君子如夷。惡去聲怒是違。賦也。傭。均。鞠。窮。訩。亂。戾。乖。屆。至。闋。息。違。遠也。○言昊天不均。而降此窮極之亂。昊天不順。而降此乖戾之變。然所以靖之者。亦在夫人而已。君子無所苟而用其至。則必躬必親。而民之亂心息矣。君子無所偏而平其心。則式夷式已。而民之惡怒遠矣。傷王與尹氏之不能也。夫爲政不平以名禍亂者人也。而詩人以爲天實爲之者。蓋無所歸咎而歸之天也。抑有以見君臣隱諱之義焉。有以見天人合一之理焉。後皆放此。

○不弔昊天。叶鐵因反亂靡有定。叶唐丁反式月斯生。叶桑經反俾民不寧。憂心如酲。音呈誰秉國成。不自爲政。叶諸盈反卒勞百姓。叶桑經反○賦也。酒病曰酲。成。平。卒。終也。○蘇氏曰。天不之恤。故亂未有所止。而禍患與歲月增長。君子憂之曰。誰秉國成者。乃不自爲政。而以付之姻亞之小人。其卒使民爲之受其勞弊。以至此也。

○駕彼四牡。四牡項領。我瞻四方。蹙蹙音蹴靡所騁。音逞○賦也。項。大也。蹙蹙。縮小之貌。○言駕四牡而四牡項領。可以騁矣。而視四方則皆昏亂。蹙蹙然無可往之所。亦將何所騁哉。東萊呂氏曰。本根病則枝葉皆瘁。是以無可往之地也。

○方茂爾惡。去聲相爾矛矣。既夷既懌。如相醻音酬矣。賦也。茂。盛。相。視。懌。悅也。○言方盛其惡以相加。則視其矛戟。如欲戰鬭。及既夷平悅懌。則相與歡然如賓主而相醻酢。不以爲怪也。蓋小人之性無常。而習於鬬亂。其喜怒之不可期如此。是以君子無所適而可也。

○昊天不平。我王不寧。不懲其心。覆音福怨其正。叶諸盈反○賦也。尹氏之不平。若天使之。故曰昊天不平。若是。則我王亦不得寧矣。然尹氏猶不自懲創其心。乃反怨人之正己者。則其爲惡何時而已哉。

○家父音甫作誦。叶疾容反以究王訩。式訛爾心。以畜萬邦。叶卜工反○賦也。家。氏。父。字。周大夫也。究。窮。訛。化。畜。養也。○家父自言作爲此誦。以窮究王政昏亂之所由。冀其改心易慮。以畜養萬邦也。陳氏曰。尹氏厲威。使人不得戲談。而家父作詩。乃復自表其出於己。以身當尹氏之怒而不辭者。蓋家父周之世臣。義與國俱存

亡故也。東萊呂氏曰。篇終矣。故窮其亂本。而歸之王心焉。致亂者雖尹氏。而用尹氏者。則王心之蔽也。李氏曰。孟子曰。人不足與適也。政不足與閒也。惟大人爲能格君心之非。蓋用人之失。政事之過。雖皆君之非。然不必先論也。惟格君心之非。則政事無不善矣。用人皆得其當矣。

節南山十章。六章章八句。四章章四句。序以此爲幽王之詩。而春秋桓十五年。有家父來求車。於周爲桓王之世。上距幽王之終。已七十五年。不知其人之同異。大抵序之時世。皆不足信。今姑闕焉可也。

正音政月繁霜。我心憂傷。民之訛言。亦孔之將。念我獨兮。憂心京京。叶居良反哀我小心。癙音鼠憂以痒。音羊○賦也。正月。夏之四月。謂之正月者。以純陽用事。爲正陽之月也。繁。多。訛。僞。將。大也。京京。亦大也。癙憂。幽憂也。痒。病也。○此詩亦大夫所作。言霜降失節。不以其時。既使我心憂傷矣。而造爲姦僞之言。以惑羣聽者。又方甚大。然衆人莫以爲憂。故我獨憂之。以至於病也。

○父母生我。胡俾我瘉。音庾不自我先。不自我後。叶下五反好言自口。叶孔五反莠音酉言自口。憂心愈愈。是以有侮。賦也。瘉。病。自。從。莠。醜也。愈愈。益甚之意。○疾痛故呼父母。而傷己適丁是時也。訛言之人。虛僞反覆。言之好醜。皆不出於心而但出於口。是以我之憂心益甚。而反見侵侮也。

○憂心惸惸。音煢念我無祿。民之無辜。并去聲其臣僕。哀我人斯。于何從祿。瞻烏爰止。于誰之屋。賦也。惸惸。憂意也。無祿。猶言不幸爾。辜。罪。并。俱也。古者以罪人爲臣僕。亡國所虜。亦以爲臣僕。箕子所謂商其淪喪。我罔爲臣僕。是也。○言不幸而遭國之將亡。與此無罪之民。將俱被囚虜。而同爲臣僕。未知將復從何人而受祿。如視烏之飛。不知其將止于誰之屋也。

○瞻彼中林。侯薪侯蒸。民今方殆。視天夢夢。音蒙叶莫登反既克有定。靡人弗勝。音升有皇上帝。伊誰云憎。興也。中林。林中也。侯。維。殆。危也。夢夢。不明也。皇。大也。上帝。天之神也。程子曰。以其形體謂之天。以其主宰謂之帝。○言瞻彼中林。則維薪維蒸。分明可見也。民今方危殆疾痛。號訴於天。而視天反夢夢然。若無意於分別善惡者。然此特値其未定之時爾。及其既定。則未有不爲天所勝者也。夫天豈有所憎而禍之乎。福善禍淫。亦自然之理而已。申包胥曰。人衆則勝天。天定亦能勝人。疑出於此。

○謂山蓋卑。爲岡爲陵。民之訛言。寧莫之懲。召彼故老。訊音信之占夢。叶莫登反具曰予聖。誰知烏之雌雄。叶胡陵反。○賦也。山脊曰岡。廣平曰陵。懲。止也。故老。舊臣也。訊。問也。占夢。官名。掌占夢者也。具。俱也。烏之雌雄相似而難辨者也。○謂山蓋卑。而其實則岡陵之崇也。今民之訛言如此矣。而王猶安然莫之止也。及其詢之故老。訊之占夢。則又皆自以爲聖人。亦誰能別其言之是非乎。子思言於衛侯曰。君之國事將日非矣。公曰。何故。對曰。有由然焉。君出言自以爲是。而卿大夫莫敢矯其非。卿大夫出言亦自以爲是。而士庶人莫敢矯其非。君臣既自賢矣。而羣下同聲賢之。賢之則順而有福。矯之則逆而有禍。如此則善安從生。詩曰。具曰予聖。誰知烏之雌雄。抑亦似君之君臣乎。○謂天蓋高。不敢不局。叶居亦反 謂地蓋厚。不敢不蹐。音積 維號音毫 斯言。有倫有脊。哀今之人。胡為虺音毁 蜴。音易○賦也。局曲也。蹐累足也。號長言之也。脊理。蜴螈也。虺蜴皆毒螫之蟲也。言遭世之亂。天雖高而不敢不局。地雖厚而不敢不蹐。其所號呼而為此言者。又皆有倫理而可考也。哀今之人。胡為肆毒以害人。而使之至此乎。○瞻彼阪音反 田。有菀音鬱 其特。天之扤音兀 我。如不我克。彼求我則。如不我得。執我仇仇。亦不我力。興也。阪田崎嶇墝埆之處。菀茂盛之貌。特特生之苗也。扤動也。力謂用力。○瞻彼阪田。猶有菀然之特。而天之扤我。如恐其不我克。何哉。亦無所歸咎之辭也。夫始而求之以為法則。惟恐不我得也。及其得之。則又執我堅固如仇讎然。然終亦莫能用也。求之甚艱。而棄之甚易。其無常如此。○心之憂矣。如或結之。今茲之正。胡然厲叶力桀反 矣。燎之方揚。寧或滅之。赫赫宗周。褒姒音似 威呼悅反 之。賦也。正政也。厲暴惡也。火田為燎。揚盛也。宗周。鎬京也。褒姒。幽王之嬖妾。褒國女。姒姓也。威亦滅也。○言我心之憂如結者。為國政之暴惡故也。燎之方盛之時。則寧有能撲而滅之者乎。然赫赫然之宗周。而一褒姒足以滅之。蓋傷之也。時宗周未滅。以褒姒淫妒讒諂而王惑之。知其必滅周也。或曰。此東遷後詩也。時宗周已滅矣。其言褒姒威之。有監戒之意。而無憂懼之情。似亦道已然之事。而非慮其將然之辭。今亦未能必其然否也。○終其永懷。又窘陰雨。其車既載。音在 乃棄爾輔。叶扶雨反 載輸爾載。音在 將音槍 伯助予。叶演汝反○比也。陰雨則泥濘而車易以陷也。載車所載也。輔如今人縛杖於輻以防輔車也。輸墮也。將請也。伯或者之字也。○蘇氏曰。王為淫虐。譬如行險而不知止。君子永思其終。知其必有大難。故曰終其永懷。又窘陰雨。王又不虞難之將至而棄賢臣焉。故曰乃棄爾輔。君子求助於未危。故難不至。苟其載之既墮。而後號伯以助予。則無及矣。○無棄爾輔。員音云 于爾輻。叶筆力反 屢顧爾僕。不輸爾載。叶節力反 終踰絕險。曾是不意。叶乙力反○比也。員益也。輔所以益輻也。屢數顧視也。僕將車者也。○此承上章言若能無棄爾輔。以益其輻。而又數數顧視其僕。則不墮爾所載。而踰於絕險。若初不以為意者。蓋能謹其初。則厥終無難也。一說。王曾不以是為意乎。○魚在于沼。叶音灼 亦匪克樂。音洛 潛雖伏矣。亦孔之炤。音灼 憂心慘慘。念國之為虐。比也。沼池也。炤明易見也。○魚在于沼。其為生已蹙矣。其潛雖深然亦炤然而易見。言禍亂之及。無所逃也。○彼有旨酒。又有嘉殽。音爻 洽比音鼻 其鄰。昏姻孔云。念我獨兮。憂心慇慇。賦也。洽比皆合也。云旋也。慇慇疾痛也。○言小人得志。有旨酒嘉殽以合比其鄰里。怡懌其昏姻。而我獨憂心至於疾痛也。昔人有言。燕雀處堂。母子相安。自以為樂也。突決棟焚。而怡然不知禍之將及。其此之謂乎。○佌佌音此 彼有屋。蔌蔌音速 方有穀。民今之無祿。天夭音腰 是椓。音卓叶都木反 哿音可 矣富人。哀此惸獨。賦也。佌佌小貌。蔌蔌窶陋貌。指王所用之小人也。穀祿。夭禍椓害。哿可。獨單也。○佌佌然之小人。既已有屋矣。蔌蔌窶陋者。又將有穀矣。而民今獨無祿者。是天禍椓喪之耳。亦無所歸怨之辭也。亂至於此。富人猶或可勝。惸獨甚矣。此孟子所以言文王發政施仁。必先鰥寡孤獨也。

正月十三章。八章章八句。五章章六句。

十月之交。朔日辛卯。叶莫後反 日有食之。亦孔之醜。彼月而微。此日而微。今此下民。亦孔之哀。叶於希反○賦也。十月。以夏正言之。建亥之月也。交。日月交會。謂晦朔之間也。曆法。周天三百六十五度四分度之一。左旋於地。一晝一夜。則其行一周而又過一度。日月皆右行於天。一晝一夜。則日行一度。月行十三度十九分度之七。故日一歲而一周天。月二十九日有奇而一周天。又逐及於日而與之會。一歲凡十二會。方會。則月光都盡而爲晦。已會。則月光復蘇而爲朔。朔後晦前各十五日。日月相對。則月光正滿而爲望。晦朔而日月之合。東西同度。南北同道。則月揜日而日爲之食。望而日月之對。同度同道。則月亢日而月爲之食。是皆有常度矣。然王者脩德行政。用賢去奸。能使陽盛足以勝陰。陰衰不能侵陽。則日月之行。雖或當食。而月常避日。故其遲速高下。必有參差而不正相合。不正相對者。所以當食而不食也。若國無政。不用善。使臣子背君父。妾婦乘其夫。小人陵君子。夷狄侵中國。則陰盛陽微。當食必食。雖曰行有常度。而實爲非常之變矣。蘇氏曰。日食。天變之大者也。然正陽之月。古尤忌之。夏之四月爲純陽。故謂之正月。十月純陰。疑其無陽。故謂之陽月。純陽而食。陽弱之甚也。純陰而食。陰壯之甚也。微。虧也。彼月則宜有時而虧矣。此日不宜虧而今亦虧。是亂亡之兆也。

○日月告凶。不用其行。叶戶郎反 四國無政。不用其良。彼月而食。則維其常。此日而食。于何不臧。賦也。行。道也。○凡日月之食。皆有常度矣。而以爲不用其行者。月不避日。失其道也。然其所以然者。則以四國無政。不用善人故也。如此。則日月之食。皆非常矣。而以月食爲其常。日食爲不臧者。陰亢陽而不勝。猶可言也。陰勝陽而揜之。不可言也。故春秋日食必書。而月食則無紀焉。亦以此爾。

○爗爗音曄 震電。不寧不令。叶盧經反 百川沸騰。山冢崒崩。高岸爲谷。深谷爲陵。哀今之人。胡憯音慘 莫懲。賦也。爗爗。電光貌。震。雷也。寧。安徐也。令。善。沸。出。騰。乘也。山頂曰冢。崒。崔嵬也。高岸崩陷。故爲谷。深谷塡塞。故爲陵。憯。曾也。○言非但日食而已。十月而雷電。山崩水溢。亦災異之甚者。是宜恐懼脩省。改紀其政。而幽王曾莫之懲也。董子曰。國家將有失道之敗。而天乃先出災異以譴告之。不知自省。又出怪異以警懼之。尚不知變。而傷敗乃至。此見天心仁愛人君。而欲止其亂也。

○皇父音甫 卿士。番維司徒。家伯冢宰。仲允膳夫。聚音鄒 子內史。蹶音愧 維趣七走反 馬。叶滿補反 楀音矩 維師氏。豔音艷 妻煽音扇 方處。賦也。皇父家伯仲允。皆字也。番聚蹶楀。皆氏也。卿士。六卿之外。更爲都官。以總六官之事也。或曰。卿士。蓋卿之士。周禮太宰之屬。有上中下士。公羊所謂宰士。左氏所謂周公以蔡仲爲己卿士是也。蓋以宰屬而兼總六官。位卑而權重也。司徒。掌邦教。冢宰。掌邦治。皆卿也。膳夫。上士。掌王之飲食膳羞者也。內史。中大夫。掌爵祿廢置殺生予奪之法者也。趣馬。中士。掌王馬之政者也。師氏。亦中大夫。掌司朝得失之事者也。美色曰豔。豔妻。卽褒姒也。煽。熾也。方處。方居其所。未變徙也。○言所以致變異者。由小人用事於外。而嬖妾蠱惑王心於內以爲之主故也。○抑此皇父。豈曰不時。胡爲我作。不卽我謀。叶謨悲反徹我牆屋。田卒汙音烏萊。叶陵之反曰予不戕。音牆禮則然矣。叶於姬反○賦也。抑。發語辭。時。農隙之時也。作。動。卽。就。卒。盡也。汙。停水也。萊。草穢也。戕。害也。○言皇父不自以爲不時。欲動我以徙。而不與我謀。乃遽徹我牆屋。使我田不獲治。卑者汙而高者萊。又曰。非我戕汝。乃下供上役之常禮耳。

○皇父音甫孔聖。作都于向。去聲擇三有事。亶侯多藏。去聲不憖魚覲反遺一老。俾守我王。叶于放反擇有車馬。以居徂向。賦也。孔。甚也。聖。通明也。都。大邑也。周禮畿內大都方百里。小都方五十里。皆天子公卿所封也。向。地名。在東都畿內。今孟州河陽縣是也。三有事。三卿也。亶。信。侯。維。藏。蓄也。憖者。心不欲而自強之辭。有車馬者。亦富民也。徂。往也。○言皇父自以爲聖。而作都則不求賢。而但取富人以爲卿。又不自強留一人以衞天子。但有車馬者。則悉與俱往。不忠於上。而但知貪利以自私也。

○黽音敏勉從事。不敢告勞。無罪無辜。讒口囂囂。音翺下民之孽。音蘖匪降自天。叶鐵因反噂音撙沓音遝背音佩憎。職競由人。賦也。囂囂。衆多貌。孽。災害也。噂。聚也。沓。重複也。職。主。競。力也。○言黽勉從皇父之役。未嘗敢告勞也。猶且無罪而遭讒。然下民之孽。非天之所爲也。噂噂沓沓。多言以相說。而背則相憎。專力爲此者。皆由讒口之人耳。

○悠悠我里。亦孔之痗。音妹。叶呼洧反四方有羨。徐面反我獨居憂。民莫不逸。我獨不敢休。天命不徹。叶直質反我不敢傚。我友自逸。賦也。悠悠。憂也。里。居。痗。病。羨。餘。逸。樂。徹。均也。○當是之時。天下病矣。而獨憂我里之甚病。且以爲四方皆有餘而我獨憂。衆人皆得逸豫而我獨勞者。以皇父病之。而被禍尤甚故也。然此乃天命之不均。吾豈敢不安於所遇。而必傚我友之自逸哉。

十月之交八章。章八句。

浩浩昊天。不駿其德。降喪去聲饑饉。音覲斬伐四國。叶于逼反昊天疾威。弗慮弗圖。舍音赦彼有罪。既伏其辜。若此無罪。淪胥以鋪。平聲○賦也。浩浩。廣大也。昊。亦廣大之意。駿。大。德。惠也。穀不熟曰饑。蔬不熟曰饉。疾威。猶暴虐也。慮。圖。皆謀也。舍。置。淪。陷。胥。相。鋪。徧也。○此時饑饉之後。羣臣離散。其不去者。作詩以責去者。故推本而言。昊天不大其惠。降此饑饉。而殺伐四國之人。如何昊天曾不思慮圖謀。而遽爲此乎。彼有罪而饑死。則是既伏其辜矣。舍之可也。此無罪者。亦相與而陷於死亡。則如之何哉。

○周宗既滅。靡所止戾。正大夫離居。莫知我勩。音異三事大夫。莫肯夙夜。叶弋灼反邦君諸侯。莫肯朝夕。叶祥龠反庶曰式臧。覆音福出爲惡。賦也。宗。族姓也。戾。定也。正。長也。周官八職。一曰正。謂六官之長。皆上大夫也。離居。蓋以饑饉散去。而因以避讒譖之禍也。我。不去者自我也。勩。勞也。三事。三公也。大夫。六卿及中下大夫也。臧。善。覆。反也。○言將有易姓之禍。其兆已見。而天變人離又如此。庶幾曰王改而爲善。乃覆出爲惡而不悛也。或曰。疑此亦東遷後詩也。

○如何昊天。叶鐵因反辟言不信。叶斯人反如彼行邁。則靡所臻。凡百君子。各敬爾身。胡不相畏。不畏于天。賦也。如何昊天。呼天而訴之也。辟。法。臻。至也。凡百君子。指羣臣也。○言如何乎昊天也。法度之言而不聽信。則如彼行往而無所底至也。然凡百君子。豈可以王之爲惡而不敬其身哉。不敬爾身。不相畏也。不相畏。不畏天也。

○戎成不退。叶吐類反飢成不遂。曾音層我暬音薛御。憯憯音慘日瘁。音悴凡百君子。莫肯用訊。叶息悴反聽言則答。譖言則退。賦也。戎。兵。遂。進也。易曰。不能退。不能遂。是也。暬御。近侍也。國語曰。居寢有暬御之箴。蓋如漢侍中之官也。憯憯。憂貌。瘁。病。訊。告也。○言兵寇已成。而王之爲惡不退。饑饉已成。而王之遷善不遂。使我暬御之臣。憂之而慘慘日瘁也。凡百君子。莫肯以是告王者。雖王有問而欲聽其言。則亦答之而已。不敢盡言也。一有譖言及己。則皆退而離居。莫肯夙夜朝夕於王矣。其意若曰。王雖不善。而君臣之義。豈可以若是恝乎。

○哀哉不能言。匪舌是出。音脆維躬是瘁。哿音可矣能言。巧言如流。俾躬處休。賦也。出。出之也。瘁。病。哿。可也。○言之忠者。當世之所謂不能言者也。故非但出諸口。而適以瘁其躬。佞人之言。當世所謂能言者也。故巧好其言。如水之流。無所凝滯。而使其身處於安樂之地。蓋亂世昏主。惡忠直而好諛佞類如此。詩人所以深歎之也。

○維曰于仕。孔棘且殆。叶養里反云不可使。得罪于天子。叶獎里反亦云可使。怨及朋友。叶羽已反賦也。于。往。棘。急。殆。危也。○蘇氏曰。人皆曰往仕耳。曾不知仕之急且危也。當是之時。直道者王之所謂不可使。而枉道者。王之所謂可使也。直道者得罪于君。而枉道者見怨于友。此仕之所以難也。

○謂爾遷于王都。曰予未有室家。叶古胡反鼠思泣血。叶虛屈反無言不疾。昔爾出居。誰從作爾室。賦也。爾。謂離居者。鼠思。猶言癙憂也。○當是時。言之難能。而仕之多患如此。故羣臣有去者。有居者。居者不忍王之無臣。己之無徒。則告去者使復還于王都。去者不聽。而托於無家以拒之。至於憂思泣血。有無言而不痛疾者。蓋其懼禍之深。至於如此。然所謂無家者。則非其情也。故詰之曰。昔爾之去也。誰爲爾作室者。而今以是辭我哉。

雨無正七章。二章章十句。二章章八句。三章章六句。歐陽公曰。古之人。於詩多不命題。而篇名往往無義例。其或有命名者。則必述詩之意。如巷伯常武之類是也。今雨無正之名。據序所言。與詩絕異。當闕其所疑。元城劉氏曰。嘗讀韓詩有雨無極篇。序云。雨無極。正大夫刺幽王也。至其詩之文。則比毛詩篇首多雨無其極。傷我稼穡八字。愚按劉說似有理。然第一二章。本皆十句。今遽增之。則長短不齊。非詩之例。又此詩實正大夫離居之後。暬御之臣所作。其曰正大夫刺幽王者。亦非是。且其爲幽王詩。亦未有所考也。

祈父之什十篇。六十四章。四百二十六句。

小旻之什二之五

旻天疾威敷于下土謀猶回遹音聿何日斯沮上聲謀臧不從不臧覆用叶于封反我視謀猶亦孔之邛音笻○賦也旻幽遠之意敷布猶謀回邪遹僻沮止臧善覆反邛病也○大夫以王惑於邪謀不能斷以從善而作此詩言旻天之疾威布于下土使王之謀猶邪僻無日而止謀之善者則不從而其不善者反用之故我視其謀猶亦甚病也

○潝潝音吸訿訿音紫亦孔之哀叶於希反謀之其臧則具是違謀之不臧則具是依我視謀猶伊于胡底音抵叶都黎反○賦也潝潝相和也訿訿相詆也具俱底至也○言小人同而不和其慮深矣然於謀之善者則違之其不善者則從之亦何能有所定乎

○我龜既厭不我告猶叶于救反謀夫孔多是用不集叶疾救反發言盈庭誰敢執其咎叶巨又反如匪行邁謀是用不得于道叶徒候反○賦也集成也○卜筮數則瀆而龜厭之故不復告其所圖之吉凶謀夫眾則是非相奪而莫適所從故所謀終亦不成蓋發言盈庭各是其是無肯任其責而決之者猶不行不邁而坐謀所適謀之雖審而亦何得於道路哉

○哀哉爲猶匪先民是程匪大猶是經維邇言是聽叶平聲維邇言是爭叶側陘反如彼築室于道謀是用不潰于成賦也先民古之聖賢也程法猶道經常潰遂也○言哀哉今之爲謀不以先民爲法不以大道爲常其所聽而爭者皆淺末之言以是相持如將築室而與行道之人謀之人人得爲異論其能有成也哉古語曰作舍道邊三年不成蓋出於此

○國雖靡止或聖或否叶補美反民雖靡膴音呼或哲或謀叶莫徒反或肅或艾音乂如彼泉流無淪胥以敗叶蒲寐反○賦也止定也聖通明也膴大也多也艾與乂同治也淪陷胥相也○言國論雖不定然有聖者焉有否者焉民雖不多然有哲者焉有謀者焉有肅者焉有艾者焉但王不用善則雖有善者不能自存將如泉流之不反而淪胥以至於敗矣聖哲謀肅艾即洪範五事之德豈作此詩者亦傳箕子之學也與

○不敢暴虎不敢馮叶皮冰反河人知其一莫知其他音拖戰戰兢兢如臨深淵叶一均反如履薄冰○賦也徒搏曰暴徒涉曰馮如馮几然也戰戰恐也兢兢戒也如臨深淵恐墜也如履薄冰恐陷也○眾人之慮不能及遠暴虎馮河之患近而易見則知避之喪國亡家之禍隱於無形則不知以爲憂也故曰戰戰兢兢如臨深淵如履薄冰懼及其禍之辭也

小旻六章三章章八句三章章七句蘇氏曰小旻小宛小弁小明四詩皆以小名篇所以別其爲小雅也其在小雅者謂之小故其在大雅者謂之名旻大明獨宛弁闕焉意者孔子刪之矣雖去其大而其小者猶謂之小蓋即用其舊也

宛音苑彼鳴鳩翰飛戾天叶鐵因反我心憂傷念昔先人明發不寐有懷二人○興也宛小貌鳴鳩班鳩也翰羽戾至也明發謂

將旦而光明開發也。二人。父母也。○此大夫遭時之亂。而兄弟相戒以免禍之詩。故言彼宛然之小鳥。亦翰飛而至於天矣。則我心之憂傷。豈能不念昔之先人哉。是以明發不寐。而有懷乎父母也。言此以爲相戒之端。○人之齊聖。飲酒溫克。彼昏不知。壹醉日富。叶筆力反各敬爾儀。天命不又。叶夷益反。○賦也。齊肅也。聖通明也。克勝也。富猶甚也。又復也。○言齊聖之人。雖醉猶溫恭自持以勝。所謂不爲酒困也。彼昏然而不知者。則一於醉而日甚矣。於是言各敬謹爾之威儀。天命已去。將不復來。不可以不恐懼也。時王以酒敗德。臣下化之弟相故此兄戒首以爲說。○中原有菽。音叔庶民采叶此禮反之。螟音冥蛉音零有子。蜾音果蠃音裸負叶蒲美反之。教誨爾子。式穀似叶養里反之。興也。中原。原中也。菽。大豆也。螟蛉。桑上小青蟲也。似步屈。蜾蠃。土蜂也。似蜂而小腰。取桑蟲負之於木空中。七日而化爲其子。式。用。穀。善也。○中原有菽。則庶民采之矣。以興善道人皆可行也。螟蛉有子。則蜾蠃負之。以興不似者可教而似也。教誨爾子。則用善而似之可也。善也。似也。終上文兩句所興而言也。戒之以不惟獨善其身。又當教其子使爲善也。○題音弟彼脊令。音零載飛載鳴。我日斯邁。而月斯征。夙興夜寐。無忝爾所生。叶桑經反。○興也。題。視也。脊令飛則鳴。行則搖。載。則。而。汝。忝。辱也。○視彼脊令。則且飛而且鳴矣。我既日斯邁。則汝亦月斯征矣。言當各務努力。不可暇逸取禍。恐不及相救恤也。夙興夜寐。各求無辱於父母而已。○交交桑扈。音戶率場啄粟。哀我塡音顚寡。宜岸宜獄。握粟出卜。自何能穀。興也。交交。往來之貌。桑扈。竊脂也。俗呼青觜。肉食不食粟。塡。與瘨同。病也。岸。亦獄也。韓詩作犴。鄉亭之繫曰犴。朝廷曰獄。○扈不食粟。而今則率場啄粟矣。病寡不宜岸獄。今則宜岸宜獄矣。言王不恤鰥寡。喜陷之於刑辟也。然不可不求所以自善之道。故握持其粟。出而卜之。曰何自而能善乎。言握粟以見其貧窶之甚。○溫溫恭人。如集于木。惴惴音贅小心。如臨于谷。戰戰兢兢。如履薄冰。賦也。溫溫。和柔貌。如集于木。恐隊也。如臨于谷。恐隕也。

小宛六章。章六句。此詩之辭。最爲明白。而意極懇至。說者必欲爲刺王之言。故其說穿鑿破碎。無理尤甚。今悉改定。讀者詳之。

弁音盤彼鸒音豫斯。叶先齎反歸飛提提。音匙民莫不穀。我獨于罹。何辜于天。我罪伊何。心之憂矣。云如之何。興也。弁。飛拊翼貌。鸒。雅烏也。小而多羣。腹下白。江東呼爲鴨烏。斯。語辭也。提提。羣飛安閒之貌。穀。善。罹。憂也。○舊說幽王太子宜臼被廢而作此詩。言弁彼鸒斯。則歸飛提提矣。民莫不善。而我獨于憂。則鸒斯之不如也。何辜于天。我罪伊何者。怨而慕也。舜號泣于旻天曰。父母之不我愛。於我何哉。蓋如此矣。心之憂矣。云如之何。則知其無可奈何而安之之辭也。○踧踧音笛周道。叶徒荀反鞫音菊爲茂草。叶此荀反我心憂傷。惄音溺焉如擣。音搗叶丁卯反假寐永歎。維憂用老。叶魯卯反心之憂矣。疢音趁如疾首。興也。踧踧。平易也。周道。大道也。鞫。窮。惄。思。擣。舂也。不脫衣冠而寐曰假寐。疢。猶疾也。○踧踧周道。則將鞫爲茂草矣。我心憂傷。則惄焉如擣矣。精神憤眊至於假寐之中而不忘永歎憂之之深是以未老而老也疢如疾首則又憂之甚矣。○維桑與梓叶奬里反必恭敬止靡瞻匪父靡依匪母叶滿彼反不屬音燭于毛不離于裏天之生我我辰安在叶此里反○興也桑梓二木古者五畝之宅樹之牆下以遺子孫給蠶食具器用者也瞻者尊而仰之依者親而倚之屬連也毛膚體之餘氣末屬也離麗也裏心腹也辰猶時也○言桑梓父母所植尚且必加恭敬況父母至尊至親宜莫不瞻依也然父母之不我愛豈我不屬于父母之毛乎豈我不離于父母之裏乎無所歸咎則推之於天曰豈我生時不善哉何不祥至是也。○菀音鬱彼柳斯鳴蜩音條嘒嘒有漼千罪反者淵萑音丸葦淠淠音譬譬彼舟流不知所屆音戒心之憂矣不遑假寐興也菀茂盛貌蜩蟬也嘒嘒聲也漼深貌淠淠眾也屆至遑暇也○菀彼柳斯則鳴蜩嘒嘒矣有漼者淵則萑葦淠淠矣今我獨見棄逐如舟之流於水中不知其何所至乎是以憂之之深昔猶假寐而今不暇也。○鹿斯之奔維足伎伎音祈雉之朝雊音姤尚求其雌叶千西反譬彼壞音瘣木疾用無枝心之憂矣寧莫之知興也伎伎舒貌宜疾而舒留其羣也雊雉鳴也壞傷病也寧猶何也○鹿斯之奔則足伎伎然雉之朝雊亦知求其妃匹今我獨見棄逐如傷病之木憔悴而無枝是以憂之而人莫之知也○相去聲彼投兔尚或先去聲叶蘇晉反之行有死人尚或墐音覲之君子秉心維其忍之心之憂矣涕既隕音蘊之興也相視投奔行道墐埋秉執隕墜也○相彼被逐而投人之兔尚或有哀其窮而先脫之者道有死人尚或有哀其暴露而埋藏之者蓋皆有不忍之心焉今王信讒棄逐其子曾視投兔死人之不如則其秉心亦忍矣是以心憂而涕隕也。○君子信讒如或醻叶市救反之君子不惠不舒究之伐木掎音已叶居何反矣析薪杝音侈叶湯何反矣舍音捨彼有罪予之佗音唾叶湯何反矣賦而興也醻報惠愛舒緩究察也掎倚也以物倚其巔也杝隨其理也佗加也○言王惟讒是聽如受醻爵得即飲之曾不加惠愛舒緩而究察之夫苟舒緩而究察之則讒者之情得矣伐木者尚倚其巔析薪者尚隨其理皆不妄挫折之今乃舍彼有罪之譖人而加我以非其罪曾伐木析薪之不若也此則興也。○莫高匪山叶所旃反莫浚音濬匪泉君子無易去聲由言耳屬音燭于垣無逝我梁無發我笱我躬不閱遑恤我後賦而比也山極高矣而或陟其巔泉極深矣而或入其底故君子不可易於其言恐耳屬于垣者有所觀望左右而生讒譖也王於是卒以褒姒為后伯服為太子故告之曰無逝我梁無發我笱我躬不閱遑恤我後蓋比辭也東萊呂氏曰唐德宗將廢太子而立舒王李泌諫之且曰願陛下還宮勿露此意左右聞之將樹功於舒王太子危矣此正君子無易由言耳屬于垣之謂也小弁之作太子既廢矣而猶云爾者蓋推本亂之所由生言語以為階也。

小弁八章章八句幽王娶于申生太子宜臼後得褒姒而惑之生子伯服信其讒黜申后逐宜臼而宜臼作此以自怨也序以為太子之傳述太子之情以為是

詩。不知其何所據也。傳曰。高子曰。小弁。小人之詩也。孟子曰。何以言之。曰。怨。曰。固哉高叟之爲詩也。有人於此。越人關弓而射之。則已談笑而道之。無他。疏之也。其兄關弓而射之。則已垂涕泣而道之。無他。戚之也。小弁之怨。親親也。親親。仁也。固矣夫高叟之爲詩也。曰。凱風何以不怨。曰。凱風。親之過小者也。小弁。親之過大者也。親之過大而不怨。是愈疏也。親之過小而怨。是不可磯也。愈疏。不孝也。不可磯。亦不孝也。孔子曰。舜其至孝矣。五十而慕。

悠悠昊天。曰父母且。音疽 無罪無辜。亂如此憮。音呼 昊天已威。叶紆胃反 予慎無罪。叶音悴 昊天泰憮。予慎無辜。賦也。悠悠。遠大之貌。且。語辭。憮。大也。已泰。皆甚也。慎。審也。○大夫傷於讒。無所控告。而訴之於天曰。悠悠昊天。爲人之父母。胡爲使無罪之人。遭亂如此其大也。昊天之威已甚矣。我審無罪也。昊天之威甚大矣。我審無辜也。此訴而求免之辭也。

○亂之初生。僭音譖 始旣涵。音含 亂之又生。君子信讒。君子如怒。叶奴五反 亂庶遄音椽 沮。上聲 君子如祉。音恥 亂庶遄已。賦也。僭始。不信之端也。涵。容受也。君子。指王也。遄。疾。沮。止也。祉。猶喜也。○言亂之所以生者。由讒人以不信之言始入。而王涵容不察其眞僞也。亂之又生者。則旣信其讒言而用之矣。君子見讒人之言。若怒而責之。則亂庶幾遄沮矣。見賢者之言。若喜而納之。則亂庶幾遄已矣。今涵容不斷。讒信不分。是以讒者益勝。而君子益病也。蘇氏曰。小人爲讒於其君。必以漸入之。其始也進而嘗之。君容之而不拒。知言之無忌。於是復進。旣而君信之。然後亂成。

○君子屢盟。叶莫郞反 亂是用長。上聲。叶直良反 君子信盜。亂是用暴。盜言孔甘。亂是用餤。音談 匪其止共。音恭 維王之邛。音筇 ○賦也。屢。數也。盟。邦國有疑。則殺牲歃血。告神以相要束也。盜。指讒人也。餤。進。邛。病也。○言君子不能已亂。而屢盟以相要。則亂是用長矣。君子不能堲讒。而信盜以爲虐。則亂是用暴矣。讒言之美。如食之甘。使人嗜之而不厭。則亂是用進矣。然此讒人不能供其職事。徒以爲王之病而已。夫良藥苦口而利於病。忠言逆耳而利於行。維其言之甘而悅焉。則其國豈不殆哉。

○奕奕寢廟。君子作之。秩秩大猷。聖人莫之。他人有心。予忖度之。躍躍音笛 毚音殘 兔。遇犬獲之。叶黃郭反 興而比也。奕奕。大也。秩秩。序也。猷。道。莫。定也。躍躍。跳疾貌。毚。狡也。○奕奕寢廟。則君子作之。秩秩大猷。則聖人莫之。以興他人有心。則予得而忖度之。而又以躍躍毚兔。遇犬獲之比焉。反覆興比。以見讒人之心。我皆得之。不能隱其情也。

○荏音餁 染柔木。君子樹之。叶上主反 往來行言。心焉數之。蛇蛇音移 碩言。出自口矣。叶孔五反 巧言如簧。顏之厚矣。叶胡五反 興也。荏染。柔貌。柔木。桐梓之屬。可用者也。行言。行道之言也。數。辨也。蛇蛇。安舒貌。碩。大也。謂善言也。顏厚者。頑不知恥也。○荏染柔木。則君子樹之矣。往來行言。則心能辨之矣。若善言出於口者。宜也。巧言如簧。則豈可出於口哉。言之徒可羞愧。而彼顏之厚。不知以爲恥也。孟子曰。爲機變之巧者。無所用恥焉。其斯人之謂與。

○彼何人斯。居河之麋。音眉 無拳音權 無勇。職爲亂階。叶居奚反 旣微且尰。市勇反 爾勇伊何。

爲猶將多。爾居徒幾音紀何。賦也。何人、斥讒人也。此必有所指矣。賤而惡之。故爲不知其姓名而曰何人也。斯、語辭也。水草交謂之麋。拳、力。階、梯也。骭瘍爲微。腫足爲尰。猶、謀。將、大也。○言此讒人居下濕之地。雖無拳勇可以爲亂。而讒口交鬬。專爲亂之階梯。又有微尰之疾。亦何能勇哉。而爲讒謀則大且多如此。是必有助之者矣。然其所與居之徒衆幾何人哉。言亦不能甚多也。

巧言六章。章八句。以五章巧言二字名篇。

彼何人斯。其心孔艱。叶居銀反胡逝我梁。不入我門。叶眉貧反伊誰云從。維暴之云。賦也。何人、亦若不知其姓名也。孔、甚。艱、險也。我、舊說以爲蘇公也。暴、暴公也。皆畿內諸侯也。○舊說、暴公爲卿士而譖蘇公。故蘇公作詩以絕之。然不欲直斥暴公。故但指其從行者而言。彼何人者。其心甚險。胡爲往我之梁。而不入我之門乎。既而問其所從。則暴公也。夫以從暴公而不入我門。則暴公之譖己也明矣。但舊說於詩無明文可考。未敢信其必然耳。○二人從行。誰爲此禍。胡逝我梁。不入唁我。始者不如今。云不我可。賦也。二人、暴公與其徒也。唁、弔失位也。○言二人相從而行。不知誰譖己而禍之乎。既使我得罪矣。而其逝我梁也。又不入而唁我。汝始者與我親厚之時。豈嘗如今不以我爲可乎。○彼何人斯。胡逝我陳。我聞其聲。不見其身。不愧于人。不畏于天。叶鐵因反○賦也。陳、堂塗也。堂下至門之徑也。○在我之陳。則又近矣。聞其聲而不見其身。言其蹤跡之詭秘也。不愧于人。則以人爲可欺也。天不可欺。女獨不畏于天乎。奈何其譖我也。○彼何人斯。其爲飄風。叶孚愔反胡不自北。胡不自南。叶尼心反胡逝我梁。祇音支攪音絞我心。賦也。飄風、暴風也。攪、擾亂也。○言其往來之疾。若飄風然。自北自南。則與我不相值也。今則逝我之梁。則適所以攪亂我心而已。○爾之安行。亦不遑舍。叶商居反爾之亟音棘行。遑脂爾車。壹者之來。云何其盱。音吁○賦也。安、徐。遑、暇。舍、息。亟、疾。盱、望也。字林云。盱、張目也。易曰。盱豫悔。三都賦云。盱衡而語是也。○言爾平時徐行。猶不暇息。而況亟行。則何暇脂其車哉。今脂其車。則非亟也。乃託以亟行而不入見我。則非其情矣。何不一來見我。如何使我望女之切乎。○爾還而入。我心易也。去聲叶以支反還而不入。否難知也。壹者之來。俾我祇也。賦也。還、反。易、說。祇、安也。○言爾之往也。既不入我門矣。儻還而入。則我心猶庶乎其說也。還而不入。則爾之心我不可得而知矣。何不一來見我。而使我心安乎。董氏曰。是詩至此。其辭益緩。若不知其爲譖矣。○伯氏吹壎。音塤仲氏吹篪。音池及爾如貫。諒不我知。出此三物。以詛側助反爾斯。叶先齊反○賦也。伯仲、兄弟也。俱爲王臣。則有兄弟之義矣。樂器、土曰壎。大如鵝子。銳上平底。似稱錘。六孔。竹曰篪。長尺四寸。圍三寸。七孔。一孔上出。徑三分。凡八孔。橫吹之。如貫、如繩之貫物也。言相連屬也。諒、誠也。三物、犬豕雞也。刺其血以詛盟也。○伯氏吹壎而仲氏吹篪。言其心相親愛。而聲相應和也。與汝如物之在貫。豈誠不我知而詛我哉。苟曰誠不我知。則出此三物以詛之。可也。

○爲鬼爲蜮。音域則不可得。有靦音腆面目。視人罔極。作此好歌。以極反側。賦也。蜮短狐也。江淮水皆有之。能含沙以射水中人影。其人輒病。而不見其形也。靦面見人之貌也。好善也。反側反覆不正直也。○言汝爲鬼爲蜮。則不可得而見矣。女乃人也。靦然有面目與人相視。無窮極之時。豈其情終不可測哉。是以作此好歌。以究極爾反側之心也。

何人斯八章。章六句。此詩與上篇文意相似。疑出一手。但上篇先刺聽者。此篇專責讒人耳。王氏曰。暴公不忠於君。不義於友。所謂大故也。故蘇公絕之。然其絕之也。不斥暴公。言其從行而已。不著其譖也。示以所疑而已。既絕之矣。而猶告以壹者之來。俾我祇也。蓋君子之處已也忠。其遇人也恕。使其由此悔悟。更以善意從我。固所願也。雖其不能如此。我固不爲已甚。豈若小丈夫然哉。一與人絕。則醜詆固拒。唯恐其復合也。

萋音妻兮斐兮。成是貝錦。彼譖人者。亦已大音泰甚。比也。萋斐小文之貌。貝水中介蟲也。有文彩似錦。○時有遭讒而被宮刑爲巷伯者。作此詩。言因萋斐之形。而文致之以成貝錦。以比讒人者。因人之小過。而飾成大罪也。彼爲是者。亦已大甚矣。

○哆昌者反兮侈兮。成是南箕。彼譖人者。誰適音的與謀。叶謨悲反○比也。哆侈微張之貌。南箕四星。二爲踵。二爲舌。其踵狹而舌廣。則大張矣。適主也。誰適與謀。言其謀之閟也。

○緝緝翩翩。音篇叶批賓反謀欲譖人。慎爾言也。謂爾不信。叶斯人反○賦也。緝緝口舌聲。或曰。緝緝人之罪也。或曰。有條理貌。皆通。翩翩往來貌。譖人者自以爲得意矣。然不慎爾言。聽者有時而悟。且將以爾爲不信矣。

○捷捷幡幡。音翻叶芬邅反謀欲譖言。豈不爾受。既其女音汝遷。賦也。捷捷儇利貌。幡幡反覆貌。王氏曰。上好譖。則固將受女。然好譖不已。則遇譖之禍。亦既遷而及女矣。曾氏曰。上章及此。皆忠告之辭。

○驕人好好。勞人草草。蒼天蒼天。叶鐵因反視彼驕人。矜此勞人。賦也。好好樂也。草草憂也。驕人譖行而得意。勞人遇譖而失度。其狀如此。

○彼譖人者。叶掌與反誰適與謀。叶滿補反取彼譖人。投畀豺虎。豺虎不食。投畀有北。有北不受。叶承呪反投畀有昊。叶許侯反○賦也。再言彼譖人者。誰適與謀者。甚嫉之。故重言之也。或曰。衍文也。投棄也。北。北方寒涼不毛之地也。不食。不受。言讒譖之人。物所共惡也。昊。昊天也。投畀昊天。使制其罪。○此皆設言以見欲其死亡之甚也。故曰。好賢如緇衣。惡惡如巷伯。

○楊園之道。猗音倚于畝丘。叶袪奇反寺人孟子。作爲此詩。凡百君子。敬而聽之。興也。楊園下地也。猗加也。畝丘高地也。寺人內小臣。蓋以讒被宮而爲此官也。孟子其字也。○楊園之道。而猗于畝丘。以興賤者之言。或有補於君子也。蓋譖始於微者。而其漸將及於大臣。故作詩使聽而謹之也。劉氏曰。其後王后太子及大夫果多以讒廢者。

巷伯七章。四章章四句。一章五句。一章八句。一章六句。巷是宮內道名。秦漢所謂永巷是也。伯長也。主宮內道官之長。即寺人也。故以名篇。班固司馬遷贊云。迹其所以自傷悼。小雅巷伯之倫。其意亦謂巷伯本以被譖而遭刑也。而楊氏曰。寺人內侍之微者。出入於王之左右。親近於王而日見之。宜無間之可伺矣。今也亦傷於讒。則疏遠者可知。故其詩曰。凡百君子。敬而聽之。使在位知戒也。其說不同。然亦有理。姑存於此云。

習習谷風。維風及雨。將恐將懼。維予與女。音汝將安將樂。音洛女轉棄予。叶演女反。○興也。習習。和調貌。谷風。東風也。將。且也。恐懼謂危難憂患之時也。○此朋友相怨之詩。故言習習谷風。則維風及雨矣。將恐將懼之時。則維予與女矣。奈何將安將樂。而女轉棄予哉。○習習谷風。維風及頹。將恐將懼。寘予于懷。叶胡隈反將安將樂。棄予如遺。叶遺回反。○興也。頹。風之焚輪者也。寘。與置同。置于懷。親之也。如遺。忘去而不復存省也。○習習谷風。維山崔嵬。無草不死。無木不萎。叶於回反忘我大德。思我小怨。比也。崔嵬。山巔也。○習習谷風。維山崔嵬。則風之所被者廣矣。然猶無不死之草。無不萎之木。況於朋友。豈可以忘大德而思小怨乎。或曰。興也。

谷風三章。章六句。

蓼蓼音六者莪。匪莪伊蒿。哀哀父母。生我劬勞。比也。蓼蓼。長大貌。莪。美菜也。蒿。賤草也。○人民勞苦。孝子不得終養而作此詩。言昔謂之莪。而今非莪也。特蒿而已。以比父母生我以為美材。可賴以終其身。而今乃不得其養以死。於是乃言父母生我之劬勞。而重自哀傷也。○蓼蓼者莪。匪莪伊蔚。音尉哀哀父母。生我勞瘁。比也。蔚。牡菣也。三月始生。七月始華。如胡麻華而紫赤。八月為角。似小豆角。銳而長。瘁。病也。○缾之罄矣。維罍之恥。鮮上聲民之生。不如死之久矣。叶舉里反無父何怙。無母何恃。出則銜恤。入則靡至。比也。缾小罍大。皆酒器也。罄。盡。鮮。寡。恤。憂。靡。無也。○言缾資於罍而罍資缾。猶父母與子。相依為命也。故缾罄矣。乃罍之恥。猶父母不得其所。乃子之責。所以窮獨之民。生不如死也。蓋無父則無所怙。無母則無所恃。是以出則中心銜恤。入則如無所歸也。○父兮生我。母兮鞠我。拊音撫我畜我。音旭長我上聲育我。顧我復我。出入腹我。欲報之德。昊天罔極。賦也。生者。本其氣也。鞠。畜。皆養也。拊。循也。育。覆育也。顧。旋視也。復。反覆也。腹。懷抱也。罔。無。極。窮也。○言父母之恩如此。欲報之以德。而其恩之大。如天無窮。不知所以為報也。○南山烈烈。飄風發發。民莫不穀。我獨何害。叶音曷。○興也。烈烈。高大貌。發發。疾貌。穀。善也。○南山烈烈。則飄風發發矣。民莫不善。而我獨何為遭此害也哉。○南山律律。飄風弗弗。叶分聿反民莫不穀。我獨不卒。興也。律律。猶烈烈也。弗弗。猶發發也。卒。終也。言終養也。

蓼莪六章，四章章四句，二章章八句。晉王裒以父死非罪，每讀詩至哀哀父母生我劬勞，未嘗不三復流涕。受業者爲廢此篇。詩之感人如此。

有饛音蒙簋音軌飧音孫，有捄音求棘匕音比。周道如砥音紙，其直如矢。君子所履，小人所視叶善止反。睠音眷言顧之，潸音山焉出涕音體。○興也。饛，滿簋貌。飧，熟食也。捄，曲貌。棘匕，以棘爲匕，所以載鼎肉而升之於俎也。砥，礪石，言平也。矢，言直也。君子，在位。履，行。小人，下民也。睠，反顧也。潸，涕下貌。○序以爲東國困於役而傷於財，譚大夫作此以告病。言有饛簋飧，則有捄棘匕；周道如砥，則其直如矢。是以君子履之，而小人視焉。今乃顧之而出涕者，則以東方之賦役，莫不由是而西輸於周也。

○小東大東叶都郎反，杼音佇柚音逐其空叶枯郎反。糾糾葛屨，可以履霜。佻佻音挑公子，行彼周行叶戶郎反。既往既來叶六直反，使我心疚叶訖力反。○賦也。小東大東，東方小大之國也。自周視之，則諸侯之國皆在東方。杼，持緯者也。柚，受經者也。空，盡也。佻佻，輕薄不奈勞苦之貌。公子，諸侯之貴臣也。周行，大路也。疚，病也。○言東方小大之國，杼柚皆已空矣。至於以葛屨履霜，而其貴戚之臣奔走往來，不勝其勞，使我心憂而病也。

○有冽列音氿音軌泉叶才勻反，無浸穫薪。契契音器寤歎，哀我憚丁佐反人。薪是穫薪，尚可載叶節力反也。哀我憚人，亦可息。○興也。冽，寒意也。側出曰氿泉。穫，艾也。契契，憂苦也。憚，勞也。尚，庶幾也。載，載以歸也。○蘇氏曰：薪已穫矣，而復漬之則腐。民已勞矣，而復事之則病。故已艾則庶其載而畜之，已勞則庶其息而安之。

○東人之子，職勞不來音賚叶六直反。西人之子，粲粲衣服叶蒲北反。舟人之子，熊羆是裘叶渠之反。私人之子，百僚是試叶申之反。○賦也。東人，諸侯之人也。職，專主也。來，慰撫也。西人，京師人也。粲粲，鮮盛貌。舟人，舟楫之人也。熊羆是裘，言富也。私人，私家皂隸之屬也。僚，官。試，用也。舟人、私人，皆西人也。○此言賦役不均，羣小得志也。

○或以其酒，不以其漿。鞙鞙音琄佩璲音遂，不以其長。維天有漢，監音鑒亦有光。跂彼織女，終日七襄。賦也。鞙鞙，長貌。璲，瑞也。漢，天河也。跂，隅貌。織女，星名，在漢旁，三星跂然如隅也。七襄，未詳。傳曰：反也。箋云：駕也。駕，謂更其肆也。蓋天有十二次，日月所止舍，所謂肆也。經星一晝一夜左旋一周而有餘，則終日之間，自卯至酉，當更七次也。○言東人或饋之以酒，而西人曾不以爲漿；東人或與之以鞙然之佩，而西人曾不以爲長。維天之有漢，則庶乎其有以監我；而織女之七襄，則庶乎其能成文章以報我矣。無所赴愬，而言維天庶乎其恤我耳。

○雖則七襄，不成報章。睆音莞彼牽牛，不以服箱。東有啓明叶謨郎反，西有長庚叶古郎反。有捄天畢，載施之行音杭。○賦也。睆，明星貌。牽牛，星名。服，駕也。箱，車箱也。啓明、長庚，皆金星也。以其先日而出，故謂之啓明；以其後日而入，故謂之長庚。蓋金水二星，常附日行，而或先或後。但金大水小，故獨以金星爲言也。天畢，畢星也，狀如掩兎之畢。行，行列也。○言彼織女不能成報我之章，牽牛不可以服我之箱，而啓明、長庚、天畢者，亦無實用，但施之行列而已。至是，則知天亦無若我何矣。

○維南有箕，不可以簸波我

反揚。維北有斗不可以挹音揖酒漿。維南有箕。載翕音吸其舌。維北有斗。西柄之揭。音訐○賦也。箕斗二星。以夏秋之閒見於南方。云北斗者。以其在箕之北也。或曰北斗常見不隱者也。翕。引也。舌。下二星也。南斗柄固指西。若北斗而西柄。則亦秋時也。○言南箕既不可以簸揚糠粃。北斗既不可以挹酌酒漿。而箕引其舌。反若有所吞噬。斗西揭其柄。反若有所挹取於東。是天非徒無若我何。乃亦若助西人而見困。甚怨之辭也。

大東七章。章八句。

四月維夏。叶後五反六月徂暑。先祖匪人。胡寧忍予。叶演女反○興也。徂。往也。四月六月。亦以夏正數之。建巳建未之月也。○此亦遭亂自傷之詩。言四月維夏。則六月徂暑矣。我先祖豈非人乎。何忍使我遭此禍也。無所歸咎之辭也。○秋日淒淒。百卉具腓。亂離瘼音莫矣。奚其適歸。興也。淒淒。涼風也。卉。草。腓。病。離。憂。瘼。病。奚。何。適。之也。○秋日淒淒。則百卉俱腓矣。亂離瘼矣。則我將何所適歸乎哉。○冬日烈烈。飄風發發。民莫不穀。我獨何害。音曷○興也。烈烈。猶栗烈也。發發。疾貌。穀。善也。○夏則暑。秋則病。冬則烈。言禍亂日進。無時而息也。○山有嘉卉。侯栗侯梅。叶莫悲反廢爲殘賊。莫知其尤。叶于其反○興也。嘉。善。侯。維。廢。變。尤。過也。○山有嘉卉。則維栗與梅矣。在位者變爲殘賊。則誰之過哉。○相去聲彼泉水。載清載濁。叶殊玉反我日構禍。曷云能穀。興也。相。視。載。則。構。合也。○相彼泉水。猶有時而清。有時而濁。而我乃日日遭害。則曷云能善乎。○滔滔江漢。南國之紀。盡瘁以仕。寧莫我有。叶羽已反○興也。滔滔。大水貌。江漢。二水名。紀。綱紀也。謂經帶包絡之也。瘁。病也。有。識有也。○滔滔江漢。猶爲南國之紀。今也盡瘁以仕。而王何其不我有哉。○匪鶉音團匪鳶。音沿叶以句反翰飛戾天。叶鐵因反匪鱣音邅匪鮪。潛逃于淵。叶一均反○賦也。鶉。鵰也。鳶。亦鷙鳥也。其飛上薄雲漢。鱣鮪。大魚也。○鶉鳶則能翰飛戾天。鱣鮪則能潛逃于淵。我非是四者。則亦無所逃矣。○山有蕨薇。隰有杞桋。音夷君子作歌。維以告哀。叶於希反○興也。杞。枸檵也。桋。赤楝也。樹葉細而岐銳。皮理錯戾。好叢生山中。可爲車輞。○山則有蕨薇。隰則有杞桋。君子作歌。則維以告哀而已。

四月八章。章四句。

小旻之什十篇。六十五章。四百十四句。

北山之什二之六

陟彼北山。言采其杞。偕偕士子。叶獎里反朝夕從事。叶上止反王事靡盬。憂我父母。叶滿彼反○賦也。偕偕。強壯貌。士子。詩自謂也。○大夫行役而作此詩，自言陟北山而采杞以食者，皆强壯之人，而朝夕從事者也。蓋以王事不可以不勤，是以貽我父母之憂耳。

○溥音普天之下。叶後五反莫非王土。率土之濱。莫非王臣。大夫不均。我從事獨賢。叶下珍反○賦也。溥，大。率，循。濱，涯也。○言土之廣，臣之衆，而王不均平，使我從事獨勞也。不斥王而曰大夫，不言獨勞而曰獨賢，詩人之忠厚如此。

○四牡彭彭。叶鋪郎反王事傍傍。音崩，叶布光反嘉我未老。鮮我方將。旅力方剛。經營四方。○賦也。彭彭然不得息也。傍傍然不得已也。嘉，善。鮮，少也。以爲少而難得也。將，壯也。旅與膂同。○言王之所以使我者，善我之未老而方壯，旅力可以經營四方爾。猶上章之言獨賢也。

○或燕燕居息。或盡瘁事國。叶越逼反或息偃在牀。或不已于行。叶戶郎反○賦也。燕燕，安息貌。瘁，病。已，止也。○言役使之不均也。下章放此。

○或不知叫號。音毫或慘慘劬勞。或棲音西遲偃仰。或王事鞅音怏掌。○賦也。不知叫號，深居安逸，不聞人聲也。鞅掌，失容也。言事煩勞，不暇爲儀容也。

○或湛音耽樂飲酒。或慘慘畏咎。或出入風議。音諷，叶魚羈反或靡事不爲。○賦也。咎，猶罪過也。出入風議，言親信而從容也。

北山六章，三章章六句，三章章四句。

無將大車。祇音支自塵兮。無思百憂。祇自疧兮。○興也。將，扶進也。大車，平地任載之車，駕牛者也。祇，適。疧，病也。○此亦行役勞苦而憂思者之作。言將大車，則塵汙之。思百憂，則病及之也。

○無將大車。維塵冥冥。叶莫迥反無思百憂。不出于熲。音耿○興也。冥冥，昏晦也。熲與耿同，小明也。在憂中耿耿然不能出也。

○無將大車。維塵雝上平二聲兮。無思百憂。祇自重上平二聲兮。○興也。雝，猶蔽也。重，猶累也。

無將大車三章，章四句。

明明上天。照臨下土。我征徂西。至于艽音求野。叶上與反二月初吉。載離寒暑。心之憂矣。其毒大音泰苦。念彼共音恭人。涕零如雨。豈不懷歸。畏此罪罟。音古○賦也。征，行。徂，往也。艽野，地名，蓋遠荒之地也。二月，亦以夏正數之，建卯月也。初吉，朔日也。毒，言心中如有藥毒也。共人，僚友之處者也。懷，思。罟，網也。○大夫以二月西征，至於歲暮而未得歸，故呼天而訴之。復念其僚友之處者，且自言其畏罪而不敢歸也。

○昔我往矣。日月方除。去聲曷云其還。歲聿云莫。念我獨兮。我事孔庶。心之憂矣。憚丁佐反我不暇。叶胡顧反念彼共人。睠睠音眷懷顧。豈不懷歸。畏此譴怒。○賦也。除，除舊生新也。謂二月初吉也。庶，衆。憚，勞也。睠睠，勤厚之意。譴怒，罪責也。○言昔以是時往，今未知何時可還。

而歲已暮矣蓋身獨而事眾是以勤勞而不暇也。○昔我往矣。日月方奧。音郁曷云其還。政事愈蹙。音蹴歲聿云莫。采蕭穫菽。心之憂矣。自詒伊戚。叶子六反念彼共人。興言出宿。豈不懷歸。畏此反覆。音福○賦也。奧，煖。蹙，急。詒，遺。戚，憂。興，起也。反覆，傾側無常之意也。○言以政事愈急，是以至此歲暮而猶不得歸。又自咎其不能見幾遠去，而自遺此憂，至於不能安寢而出宿於外也。○嗟爾君子。無恆安處。靖共爾位。正直是與。神之聽之。式穀以女。音汝○賦也。君子亦指其僚友也。恆，常也。靖，與靜同。與，猶助也。穀，祿也。以，猶與也。○上章既自傷悼，此章又戒其僚友曰：嗟爾君子，無以安處為常。言當有勞時，勿懷安也。當靖共爾位，惟正直之人是助，則神之聽之，而以穀祿與女矣。○嗟爾君子。無恆安息。靖共爾位。好去聲是正直。神之聽之。介爾景福。叶筆力反○賦也。息，猶處也。好是正直，愛此正直之人也。介、景，皆大也。

小明五章。三章章十二句。二章章六句。

鼓鍾將將。音鏘淮水湯湯。憂心且傷。淑人君子。懷允不忘。賦也。將將，聲也。淮水出信陽軍桐栢山，至楚州漣水軍入海。湯湯，沸騰之貌。淑，善。懷，思。允，信也。○此詩之義未詳。王氏曰：幽王鼓鍾淮水之上，為流連之樂，久而忘反。聞者憂傷，而思古之君子不能忘也。○鼓鍾喈喈。音皆叶居奚反淮水湝湝。音諧叶賢雞反憂心且悲。淑人君子。其德不回。叶乎為反○賦也。喈喈，猶將將。湝湝，猶湯湯。悲，猶傷也。回，邪也。○鼓鍾伐鼛。音高叶居尤反淮有三洲。憂心且妯。音抽淑人君子。其德不猶。賦也。鼛，大鼓也。周禮作皋，云：皋鼓尋有四尺。三洲，淮上地。蘇氏曰：始言湯湯，水盛也。中言湝湝，水流也。終言三洲，水落而洲見也。言幽王之久於淮上也。妯，動。猶，若也。言不若今王之荒亂也。○鼓鍾欽欽。鼓瑟鼓琴。笙磬同音。以雅以南。叶尼心反以籥音藥不僭。叶七心反○賦也。欽欽，亦聲也。磬，樂器，以石為之。琴瑟在堂，笙磬在下。同音，言其和也。雅，二雅也。南，二南也。籥，籥舞也。僭，亂也。言三者皆不僭也。○蘇氏曰：言幽王之不德，豈其樂非古歟？樂則是而人則非也。

鼓鍾四章。章五句。此詩之義，有不可知者。今姑釋其訓詁名物，而略以王氏、蘇氏之說解之。未敢信其必然也。

楚楚者茨。言抽其棘。自昔何為。我蓺音藝黍稷。我黍與與。音餘我稷翼翼。我倉既盈。我庾維億。以為酒食。以享以祀。叶逸織反以妥以侑。音又叶夷益反以介景福。叶音璧○賦也。楚楚，盛密貌。茨，蒺藜也。抽，除也。我，為有田祿而奉祭祀者之自稱也。與與、翼翼，皆蕃盛貌。露積曰庾。十萬曰億。享，獻也。妥，安坐也。禮曰：詔妥尸。蓋祭祀，筮族人之子為尸，既奠，迎之使處神坐而拜以安之也。侑，勸也。恐尸或未飽，祝侑之曰：皇尸未實也。介，大也。景，亦大也。○此詩述公卿有田祿者。力於農事。以奉其宗廟之祭。故言蒺蔾之地。有抽除其棘者。古人何乃為此事乎。蓋將使我於此埶黍稷也。故我之黍稷既盛。倉庾既實。則為酒食。以享祀妥侑。而介大福也。○

濟濟上聲蹌蹌。音槍絜爾牛羊。以往烝嘗。或剝或亨。音烹叶鋪郎反或肆或將。祝祭于祊。音崩叶補光反祀事孔明。叶謨郎反

先祖是皇。神保是饗。叶虛良反孝孫有慶。叶祛羊反報以介福。萬壽無疆。賦也。濟濟蹌蹌。言有容也。冬祭曰烝。秋祭曰嘗。剝。解剝其皮也。

亨。煮熟之也。肆。陳之也。將。奉持而進之也。祊。廟門內也。孝子不知神之所在。故使祝博求之於門內。待賓客之處也。孔。甚也。明。猶備也。著也。皇。大也。君也。保。安也。神保。蓋尸之嘉號。楚辭所謂靈保。

亦以巫降神之稱也。孝孫。主祭之人也。慶。猶福也。○執爨音竄踖踖。音積叶七略反為俎孔碩。叶常約反或燔音煩或炙。音隻叶陟略反君婦莫莫。音麥叶木各反

為豆孔庶。叶陟略反為賓為客。叶克各反獻酬交錯。禮儀卒度。叶徒洛反笑語卒獲。叶黃郭反神保是格。叶剛鶴反

報以介福。萬壽攸酢。賦也。爨。竈也。踖踖。敬也。俎。所以載牲體也。碩。大也。燔。燒肉也。炙。炙肝也。皆所以從獻也。持牲。主人獻尸。賓長以肝從。主婦獻尸。兄弟以燔從。是也。君婦。主

婦也。莫莫。清靜而敬至也。豆。所以盛內羞庶羞。主婦薦之也。庶。多也。賓客筮而戒之。使助祭者。既獻尸而遂與之相獻酬也。主人酌賓曰獻。賓飲主人曰酢。主人又自飲而復飲賓曰酬。賓受之。奠

於席前而不舉。至旅而後少長相勸。而交錯以徧也。卒。盡也。度。法度也。獲。得其宜也。格。來。酢。報也。○我孔熯音善矣。式禮莫愆。叶起巾反工祝致告。徂賚

孝孫。叶須倫反苾音邲芬孝祀。叶逸織反神嗜飲食。卜爾百福。叶筆力反如幾音機如式。既齊既稷。既匡既敕。永錫爾

極。時萬時億。賦也。熯。竭也。善其事曰工。苾芬。香也。卜。予也。幾。期也。春秋傳曰。易幾而哭。是也。式。法。齊。整。稷。疾。匡。正。敕。戒。極。至也。○禮行既久。筋力竭矣。而式禮莫愆。敬之至也。於是祝

致神意以嘏主人曰。爾飲食芳潔。故報爾以福祿。使其來如幾。其多如法。爾禮容莊敬。故報爾以眾善之極。使爾無一事而不得乎此。各隨其事而報之。以其類也。少牢嘏辭曰。皇尸命工祝承致

多福無疆于女孝孫。來女孝孫。使女受祿于天。宜稼于田。眉壽萬年。勿替引之。此大夫之禮也。○禮儀既備。叶蒲北反鐘鼓既戒。叶訖力反孝孫徂位。叶力入反

工祝致告。叶古得反神具醉止。皇尸載起。鼓鐘送尸。神保聿歸。諸宰君婦。廢徹不遲。諸父兄弟。備言燕

私。叶息夷反賦也。戒。告也。徂位。祭事既畢。主人往阼階下西面之位也。致告。祝傳尸意。告利成於主人。言孝子之利養成畢也。於是神醉而尸起。送尸而神歸矣。曰皇尸者。尊稱之也。鼓鐘者。

尸出入奏肆夏也。鬼神無形。言其醉而歸者。誠敬之至。如見之也。諸宰。家宰。非一人之稱也。廢。去也。不遲。以疾為敬。亦不留神惠之意也。祭畢。既歸賓客之俎。同姓則留與之燕。以盡私恩。所以尊

賓客。親骨肉也。○樂具入奏。音族以綏後祿。爾殽既將。莫怨具慶。叶祛羊反既醉既飽。叶補苟反小大稽首。神嗜飲食。

使君壽考。叶去九反孔惠孔時。維其盡叶子忍反之。子子孫孫。勿替引之。賦也。凡廟之制。前廟以奉神。後寢以藏衣冠。祭於廟而燕於寢。故於

此將燕而祭時之樂，皆入奏於寢也。且於祭既受祿矣，故以燕爲將受後祿而綏之也。爾殽既進，與燕之人無有怨者，而皆歡慶醉飽，稽首而言曰：向者之祭，神既嗜君之飲食矣，是以使君壽考也。又言君之祭祀甚順甚時，無所不盡，子子孫孫當不廢而引長之也。

楚茨六章，章十二句。呂氏曰：楚茨極言祭祀所以事神受福之節，致詳致備，所以推明先王致力於民者盡，則致力於神者詳。觀其威儀之盛，物品之豐，所以交神明，逮羣下，至於受福無彊者，非德盛政脩，何以致之。

信彼南山，維禹甸（音殿，叶徒鄰反）之。畇畇（音勻）原隰，曾孫田（叶地因反）之。我疆我理，南東其畝（叶滿彼反）。○賦也。南山，終南山也。甸，治也。畇畇，墾辟貌。曾孫，主祭者之稱。曾，重也。自曾祖以至無窮，皆得稱之也。疆者，爲之大界也。理者，定其溝塗也。畝，壟也。長樂劉氏曰：其遂東入於溝，則其畝南矣；其遂南入於溝，則其畝東矣。○此詩大指與楚茨略同，此即其篇首四句之意也。言信乎此南山者，本禹之所治，故其原隰墾闢，而我得田之，於是爲之疆理，而順其地勢水勢之所宜，或南其畝，或東其畝也。

○上天同雲，雨（去聲）雪雰雰，益之以霢（音麥）霂（音木）。既優既渥（叶烏谷反），既霑既足，生我百穀。○賦也。同雲，雲一色也。將雪之候如此。雰雰，雪貌。霢霂，小雨貌。優渥霑足，皆饒洽之意也。冬有積雪，春而益之以小雨，潤澤則饒洽矣。

○疆埸（音亦）翼翼，黍稷彧彧（音郁，叶于逼反）。曾孫之穡，以爲酒食。畀（音祕）我尸賓，壽考萬年（叶尼因反）。○賦也。埸，畔也。翼翼，整飭貌。彧彧，茂盛貌。畀，與也。○言其田整飭而穀茂盛者，皆曾孫之穡也。於是以爲酒食，而獻之於尸及賓客也。陰陽和，萬物遂，而人心歡悅，以奉宗廟，則神降之福，故壽考萬年也。

○中田有廬，疆埸（音亦）有瓜（叶公乎反）。是剝是菹（側居反），獻之皇祖。曾孫壽考（叶孔五反），受天之祜（音戶）。○賦也。中田，田中也。菹，酢菜也。祜，福也。○一井之田，其中百畝爲公田，內以二十畝分八家爲廬舍，以便田事。於畔上種瓜，以盡地利。瓜成，剝削淹漬以爲菹，而獻皇祖，貴四時之異物，順孝子之心也。

○祭以清酒，從以騂（音觪）牡，享于祖考（叶去久反）。執其鸞刀，以啓其毛，取其血膋（音聊，叶音勞）。○賦也。清酒，清潔之酒，鬱鬯之屬也。騂，赤色，周所尚也。祭禮先以鬱鬯灌地，求神於陰，然後迎牲。執者，主人親執也。鸞刀，刀有鈴也。膋，脂膏也。啓其毛，以告純也。取其血，以告殺也。取其膋，以升臭也。合之黍稷，實之於蕭而燔之，以求神於陽也。記曰：周人尚臭，灌用鬯臭，鬱合鬯，臭陰達於淵泉，灌以圭璋，用玉氣也。既灌，然後迎牲，致陰氣也。蕭合黍稷，臭陽達於牆屋，故既奠，然後焫蕭合羶薌。凡祭慎諸此，魂氣歸於天，形魄歸於地，故祭求諸陰陽之義也。

○是烝是享（叶虛良反），苾苾芬芬。祀事孔明（叶謨郎反），先祖是皇。報以介福，萬壽無疆。○賦也。烝，進也。或曰：冬祭名。

信南山六章，章六句。

倬音卓彼甫田。叶地因反歲取十千。叶倉新反我取其陳。食音嗣我農人。自古有年。叶泥因反今適南畝。叶滿彼反或耘或耔。音子叶奬里反黍稷薿薿。音蟻攸介攸止。烝我髦士。音毛賦也。倬明貌。甫大也。十千謂一成之田。地方十里。爲田九萬畝。而以其萬畝爲公田。蓋九一之法也。我食祿主祭之人也。陳舊粟也。農人私百畝而養公田者也。有年豐年也。適往也。耘除草也。耔雝本也。蓋后稷爲田。一畝三畎。廣尺深尺。而播種於其中。苗葉以上。稍耨壠草。因隤其土以附苗根。壠盡畎平。則根深而能風與旱也。薿薿茂盛貌。介大。烝進。髦俊也。俊士秀民也。古者士出於農。而工商不與焉。管仲曰。農之子恒爲農。野處而不暱。其秀民之能爲士者。必足賴也。卽謂此也。○此詩述公卿有田祿者。力於農事。以奉方社田祖之祭。故言於此大田。歲取萬畝之入以爲祿食。及其積之久而有餘。則又存其新而散其舊。以食農人。補不足。助不給也。蓋以自古有年。是以陳陳相因。所積如此。然其用之之節。又合宜而有序如此。所以粟雖甚多。而無紅腐不可食之患也。又言自古旣有年矣。今適南畝。農人方且或耘或耔。而其黍稷又已茂盛。則是又將復有年矣。故於其所美大止息之處。進我髦士而勞之也。

○以我齊音咨明。叶謨郎反與我犧羊。以社以方。我田旣臧。農夫之慶。叶祛羊反琴瑟擊鼓。以御叶牙嫁反田祖。以祈甘雨。以介我稷黍。以穀我士女。賦也。齊與粢同。曲禮曰。稷曰明粢。此言齊明便文以協韻耳。犧羊純色之羊也。社后土也。以句龍氏配。方秋祭四方。報成萬物。周禮所謂羅弊獻禽以祀祊是也。臧善。慶福。御迎也。田祖先嗇也。謂始耕田者。卽神農也。周禮籥章。凡國祈年於田祖。則吹豳雅。擊土鼓。以樂田畯是也。穀養也。又曰善也。言倉廩實而知禮節也。○言奉其齊盛犧牲。以祭方社。而曰。我田之所以善者。非我之所能致也。乃賴農夫之福而致之耳。又作樂以祭田祖而祈雨。庶有以大其稷黍。而養其民人也。

○曾孫來止。以其婦子。叶奬里反饁音曄彼南畝。叶滿彼反田畯音俊至喜。攘音穰其左右。叶羽已反嘗其旨否。叶補美反禾易長畝。終善且有。叶羽已反曾孫不怒。農夫克敏。叶母鄙反○賦也。曾孫主祭者之稱。非獨宗廟爲然。曲禮外事曰。曾孫某侯某。武王禱名山大川曰。有道曾孫周王發是也。饁餉。攘取。旨美。易治。長竟。有多。敏疾也。○曾孫之來。適見農夫之婦子來饁耘者。於是與之偕至其所。而田畯亦至而喜之。乃取其左右之饋而嘗其旨否。言其上下相親之甚也。旣又見其禾之易治。竟畝如一。而知其終當善而且多。是以曾孫不怒。而其農夫益以敏於其事也。

○曾孫之稼。如茨如梁。曾孫之庾。如坻音池如京。叶居良反乃求千斯倉。乃求萬斯箱。黍稷稻粱。農夫之慶。叶祛羊反報以介福。萬壽無疆。賦也。茨屋蓋。言其密比也。梁車梁。言其穹隆也。坻水中之高地也。京高丘也。箱車箱也。○此言收成之後。禾稼旣多。則求倉以處之。求車以載之。而言凡此黍稷稻粱。皆賴農夫之慶而得之。是宜報以大福。使之萬壽無疆也。其歸美於下。而欲厚報之如此。

甫田四章。章十句。

大田多稼。既種（上聲）既戒。既備乃事。（叶上止反）以我覃（音剡）耜。（叶養里反）俶載南畝。（叶滿彼反）播厥百穀。（叶工洛反）既庭且碩。（叶常約反）曾孫是若。賦也。種，擇其種也。戒，飭其具也。覃，利。俶，始。載，事。庭，直。碩，大。若，順也。○蘇氏曰。田大而種多。故於今歲之冬。具來歲之種。戒來歲之事。凡既備矣。然後事之。取其利耜而始事於南畝。既耕而播之。其耕之也勤。而種之也時。故其生者皆直而大。以順曾孫之所欲。此詩為農夫之辭。以頌美其上。若以答前篇之意也。○既方既皁。（叶子苟反）既堅既好。（叶許苟反）不稂（音郎）不莠。（音酉）去（上聲）其螟（音冥）螣。（音特）及其蟊賊。無害我田穉。（音稚）田祖有神。秉畀炎火。（叶虎委反）○賦也。方，房也。謂孚甲始生而未合時也。實未堅者曰皁。稂，童梁。莠，似苗。皆害苗之草也。食心曰螟。食葉曰螣。食根曰蟊。食節曰賊。皆害苗之蟲也。稺，幼禾也。○言其苗既盛矣。又必去此四蟲。然後可以無害田中之禾。然非人力所及也。故願田祖之神。為我持此四蟲。而付之炎火之中也。姚崇遣使捕蝗。引此為證。夜中設火。火邊掘坑。且焚且瘞。蓋古之遺法如此。○有渰（音掩）萋萋。（音妻）興雨祁祁。雨我公田。遂及我私。（叶息夷反）彼有不穫穉。此有不斂穧。（音劑）彼有遺秉。此有滯穗。伊寡婦之利。賦也。渰，雲興貌。萋萋，盛貌。祁祁，徐也。雲欲盛。盛則多雨。雨欲徐。徐則入土。公田者。方里而井。井九百畝。其中為公田。八家皆私百畝。而同養公田也。穧，束。秉，把也。滯，亦遺棄之意也。○言農夫之心。先公後私。故望此雲雨而曰。天其雨我公田。而遂及我之私田乎。冀怙君德而蒙其餘惠。使收成之際。彼有不及穫之穉禾。此有不及斂之穧束。彼有遺棄之禾把。此有滯漏之禾穗。而寡婦尚得取之以為利也。此見其豐成有餘而不盡取。又與鰥寡共之。既足以為不費之惠。而亦不棄於地也。不然。則粒米狼戾。不殆於輕視天物而慢棄之乎。○曾孫來止。以其婦子。饁彼南畝。田畯至喜。來方禋（音因）祀。（叶逸織反）以其騂黑。與其黍稷。以享以祀。（同上）以介景福。（叶筆力反）○賦也。精意以享謂之禋。○農夫○告曰。曾孫來矣。於是與其婦子。饁彼南畝之穫者。而田畯亦至而喜之也。曾孫之來。又禋祀四方之神。而賽禱焉。四方各用其方色之牲。此言騂黑。舉南北以見其餘也。以介景福。農夫欲曾孫之受福也。

大田四章。二章章八句。二章章九句。前篇有擊鼓以御田祖之文。故或疑此楚茨信南山甫田大田四篇。即為豳雅。其詳見於豳風之末。亦未知其是否也。然前篇上之人以我田既臧為農夫之慶。而欲報之以介福。此篇農夫以雨我公田遂及我私。而欲其享祀以介景福。上下之情。所以相賴而相報者如此。非盛德其孰能之。

瞻彼洛矣。維水泱泱。（音央）君子至止。福祿如茨。韎（音昧）韐（音閤）有奭。（音赩）以作六師。賦也。洛，水名。在東都會諸侯之處也。泱泱，深廣也。君子，指天子也。茨，積也。韎，茅蒐所染色也。韐，韠也。合韋為之。周官所謂韋弁。兵事之服也。奭，赤貌。作，猶起也。六師，六軍也。天子六軍。○此天子會諸侯於東都以講武事。而諸侯美天子之詩。言天子至此洛水之上。御戎服而起六師也。○瞻彼洛矣。維水泱泱。君子至止。鞞（補頂反）琫（音菶）有珌。（音必）君子萬年。保其家室。賦也。鞞。容刀之鞞。今刀鞘也。琫。上飾。珌。下飾。亦戎服也。○瞻彼洛矣。維水泱泱。君子至止。福祿既同。君子萬年。保其家邦。叶卜工反。○賦也。同。猶聚也。

瞻彼洛矣三章。章六句。

裳裳者華。其葉湑上聲兮。我覯之子。我心寫叶想與反兮。我心寫兮。是以有譽處兮。興也。裳裳。猶堂堂。董氏曰。古本作常。常棣也。湑。盛貌。覯。見。處。安也。○此天子美諸侯之辭。蓋以答瞻彼洛矣也。言裳裳者華。則其葉湑然而美盛矣。我覯之子。則其心傾寫而悅樂之矣。夫能使見者悅樂之如此。則其有譽處宜矣。此章與蓼蕭首章文勢全相似。○裳裳者華。芸其黃矣。我覯之子。維其有章矣。維其有章矣。是以有慶叶虛羊反矣。興也。芸。黃盛也。章。文章也。有文章。斯有福慶矣。○裳裳者華。或黃或白。叶僕各反我覯之子。乘其四駱。乘其四駱。六轡沃若。興也。言其車馬威儀之盛。○左叶祖戈反之左同上之。君子宜叶牛何反之。右叶羽已反之右同上之。君子有叶羽已反之。維其有同上之。是以似叶養里反之。賦也。言其才全德備。以左之。則無所不宜。以右之。則無所不有。維其有之於內。是以形之於外者。無不似其所有也。

裳裳者華四章。章六句。

北山之什十篇。四十六章。三百三十四句。

桑扈之什二之七

交交桑扈音戶。有鶯其羽。君子樂音洛胥。叶思呂反受天之祜。音戶。○興也。交交。飛往來之貌。桑扈。竊脂也。鶯然有文章也。君子。指諸侯。胥。語辭。祜。福也。○此亦天子燕諸侯之詩。言交交桑扈。則有鶯其羽矣。君子樂胥。則受天之祜矣。頌禱之辭也。○交交桑扈。有鶯其領。君子樂胥。萬邦之屏。音丙。○興也。領。頸。屏。蔽也。言其能為小國之藩衛。蓋任方伯連帥之職者也。○之屏之翰。叶胡見反百辟音璧為憲。不戢音緝不難。叶乃多反受福不那。賦也。翰。幹也。所以當牆兩邊障土者也。辟。君。憲。法也。言其所統之諸侯。皆以之為法也。戢。斂。難。慎。那。多也。不戢。戢也。不難。難也。不那。那也。蓋曰豈不斂乎。豈不慎乎。其受福豈不多乎。古語聲急而然也。後放此。○兕觥其觩。音求旨酒思柔。彼交匪敖。去聲萬福來求。賦也。兕觥。爵也。觩。角上曲貌。旨。美也。思。語辭也。敖。傲通。交際之間。無所傲慢。則我無事於求福。而福反來求我矣。

桑扈四章章四句。

鴛鴦于飛。畢之羅之。君子萬年。福祿宜叶牛何反之。興也。鴛鴦匹鳥也。畢小网長柄者也。羅网也。君子指天子也。○此諸侯所以答桑扈也。鴛鴦于飛。則畢之羅之矣。君子萬年。則福祿宜之矣。亦頌禱之辭也。○鴛鴦在梁。戢其左翼。君子萬年。宜其遐福。叶筆力反○興也。石絕水爲梁。戢斂也。張子曰。禽鳥並棲。一正一倒。戢其左翼。以相依於內。舒其右翼。以防患於外。蓋左不用而右便故也。遐遠也。久也。○乘去聲馬在廄。音救摧音剉之秣音末叶莫佩反之。君子萬年。福祿艾叶魚肺反之。興也。摧莝也。秣粟也。艾養也。蘇氏曰。艾老也。言以福祿終其身也。亦通。○乘馬在廄。則摧之秣之矣。君子萬年。則福祿艾之矣。○乘馬在廄。秣之摧叶如字又音剉之。君子萬年。福祿綏叶如字又土果反之。興也。綏安也。

鴛鴦四章章四句。

有頍音跬者弁。實維伊何。爾酒既旨。爾殽既嘉。叶居何反豈伊異人。兄弟匪他。音拖蔦音鳥與女蘿。音羅施音異于松柏。叶逋莫反未見君子。憂心奕奕。叶弋灼反既見君子。庶幾說音悅懌。叶弋灼反○賦而興又比也。頍弁貌。或曰舉首貌。弁皮弁。嘉旨皆美也。匪他非他人也。蔦寄生也。葉似當盧。子如覆盆子。赤黑甜美。女蘿兔絲也。蔓連草上。黃赤如金。此則比也。君子兄弟爲賓者也。奕奕憂心無所薄也。○此亦燕兄弟親戚之詩。故言有頍者弁。實維伊何乎。爾酒既旨。爾殽既嘉。則豈伊異人乎。乃兄弟而匪他也。又言蔦蘿施于木上。以比兄弟親戚纏綿依附之意。是以未見而憂。既見而喜也。○有頍者弁。實維何期。爾酒既旨。爾殽既時。豈伊異人。兄弟具來。叶陵之反蔦與女蘿。施于松上。叶時亮反未見君子。憂心怲怲。音柄叶兵旺反既見君子。庶幾有臧。叶才浪反○賦而興又比也。何期猶伊何也。時善。具俱也。怲怲憂盛滿也。臧善也。○有頍者弁。實維在首。爾酒既旨。爾殽既阜。豈伊異人。兄弟甥舅。如彼雨去聲雪。先集維霰。音線死喪去聲無日。無幾音已相見。樂酒今夕。君子維宴。賦而興又比也。阜猶多也。甥舅謂母姑姊妹妻族也。霰雪之始凝者也。將大雨雪。必先微溫。雪自上下。遇溫氣而摶。謂之霰。久而寒勝。則大雪矣。言霰集則將雪之候。以比老至則將死之微也。故卒言死喪無日。不能久相見矣。但當樂飲以盡今夕之歡。篤親親之意也。

頍弁三章章十二句。

間關車之舝兮。思變音臠季女逝兮。匪飢匪渴。德音來括。雖無好友。叶羽已反式燕且喜。賦也。間關設舝聲也。舝車轄頭鐵也。無事則脫。行則設之。昏禮親迎者乘車。孌美貌。逝往。括會也。○此燕樂其新昏之詩故言閒關然設此車舝者。蓋思彼孌然之季女。故乘此車往而迎之也。匪飢也。匪渴也。望其德音來括。而心如飢渴耳。雖無他人。亦當燕飲以相喜樂也。○依彼平林。有集維鷮。音驕辰彼碩女。令德來教。叶居爻反式燕且譽。好去聲爾無射。音亦叶都故反。○興也。依茂木貌。鷮雉也。微小於翟。走而且鳴。其尾長。肉甚美。辰時。碩大也。爾即季女也。射厭也。○依彼平林。則有集維鷮。辰彼碩女。則以令德來配己而教誨之。是以式燕且譽。而悅慕之無厭也。○雖無旨酒。式飲庶幾。雖無嘉殽。式食庶幾。雖無德與女。音汝式歌且舞。賦也。旨嘉皆美也。女亦指季女也。○言我雖無旨酒嘉殽美德以與女。女亦當飲食歌舞以相樂也。○陟彼高岡。析音錫其柞音昨薪。叶音襄析其柞薪。其葉湑上聲兮。鮮我覯爾。我心寫叶想羽反兮。興也。陟登。柞櫟。湑盛。鮮少。覯見也。○陟岡而析薪。則其葉湑兮矣。我得見爾。則我心寫兮矣。○高山仰叶五剛反止。景行行叶戶郎反止。四牡騑騑。音霏六轡如琴。覯爾新昏。以慰我心。興也。仰瞻望也。景行大道也。如琴。謂六轡調和如琴瑟也。慰安也。○高山則可仰。景行則可行。馬服御良。則可以迎季女而慰我心也。此又舉其始終而言也。表記曰。小雅曰。高山仰止。景行行止。子曰。詩之好仁如此。鄉道而行。中道而廢。忘身之老也。不知年數之不足也。俛焉日有孳孳。斃而後已。

車舝五章。章六句。

營營青蠅。止于樊。音煩叶汾乾反豈弟君子。無信讒言。比也。營營往來飛聲。亂人聽也。青蠅汙穢能變白黑。樊藩也。君子謂王也。○詩人以王好聽讒言。故以青蠅飛聲比之。而戒王以勿聽也。○營營青蠅。止于棘。讒人罔極。交亂四國。叶越逼反。○興也。棘所以為藩也。極猶已也。○營營青蠅。止于榛。讒人罔極。構音媾我二人。興也。構合也。猶交亂也。己與聽者為二人。

青蠅三章。章四句。

賓之初筵。左右秩秩。籩豆有楚。殽核維旅。酒既和旨。飲酒孔偕。音皆叶舉里反鍾鼓既設。叶書質反舉醻音酬逸逸。大侯既抗。叶居郎反弓矢斯張。射夫既同。獻爾發功。發彼有的。叶丁藥反以祈爾爵。賦也。初筵。初即席也。左右。筵之左右也。秩秩有序也。楚列貌。殽豆實也。核籩實也。旅陳也。和旨調美也。孔甚也。偕齊一也。設宿設而又遷于下也。大射樂人宿縣。厥明將射。乃遷樂于下。以避射位是也。舉醻舉所奠之醻爵也。逸逸往來有序也。大侯君侯也。天子熊侯白質。諸侯麋侯赤質。大夫布侯畫以虎豹。士布侯畫以鹿豕。天子侯身一丈。其中三分居一。白質畫熊。其外則丹地。畫以雲氣。抗張也。凡射張侯而不繫左下綱中掩束之至將射司馬命張侯弟子脫束遂繫下綱也大侯張而弓矢亦張節也射夫既同比其耦也射禮選羣臣爲三耦三耦之外其餘各自取匹謂之衆耦獻猶奏也發發矢也的質也祈求也爵射不中者飲豐上之觶也○衛武公飲酒悔過而作此詩此章言因射而飲者初筵禮儀之盛酒既調美而飲者齊一至於設鐘鼓舉醻爵抗大侯張弓矢而衆耦拾發各心競云我以此求爵汝也○**籥舞笙鼓樂既和奏**叶宗五反**烝衎**音看**烈祖以洽百禮百禮既至有壬有林錫爾純嘏子孫其湛**音耽叶持林反**其湛曰樂**音洛**各奏爾能**叶奴金反**賓載手仇**音拘叶音求其**室人入又**叶音由怡**酌彼康爵以奏爾時**叶音醻○賦也籥舞文舞也烝進衎樂烈業洽合也百禮言其備也壬大林盛也言禮之盛大也錫神錫之也爾主祭者也嘏福湛樂也各奏爾能謂子孫各酌獻尸尸酢而卒爵也仇讀曰㪺室人有室中之事者謂佐食也又復也賓手挹酒室人復酌爲加爵也康安也酒所以安體也或曰康讀曰抗記曰崇坫康圭此亦謂坫上之爵也時時祭也蘇氏曰時物也○此言因祭而飲者始時禮樂之盛如此也○**賓之初筵溫溫其恭其未醉止威儀反反**叶分還反**曰既醉止威儀幡幡**叶分還反**舍**音捨**其坐遷屢舞僊僊其未醉止威儀抑抑曰既醉止威儀怭怭**音弼**是曰既醉不知其秩**賦也反反顧禮也幡幡輕數也遷徙屢數也僊僊軒舉之狀抑抑愼密也怭怭媟嫚也秩常也○此言凡飲酒者常始乎治而卒乎亂也○**賓既醉止載號**音毫**載呶**音鐃**亂我籩豆屢舞僛僛**音欺**是曰既醉不知其郵**叶于其反**側弁之俄屢舞傞傞**音娑**既醉而出並受其福**叶筆力反**醉而不出是謂伐德飲酒孔嘉**叶居何反**維其令儀**叶牛何反○賦也號呼呶讙也僛僛傾側之狀郵與尤同過也側傾也俄傾貌傞傞不止也出去伐害孔甚令善也○此章極言醉者之狀因言賓醉而出則與主人俱有美譽醉至若此是害其德也飲酒之所以甚美者以其有令儀爾今若此則無復有儀矣○**凡此飲酒或醉或否**叶補美反**既立之監或佐之史彼醉不臧不醉反恥式勿從謂無俾大**音泰**怠**叶養里反**匪言勿言匪由勿語由醉之言俾出童羖**音古**三爵不識**叶音失志**矧敢多又**叶夷益夷豉二反○賦也監史司正之屬燕禮鄉射恐有解倦失禮者立司正以監之察儀法也謂告由從也童羖無角之羖羊必無之物也識記也○言飲酒者或醉或不醉故既立監而佐之以史則彼醉者所爲不善而不自知使不醉者反爲之羞愧也安得從而告之使勿至於大怠乎告之若曰所不當言者勿言所不當從者勿語醉而妄言則將罰汝使出童羖矣設言必無之物以恐之也汝飲至三爵已昏然無所記矣況敢又多飲乎又丁寧以戒之

賓之初筵五章章十四句毛氏序曰衛武公刺幽王也韓氏序曰衛武公飲酒悔過也今按此詩意與大雅抑戒相類必武公自悔之作當從韓義

魚在在藻。有頒音焚其首。王在在鎬。豈音愷樂音洛飲酒。興也。藻。水草也。頒。大首貌。豈。亦樂也。○此天子燕諸侯而諸侯美天子之詩也。言魚何在乎。在乎藻也。則有頒其首矣。王何在乎。在乎鎬京也。則豈樂飲酒矣。○魚在在藻。有莘其尾。王在在鎬。飲酒樂豈。叶去幾反。○興也。莘。長也。○魚在在藻。依于其蒲。王在在鎬。有那其居。興也。那。安。居。處也。

魚藻三章。章四句。

采菽采菽。筐音匡之筥音舉之。君子來朝。音潮何錫予音與之。雖無予之。路車乘去聲馬。叶滿補反又何予之。玄袞及黼。音甫。○興也。菽。大豆也。君子。諸侯也。路車。金路以賜同姓。象路以賜異姓也。玄袞。玄衣而畫以卷龍也。黼。如斧形。刺之於裳也。周制。諸公袞冕九章。已見九罭篇。侯伯鷩冕七章。則自華蟲以下。子男毳冕五章。衣自宗彝以下。而裳黼黻。孤卿絺冕三章。則衣粉米。而裳黼黻。大夫玄冕。則玄衣黻裳而已。○此天子所以答魚藻也。采菽采菽。則必以筐筥盛之。君子來朝。則必有以錫予之。又言今雖無以予之。然已有路車乘馬。玄袞及黼之賜矣。其言如此者。好之無已。意猶以為薄也。○觱音必沸音弗檻胡覽反泉。叶才勻反言采其芹。音勤君子來朝。言觀其旂。音蘄叶巨斤反其旂淠淠。音譬鸞聲嘒嘒。載驂載駟。君子所屆。叶居氣反。○興也。觱沸。泉出貌。檻泉。正出也。芹。水草。可食。淠淠。動貌。嘒嘒。聲也。屆。至也。○觱沸檻泉。則言采其芹。諸侯來朝。則言觀其旂。見其旂。聞其鸞聲。又見其馬。則知君子之至於是也。○赤芾音弗在股。邪幅在下。叶後五反彼交匪紓。音舒叶上與反天子所予。音與樂音洛只音止君子。天子命叶彌并反之。樂只君子。福祿申之。賦也。脛本曰股。邪幅。偪也。邪纏於足。如今行縢。所以束脛在股下也。交。交際也。紓。緩也。○言諸侯服此芾偪。見於天子。恭敬齊遫。不敢紓緩。則為天子所予。而申之以福祿也。○維柞之枝。其葉蓬蓬。樂只君子。殿多見反天子之邦。叶卜工反樂只君子。萬福攸同。平平音便左右。亦是率從。興也。柞。見車舝篇。蓬蓬。盛貌。殿。鎮也。平平。辯治也。左右。諸侯之臣也。率。循也。○維柞之枝。則其葉蓬蓬然。樂只君子。則宜殿天子之邦。而為萬福之所聚。又言其左右之臣。亦從之而至此也。○汎汎芳劍反楊舟。紼音弗纚音黎維之。樂只君子。天子葵之。樂只君子。福祿膍音琵之。優哉游哉。亦是戾叶郎之反矣。興也。紼。繂也。纚。維。皆繫也。言以大索纚其舟而繫之也。葵。揆也。揆。猶度也。膍。厚。戾。至也。○汎汎楊舟。則必以紼纚維之。樂只君子。則天子必葵之。福祿必膍之。於是又歎其優游而至於此也。

采菽五章。章八句。

騂騂音觲角弓。翩音篇其反叶分邅反矣。兄弟昏姻。無胥遠叶於圓反矣。興也。騂騂弓調和貌。角弓以角飾弓也。翩反貌。弓之爲物。張之則內向而來。弛之則外反而去。有似兄弟昏姻親踈遠近之意。胥相也。○此刺王不親九族而好讒佞。使宗族相怨之詩。言騂騂角弓。既翩然而反矣。兄弟昏姻。則豈可以相遠哉。○爾之遠同前矣。民胥然矣。爾之教矣。民胥傚矣。賦也。爾王也。上之所爲下必有甚者。○此令兄弟。綽綽有裕。預與二音不令兄弟。交相爲瘉。同上。○賦也。令善。綽寬。裕饒。瘉病也。○言雖王化之不善。然此善兄弟。則綽綽有裕而不變。彼不善之兄弟。則由此而交相病矣。蓋指讒己之人而言也。○民之無良。相怨一方。受爵不讓。叶如羊反至于已斯亡。賦也。一方。彼一方也。○相怨者各據其一方耳。若以責人之心責己。愛己之心愛人。使彼己之閒。交見而無藏。則豈有相怨者哉。況兄弟相怨相讒以取爵位。而不知遜讓。終亦必亡而已矣。○老馬反爲駒。叶去聲不顧其後。叶下故反如食嗣音宜饇。音飫如酌孔取。叶音娶。○比也。饇飽。孔甚也。○言其但知讒害人以取爵位。而不知其不勝任。如老馬憊矣。而反自以爲駒。不顧其後。將有不勝任之患也。又如食之已多而宜飽矣。酌之所取。亦已甚矣。○毋教猱升木。如塗塗附。君子有徽猷。小人與屬。音蜀叶殊遇反。○比也。猱獼猴也。性善升木。不待教而能也。塗泥。附著。徽美。猷道。屬附也。○言小人骨肉之恩本薄。王又好讒佞以來之。是猶教猱升木。又如於泥塗之上。加以泥塗附之也。苟王有美道。則小人將反爲善以附之。不至於如此矣。○雨去聲雪瀌瀌。音標見晛音現曰消。莫肯下去聲遺。式居婁音慮驕。比也。瀌瀌盛貌。晛日氣也。張子曰。讒言遇明者當自止。而王甘信之。不肯貶下而遺棄之。更益以長慢也。○雨雪浮浮。見晛曰流。如蠻如髦。叶莫侯反我是用憂。比也。浮浮。猶瀌瀌也。流。流而去也。蠻。南蠻也。髦。夷髦也。書作髳。言其無禮義。而相殘賊也。

角弓八章。章四句。

有菀音鬱者柳。不尚息焉。上帝甚蹈。無自暱焉。俾予靖之。後予極焉。比也。柳茂木也。尚庶幾也。上帝指王也。蹈當作神。言威靈可畏也。暱近。靖定也。極求之盡也。○王者暴虐。諸侯不朝。而作此詩。言彼有菀然茂盛之柳。行路之人。豈不庶幾欲就止息乎。以比人誰不欲朝事王者。而王甚威神。使人畏之而不敢近耳。使我朝而事之。以靖王室。後必將極其所欲以求於我。蓋諸侯皆不朝而己獨至。則王必責之無已。如齊威王朝周而後反爲所辱也。或曰興也。下章放此。○有菀者柳。不尚愒音器焉。上帝甚蹈。無自瘵音債叶子例反焉。俾予靖之。後予邁。叶力制反焉。比也。愒息。瘵病也。邁過也。求之過其分也。○有鳥高飛。亦傅音附于天。叶鐵因反彼人之心。于何其臻。曷予靖之。居以凶矜。興也。傅臻皆至也。彼人斥王也。居猶徒然也。凶矜遭凶禍而可憐也。○鳥之高飛。極至于天耳。彼王之心。於何所極乎。言其貪縱無極。求責無已。人不知其所至也。如此。則豈予能靖之乎。乃徒然自取凶矜耳。

菀柳三章。章六句。

桑扈之什十篇。四十三章。二百八十二句。

都人士之什二之八

彼都人士。狐裘黃黃。其容不改。出言有章。行歸于周。萬民所望。叶音亡。○賦也。都。王都也。黃黃。狐裘色也。不改。有常也。章。文章也。周。鎬京也。○亂離之後。人不復見昔日都邑之盛。人物儀容之美。而作此詩。以歎惜之也。

○彼都人士。臺笠緇撮。叶租悅反彼君子女。綢直如髮。叶方月反我不見兮。我心不說。音悅○賦也。臺。夫須也。緇撮。緇布冠也。其制小。僅可撮其髻也。君子女。都人貴家之女也。綢直如髮。未詳其義。然以四章五章推之。亦言其髮之美耳。

○彼都人士。充耳琇音秀實。彼君子女。謂之尹吉。我不見兮。我心苑音鬱結。叶繳質反。○賦也。琇。美石也。以美石爲瑱。尹吉未詳。鄭氏曰。吉讀爲姞。尹氏姞氏。周之昏姻舊姓也。人見都人之女。咸謂尹氏姞氏之女。言其有禮法也。李氏曰。所謂尹吉。猶晉言王謝。唐言崔盧也。苑。猶屈也。積也。

○彼都人士。垂帶而厲。叶落蓋反彼君子女。卷音權髮如蠆。音瘥我不見兮。言從之邁。賦也。厲。垂帶之貌。卷髮。鬢旁短髮不可斂者。曲上卷然。以爲飾也。蠆。螫蟲也。尾末揵然。似髮之曲上者。邁。行也。蓋曰是不可得見也。得見則我從之邁矣。思之甚也。

○匪伊垂之。帶則有餘。匪伊卷之。髮則有旟。我不見兮。云何盱音吁矣。賦也。旟。揚也。盱。望也。說見何人斯篇。○此言士之帶。非故垂之也。帶自有餘耳。女之髮。非故卷之也。髮自有旟耳。言其自然閒美。不假脩飾也。然不可得而見矣。則如何而不望之乎。

都人士五章。章六句。

終朝采綠。不盈一匊。音菊予髮曲局。薄言歸沐。賦也。自旦及食時爲終朝。綠。王芻也。兩手曰匊。局。卷也。猶言首如飛蓬也。○婦人思其君子。而言終朝采綠而不盈一匊者。思念之深。不專於事也。又念其髮之曲局。於是舍之而歸沐。以待其君子之還也。

○終朝采藍。不盈一襜。尺占反。叶都甘反五日爲期。六日不詹。音占。叶多甘反。○賦也。藍。染草也。衣蔽前謂之襜。即蔽膝也。詹。與瞻同。五日爲期。去時之約也。六日不詹。過期而不見也。

○之子于狩。音獸言韔音暢其弓。叶姑弘反之子于釣。言綸之繩。賦也。之子。謂其君子也。理絲曰綸。○言君子若歸而欲往狩耶。我則爲之韔其弓。欲往釣耶。我則爲之綸其繩。望之切。思之深。欲無往而不與之俱也。○其釣維何。維魴音房及鱮。音敘叶音湑維魴及鱮。薄言觀者。叶掌與反。○賦也。於其釣而有獲也。又將從而觀之。亦上章之意也。

采綠四章章四句。

芃芃音蓬黍苗。陰雨膏去聲之。悠悠南行。召伯勞去聲之。興也。芃芃長大貌。悠悠遠行之意。○宣王封申伯於謝。命召穆公往營城邑。故將徒役南行。而行者作此。言芃芃黍苗。則唯陰雨能膏之。悠悠南行。則唯召伯能勞之也。○我任音壬我輦。我車我牛。叶魚其反我行既集。蓋云歸哉。叶將黎反。○賦也。任負任者也。輦人輓車也。牛所以駕大車也。集成也。營謝之役既成而歸也。○我徒我御。我師我旅。我行既集。蓋云歸處。賦也。徒步行者。御乘車者。五百人為旅。五旅為師。春秋傳曰。君行師從。卿行旅從。○肅肅謝功。召伯營之。烈烈征師。召伯成之。賦也。肅肅嚴正之貌。謝邑名。申伯所封國也。今在鄧州信陽軍。功工役之事也。營治也。烈烈威武貌。征行也。○原隰既平。泉流既清。召伯有成。王心則寧。賦也。土治曰平。水治曰清。○言召伯營謝邑。相其原隰之宜。通其水泉之利。此功既成。宣王之心則安也。

黍苗五章章四句。此宣王時詩。與大雅崧高相表裏。

隰桑有阿。其葉有難。音那既見君子。其樂音洛如何。興也。隰下濕之處。宜桑者也。阿美貌。難盛貌。皆言枝葉條垂之狀。○此喜見君子之詩。言隰桑有阿。則其葉有難矣。既見君子。則其樂如何哉。辭意大槩與菁莪相類。然所謂君子。則不知其何所指矣。或曰。比也。下章放此。○隰桑有阿。其葉有沃。叶鬱縛反既見君子。云何不樂。興也。沃光澤貌。○隰桑有阿。其葉有幽。叶於交反既見君子。德音孔膠。音交。○興也。幽黑色也。膠固也。○心乎愛矣。叶許既反遐不謂矣。中心藏之。何日忘之。賦也。遐與何同。表記作瑕。鄭氏註曰。瑕之言胡也。謂猶告也。○言我中心誠愛君子。而既見之。則何不遂以告之。而但中心藏之。將使何日而忘之耶。楚辭所謂思公子兮未敢言。意蓋如此。愛之根於中者深。故發之遲而存之久也。

隰桑四章章四句。

白華音花菅音姦兮。白茅束兮。之子之遠。俾我獨兮。比也。白華野菅也。已漚為菅。之子斥幽王也。俾使也。我申后自我也。○幽王娶申女以為后。又得褒姒而黜申后。故申后作此詩。言白華為菅。則白茅為束。二物至微。猶必相須為用。何之子之遠。而俾我獨耶。○英英白雲。露彼菅茅。叶莫侯反天步艱難之子不猶。比也。英英，輕明之貌。白雲，水土輕清之氣，當夜而上騰者也。露，即其散而下降者也。步，行也。天步，猶言時運也。猶，圖也。或曰，猶，如也。○言雲之澤物，無微不被。
今時運艱難。而之子不圖。不如白雲之露菅茅也。○滮符彪反池北流。浸彼稻田。叶地因反嘯歌傷懷。念彼碩人。比也。滮，流貌。北流，豐
鎬之間，水多北流。碩人，尊大之稱，亦謂幽王也。○言小水微流，尚能浸灌。王之尊大，而反不能通其寵澤，所以使我嘯歌傷懷而念之也。○樵彼桑薪。卬音昂烘于
煁。音忱維彼碩人。實勞我心。比也。樵，采也。桑薪，薪之善者也。卬，我。烘，燎也。煁，無釜之竈，可燎而不可亨飪者也。○桑薪宜以亨飪，而但為燎燭，以比嫡后之尊，而
反見卑賤也。○鼓鐘于宮。聲聞音問于外。念子懆懆。音造視我邁邁。比也。懆懆，憂貌。邁邁，不顧也。○鼓鐘于宮，則聲聞于外矣。念子懆懆，
而反視我邁邁，何哉。○有鶖音秋在梁。有鶴在林。維彼碩人。實勞我心。比也。鶖，禿鶖也。梁，魚梁也。○蘇氏曰：鶖鶴皆以魚為食，然鶴之於鶖，
清濁則有間矣。今鶖在梁而鶴在林，鶖則飽而鶴則飢矣。幽王進褒姒而黜申后，譬之養鶖而棄鶴也。○鴛鴦在梁。戢其左翼。之子無良。二三
其德。比也。戢其左翼，言不失其常也。良，善也。二三其德，則鴛鴦之不如也。○有扁音辮斯石。履之卑兮。之子之遠。俾我疧音底，叶翹移反
兮。比也。扁，卑貌。俾，使。疧，病也。○有扁然而卑之石，則履之者亦卑矣。如妾之賤，則寵之者亦賤矣。是以之子之遠，而俾我疧也。

白華八章。章四句。

緜蠻黃鳥。止于丘阿。道之云遠。我勞如何。飲去聲之食音嗣之。教之誨之。命彼後車。謂之載之。比也。緜蠻，
鳥聲。阿，曲阿也。後車，副車也。○此微賤勞苦，而思有所託者，為鳥言以自比也。蓋曰：緜蠻之黃鳥，自言止于丘阿而不能前，蓋道遠而勞甚矣。當是時也，有能飲之食之，教之誨之，又命後車
以載之者乎。○緜蠻黃鳥。止于丘隅。豈敢憚行。畏不能趨。飲之食之。教之誨之。命彼後車。謂之載之。
比也。隅，角。憚，畏也。趨，疾行也。○緜蠻黃鳥。止于丘側。豈敢憚行。畏不能極。飲之食之。教之誨之。命彼後車。謂
之載之。比也。側，旁。極，至也。國語云：齊朝駕，則夕極于魯國。

緜蠻三章。章八句。

幡幡音翻瓠葉。采之亨叶鋪郎反之。君子有酒。酌言嘗之。賦也。幡幡，瓠葉貌。○此亦燕飲之詩。言幡幡瓠葉，采之亨之，至薄也。然君子有酒，則亦以
是酌而嘗之。蓋述主人之謙辭，言物雖薄，而必與賓客共之也。○有兔斯首。炮音庖之燔音煩，叶汾乾反之。君子有酒。酌言獻叶虛言反之。賦也。

有兔斯首。一兔也。猶數魚以尾也。毛曰炮。加火曰燔。亦薦物也。獻。獻之於賓也。○有兔斯首。燔之炙音隻叶陟略反之。君子有酒。酌言酢之。賦也。以炕火曰炙。謂以物貫之而舉於火上以炙之。酢。報也。賓既卒爵而酌主人也。○有兔斯首。燔之炮叶蒲侯反之。君子有酒。酌言醻音酬之。賦也。醻。導飲也。

瓠葉四章。章四句。

漸漸音巉之石。維其高矣。山川悠遠。維其勞矣。武人東征。不遑朝叶直高反矣。賦也。漸漸。高峻之貌。武人。將帥也。遑。暇也。言無朝旦之暇也。○將帥出征。經歷險遠。不堪勞苦而作此詩也。○漸漸之石。維其卒音崒矣。山川悠遠。曷其沒叶莫筆反矣。武人東征。不遑出矣。賦也。卒。崔嵬也。謂山巔之末也。曷。何。沒。盡也。言所登歷。何時而可盡也。不遑出。謂但知深入。不暇謀出也。○有豕白蹢音的。烝涉波矣。月離于畢。俾滂沱矣。武人東征。不遑他音拖矣。賦也。蹢。蹄。烝。衆也。離。月所宿也。畢。星名。豕涉波。月離畢。將雨之驗也。○張子曰。豕之負塗曳泥。其常性也。今其足皆白。衆與涉波而去。水患之多可知矣。此言久役。又逢大雨。甚勞苦而不暇及他事也。

漸漸之石三章。章六句。

苕音條之華。音花芸音云其黃矣。心之憂矣。維其傷矣。比也。苕。陵苕也。本草云。即今之紫葳。蔓生附於喬木之上。其華黃赤色。亦名凌霄。○詩人自以身逢周室之衰。如苕附物而生。雖榮不久。故以為比。而自言其心之憂傷也。○苕之華。其葉青青音精。知我如此。不如無生。叶桑經反。○比也。青青。盛貌。然亦何能久哉。○牂音臧羊墳音焚首。三星在罶音柳。人可以食。鮮上聲可以飽。叶補苟反。○賦也。牂羊。牝羊也。墳。大也。羊瘠則首大也。罶。笱也。罶中無魚而水靜。但見三星之光而已。言饑饉之餘。百物彫耗如此。苟且得食足矣。豈可望其飽哉。

苕之華三章。章四句。陳氏曰。此詩其辭簡。其情哀。周室將亡。不可救矣。詩人傷之而已。

何草不黃。何日不行。叶戶郎反何人不將。經營四方。興也。草衰則黃。將。亦行也。○周室將亡。征役不息。行者苦之。故作此詩。言何草而不黃。何日而不行。何人而不將。以經營於四方也哉。○何草不玄。叶胡勻反何人不矜。音鰥哀我征夫。獨為匪民。興也。玄。赤黑色也。既黃而玄也。無妻曰矜。言從役過時而不得歸。失其室家之衆也。哀我征夫。豈獨為匪民哉。○匪兕匪虎。率彼曠野。叶上與反哀我征夫。朝夕不暇。叶後五反○賦也。率。

循也。曠空也。○言征夫非兕非虎。何爲使之循曠野。而朝夕不得閑暇也。○有芃音蓬者狐。叶與車率彼幽草。有棧士板反之車。行彼周道。

與也。芃尾長貌。棧車役車也。周道大道也。言不得休息也。

何草不黃四章。章四句。

都人士之什十篇。四十三章。二百句。

詩經卷之六

大雅三說見小雅

文王之什三之一

文王在上於音烏下同昭于天叶鐵因反周雖舊邦其命維新有周不顯帝命不時叶上紙反文王陟降在帝左右叶羽已反○賦也於歎辭昭明也命天命也不顯猶言豈不顯也帝上帝也不時猶言豈不時也左右旁側也○周公追述文王之德明周家所以受命而代商者皆由於此以戒成王此章言文王既沒而其神在上昭明于天是以周邦雖自后稷始封千有餘年而其受天命則自今始也夫文王在上而昭于天則其德顯矣周雖舊邦而命則新則其命時矣故又曰有周豈不顯乎帝命豈不時乎蓋以文王之神在天一升一降無時不在上帝之左右是以子孫蒙其福澤而君有天下也春秋傳天王追命諸侯之辭曰叔父陟恪在我先王之左右以佐事上帝語意與此正相似或疑恪亦降字之誤理或然也○亹亹音尾文王令聞音問不已陳錫哉周侯文王孫子叶奬里反文王孫子本支百世凡周之士不顯亦世賦也亹亹強勉之貌令聞善譽也陳猶敷也哉語辭侯維也本宗子也支庶子也○文王非有所勉也純亦不已而人見其若有所勉耳其德不已故今既沒而其令聞猶不已也令聞不已是以上帝敷錫于周維文王孫子則使之本宗百世爲天子支庶百世爲諸侯而又及其臣子使凡周之士亦世世脩德與周匹休焉○世之不顯厥猶翼翼思皇多士生此王國叶于逼反王國克生維周之楨音貞濟濟上聲多士文王以寧賦也猶謀翼翼勉敬也思語辭皇美楨榦也濟濟多貌○此承上章而言其傳世豈不顯乎而其謀猷皆能勉敬如此也美哉此衆多之賢士而生於此文王之國也文王之國能生此衆多之士則足以爲國之榦而文王亦賴以爲安矣蓋言文王得人之盛而宜其傳世之顯也○穆穆文王於緝熙敬止假上聲哉天命有商孫子商之孫子其麗不億上帝既命侯于周服叶蒲北反○賦也穆穆深遠之意緝續熙明亦不已之意止語辭假大麗數也不億不止於億也侯維也○言穆穆然文王之德不已其敬如此是以天命集焉以有商孫子觀之則可見矣蓋商之孫子其數不止於億然以上帝之命集於文王而今皆維服于周矣○侯服于周天命靡常殷士膚敏裸音灌將于京叶居良反厥作裸將常服黼音甫冔音許王之藎音盡臣無念爾祖賦也諸侯之大夫入天子之國曰某士則殷士者商孫子之臣屬也膚美敏疾也裸灌鬯也將行也酌而送之也京周之京師也黼黼裳也冔殷冠也蓋先代之後統承先王脩其禮物作賓於王家時王不敢變焉而亦所以爲戒也王指成王也藎進也言其忠愛之篤進進無已也無念猶言豈得無念也爾祖文王也○言商之孫子而侯服于周以天命之不可常也故殷之士助祭于周京而服商之服也於是呼王之藎臣而告之曰得無念爾

祖文王之德乎。蓋以戒王而不敢斥言。猶所謂敢告僕夫云爾。劉向曰。孔子論詩。至於殷士膚敏祼將于京。喟然歎曰。大哉天命。善不可不傳於後嗣。是以富貴無常。蓋傷微子之事周。而痛殷之亡也。

○無念爾祖。聿脩厥德。永言配命。自求多福。叶筆力反殷之未喪去聲師。克配上帝。宜鑒于殷。駿音峻命不易。去聲

○賦也。聿。發語辭。永。長。配。合也。命。天理也。師。衆也。上帝。天之主宰也。駿。大也。不易。言其難也。○言欲念爾祖。在於自脩其德。而又常自省察。使其所行無不合於天理。則盛大之福自我致之。有不外求而得矣。又言殷未失天下之時。其德足以配乎上帝矣。今其子孫乃如此。宜以為鑒而自省焉。則知天命之難保矣。大學傳曰。得衆則得國。失衆則失國。此之謂也。

○命之不易。無遏爾躬。叶姑弘反宣昭義問。有虞殷自天。叶鐵因反上天之載。無聲無臭。叶初尤反儀刑文王。萬邦作孚。叶房尤反

○賦也。遏。絕。宣。布。昭。明。義。善也。問。聞通。有。又通。虞。度。載。事。儀。象。刑。法。孚。信也。○言天命之不易保。故告之。使無若紂之自絕於天。而布明其善譽於天下。又度殷之所以廢興者。而折之於天。然上天之事。無聲無臭。不可得而度也。惟取法於文王。則萬邦作而信之矣。子思子曰。維天之命。於穆不已。蓋曰天之所以為天也。於乎不顯。文王之德之純。蓋曰文王之所以為文也。純亦不已。夫知天之所以為天。又知文王之所以為文。則夫與天同德者。可得而言矣。是詩首言文王在上。於昭于天。文王陟降。在帝左右。而終之以此。其旨深矣。

文王七章。章八句。

東萊呂氏曰。呂氏春秋引此詩。以為周公所作。味其辭意。信非周公不能作也。○今按此詩。一章言文王有顯德。而上帝有成命也。二章言天命集於文王。則不唯尊榮其身。又使其子孫百世為天子諸侯也。三章言命周之福。不唯及其子孫。而又及其羣臣之後嗣也。四章言天命既絕於商。則不唯誅罰其身。又使其子孫亦來臣服于周也。五章言絕商之禍。不唯及其身。又及其羣臣之後嗣也。六章言周之子孫臣庶。當以文王為法。而以商為監也。七章又言當以商為監。而以文王為法也。其於天人之際。興亡之理。丁寧反覆。至深切矣。故立之樂官。而因以為天子諸侯朝會之樂。蓋將以戒乎後世之君臣。而又以昭先王之德於天下也。國語以為兩君相見之樂。特舉其一端而言耳。然此詩之首章言文王之昭于天。而不言其所以昭。次章言其令聞不已。而不言其所以聞。至於四章。然後所以昭明而不已者。乃可得而見焉。然亦多詠歎之言。而語其所以為德之實。則不越乎敬之一字而已。然則後章所謂脩厥德而儀刑之者。豈可以他求哉。亦勉於此而已矣。

明明在下。赫赫在上。叶辰羊反天難忱斯。音諶不易去聲維王。天位殷適。音的使不挾四方。子燮反

○賦也。明明。德之明也。赫赫。命之顯也。忱。信也。不易。難也。天位。天子之位也。殷適。殷之適嗣也。挾。有也。○此亦周公戒成王之詩。將陳文武受命。故先言在下者有明明之德。則在上者有赫赫之命。達於上下。去就無常。此天之所以難忱。而為君之所以不易也。紂居天位。為殷嗣。乃使之不得挾四方而有之。蓋以此爾。

○摯音至仲氏任。音王自彼殷商。來嫁于周。曰嬪音貧于京。叶居良反乃及王季。維德之行。叶戶郎反大音泰任有身。叶戶羊反生此文王。

賦也。摯。國名。仲。中女也。任。摯國姓也。殷商。商之諸侯也。嬪。婦也。

京周京也。曰嬪于京。疊言以釋上句之意。猶曰釐降二女于嬀汭。嬪于虞也。王季。文王父也。身懷孕也。○將言文王之聖。而追本其所從來者如此。蓋曰自其父母而已然矣。

○維此文王。小心翼翼。昭事上帝。聿懷多福。叶筆力反 厥德不回。以受方國。叶越逼反 ○賦也。小心翼翼。恭慎之貌。卽前篇之所謂敬也。文王之德。於此爲盛。昭。明。懷。來。回。邪也。方國。四方來附之國也。

○天監在下。有命旣集。叶昨合反 文王初載。天作之合。在洽之陽。在渭之涘。音士叶羽已反 文王嘉止。大邦有子。叶獎里反 ○賦也。監。視。集。就。載。年。合。配也。洽。水名。本在今同州郃陽夏陽縣。今流已絕。故去水而加邑。渭水亦逕此入河也。嘉。昏禮也。大邦。莘國也。子。大姒也。○將言武王伐商之事。故此又推其本而言天之監照。實在於下。其命旣集於周矣。故於文王之初年。而默定其配。所以洽陽渭涘。當文王將昏之期。而大邦有子也。蓋曰非人之所能爲矣。

○大邦有子。俔牽遍反 天之妹。文定厥祥。親迎去聲 于渭。造舟爲梁。不顯其光。賦也。俔。磬也。韓詩作磬。說文云。俔。譬也。孔氏曰。如今俗語譬喻物曰磬作然也。文。禮。祥。吉也。言卜得吉而以納幣之禮。定其祥也。造。作。梁。橋也。作船於水。比之而加版於其上。以通行者。卽今之浮橋也。傳曰。天子造舟。諸侯維舟。大夫方舟。士特舟。張子曰。造舟爲梁。文王所制。而周世遂以爲天子之禮也。不顯。顯也。

○有命自天。命此文王。于周于京。叶居良反 纘女維莘。長上聲 子維行。叶戶郎反 篤生武王。保右音祐 命爾。燮伐大商。賦也。纘。繼也。莘。國名。長子。長女大姒也。行。嫁。篤。厚也。言既生文王。而又生武王也。右。助。燮。和也。○言天既命文王於周之京矣。而克纘大任之女事者。維此莘國。以其長女來嫁于我也。天又篤厚之。使生武王。保之助之命之。而使之順天命以伐商也。

○殷商之旅。其會如林。矢于牧野。維予侯興。叶音歆 上帝臨女。音汝 無貳爾心。賦也。如林。言衆也。書曰。受辛其旅若林。矢。陳也。牧野。在朝歌南七十里。侯。維。貳。疑也。爾。武王也。○此章言武王伐紂之時。紂衆會集如林。以拒武王。而皆陳于牧野。則維我之師。爲有興起之勢耳。然衆心猶恐武王以衆寡之不敵。而有所疑也。故勉之曰。上帝臨女。無貳爾心。蓋知天命之必然。而贊其決也。然武王非必有所疑也。設言以見衆心之同。非武王之得已耳。

○牧野洋洋。檀車煌煌。駟騵音元 彭彭。叶鋪郎反 維師尚父。時維鷹揚。涼音亮 彼武王。肆伐大商。會朝清明。叶謨郎反 ○賦也。洋洋。廣大之貌。檀。堅木。宜爲車者也。煌煌。鮮明貌。駟馬白腹曰騵。彭彭。強盛貌。師尚父。太公望爲大師而號尚父也。鷹揚。如鷹之飛揚而將擊。言其猛也。涼。漢書作亮。佐助也。肆。縱兵也。會朝。會戰之旦也。○此章言武王師衆之盛。將帥之賢。伐商以除穢濁。不崇朝而天下清明。所以終首章之意也。

大明八章。四章章六句。四章章八句。名義見小旻篇。一章言天命無常。惟德是與。二章言王季大任之德。以及文王。三章言文王之德。四章五章六章言文王大姒之德。以及武王。七章言武王伐紂。八章言武王克商。以終首章之意。其章以六句八句相間。又國語以此及下篇。皆爲兩君相見之樂。說見上篇。

緜緜瓜瓞。音垤民之初生。自土沮音疽漆。音七古公亶父。音甫陶音桃復音福陶穴。叶戶橘反未有家室。比也。緜緜不絕貌。大曰瓜。小曰瓞。瓜之近本初生者常小。其蔓不絕。至末而後大也。民。周人也。自。從。土。地也。沮漆。二水名。在豳地。古公。號也。亶父。名也。或曰字也。後乃追稱大王焉。陶。窯竈也。復。重窯也。穴。土室也。家。門內之通名也。豳地近西戎而苦寒。故其俗如此。○此亦周公戒成王之詩。追述大王始遷岐周以開王業。而文王因之以受天命也。此其首章。言瓜之先小後大。以比周人始生於漆沮之上。而古公之時。居於窯竈土室之中。其國甚小。至文王而後大也。

○古公亶父。來朝走馬。叶滿補反率西水滸。音虎至于岐下。叶後五反爰及姜女。聿來胥宇。賦也。朝。早也。走馬。避狄難也。滸。水厓也。漆沮之側也。岐下。岐山之下也。姜女。大王妃也。胥。相。宇。宅也。孟子曰。大王居邠。狄人侵之。事之以皮幣珠玉犬馬而不得免。乃屬其耆老而告之曰。狄人之所欲者。吾土地也。吾聞之也。君子不以其所以養人者害人。二三子何患乎無君。我將去之。去邠。踰梁山。邑于岐山之下居焉。邠人曰。仁人也。不可失也。從之者如歸市。

○周原膴膴。音武堇音謹荼如飴。音移爰始爰謀。叶謨悲反爰契音器我龜。曰止曰時。築室于茲。叶津之反○賦也。周。地名。在岐山之南。廣平曰原。膴膴。肥美貌。堇。烏頭也。荼。苦菜。蓼屬也。飴。餳也。契。所以然火而灼龜者也。儀禮所謂楚焞是也。或曰。以刀刻龜甲欲鑽之處也。○言周原土地之美。雖物之苦者亦甘。於是大王始與豳人之從己者謀居之。又契龜而卜之。既得吉兆。乃告其民曰。可以止於是而築室矣。或曰。時。謂土功之時也。

○迺慰迺止。迺左迺右。叶羽已反迺疆迺理。迺宣迺畝。叶滿彼反自西徂東。周爰執事。叶上止反○賦也。慰。安。止。居也。左右。東西列之也。疆。謂畫其大界。理。謂別其條理也。宣。布散而居也。或曰導其溝洫也。畝。治其田疇也。自西徂東。自西水滸而徂東也。周。徧也。言靡事不爲也。

○乃名司空。乃名司徒。俾立室家。叶古胡反其繩則直。縮音蹜版以載。叶節力反作廟翼翼。賦也。司空。掌營國邑。司徒。掌徒役之事。繩。所以爲直。凡營度位處。皆先以繩正之。既正。則束版而築也。縮。束也。載。上下相承也。言以索束版。投土築訖。則升下而上。以相承載也。君子將營宮室。宗廟爲先。廄庫爲次。居室爲後。翼翼。嚴正也。

○捄音俱之陾陾。音仍度入聲之薨薨。築之登登。削屢馮馮。音憑百堵皆興。鼛音皐鼓弗勝。賦也。捄。盛土於器也。陾陾。眾也。度。投土於版也。薨薨。眾聲也。登登。相應聲。削屢。牆成而削治重複也。馮馮。牆堅聲。五版爲堵。興。起也。此言治宮室也。鼛鼓。長一丈二尺。以鼓役事。弗勝者。言其樂事勸功。鼓不能止也。

○迺立皐門。皐門有伉。音抗叶苦郎反迺立應門。應門將將。音鏘迺立冢土。戎醜攸行。叶戶郎反○賦也。傳曰。王之郭門曰皐門。伉。高貌。王之正門曰應門。將將。嚴正也。大王之時。未有制度。特作二門。其名如此。及周有天下。遂尊以爲天子之門。而諸侯不得立焉。冢土。大社也。亦大王所立。而後因以爲天子之制也。戎醜。大眾也。起大事。動大眾。必有事乎社而後出。謂之宜。

○肆不殄音佃厥慍。亦不隕音尹厥問。柞音昨棫音域拔音佩矣。行道兌叶吐外反矣。混音昆夷駾音隊矣。維其喙音諱矣。賦也。肆。故今也。猶言遂也。承上起下之辭。殄。絕。慍。怒。隕。墜也。問。聞通。謂聲譽也。柞。櫟也。枝長葉盛。叢生有刺。棫。白桵也。小木亦叢生有刺。拔。挺拔而上。不拳曲蒙密也。兌。通也。始通道於柞棫之間也。駾。突。喙。息也。○言大王雖不能殄絕混夷之慍怒。亦不隕墜已之聲聞。蓋雖聖賢。不能必人之不怒。已但不廢其自脩之實耳。然大王始至此岐下之時。林木深阻。人物鮮少。至於其後。生齒漸繁。歸附日眾。則木拔道通。混夷畏之。而奔突竄伏。維其喙息而已。言德盛而混夷自服也。蓋已爲文王之時矣。

○虞芮質厥成。文王蹶音媿厥生。叶桑經反予曰有疏附。叶上聲予曰有先去聲後。去聲叶下五反予曰有奔奏。音走叶宗五反予曰有禦侮。賦也。虞芮二國名。質。正。成。平也。傳曰。虞芮之君。相與爭田。久而不平。乃相與朝周。入其境。則耕者讓畔。行者讓路。入其邑。男女異路。斑白者不提挈。入其朝。士讓爲大夫。大夫讓爲卿。二國之君。感而相謂曰。我等小人。不可以履君子之境。乃相讓以其所爭田爲閒田而退。天下聞之而歸者四十餘國。蘇氏曰。虞在陝之平陸。芮在同之馬翊。平陸有閒原焉。則虞芮之所讓也。蹶生未詳其義。或曰。蹶。動而疾也。生。猶起也。予。詩人自予也。率下親上曰疏附。相道前後曰先後。喻德宣譽曰奔奏。武臣折衝曰禦侮。○言混夷既服。而虞芮來質其訟之成。於是諸侯歸周者眾。而文王由此動其興起之勢。是雖其德之盛。然亦由有此四臣之助而然。故各以予曰起之。其辭繁而不殺者。所以深歎其得人之盛也。

緜九章。章六句。

一章言在豳。二章言至岐。三章言定宅。四章言授田居民。五章言作宗廟。六章言治宮室。七章言作門社。八章言至文王而服混夷。九章遂言文王受命之事。餘說見上篇。

芃芃音蓬棫音域樸。音卜薪之槱音酉之。濟濟上聲辟音璧王。左右趣叶此苟反之。興也。芃芃。木盛貌。樸。叢生也。言根枝迫迮相附著也。槱。積也。濟濟。容貌之美也。辟。君也。君王。謂文王也。○此亦以詠歌文王之德。言芃芃棫樸。則薪之槱之矣。濟濟辟王。則左右趣之矣。蓋德盛而人心歸附趣向之也。

○濟濟辟王。左右奉璋。奉璋峩峩。髦士攸宜。叶牛何反。○賦也。半圭曰璋。祭祀之禮。王祼以圭瓚。諸臣助之。亞祼以璋瓚。左右奉之。其判在內。亦有趣向之意。峩峩。盛壯也。髦。俊也。

○淠音譬彼涇音經舟。烝徒楫音接叶籍入反之。周王于邁。六師及之。興也。淠。舟行貌。涇。水名。烝。眾。楫。櫂。于。往。邁。行也。六師。六軍也。○言淠彼涇舟。則舟中之人。無不楫之。周王于邁。則六師之眾。追而及之。蓋眾歸其德。不令而從也。

○倬音卓彼雲漢。爲章于天。叶鐵因反周王壽考。遐不作人。興也。倬。大也。雲漢。天河也。在箕斗二星之閒。其長竟天。章。文章也。文王九十七乃終。故言壽考。遐與何同。作人。謂變化鼓舞之也。

○追音堆琢音卓其章。金玉其相。勉勉我王。綱紀四方。興也。追。雕也。金曰雕。玉曰琢。相。質也。勉勉。猶言不已也。凡網罟張之爲綱。理之爲紀。○追之琢之。則所以美其文者至矣。金之玉之。則所以美其質者至矣。勉勉我王。則所以綱紀乎四方者至矣。

棫樸五章。章四句。此詩前三章言文王之德為人所歸。後二章言文王之德有以振作綱紀天下之人。而人歸之。自此以下至假樂。皆不知何人所作。疑多出於周公也。

瞻彼旱麓。音鹿榛楛音戶濟濟。上聲豈弟君子。干祿豈弟。興也。旱。山名。麓。山足也。榛。似栗而小。楛。似荊而赤。濟濟。衆多也。豈弟。樂易也。君子。指文王也。○此亦以詠歌文王之德。言旱山之麓。則榛楛濟濟然矣。豈弟君子。則其干祿也豈弟矣。干祿豈弟。言其干祿之有道。猶曰其爭也君子云爾。

○瑟彼玉瓚。才旱反○黃流在中。豈弟君子。福祿攸降。叶呼攻反○興也。瑟。縝密貌。玉瓚。圭瓚也。以圭為柄。黃金為勺。青金為外。而朱其中也。黃流。鬱鬯也。釀秬黍為酒。築鬱金煮而和之。使芬芳條鬯。以瓚酌而祼之也。攸。所。降。下也。○言瑟然之玉瓚。則必有黃流在其中。豈弟之君子。則必有福祿下其躬。明寶器不薦於褻味。而黃流不注於瓦缶。則知盛德必享於祿壽。而福澤不降於淫人矣。

○鳶音沿飛戾天。叶鐵因反魚躍于淵。叶一均反豈弟君子。遐不作人。興也。鳶。鴟類。戾。至也。李氏曰。抱朴子曰。鳶之在下無力。及至乎上。聳身直翅而已。蓋鳶之飛。全不用力。亦如魚躍。怡然自得。而不知其所以然也。遐。何通。○言鳶之飛則戾于天矣。魚之躍則出于淵矣。豈弟君子。而何不作人乎。言其必作人也。

○清酒既載。叶節力反騂音觲牡既備。叶蒲北反以享以祀。叶逸織反以介景福。叶筆力反○賦也。載。在尊也。備。全具也。承上章言有豈弟之德。則祭必受福也。

○瑟彼柞棫。民所燎矣。豈弟君子。神所勞去聲矣。興也。瑟。茂密貌。燎。爨也。或曰。熂燎除其旁草。使木茂也。勞。慰撫也。

○莫莫葛藟。音壘施音異于條枚。音梅豈弟君子。求福不回。興也。莫莫。盛貌。回。邪也。

旱麓六章。章四句。

思齊音齋大任。文王之母。思媚周姜。京室之婦。音阜大姒嗣徽音。則百斯男。叶尼心反○賦也。思。語辭。齊。莊。媚。愛也。周姜。大王之妃大姜也。京。周也。大姒。文王之妃也。徽。美也。百男。舉成數而言其多也。○此詩亦歌文王之德。而推本言之。曰此莊敬之大任。乃文王之母。實能媚於周姜。而稱其為周室之婦。至於大姒。又能繼其美德之音。而子孫衆多。上有聖母。所以成之者遠。內有賢妃。所以助之者深也。

○惠于宗公。神罔時怨。神罔時恫。音通刑于寡妻。至于兄弟。以御音迓于家邦。叶卜工反○賦也。惠。順也。宗公。宗廟先公也。恫。痛也。刑。儀法也。寡妻。猶言寡小君也。御。迎也。○言文王順于先公。而鬼神歆之無怨恫者。其儀法內施於閨門。而至于兄弟。以御于家邦也。孔子曰。家齊而後國治。孟子曰。言舉斯心加諸彼而已。張子曰。言接神人各得其道也。

○雝雝音雍在宮。肅肅在廟。叶音貌不顯亦臨。無射音亦亦保。叶音鮑○賦也。雝雝。和之至也。肅肅。敬之至也。不顯。幽隱之處也。射。與斁同。厭也。保。猶守也。○言文王在閨門之內。則極其和。在宗廟之中。則極其敬。雖居幽隱。亦常若有臨之者。雖無厭射。亦常有所守焉。其純亦不已。蓋如是。

○肆戎疾不殄。烈假上聲不瑕。不聞亦式。不諫亦入。賦也。肆。故今也。戎。大也。疾。猶難也。

也。大難如羑里之囚。及昆夷獫狁之屬也。殄絕。烈光。假大。瑕過也。此兩句與不殄厥愠不隕厥問相表裏。聞前聞也。式法也。○承上章言文王之德如此。故其大難雖不殄絕。而光大亦無玷缺。雖事之無所前聞者。而亦無不合於法度。雖無諫諍之者。而亦未嘗不入於善。傳所謂性與天合是也。○**肆成人有德。小子有造。古之人無斁。**(音亦)**譽髦斯士。**賦也。冠以上為成人。小子童子也。造為也。古之人指文王也。譽名。髦俊也。○承上章言文王之德見於事者如此。故一時人材皆得其所成就。蓋由其德純亦不已。故令此士皆有譽於天下。而成其俊乂之美也。

思齊五章。二章章六句。三章章四句。

皇矣上帝。臨下有赫。(叶黑各反)**監觀四方。求民之莫。維此二國。其政不獲。**(叶胡郭反)**維彼四國。爰究爰度。**(入聲)**上帝耆之。憎其式廓。乃眷西顧。此維與宅。**(叶達各反)○賦也。皇大。臨視也。赫威明也。監亦視也。莫定也。二國夏商也。不獲謂失其道也。四國四方之國也。究尋。度謀也。耆憎。式廓未詳其義。或曰耆致也。憎當作增。式廓猶言規模也。此謂岐周之地也。○此詩敘大王大伯王季之德。以及文王伐密伐崇之事也。此其首章。先言天之臨下甚明。但求民之安定而已。彼夏商之政既不得矣。故求於四方之國。苟上帝之所欲致者。則增大其疆境之規模。於是乃眷然顧視西土。以此岐周之地。與大王為居宅也。

○**作之屏**(音丙)**之。其菑**(音緇)**其翳。**(音意)**修之平之。其灌其栵。**(音例)**啟之辟**(音闢)**之。其檉其椐。**(音居叶紀庶反)**攘之剔之。其檿**(音厭)**其柘。**(叶都故反)**帝遷明德。串**(音貫)**夷載路。天立厥配。受命既固。**賦也。作拔起也。屏去之也。菑木立死者也。翳自斃者也。或曰小木蒙密蔽翳者也。修平皆治之。使疏密正直得宜也。灌叢生者也。栵行生者也。啟辟芟除也。檉河柳也。似楊。赤色。生河邊。椐樻也。腫節似扶老。可為杖者也。攘剔謂穿剔去其繁冗使成長也。檿山桑也。與柘皆美材。可為弓幹。又可蠶也。明德謂明德之君。即大王也。串夷載路未詳。或曰串夷即昆夷。載路謂滿路而去。所謂昆夷駾矣者也。配賢妃也。謂大姜。○此章言大王遷於岐周之事。蓋岐周之地。本皆山林險阻無人之境。而近於昆夷。大王居之。人物漸盛。然後漸次開闢。如此乃上帝遷此明德之君。使居其地。而昆夷遠遁。天又為之立賢妃以助之。是以受命堅固而卒成王業也。

○**帝省其山。柞棫斯拔。**(音佩)**松柏斯兌。**(徒外反)**帝作邦作對。自大**(音泰)**伯王季。維此王季。因心則友。**(叶羽已反)**則友其兄。**(叶虛王反)**則篤其慶。**(叶祛羊反)**載錫之光。受祿無喪。**(去聲叶平聲)**奄有四方。**賦也。拔兌見緜篇。此亦言其山林之閒道路通也。對猶當也。作對。言擇其可當此國者。以君之也。大伯大王之長子。王季大王之少子也。因心非勉強也。善兄弟曰友。兄謂大伯也。篤厚。載則也。奄字之義在忽遂之閒。○言帝省其山。而見其木拔道通。則知民之歸之者益眾矣。於是既作之邦。又與之賢君以嗣其業。蓋自其初生大伯王季之時而已定矣。於是大伯見王季生文王。又知天命之有在。故適吳不反。大王沒而國傳於王季。及文王而周道大興也。然以大伯而避王季。則王季疑於不友。故又特言王季所以友其兄者。乃因其心之自然。而無待於勉強。既受大伯之讓。則益脩其德。以厚周家之慶。而與其兄以讓德之光。猶曰彰其知人之明。不爲徒讓耳。其德如是。故能受天祿而不失。至於文武而奄有四方也。

○維此王季。帝度入聲其心。貊音麥其德音。其德克明。克明克類。克長克君。王如字去聲此大邦。克順克比。音匕比去聲于文王。其德靡悔。叶虎洧反既受帝祉。施音異于孫子。叶奬里反

○賦也。度。能度物制義也。貊。春秋傳樂記皆作莫。謂其莫然清靜也。克明。能察是非也。克類。能分善惡也。克長。教誨不倦也。克君。賞慶刑威也。言其賞不僭。故人以爲慶。刑不濫。故人以爲威也。順。慈和徧服也。比。上下相親也。比于。至于也。悔。遺恨也。○言上帝制王季之心。使有尺寸。能度義。又清靜其德音。使無非閒之言。是以王季之德。能此六者。至於文王。而其德尤無遺恨。是以既受上帝之福。而延及于子孫也。

○帝謂文王。無然畔援。音院無然歆羨。誕先登于岸。叶魚戰反密人不恭。敢距大邦。叶卜攻反侵阮徂共。音恭王赫斯怒。叶暖五反爰整其旅。以按音遏徂旅。以篤周祜。音戶以對于天下。叶後五反

○賦也。帝謂文王。設爲天命文王之辭。如下所言也。無然。猶言不可如此也。畔。離畔也。援。攀援也。言舍此而取彼也。歆。欲之動也。羨。愛慕也。言肆情以徇物也。岸。道之極至處也。密。密須氏也。姞姓之國。在今寧州。阮。國名。在今涇州。徂。往也。共。阮國之地名。今涇州之共池是也。其旅。周師也。按。遏也。徂旅。密師之往共者也。祜。福。對。答也。○人心有所畔援。有所歆羨。則溺於人欲之流。而不能以自濟。文王無是二者。故獨能先知先覺。以造道之極至。蓋天實命之。而非人力之所及也。是以密人不恭。敢違其命。而擅興師旅。以侵阮。而往至于共。則赫怒整兵。而往遏其衆。以厚周家之福。而答天下之心。蓋亦因其可怒而怒之。初未嘗有所畔援歆羨也。此文王征伐之始也。

○依其在京。叶居良反侵自阮疆。陟我高岡。無矢我陵。我陵我阿。無飲我泉。我泉我池。叶徒何反度其鮮原。居岐之陽。在渭之將。萬邦之方。下民之王。

賦也。依。安貌。京。周京也。矢。陳。鮮。善。將。側。方。鄉也。○言文王安然在周之京。而所整之兵。既遏密人。遂從阮疆而出以侵密。所陟之岡。即爲我岡。而人無敢陳兵於陵。飲水於泉。以拒我也。於是相其高原而徙都焉。所謂程邑也。其地於漢爲扶風安陵。今在京兆府咸陽縣。

○帝謂文王。予懷明德。不大聲以色。不長夏以革。不識不知。順帝之則。帝謂文王。詢爾仇方。同爾兄弟。以爾鉤援。音爰與爾臨衝。以伐崇墉。

賦也。予。設爲上帝之自稱也。懷。眷念也。明德。文王之明德也。以。猶與也。夏。革。未詳。則。法也。仇方。讎國也。兄弟。與國也。鉤援。鉤梯也。所以鉤引上城。所謂雲梯者也。臨。臨車也。在上臨下者也。衝。衝車也。從旁衝突者也。皆攻城之具也。崇。國名。在今京兆府鄠縣。墉。城也。史記崇侯虎譖西伯於紂。紂囚西伯於羑里。西伯之臣閎夭之徒。求美女奇物善馬以獻紂。紂乃赦西伯。賜之弓矢鈇鉞。得專征伐。曰。譖西伯者。崇侯虎也。西伯歸三年。伐崇侯虎。而作豐邑。○言上帝眷念文王。而言其德之深微。不暴著其形迹。又能不作聰明。以循天理。故又命之以伐崇也。呂氏曰。此言文王德不形而功無迹。與天同體而已。雖興兵以伐崇。莫非順帝之則。而非我也。○

臨衝閑閑（叶胡員反）崇墉言言。執訊（音信）連連。攸馘（音虢）安安（叶於肩反）。是類是禡（音罵）。是致是附（叶上聲）。四方以無侮。臨衝茀茀（音弗叶分聿反）。崇墉仡仡（音屹）。是伐是肆。是絕是忽（叶虛屈反）。四方以無拂（叶分聿反）。○賦也。閑閑。徐緩也。言言。高大也。連連。屬續狀。馘。割耳也。軍法獲者不服。則殺而獻其左耳。安安。不輕暴也。類。將出師祭上帝也。禡。至所征之地而祭始造軍法者。謂黃帝及蚩尤也。致。致其至也。附。使之來附也。茀茀。強盛貌。仡仡。堅壯貌。肆。縱兵也。忽。滅。拂。戾也。春秋傳曰。文王伐崇。三旬不降。退脩敎而復伐之。因壘而降。○言文王伐崇之初。緩攻徐戰。告祀羣神。以致附來者。而四方無不畏服。及終不服。則縱兵以滅之。而四方無不順從也。夫始攻之緩。戰之徐也。非力不足也。非示之弱也。將以致附而全之也。及其終不下而肆之也。則天誅不可以畱。而罪人不可以不得故也。此所謂文王之師也。

皇矣八章。章十二句。一章二章。言天命大王。三章四章。言天命王季。五章六章。言天命文王伐密。七章八章。言天命文王伐崇。

經始靈臺（叶田飴反）。經之營之。庶民攻之。不日成之。經始勿亟（音棘）。庶民子來（叶六宜反）。○賦也。經。度也。靈臺。文王所作。謂之靈者。言其倏然而成。如神靈之所爲也。營。表。攻。作也。不日。不終日也。亟。急也。○國之有臺。所以望氛祲。察災祥。時觀遊。節勞佚也。文王之臺。方其經度營表之際。而庶民已來作之。所以不終日而成也。雖文王心恐煩民。戒令勿亟。而民心樂之。如子趣父事。不名自來也。孟子曰。文王以民力爲臺爲沼。而民歡樂之。謂其臺曰靈臺。謂其沼曰靈沼。此之謂也。○王在靈囿（叶音郁）。麀（音憂）鹿攸伏。麀鹿濯濯（音擢）。白鳥翯翯（音鶴）。王在靈沼（叶音灼）。於（音烏）牣（音刃）魚躍。賦也。靈囿。臺之下有囿。所以域養禽獸也。麀。牝鹿也。伏。言安其所處。不驚擾也。濯濯。肥澤貌。翯翯。潔白貌。靈沼。囿之中有沼也。牣。滿也。魚滿而躍。言多而得其所也。○虡（音巨）業維樅（音悤）。賁（音焚）鼓維鏞（音庸）。於論（平聲）鼓鐘。於樂（音洛）辟（音璧）廱。賦也。虡。植木以懸鐘磬。其橫者曰栒。業。栒上大版。刻之捷業如鋸齒者也。樅。業上懸鐘磬處。以綵色爲崇牙。其狀樅樅然者也。賁。大鼓也。長八尺。鼓四尺。中圍加三之一。鏞。大鐘也。論。倫也。言得其倫理也。辟。璧通。廱。澤也。辟廱。天子之學。大射行禮之處也。水旋丘如璧。以節觀者。故曰辟廱。○於論鼓鐘。於樂辟廱。鼉（音駝）鼓逢逢（音蓬）。矇（音蒙）瞍（音叟）奏公。賦也。鼉。似蜥蜴。長丈餘。皮可冒鼓。逢逢。和也。有眸子而無見曰矇。無眸子曰瞍。古者樂師。皆以瞽者爲之。以其善聽而審於音也。公。事也。聞鼉鼓之聲。而知矇瞍方奏其事也。

靈臺四章。二章章六句。二章章四句。東萊呂氏曰。前二章。樂文王有臺池鳥獸之樂也。後二章。樂文王有鐘鼓之樂也。皆述民樂之辭也。

下武維周。世有哲王。三后在天。王配于京（叶居良反）。○賦也。下義未詳。或曰。字當作文。言文王武王實造周也。哲王。通言大王王季也。三后。大王王季文王也。在天。既沒而其精神上與天合也。王。武王也。配。對也。謂繼其位以對三后也。京。鎬京也。○此章美武王能纘大王王季文王之緒而有天下也。○王配于京。世德作求。永言配命。成王之孚。叶孚尤反。○賦也。言武王能繼先王之德。而長言合於天理。故能成王者之信於天下也。若暫合而遽離。暫得而遽失。則不足以成其信矣。○成王之孚。下土之式。永言孝思。孝思維則。賦也。式。則。皆法也。○言武王所以能成王者之信。而爲四方之法者。以其長言孝思而不忘。是以其孝可爲法耳。若有時而忘之。則其孝者僞耳。何足法哉。○媚茲一人。應侯順德。永言孝思。昭哉嗣服。叶蒲北反。○賦也。媚。愛也。一人。謂武王。應。如丕應徯志之應。侯。維。服。事也。○言天下之人。皆愛戴武王以爲天子。而所以應之。維以順德。是武王能長言孝思。而明哉其嗣先王之事也。○昭茲來許。繩其祖武。於萬斯年。受天之祜。音戶。○賦也。昭茲承上句而言。茲哉聲相近。古蓋通用也。來。後世也。許。猶所也。繩。繼。武。迹也。○言武王之道。昭明如此。來世能繼其迹。則久荷天祿而不替矣。○受天之祜。四方來賀。於萬斯年。不遐有佐。賦也。賀。朝賀也。周末秦强。天子致胙。諸侯皆賀。遐。何通。佐。助也。蓋曰豈不有助乎云爾。

下武六章。章四句。或疑此詩有成王字。當爲康王以後之詩。然考尋文意。恐當只如舊說。且其文體亦與上下篇血脈通貫。非有誤也。

文王有聲。遹音聿駿音峻有聲。遹求厥寧。遹觀厥成。文王烝哉。賦也。遹。義未詳。疑與聿同。發語辭。駿。大。烝。君也。○此詩言文王遷豐。武王遷鎬之事。而首章推本之曰。文王之有聲也。甚大乎其有聲也。蓋以求天下之安寧。而觀其成功耳。文王之德如是。信乎其克君也哉。○文王受命。有此武功。既伐于崇。作邑于豐。文王烝哉。賦也。伐崇。事見皇矣篇。作邑。徙都也。豐。卽崇國之地。在今鄠縣杜陵西南。○築城伊淢。音洫作豐伊匹。匪棘其欲。遹追來孝。叶許六反。或呼侯反。王后烝哉。賦也。淢。城溝也。方十里爲成。成閒有溝。深廣各八尺。匹。稱。棘。急也。王后。亦指文王也。○言文王營豐邑之城。因舊溝爲限而築之。其作邑居。亦稱其城。而不侈大。皆非急成已之所欲也。特追先人之志。而來致其孝耳。○王公伊濯。維豐之垣。音袁四方攸同。王后維翰。叶胡田反王后烝哉。賦也。公。功也。濯。著明也。○王之功所以著明者。以其能築此豐之垣故爾。四方於是來歸。而以文王爲楨榦也。○豐水東注。維禹之績。四方攸同。皇王維辟。皇王烝哉。賦也。豐水東北流。徑豐邑之東。入渭而注于河。績。功也。皇王。有天下之號。指武王也。辟。君也。○言豐水東注。由禹之功。故四方得以來同於此。而以武王爲君。此武王未作鎬京時也。○鎬京辟廱。自西自東。自南自北。無思不服。叶蒲北反皇王烝哉。賦也。鎬京。武王所營也。在豐水東。去豐邑二十五里。張子曰。周家自后稷居邰。公劉居豳。大王邑岐。而文王則遷于豐。至武王又居于鎬。當是時。民之歸者日衆。其地有不能容。不得不遷也。辟廱說見前篇。張子曰。靈臺辟廱。文王之學也。鎬京辟廱。武王之學也。至此始爲天子之學矣。無思不服。心服也。孟子曰。天下不心服而王者。未之有也。○此言武王徙居鎬京。講學行禮。而天下自服也。○考卜維王。宅是鎬京。叶居良反維龜正叶諸盈反之。武王成之。武王烝哉。賦也。考。稽。宅。居。正。決也。成之。作邑居也。張子曰。此舉謚者。

追述其事之言也。○豐水有芑。武王豈不仕。詒厥孫謀。以燕翼子。叶奬里反武王烝哉。興也。芑草名。仕事。詒遺。燕安。翼敬也。子成王也。○鎬京猶在豐水下流。故取以起興。言豐水猶有芑。武王豈無所事乎。詒厥孫謀。以燕翼子。則武王之事也。謀及其孫。則子可以無事矣。或曰。賦也。言豐水之旁。生物繁茂。武王豈不欲有事於此哉。但以欲遺孫謀以安翼子。故不得而不遷耳。

文王有聲八章章五句。此詩以武功稱文王。至於武王。則言皇王維辟。無思不服而已。蓋文王既造其始。則武王續而終之。無難也。又以見文王之文。非不足於武。而武王之有天下。非以力取之也。

文王之什十篇。六十六章。四百一十四句。鄭譜。此以上為文武時詩。以下為成王周公時詩。今按文王首句。即云文王在上。則非文王之詩矣。又曰無念爾祖。則非武王之詩矣。大明有聲。並言文武者非一。安得為文武之時所作乎。蓋正雅皆成王周公以後之詩。但此什皆為追述文武之德。故譜因此而誤耳。

生民之什三之二

厥初生民。時維姜嫄。音原叶魚倫反生民如何。克禋音因克祀。叶養里反以弗無子。叶奬里反履帝武敏叶母鄙反歆。攸介攸止。載震載夙。叶相即反載生載育。叶日逼反時維后稷。賦也。民人也。謂周人也。時是也。姜嫄炎帝後。姜姓。有邰氏女。名嫄。為高辛之世妃。精意以享謂之禋。祀祀郊禖也。弗之言祓也。祓無子。求有子也。古者立郊禖。蓋祭天於郊。而以先媒配也。變媒言禖者。神之也。其禮以玄鳥至之日。用大牢祀之。天子親往。后率九嬪御。乃禮天子所御。帶以弓韣。授以弓矢于郊禖之前也。履踐也。帝上帝也。武迹。敏拇。歆動也。猶驚異也。介大也。震娠也。夙肅也。生子者。及月辰居側室也。育養也。○姜嫄出祀郊禖。見大人跡而履其拇。遂歆歆然如有人道之感。於是即其所大所止之處。而震動有娠。乃周人所由以生之始也。周公制禮。尊后稷以配天。故作此詩。以推本其始生之祥。明其受命於天。固有以異於常人也。然巨跡之說。先儒或頗疑之。而張子曰。天地之始。固未嘗先有人也。則人固有化而生者矣。蓋天地之氣生之也。蘇氏亦曰。凡物之異於常物者。其取天地之氣常多。故其生也或異。麒麟之生。異於犬羊。蛟龍之生。異於魚鼈。物固有然者矣。神人之生而有以異於人。何足怪哉。斯言得之矣。○誕彌厥月。先生如達。音闥不坼音拆不副。音劈叶孚迫反無菑音災無害。叶音曷以赫厥靈。上帝不寧。不康禋祀。叶養里反居然生子。叶奬里反○賦也。誕發語辭。彌終也。終十月之期也。先生首生也。達小羊也。羊子易生。無留難也。坼副皆裂也。赫顯也。不寧寧也。不康康也。居然猶徒然也。○凡人之生。必坼副災害其母。而首生之子尤難。今姜嫄首生后稷。如羊子之易。無坼副災害之苦。是顯其靈異也。上帝豈不寧乎。豈不康我之禋祀乎。而使我無人道而徒然生是子也。○誕寘之隘巷。牛羊腓音肥字之。誕寘之平林。會伐平林。誕寘之寒冰。鳥覆去聲翼音異之。鳥乃去矣。后稷呱叶去聲矣。實覃實訏。叶去聲厥聲載路。賦也。隘。狹。腓。芘。字。愛。會。値也。値人伐木而收之。覆。蓋。翼。藉也。以一翼覆之。以一翼藉之也。呱。啼聲也。覃。長。訏。大。載。滿也。滿路。言其聲之大也。○無人道而生子。或者以爲不祥。故棄之。而有此異也。於是始收而養之。

○誕實匍音蒲匐。克岐克嶷。以就口食。蓺之荏音飪菽。荏菽旆旆。禾役穟穟。音遂麻麥幪幪。莫孔反瓜瓞唪唪。音蚌○賦也。匍匐。手足並行也。岐嶷。峻茂之狀。就。向也。口食。自能食也。蓋六七歲時也。蓺。樹也。荏菽。大豆也。旆旆。枝旟揚起也。役。列也。穟穟。苗美好之貌也。幪幪然茂密也。唪唪然多實也。○言后稷能食時。已有種殖之志。蓋其天性然也。史記曰。棄爲兒時。其遊戲好種殖麻麥。麻麥美。及爲成人。遂好耕農。堯舉以爲農師。

○誕后稷之穡。有相去聲之道。叶徒口反茀音弗厥豐草。音苟種去聲之黃茂。叶莫口反實方實苞。叶蒲苟反實種上聲實褎。叶徐久反實發實秀。叶思久反實堅實好。叶許口反實穎實栗。即有邰音台家室。賦也。相。助也。言盡人力之助也。茀。治也。種。布之也。黃茂。嘉穀也。方。房也。苞。甲而未拆也。此漬其種也。種。甲拆而可爲種也。褎。漸長也。發。盡發也。秀。始穟也。堅。其實堅也。好。形味好也。穎。實繁碩而垂末也。栗。不秕也。既收成。見其實皆栗栗然不秕也。邰。后稷之母家也。豈其或滅或遷。而遂以其地封后稷與。○言后稷之穡如此。故堯以其有功於民。封於邰。使即其母家而居之。以主姜嫄之祀。故周人亦世祀姜嫄焉。

○誕降嘉種。維秬音巨維秠。音痞維穈音門維芑。音芑恆音亘之秬秠。是穫是畝。叶滿洧反恆之穈芑。是任音壬是負。叶扶委反以歸肇祀。叶養里反○賦也。降。降是種於民也。書曰。稷降播種。是也。秬。黑黍也。秠。黑黍一稃二米者也。穈。赤粱粟也。芑。白粱粟也。恆。徧也。謂徧種之也。任。肩任也。負。背負也。既成則穫而棲之於畝。任負而歸。以供祭祀也。秬秠言穫畝。穈芑言任負。互文耳。肇。始也。稷始受國爲祭主。故曰肇祀。

○誕我祀如何。或舂或揄。音由或簸波我反或蹂。音柔釋之叟叟。音搜烝之浮浮。載謀載惟。取蕭祭脂。取羝音底以軷。音鈸叶蒲昧反載燔載烈。如字叶力制反以興嗣歲。叶音雪又如字○賦也。我祀。承上章而言后稷之祀也。揄。抒臼也。簸。揚去糠也。蹂。蹂禾取穀以繼之也。釋。淅米也。叟叟。聲也。浮浮。氣也。謀。卜日擇士也。惟。齋戒具脩也。蕭。蒿也。脂。膟膋也。宗廟之祭。取蕭合膟膋爇之。使臭達牆屋也。羝。牡羊也。軷。祭行道之神也。燔。傳諸火也。烈。貫之而加於火也。四者皆祭祀之事。所以興來歲而繼往歲也。

○卬音昂盛音成于豆。于豆于登。其香始升。上帝居歆。胡臭亶時。叶上止反后稷肇祀。叶養里反庶無罪悔。叶呼委反以迄音肸于今。賦也。卬。我也。木曰豆。以薦菹醢也。瓦曰登。以薦大羹也。居。安也。鬼神食氣曰歆。胡。何。臭。香。亶。誠也。時。言得其時也。庶。近。迄。至也。○此章言其尊祖配天之祭。其香始升。而上帝已安而饗之。言應之疾也。此何但芳臭之薦。信得其時哉。蓋自后稷之肇祀。則庶無罪悔而至于今矣。曾氏曰。自后稷肇祀以來。前後相承。兢兢業業。惟恐一有罪悔。獲戾於天。閱數百年而此心不易。故曰庶無罪悔以迄于今。言周人世世用心如此也。

生民八章，四章章十句，四章章八句。此詩未詳所用，豈郊祀之後亦有受釐頒胙之禮也歟。舊說第三章八句，第四章十句，今按第三章當為十句，第四章當為八句，則去呱訏路音韻諧協，呱聲載路，文勢通貫，而此詩八章皆以十句八句相間為次。又二章以後，七章以前，每章章之首皆有誕字。

敦音團彼行葦，牛羊勿踐履。方苞方體，維葉泥泥。音禰戚戚兄弟，莫遠具爾。或肆之筵，或授之几。興也。敦，聚貌。勾萌之時也。行，道也。勿，戒止之辭也。苞，甲而未拆也。體，成形也。泥泥，柔澤貌。戚戚，親也。莫，猶勿也。具，俱也。爾，與邇同。肆，陳也。○疑此祭畢而燕父兄耆老之詩。故言敦彼行葦，而牛羊勿踐履，則方苞方體而葉泥泥矣。戚戚兄弟而莫遠具爾，則或肆之筵而或授之几矣。此方言其開燕設席之初，而慇懃篤厚之意，藹然已見於言語之外矣。讀者詳之。

○肆筵設席，叶祥勺反授几有緝御。叶魚駕反或獻或酢，洗爵奠斝。音假，叶居訏反醓音貪醢以薦，叶即略反或燔或炙。叶陟略反嘉殽脾音毗臄，音劇或歌或咢。音岳○賦也。設席，重席也。緝，續。御，侍也。有相續代而侍者，言不乏使也。進酒於客曰獻，客答之曰酢，主人又洗爵醻客，客受而奠之，不舉也。斝，爵也。夏曰醆，殷曰斝，周曰爵。醓醢，醢之多汁者也。燔用肉，炙用肝。臄，口上肉也。歌者比於琴瑟也。徒擊鼓曰咢。○言侍御獻醻飲食歌樂之盛也。

○敦音雕弓既堅，叶古因反四鍭音侯既鈞。舍矢既均，序賓以賢。叶下珍反敦弓既句，音姤既挾子協反四鍭，四鍭如樹，叶上主反序賓以不侮。賦也。敦，雕通，畫也。天子雕弓。堅，猶勁也。鍭，金鏃翦羽矢也。鈞，參亭也。謂參分之，一在前，二在後，三訂之而平者，前有鐵重也。舍，釋也，謂發矢也。均，皆中也。賢，射多中也。投壺曰某賢於某若干純，奇則曰奇，均則曰左右均，是也。句，彀通，謂引滿也。射禮搢三挾一，既挾四鍭，則偏釋矣。如樹，如手就樹之，言貫革而堅正也。不侮，敬也。令弟子辭所謂無憮無敖，無偝立，無踰言者也。或曰不以中病不中者也。射以中多為雋，以不侮為德。○言既燕而射以為樂也。

○曾孫維主，叶當口反酒醴維醹，音乳，叶奴口反酌以大斗，叶腫庾反以祈黃耇。叶果五反黃耇台背，叶必墨反以引以翼。壽考維祺，音其以介景福。叶筆力反○賦也。曾孫，主祭者之稱，今祭畢而燕，故因而稱之也。醹，厚也。大斗，柄長三尺。祈，求也。黃耇，老人之稱。以祈黃耇，猶曰以介眉壽云耳。古器物款識云，用蘄萬壽，用蘄眉壽，永命多福，用蘄眉壽萬年無疆，皆此類也。台，鮐也。大老則背有鮐文。引，導。翼，輔。祺，吉也。○此頌禱之辭，欲其飲此酒而得老壽，又相引導輔翼，以享壽祺，介景福也。

行葦四章，章八句。毛七章，二章章六句，五章章四句。鄭八章，章四句。毛首章以四句興二句，不成文理。二章又不協韻。鄭首章有起興而無所興，皆誤。今正之如此。

既醉以酒，既飽以德。君子萬年，介爾景福。叶筆力反○賦也。德，恩惠也。君子，謂王也。爾，亦指王也。○此父兄所以答行葦之詩。言享其飲食恩意之厚，而願其受福如此也。

○既醉以酒。爾殽既將。君子萬年。介爾昭明。叶謨郎反。○賦也。殽。俎實也。將。行也。亦奉持而進之意。昭明。猶光大也。

○昭明有融。高朗令終。令終有俶。尺六反公尸嘉告。叶姑沃反。○賦也。融。明之盛也。春秋傳曰。明而未融。朗。虛明也。令終。善終也。洪範所謂考終命。古器物銘所謂令終令命是也。俶。始也。公尸。君尸也。周稱王。而尸但曰公尸。蓋因其舊。如秦已稱皇帝。而其男女猶稱公子公主也。嘉告。以善言告之。謂嘏辭也。蓋欲善其終者。必善其始。今固未終也。而既有其始矣。於是公尸以此告之。

○其告維何。籩豆靜嘉。叶居何反朋友攸攝。攝以威儀。叶牛何反。○賦也。靜嘉。清潔而美也。朋友。指賓客助祭者。說見楚茨篇。攝。撿也。○公尸告以汝之祭祀。籩豆之薦。既靜嘉矣。而朋友相攝佐者。又皆有威儀。當神意也。自此至終篇。皆述尸告之辭。

○威儀孔時。叶上止反君子有孝子。叶奬里反孝子不匱。永錫爾類。賦也。孝子。主人之嗣子也。儀禮祭祀之終。有嗣舉奠。匱。竭。類。善也。○言汝之威儀既得其宜。又有孝子以舉奠。孝子之孝。誠而不竭。則宜永錫爾以善矣。東萊呂氏曰。君子既孝。而嗣子又孝。其孝可謂源源不竭矣。

○其類維何。室家之壼。音悃。叶苦俊反君子萬年。永錫祚胤。音孕。○賦也。壼。宮中之巷也。言深遠而嚴肅也。祚。福祿也。胤。子孫也。錫之以善。莫大於此。

○其胤維何。天被音備爾祿。君子萬年。景命有僕。賦也。僕。附也。○言將使爾有子孫者。先當使爾被天祿。而爲天命之所附屬。下章乃言子孫之事。

○其僕維何。釐音離爾女士。釐爾女士。從以孫子。叶奬里反。○賦也。釐。予也。女士。女之有士行者。謂生淑媛。使爲之妃也。從。隨也。謂又生賢子孫也。

既醉八章。章四句。

鳧音扶鷖音醫在涇。公尸來燕來寧。爾酒既淸。爾殽既馨。公尸燕飲。福祿來成。興也。鳧。水鳥。如鴨者。鷖。鷗也。涇。水名。爾。自歌工而指主人也。馨。香之遠聞也。○此祭之明日。繹而賓尸之樂。故言鳧鷖則在涇矣。公尸則來燕來寧矣。酒淸殽馨。則公尸燕飲。而福祿來成矣。

○鳧鷖在沙。叶桑何反公尸來燕來宜。叶牛何反爾酒既多。爾殽既嘉。叶居何反公尸燕飲。福祿來爲。叶胡禾反。○興也。爲。猶助也。

○鳧鷖在渚。公尸來燕來處。爾酒既湑。上聲爾殽伊脯。公尸燕飲。福祿來下。叶後五反。○興也。渚。水中高地也。湑。酒之泲者也。

○鳧鷖在潨。音叢公尸來燕來宗。既燕于宗。福祿攸降。叶乎攻反公尸燕飲。福祿來崇。興也。潨。水會也。來宗之宗。尊也。于宗之宗。廟也。崇。積而高大也。

○鳧鷖在亹。音門公尸來止熏熏。叶昌貪反旨酒欣欣。燔炙芬芬。叶豐勻反公尸燕飲。無有後艱。叶居銀反。○興也。亹。水流峽中。兩岸如門也。熏熏。和說也。欣欣。樂也。芬芬。香也。

鳧鷖五章。章六句。

假音嘉樂音洛君子。叶音則顯顯令德。宜民宜人。受祿于天。叶鐵因反保右音又命叶彌并反之。自天申之。賦也。嘉美也。君子。指王也。民。庶民也。人。在位者也。申。重也。○言王之德。既宜民人而受天祿矣。而天之於王。猶反覆眷顧之不厭。既保之右之命之。而又申重之也。疑此即公尸之所以答鳧鷖者也。○

干祿百福。叶筆力反子孫千億。穆穆皇皇。宜君宜王。不愆不忘。率由舊章。賦也。穆穆。敬也。皇皇。美也。君。諸侯也。王。天子也。愆。過。率。循也。舊章。先王之禮樂政刑也。○言王者干祿而得百福。故其子孫之蕃。至於千億。適爲天子。庶爲諸侯。無不穆穆皇皇。以遵先王之法者。

○威儀抑抑。德音秩秩。無怨無惡。去聲率由羣匹。受福無疆。四方之綱。賦也。抑抑。密也。秩秩。有常也。匹。類也。○言有威儀聲譽之美。又能無私怨惡。以任衆賢。是以能受無疆之福。爲四方之綱。此與下章。皆稱願其子孫之辭也。或曰。無怨無惡。不爲人所怨惡也。

○之綱之紀。燕及朋友。叶羽已反百辟卿士。媚于天子。叶獎里反不解音懈于位。民之攸塈。音戲○賦也。燕。安也。朋友。亦謂諸臣也。解。惰。塈。息也。○言人君能綱紀四方。而臣下賴之以安。則百辟卿士。媚而愛之。維欲其不解于位。而爲民所安息也。東萊呂氏曰。君燕其臣。臣媚其君。此上下交而爲泰之時也。泰之時。所憂者怠荒而已。此詩所以終於不解于位。民之攸塈也。方嘉之。又規之者。蓋皐陶賡歌之意也。民之勞逸在下。而樞機在上。上逸則下勞矣。上勞則下逸矣。不解于位。乃民之所由休息也。

假樂四章。章六句。

篤公劉。匪居匪康。迺場音易迺疆。迺積迺倉。迺裹音果餱音侯糧。音良于橐音託于囊。思輯音集用光。弓矢斯張。干戈戚揚。爰方啓行。叶戶郎反○賦也。篤。厚也。公劉。后稷之曾孫也。事見豳風。居。安。康。寧也。場。疆。田畔也。積。露積也。餱。食。糧。糗也。無底曰橐。有底曰囊。輯。和。戚。斧。揚。鉞。方。始也。○舊說。召康公以成王將涖政。當戒以民事。故詠公劉之事以告之曰。厚哉公劉之於民也。其在西戎。不敢寧居。治其田疇。實其倉廩。既富且强。於是裹其餱糧。思以輯和其民人。而光顯其國家。然後以其弓矢斧鉞之備。爰始啓行。而遷都於豳焉。蓋亦不出其封內也。

○篤公劉。于胥斯原。既庶既繁。叶紛乾反既順迺宣。而無永歎。音灘陟則在巘。音讞叶魚軒反復降在原。何以舟之。叶之遙反維玉及瑤。音遙鞞必頂反琫音菶容刀。叶徒招反○賦也。胥。相也。庶。繁。謂居之者衆也。順。安。宣。徧也。言居之徧也。無永歎。得其所也。不思舊也。巘。山頂也。舟。帶也。鞞。刀鞘也。琫。刀上飾也。容刀。容飾之刀也。或曰。容刀。如言容臭。謂鞞琫之中。容此刀耳。○言公劉至豳。欲相土以居。而帶此劍佩。以上下於山原也。東萊呂氏曰。以如是之佩服。而親如是之勞苦。斯其所以爲厚於民也歟。

○篤公劉。逝彼百泉。瞻彼溥音普原。迺陟南岡。

乃覯于京。叶居良反 京師之野。叶上與反 于時處處。于時廬旅。于時言言。于時語語。賦也。溥，大。覯，見也。京，高丘也。師，衆也。京師，高山
而衆居也。董氏曰：所謂京師者，蓋起於此。其後世因以所都爲京師也。時，是也。處處，居室也。廬，寄
也。旅，賓旅也。直言曰言，論難曰語。○此章言營度邑居也。自下觀之，則往百泉而望廣原。自上觀
之，則陟南岡而覯于京。於是爲之居室，於是廬其賓旅，於是言其所言，於是語其所語，無不於斯焉。○篤公劉。于京斯依。叶於豈反 蹌蹌音槍 濟濟。上聲 俾筵
俾几。既登乃依。同上 乃造。音糙 其曹。執豕于牢。酌之用匏。音庖 食之飲之。音嗣 君之宗之。賦也。依，安也。蹌蹌濟濟，羣臣有威儀
貌。俾，使也。使人爲之設筵几也。登，登筵也。依，依几也。曹，羣牧之處也。以豕爲殽，用匏爲爵，儉以質
也。宗，尊也，主也。嫡子孫主祭祀，而族人尊之以爲主也。○此章言宮室既成而落之。既以飲食勞
其羣臣，而又爲之君，爲之宗焉。東萊呂氏曰：既饗燕而定經制，以整屬其民。上則皆統於君，下
則各統於宗。蓋古者建國立宗，其事相須。楚執戎蠻子而致邑立宗，以誘其遺民，即其事也。○
篤公劉。既溥既長。既景迺岡。相去聲 其陰陽。觀其流泉。其軍三單。音丹叶多涓反 度其隰原。徹田爲糧。度
其夕陽。豳居允荒。賦也。溥，廣也。言其芟夷墾辟，土地既廣而且長也。景，考日景以正四方也。岡，登高以望也。相，視也。陰陽，向背寒暖之宜也。流泉，水泉灌溉之利也。三單，未
詳。徹，通也。一井之田九百畝，八家皆私百畝，同養公田，耕則通力而作，收則計畝而分也。周之
徹法自此始，其後周公蓋因而脩之耳。山西曰夕陽。允，信。荒，大也。○此言辨土宜以授所徙之
民，定其軍賦與其稅法，又度山西之田以廣之，而豳人之居於此益大矣。○篤公劉。于豳斯館。叶古玩反 涉渭爲亂。取厲取鍛。丁亂反 止基
迺理。爰衆爰有。叶羽已反 夾其皇澗。遡其過澗。平聲 止旅迺密。芮鞫音菊 之即。賦也。館，客舍也。亂，舟之截流橫渡者也。厲，砥。鍛，鐵。止基
居。基，定也。理，疆理也。衆，人多也。有，財足也。遡，鄉也。皇、過，二澗名。芮，水名。出吳山西北，東入涇。周
禮職方作汭。鞫，水外也。○此章又總敘其始終。言其始來未定居之時，涉渭取材，而爲舟以來
往，取厲取鍛而成宮室。既止基於此矣，乃疆理其田野，則日益繁庶富足。其居有
夾澗者，有遡澗者，其止居之衆日以益密，乃復即芮鞫而居之，而豳地日以廣矣。

公劉六章，章十句。

泂音迥 酌彼行潦。音老 挹音揖 彼注茲。可以餴音分 饎。音熾叶昌里反 豈弟君子。民之父母。叶滿彼反。○興也。泂，遠也。行潦，流潦也。餴，
烝米一熟，而以水沃之，乃再烝也。饎，酒食也。君子，指王也。○舊說以爲召康公戒成王，言遠酌
彼行潦，挹之於彼而注之於此，尚可以餴饎。況豈弟之君子，豈不爲民之父母乎。傳曰：豈以強
教之，弟以悅安之。民皆有父之尊，有母之親。又曰：民之所好好之，民之所惡惡之，此之謂民之父母。○泂酌彼行潦。挹彼注茲。可以濯罍。音雷 豈弟
君子。民之攸歸。叶古回反。○興也。濯，滌也。○泂酌彼行潦。挹彼注茲。可以濯溉。音蓋叶古氣反 豈弟君子。民之攸塈。

音戲。○興也。灑亦灤也。壁息也。

泂酌三章章五句。

有卷音權者阿。飄風自南。叶尼心反豈弟君子。來游來歌。以矢其音。賦也。卷。曲也。阿。大陵也。豈弟君子。指王也。矢。陳也。○此詩舊說亦召康公作。疑公從成王游歌於卷阿之上。因王之歌。而作此以爲戒。此章總敘以發端也。○伴音判奐音喚爾游矣。優游爾休矣。豈弟君子。俾爾彌爾性。似先公酋音囚矣。賦也。伴奐。閑暇之意。爾。君子。皆指王也。彌。終也。性。猶命也。酋。終也。○言爾既伴奐優游矣。又呼而告之。言使爾終其壽命。似先君善始而善終也。自此至第四章。皆極言壽考福祿之盛。以廣王心而歆動之。五章以後。乃告以所以致此之由也。○爾土宇昄符版反章。亦孔之厚。叶狠口下主二反豈弟君子。俾爾彌爾性。百神爾主叶當口庚二反矣。賦也。昄章。大明也。或曰。昄當作版。版章。猶版圖也。○言爾土宇昄章。既甚厚矣。又使爾終其身。常爲天地山川鬼神之主也。○爾受命長矣。茀音弗祿爾康矣。豈弟君子。俾爾彌爾性。純嘏爾常矣。賦也。茀。嘏。皆福也。常。常享之也。○有馮音憑有翼。有孝有德。以引以翼。豈弟君子。四方爲則。賦也。馮。謂可爲依者。翼。謂可爲輔者。孝。謂能事親者。德。謂得於己者。引。導其前也。翼。相其左右也。東萊呂氏曰。賢者之行非一端。必曰有孝有德。何也。蓋人主常與慈祥篤實之人處。其所以興起善端。涵養德性。鎮其躁而消其邪。日改月化。有不在言語之間者矣。○言得賢以自輔如此。則其德日脩而四方以爲則矣。自此章以下。乃言所以致上章福祿之由也。○顒顒魚容反卬卬。五綱反如圭如璋。令聞音問令望。叶無方反豈弟君子。四方爲綱。賦也。顒顒卬卬。尊嚴也。如圭如璋。純潔也。令聞。善譽也。令望。威儀可望法也。○承上章言得馮翼孝德之助。則能如此。而四方以爲綱矣。○鳳凰于飛。翽翽音諱其羽。亦集爰止。藹藹王多吉士。維君子使。媚于天子。興也。鳳凰。靈鳥也。雄曰鳳。雌曰凰。翽翽。羽聲也。鄭氏以爲因時鳳凰至。故以爲喻。理或然也。藹藹。衆多也。媚。順愛也。○鳳凰于飛。則翽翽其羽。而集於其所止矣。藹藹王多吉士。則維王之所使。而皆媚于天子矣。既曰君子。又曰天子。猶曰王于出征。以佐天子云爾。○鳳凰于飛。翽翽其羽。亦傅音附于天。叶鐵因反藹藹王多吉人。維君子命。叶彌并反媚于庶人。興也。媚于庶人。順愛于民也。○鳳凰鳴矣。于彼高岡。梧桐生矣。于彼朝陽。菶菶音琫萋萋。音妻雝雝喈喈。叶居奚反。○比也。又以興下章之事也。山之東曰朝陽。鳳凰之性。非梧桐不棲。非竹實不食。菶菶萋萋。梧桐生之盛也。雝雝喈喈。鳳凰鳴之和也。○君子之車。既庶且多。君子之馬。既閑且馳。叶唐何反矢詩不多。維以遂歌。賦也。承上章之興也。菶菶萋萋。則雝雝喈喈矣。君子之車馬。則既衆多而閑習矣。其意若曰。是亦足以待天下之賢者。而不厭其多矣。遂歌。蓋繼王之聲而遂歌之。猶書所謂賡載歌也。

卷阿十章。六章章五句。四章章六句。

民亦勞止。汔音肸可小康。惠此中國。以綏四方。無縱詭音鬼隨。以謹無良。式遏寇虐。憯音慘不畏明。叶謨郎反柔遠能邇。以定我王。賦也。汔。幾也。中國。京師也。四方。諸夏也。京師。諸夏之根本也。詭隨。不顧是非而妄隨人也。謹。斂束之意。憯。曾也。明。天之明命也。柔。安也。能。順習也。○序說以此為名穆公刺厲王之詩。以今考之。乃同列相戒之辭耳。未必專為刺王而發。然其憂時感事之意。亦可見矣。蘇氏曰。人未有無故而妄從人者。維無良之人。將悅其君而竊其權以為寇虐。則為之。故無縱詭隨。則無良之人肅。而寇虐無畏之人止。然後柔遠能邇。而王室定矣。穆公名虎。康公之後。厲王名胡。成王七世孫也。○民亦勞止。汔可小休。惠此中國。以為民逑。無縱詭隨。以謹惛怓。音鐃。叶尼猶反式遏寇虐。無俾民憂。無棄爾勞。以為王休。賦也。逑。聚也。惛怓。猶讙譁也。勞。猶功也。言無棄爾之前功也。休。美也。○民亦勞止。汔可小息。惠此京師。以綏四國。叶于逼反無縱詭隨。以謹罔極。式遏寇虐。無俾作慝。敬慎威儀。以近有德。賦也。罔極。為惡無窮極之人也。有德。有德之人也。○民亦勞止。汔可小愒。音器惠此中國。俾民憂泄。音異無縱詭隨。以謹醜厲。式遏寇虐。無俾正敗。叶蒲寐反戎雖小子。而式弘大。叶特計反○賦也。愒。息。泄。去。厲。惡也。正敗。正道敗壞也。戎。汝也。言汝雖小子。而其所為甚廣大。不可不謹也。○民亦勞止。汔可小安。惠此中國。國無有殘。無縱詭隨。以謹繾綣。式遏寇虐。無俾正反。王欲玉女。是用大諫。賦也。繾綣。小人之固結其君者也。正反。反於正也。玉。寶愛之意。言王欲以女為玉而寶愛之。故我用王之意。大諫正於女。蓋託為王意以相戒也。

民勞五章章十句。

上帝板板。下民卒癉。音亶出話不然。為猶不遠。靡聖管管。不實於亶。猶之未遠。是用大諫。叶音簡。○賦也。板板。反也。卒。盡。癉。病。猶。謀也。管管。無所依也。亶。誠也。○序以此為凡伯刺厲王之詩。今考其意。亦與前篇相類。但責之益深切耳。此章首言天反其常道。而使民盡病矣。而女之出言。皆不合理。為謀又不久遠。其心以為無復聖人。但恣已妄行。而無所依據。又不實之於誠信。豈其謀之未遠而然乎。世亂乃人所為。而曰上帝板板者。無所歸咎之辭耳。○天之方難。叶泥涓反無然憲憲。叶虛言反天之方蹶。音媿無然泄泄。音異辭之輯矣。音集。叶徂合反民之洽矣。辭之懌矣。叶弋灼反民之莫矣。賦也。憲憲欣欣也。蹶動也。泄泄猶沓沓也。蓋弛緩之意。孟子曰。事君無義。進退無禮。言則非先王之道者。猶沓沓也。輯和。洽合。懌悅。莫定也。辭輯而懌。則言必以先王之道矣。所以民無不合。無不定也。○我雖異事。及爾同寮。我即爾謀。聽我囂囂。音臯我言維服。勿以爲笑。叶思邀反先民有言。詢于芻初俱反蕘。音饒。○賦也。異事。不同職也。同寮。同爲王臣也。春秋傳曰。同官爲寮。即就也。囂囂。自得不肯受言之貌。服事也。猶曰我所言者。乃今之急事也。先民。古之賢人也。芻蕘。采薪者。古人尚詢及芻蕘。況其僚友乎。○天之方虐。無然謔謔。老夫灌灌。小子蹻蹻。其略反匪我言耄。音帽叶毛博反爾用憂謔。多將熇熇。叶許各反不可救藥。賦也。謔戲侮也。老夫。詩人自稱。灌灌。款款也。蹻蹻。驕貌。耄老而昏也。熇熇。熾盛也。○蘇氏曰。老者知其不可。而盡其款誠以告之。少者不信而驕之。故曰。非我老耄而妄言。乃汝以憂爲戲耳。夫憂未至而救之。猶可爲也。苟俟其益多。則如火之盛。不可復救矣。○天之方懠。音劑叶箋西反無爲夸音誇毗。威儀卒迷。善人載尸。民之方殿屎。音犧則莫我敢葵。喪去聲亂蔑資。叶箋西反曾莫惠我師。叶霜夷反。○賦也。懠怒。夸大。毗附也。小人之於人。不以大言夸之。則以諛言毗之也。尸則不言不爲。飲食而已者也。殿屎。呻吟也。葵揆也。蔑猶滅也。資與咨同。嗟歎聲也。惠順。師衆也。○戒小人毋得夸毗。使威儀迷亂。而善人不得有所爲也。又言民方愁苦呻吟。而莫敢揆度其所以然者。是以至於散亂滅亡。而卒無能惠我師者也。○天之牖民。如壎音塤如篪。音池如璋如圭。如取如攜。攜無曰益。牖民孔易。去聲叶夷益反民之多辟。音僻無自立辟。同上。○賦也。牖開明也。猶言天啓其心也。壎唱而篪和。璋判而圭合。取求攜得而無所費。皆言易也。辟邪也。○言天之開民。其易如此。以明上之化下。其易亦然。今民既多邪辟矣。豈可又自立邪辟以道之邪。○价音介人維藩。叶分邅反大師維垣。大邦維屏。大宗維翰。叶胡田反懷德維寧。宗子維城。無俾城壞。叶胡罪胡威二反無獨斯畏。叶紆會於非二反。○賦也。价大也。大德之人也。藩籬。師衆。垣牆也。大邦。強國也。屏樹也。所以爲蔽也。大宗。強族也。翰幹也。宗子。同姓也。○言是六者。皆君之所恃以安。而德其本也。有德則得是五者之助。不然則親戚叛之而城壞。城壞則藩垣屏翰皆壞而獨居。獨居而所可畏者至矣。○敬天之怒。無敢戲豫。敬天之渝。音俞無敢馳驅。昊天曰明。叶謨郎反及爾出王。音往叶如字昊天曰旦。叶得絹反及爾游衍。叶怡戰反。○賦也。渝變也。王往通。言出而有所往也。旦亦明也。衍寬縱之意。○言天之聰明無所不及。不可以不敬也。板板也。難也。蹶也。虐也。懠也。其怒而變也甚矣。而不之敬也。亦知其有日監在茲者乎。張子曰。天體物而不遺。猶仁體事而無不在也。禮儀三百。威儀三千。無一事而非仁也。昊天曰明。及爾出王。昊天曰旦。及爾游衍。無一物之不體也。

板八章。章八句。

生民之什十篇。六十一章。四百三十三句。

詩經卷之七

蕩之什三之三

蕩蕩上帝。下民之辟。音璧疾威上帝。其命多辟。音僻天生烝民。其命匪諶。音忱或叶市隆反靡不有初。鮮克有終。叶諸深反。○賦也。蕩蕩。廣大貌。辟。君也。疾威。猶暴虐也。多辟。多邪辟也。烝。衆。諶。信也。○言此蕩蕩之上帝。乃下民之君也。今此暴虐之上帝。其命乃多邪僻者。何哉。蓋天生衆民。其命有不可信者。蓋其降命之初。無有不善。而人少能以善道自終。是以致此大亂。使天命亦罔克終。如疾威而多僻也。蓋始爲怨天之辭。而卒自解之如此。劉康公曰。民受天地之中以生。所謂命也。能者養之以福。不能者敗以取禍。此之謂也。

○文王曰咨。咨女音汝殷商。曾是彊禦。曾是掊音抔克。曾是在位。曾是在服。叶蒲北反天降慆音滔德。女興是力。賦也。此設爲文王之言也。咨。嗟也。殷商。紂也。彊禦。暴虐之臣也。掊克。聚歛之臣也。服。事也。慆。慢。興。起也。力。如力行之力。○詩人知厲王之將亡。故爲此詩。託於文王所以嗟歎殷紂者。言此暴虐聚歛之臣。在位用事。乃天降慆慢之德而害民。然非其自爲之也。乃汝興起此人而力爲之耳。

○文王曰咨。咨女殷商。而秉義類。彊禦多懟。音隊流言以對。寇攘式內。侯作音詛侯祝。音呪靡届靡究。賦也。而。亦女也。義。善。懟。怨也。流言。浮浪不根之言也。侯。維也。作。讀爲詛。詛祝。怨謗也。○言汝當用善類。而反任此暴虐多怨之人。使用流言以應對。則是爲寇盜攘竊而反居內矣。是以致怨謗之無極也。

○文王曰咨。咨女殷商。女炰音庖烋音哮于中國。叶于逼反歛怨以爲德。不明爾德。時無背音貝無側。爾德不明。以無陪音培無卿。賦也。炰烋。氣健貌。歛怨以爲德。多爲可怨之事。而反自以爲德也。背。後。側。旁。陪。貳也。言前後左右公卿之臣。皆不稱其官。如無人也。

○文王曰咨。咨女殷商。天不湎音免爾以酒。不義從式。叶式吏反既愆爾止。靡明靡晦。叶呼洧反式號式呼。去聲俾晝作夜。叶羊茹反。○賦也。湎。飲酒變色也。式。用也。言天不使爾沈湎於酒。而惟不義是從而用也。止。容止也。

○文王曰咨。咨女殷商。如蜩如螗。音唐如沸如羹。叶盧當反小大近喪。去聲叶平聲人尚乎由行。叶戶郎反內奰音避于中國。覃及鬼方。賦也。蜩螗。皆蟬也。如蟬鳴。如沸羹。皆亂意也。小者大者幾於喪亡矣。尚且由此而行。不知變也。奰。怒也。覃。延也。鬼方。遠夷之國也。言自近及遠。無不怨怒也。

○文王曰咨。咨女殷商。匪上帝不時。叶上止反殷不用舊。叶巨已反雖無老成人。尚有典刑。曾是莫聽。大命以傾。○賦也。老成人。舊臣也。典刑。舊法也。○言非上帝爲此不善之時。但以殷不用舊。致此禍爾。雖無老成人與圖先王舊政。然典刑尚在。可以循守。乃無聽用之者。是以大命傾覆而不可救也。

○文王曰咨。咨女殷商。人亦有言。

顚沛之揭。紀竭去例二反 枝葉未有害。許曷瑕憩二反 本實先撥。音跋叶方吠筆烈二反 殷鑒不遠。在夏后之世。叶始制私列二反。賦也。顚沛。仆拔也。揭。本根蹶起之貌。撥。猶絕也。鑒。視也。夏后。桀也。○言大木揭然將蹶。枝葉未有折傷。而其根本之實已先絕。然後此木乃相隨而顚拔爾。蘇氏曰。商周之衰。典刑未廢。諸侯未畔。四夷未起。而其君先爲不義以自絕於天。莫可救止。正猶此爾。殷鑒在夏。蓋爲文王歎紂之辭。然周鑒之在殷。亦可知矣。

蕩八章。章八句。

抑抑威儀。維德之隅。人亦有言。靡哲不愚。庶人之愚。亦職維疾。叶集二反 哲人之愚。亦維斯戾。賦也。抑抑。密也。隅。廉角也。鄭氏曰。人密審於威儀者。是其德必嚴正也。故古之賢者。道行心平。可外占而知內。如宮室之制。內有繩直。則外有廉隅也。哲。知。庶。眾。職。主。戾。反也。○衛武公作此詩。使人日誦於其側以自警。言抑抑威儀。乃德之隅。則有哲人之德者。固必有哲人之威儀矣。而今之所謂哲者。未嘗有其威儀。則是無哲而不愚矣。夫眾人之愚。蓋有稟賦之偏。宜有是疾。不足爲怪。哲人而愚。則反戾其常矣。○無競維人。四方其訓之。有覺德行。去聲 四國順之。訏音吁 謨定命。遠猶辰告。叶古得反 敬慎威儀。維民之則。賦也。競。強也。覺。直大也。訏。大。謨。謀也。大謀。謂不爲一身之謀。而有天下之慮也。定。審定不改易也。命。號令也。猶。圖也。遠謀。謂不爲一時之計。而爲長久之規也。辰。時。告。戒也。辰告。謂以時播告也。則。法也。○言天地之性人爲貴。故能盡人道。則四方皆以爲訓。有覺德行。則四國皆順從之。故必大其謀。定其命。遠圖時告。敬其威儀。然後可以爲天下法也。○其在于今。叶音經 興迷亂于政。叶音征 顚覆厥德。荒湛音耽 于酒。叶子小反 女音汝 雖湛樂音洛 從。弗念厥紹。罔敷求先王。克共音拱 明刑。叶胡光反。○賦也。今。武公自言己今日之所爲也。興。尚也。女。武公使人誦詩而命己之辭也。後凡言女。言爾。言小子者。放此。湛樂從。言惟湛樂之是從也。紹。謂所承之緒也。敷求先王。廣求先王所行之道也。共。執。刑。法也。○肆皇天弗尚。叶平聲 如彼泉流。無淪胥以亡。夙興夜寐。洒埽廷內。維民之章。脩爾車馬。弓矢戎兵。叶晡亡反 用戒戎作。用逷音剔 蠻方。賦也。弗尚。厭棄之也。淪。陷。胥。相。章。表。戒。備。戎兵。兵器也。作。起。逷。遠也。○言天所不尚。則無乃淪陷相與而亡。如泉流之易乎。是以內自庭除之近。外及蠻方之遠。細而寢興洒埽之常。大而車馬戎兵之變。慮無不周。備無不飭也。上章所謂訏謨定命。遠猶辰告者。於此見矣。○質爾人民。謹爾侯度。用戒不虞。叶元具反 慎爾出話。敬爾威儀。叶牛何反 無不柔嘉。叶居何反 白圭之玷。音點 尚可磨也。斯言之玷。不可爲叶吾禾反 也。賦也。質。成也。定也。侯度。諸侯所守之法度也。虞。慮。話。言。柔。安。嘉。善。玷。缺也。○言既治民守法。防意外之患矣。又當謹其言語。蓋玉之玷缺。尚可磨鑢使平。言語一失。莫能救之。其戒深切矣。故南容一日三復此章。而孔子以其兄之子妻之。○無易去聲 由言。無曰苟矣。莫捫音門朕舌。言不可逝叶音折矣。無言不讎。叶市又反無德不報。叶蒲救反惠于朋友。叶羽已反庶民小子。叶獎里反子孫繩繩。萬民靡不承。賦也。易。輕。捫。持。逝。去。讎。答。承。奉也。○言不可輕易其言。蓋無人爲我執持其舌者。故言語由己易致差失。常當執持不可放去也。且天下之理。無有言而不讎。無有德而不報者。若爾能惠于朋友庶民小子。則子孫繩繩。而萬民無不承矣。皆謹言之效也。

○視爾友君子。輯音集柔爾顏。叶魚堅反不遐有愆。相去聲在爾室。尚不愧于屋漏。無曰不顯。莫予云覯。神之格叶剛鶴反思。不可度入聲思。矧可射音弋叶弋灼反思。賦也。輯。和也。遐。何通。愆。過也。尚。庶幾也。屋漏。室西北隅也。覯。見也。格。至。度。測。矧。況也。射。斁通。厭也。○言視爾友於君子之時。和柔爾之顏色。其戒懼之意。常若自省曰。豈不至於有過乎。蓋常人之情。其脩於顯者。無不如此。然視爾獨居於室之時。亦當庶幾不愧于屋漏。然後可爾。無曰此非顯明之處。而莫予見也。當知鬼神之妙。無物不體。其至於是。有不可得而測者。不顯亦臨。猶懼有失。況可厭射而不敬乎。此言不但脩之於外。又當戒謹恐懼乎其所不睹不聞也。子思子曰。君子不動而敬。不言而信。又曰。夫微之顯。誠之不可揜如此。此正心誠意之極功。而武公及之。則亦聖賢之徒矣。

○辟爾爲德。俾臧俾嘉。叶居何反淑慎爾止。不愆于儀。叶牛何反不僭不賊。鮮上聲不爲則。投我以桃。報之以李。彼童而角。實虹音紅小子。叶獎里反○賦也。辟。君也。指武公也。止。容止也。僭。差。賊。害。則。法也。無角曰童。虹。潰亂也。○既戒以脩德之事。而又言爲德而人法之。猶投桃報李之必然也。彼謂不必脩德而可以服人者。是牛羊之童者而求其角也。亦徒潰亂汝而已。豈可得哉。

○荏音餁染柔木。言緡之絲。叶新夷反溫溫恭人。維德之基。其維哲人。告之話言。順德之行。其維愚人。覆謂我僭。叶七尋反民各有心。興也。荏染。柔貌。柔木。柔忍之木也。緡。綸也。被之綸以爲弓也。話言。古之善言也。覆。猶反也。僭。不信也。民各有心。言人心不同。愚智相越之遠也。

○於音烏乎音呼小子。叶獎里反未知臧否。音鄙匪手攜之。言示之事。叶上止反匪面命之。言提其耳。借曰未知。亦既抱子。上同民之靡盈。誰夙知而莫音慕成。賦也。非徒手攜之也。而又示之以事。非徒面命之也。而又提其耳。所以諭之者詳且切矣。假令言汝未有知識。則汝既長大而抱子。宜有知矣。人若不自盈滿。能受教戒。則豈有既早知而反晚成者乎。

○昊天孔昭。叶音灼我生靡樂。音洛視爾夢夢。音蒙我心慘慘。音懆叶七各反誨爾諄諄。音肫聽我藐藐。音邈匪用爲教。叶入聲覆用爲虐。借曰未知。亦聿既耄。叶音莫。賦也。夢夢。不明。亂意也。慘慘。憂貌。諄諄。詳熟也。藐藐。忽略貌。耄。老也。八十九十曰耄。左史所謂年九十有五時也。

○於乎小子。告爾舊止。聽用我謀。庶無大悔。叶虎委反天方艱難。曰喪厥國。叶于逼反取譬不遠。昊天不忒。回遹音聿其德。俾民大棘。賦也。舊。舊章也。或曰。

久也。此語辭。庶幸。悔恨。忒差。過。僭棘。急也。○言天運方此艱難。將喪厥國矣。我之取譬。夫豈遠哉。觀天道禍福之不差忒。則知之矣。今汝乃回遹其德。而使民至於困急。則喪厥國也必矣。

抑十二章。三章章八句。九章章十句。楚語左史倚相曰。昔衛武公年數九十五矣。猶箴儆於國曰。自卿以下。至于師長士。苟在朝者。無謂我老耄而舍我。必恭恪於朝夕。以交戒我。在輿有旅賁之規。位宁有官師之典。倚几有誦訓之諫。居寢有暬御之箴。臨事有瞽史之道。宴居有師工之誦。史不失書。矇不失誦。以訓御之。於是作懿戒以自儆。及其沒也。謂之睿聖武公。韋昭曰。懿讀爲抑。即此篇也。董氏曰。侯包言武公行年九十有五。猶使人日誦是詩而不離於其側。然則序說爲刺厲王者誤矣。

菀音鬱彼桑柔。其下侯旬。捋力活反采其劉。瘼音莫此下民。不殄心憂。倉音愴兄音況塡兮。倬彼昊天。叶鐵因反寧不我矜。比也。菀茂。旬徧。劉殘。殄絕也。倉兄與愴怳同。悲閔之意也。塡未詳。舊說與陳塵同。蓋言久也。或疑與瘨字同。爲病之義。但召旻篇內二字並出。又恐未然。今姑闕之。倬明貌。○舊說此爲芮伯刺厲王而作。春秋傳亦曰。芮良夫之詩。則其說是也。以桑爲比者。桑之爲物。其葉最盛。然及其采之也。一朝而盡。無黃落之漸。故取以比周之盛時。如葉之茂。其陰無所不徧。至於厲王肆行暴虐。以敗其成業。王室忽焉凋弊。如桑之既采。民失其蔭而受其病。故君子憂之不絕於心。悲閔之甚而至於病。遂號天而訴之也。○四牡騤騤。旟旐有翩。叶批賓反亂生不夷。靡國不泯。叶彌鄰反民靡有黎。具禍以燼。叶咨辛反於音烏乎音呼有哀。叶音依國步斯頻。賦也。夷平。泯滅。黎黑也。謂黑首也。具俱也。燼灰燼也。步猶運也。頻急蹙也。○厲王之亂。天下征役不息。故其民見其車馬旌旗而厭苦之。自此至第四章。皆征役者之怨辭也。○國步蔑資。天不我將。叶子兩反靡所止疑。音屹叶如字云徂何往。君子實維。秉心無競。叶其兩反誰生厲階。叶居奚反至今爲梗。音鯁叶古黨反。○賦也。蔑滅。資咨。將養也。疑讀如儀禮疑立之疑。定也。徂亦往也。競爭。厲怨。梗病也。○言國將危亡。天不我養。居無所定。徂無所往。然非君子之有爭心也。誰實爲此禍階。使至今爲病乎。蓋曰禍有根原。其所從來也遠矣。○憂心慇慇。念我土宇。我生不辰。逢天僤音亶怒。叶暖五反自西徂東。叶音丁靡所定處。多我覯痻。音民孔棘我圉。賦也。土鄉。宇居。辰時。僤厚。覯見。痻病。棘急。圉邊也。或曰。禦也。多矣我之見病也。急矣我之在邊也。○爲謀爲毖。叶音必亂況斯削。告爾憂恤。誨爾序爵。誰能執熱。逝不以濯。其何能淑。載胥及溺。叶奴學反。○賦也。毖慎。況滋也。序爵。辨別賢否之道也。執熱。手執熱物也。○蘇氏曰。王豈不謀且慎哉。然而不得其道。適所以長亂而自削耳。故告之以其所當憂。而誨之以序爵。且曰。誰能執熱而不濯者。賢者之能已亂。猶濯之能解熱耳。不然。則其何能善哉。相與入於陷溺而已。○如彼遡風。叶孚音反亦孔之僾。音愛民有肅心。荓音烹云不逮。好是稼穡。力民代食。稼穡維寶。代食維好。賦也。遡鄉。僾唈。肅進。荓使也。○蘇氏曰。君子視厲王之亂。悶然如遡風之人。唈而不能息。雖有欲進之心。

皆使之日世亂矣非吾所能及也於是退而稼穡盡其筋力與民同事以代祿食而已當是時也仕進之憂甚於稼穡之勞故曰稼穡維寶代食維好言雖勞而無患也○天降喪去聲
亂滅我立王降此蟊賊稼穡卒痒音羊哀恫音通中國具贅音惴卒荒靡有旅力以念穹蒼賦也恫痛具俱也贅屬也
言危也春秋傳曰君若綴旒然與此贅同卒盡荒虛也旅與膂同穹蒼天也穹言其形蒼言其色○言天降喪亂固已滅我所立之王矣又降此蟊賊則我之稼穡又病而不得以代食矣哀此中
國皆危盡荒是以危困之極無力以念天禍也此詩之作不知的在何時其言滅我立王則疑其共和之後也○維此惠君民人所瞻叶側姜反秉心宣猶考
慎其相去聲叶平聲維彼不順自獨俾臧自有肺腸俾民卒狂賦也惠順也順於義理也宣徧猶謀相輔狂惑也○言彼順理之君所以為民
所尊仰者以其能秉持其心周徧謀度考擇其輔相必眾以為賢而後用之彼不順理之君則自以為善而不考眾謀自有私見而不通眾志所以使民眩惑至於狂亂也○瞻彼中
林甡甡音莘其鹿朋友已譖音僭叶子林反不胥以穀人亦有言進退維谷興也甡甡眾多並行之貌譖不信也胥相穀善谷窮也言朋友
相譖不能相善曾鹿之不如也○言上無明君下有惡俗是以進退皆窮也○維此聖人瞻言百里維彼愚人覆狂以喜匪言不能胡
斯畏忌叶巨已反○賦也聖人炳於幾先所視而言者無遠而不察愚人不知禍之將至而反狂以喜今用事者蓋如此我非不能言也如此畏忌何哉言王暴虐人不敢諫也○維
此良人弗求弗迪叶徒沃反維彼忍心是顧是復音伏民之貪亂寧為荼毒賦也迪進也忍殘忍也顧念復重也荼苦菜也味苦氣辛
能殺物故謂之荼毒也○言不求善人而進用之其所顧念重復而不已者乃忍心不仁之人民不堪命所以肆行貪亂而安為荼毒也○大風有隧音遂有空大谷維
此良人作為式穀維彼不順征以中垢音苟叶居六反○興也隧道式用穀善也征以中垢未詳其義或曰征行也中隱暗也垢污穢也○大風之行有隧
蓋多出於空谷之中以興下文君子小人所行亦各有道耳○大風有隧貪人敗類聽言則對誦言如醉匪用其良覆俾我悖
叶蒲寐反○興也敗類猶言圮族也王使貪人為政我以其或能聽我之言而對之然亦知其不能聽也故誦言而中心如醉由王不用善人而反使我至此悖眊也厲王說榮夷公芮良夫曰王
室其將卑乎夫榮公好專利而不備大難夫利百物之所生也天地之所載也而或專之其害多矣此詩所謂貪人其榮公也與芮伯之憂非一日矣○嗟爾朋友予豈不
知而作如彼飛蟲時亦弋獲叶胡郭反既之陰去聲女反予來赫叶黑各反○賦也如彼飛蟲時亦弋獲言已之所言或亦有中猶曰千慮而一
得也之往陰覆也赫威怒之貌我以言告女是往陰覆於女女反來加赫然之怒於已也張子曰陰往密告於女反謂我來恐動也亦通○民之罔極職涼善背叶必
墨反為民不利如云不克民之回遹音聿職競用力賦也職專也涼義未詳傳曰涼薄也鄭讀作諒信也疑鄭說為得之善背工為反覆也克勝也

囘遹邪僻也。○言民之所以貪亂而不知所止者。專由此人名爲直諒而實善背。又爲民所不利之事。如恐不勝而力爲之也。又言民之所以邪僻者。亦由此輩專競用力而然也。反覆其言所以深惡之也。

○民之未戾。職盜爲寇。涼曰不可。覆背善詈。音利 雖曰匪予。旣作爾歌。賦也。戾。定也。民之所以未定者。由有盜臣爲之寇也。蓋其爲信也。亦以小人爲不可矣。及其反背也。則又工爲惡言以詈君子。是其色厲內荏。眞可謂穿窬之盜矣。然其人又自文飾。以爲此非我言也。則我已作爾歌矣。言得其情。且事已著明。不可揜覆也。

桑柔十六章。八章章八句。八章章六句。

倬彼雲漢。昭回于天。叶鐵因反 王曰於音烏 乎。音呼 何辜今之人。天降喪去聲 亂。饑饉薦音荐 臻。靡神不舉。靡愛斯牲。叶桑經反 圭璧旣卒。寧莫我聽。平聲 ○賦也。雲漢。天河也。昭。光。回。轉也。言其光隨天而轉也。薦。荐通。重也。臻。至也。靡神不舉。所謂國有凶荒。則索鬼神而祭之也。圭璧。禮神之玉也。卒。盡。寧。猶何也。○舊說以爲宣王承厲王之烈。內有撥亂之志。遇烖而懼。側身脩行。欲消去之。天下喜於王化復行。百姓見憂。故仍叔作此詩以美之。言雲漢者。夜晴則天河明。故述王仰訴於天之辭如此也。

○旱旣大音泰 甚。蘊隆蟲蟲。不殄禋祀。自郊徂宮。上下奠瘞。靡神不宗。后稷不克。上帝不臨。叶力中反 耗斁音妒 下土。寧丁我躬。賦也。蘊。蓄。隆。盛也。蟲蟲。熱氣也。殄。絕也。郊。祀天地也。宮。宗廟也。上祭天。下祭地。奠其禮。瘞其物。宗。尊也。克。勝也。言后稷欲救此旱災而不能勝也。臨。享也。稷以親言。帝以尊言也。斁。敗。丁。當也。何以當我之身而有是災也。或曰。與其耗斁下土。寧使烖害當我身也。亦通。

○旱旣大甚。則不可推。吐雷反 兢兢業業。如霆如雷。周餘黎民。靡有孑遺。叶夷回反 昊天上帝。則不我遺。胡不相畏。先祖于摧。音崔 ○賦也。推。去也。兢兢。恐也。業業。危也。如霆如雷。言畏之甚也。孑。無右臂貌。遺。餘也。言大亂之後。周之餘民。無復有半身之遺者。而上天又降旱災。使我亦不見遺。推滅也。言先祖之祀。將自此而滅也。

○旱旣大甚。則不可沮。上聲 赫赫炎炎。云我無所。大命近止。靡瞻靡顧。叶果五反 羣公先正。則不我助。叶牀所反 父母先祖。胡寧忍予。叶演女反 ○賦也。沮。止也。赫赫。旱氣也。炎炎。熱氣也。無所。無所容也。大命近止。死將至也。瞻。仰。顧。望也。羣公先正。月令所謂雩祀百辟卿士之有益於民者。以祈穀實者也。於羣公先正。但言其不見助。至父母先祖。則以恩望之矣。所謂垂涕泣而道之也。

○旱旣大甚。滌滌山川。叶樞倫反 旱魃音跋 爲虐。如惔音談 如焚。叶符匀反 我心憚暑。憂心如熏。羣公先正。則不我聞。叶微匀反 昊天上帝。寧俾我遯。叶徒匀反。○賦也。滌滌。言山無木。川無水。如滌而除之也。魃。旱神也。惔。燎之也。憚。勞也。畏也。熏。灼。遯。逃也。言天又不肯使我得逃遯而去也。○

旱既大甚黽勉畏去胡寧瘨音顛我以旱憯七感反不知其故祈年孔夙方社不莫音慕昊天上帝則不我虞叶元具反敬恭明神宜無悔怒賦也黽勉畏去出無所之也瘨病憯曾也祈年孟春祈穀于上帝孟冬祈來年于天宗是也方祭四方也社祭土神也虞度悔恨也言天曾不度我之心如我之敬事明神宜可以無恨怒也○旱既大甚散無友紀鞫哉庶正疚哉冢宰叶奬里反趣七口反馬師氏膳夫左右叶羽已反靡人不周無不能止瞻卬音仰昊天云如何里賦也友紀猶言綱紀也或曰友疑作有鞫窮也庶正眾官之長也疚病也冢宰眾長之長也趣馬掌馬之官師氏掌以兵守王門者膳夫掌食之官也歲凶年穀不登則趣馬不秣師氏弛其兵馳道不除祭事不縣膳夫徹膳左右布而不脩大夫不食粱士飲酒不樂周救也無不能止言諸臣無有一人不周救百姓者無有自言不能而遂止不為也里憂也與漢書無俚之俚同聊賴之意也○瞻卬昊天有嘒音嘒其星大夫君子昭假音格無贏音盈大命近止無棄爾成何求為我以戾庶正叶諸盈反瞻卬昊天曷惠其寧賦也嘒明貌昭明假至也○久旱而仰天以望雨則有嘒然之明星未有雨徵也然羣臣竭其精誠而助王以昭假于天者已無餘矣雖今死亡將近而不可以棄其前功當益其所以昭假者而脩之固非求為我之一身而已乃所以定眾正也於是語終又仰天而訴之曰果何時而惠我以安寧乎張子曰不敢斥言雨者畏懼之甚且不敢必云爾

雲漢八章章十句

崧音嵩高維嶽駿音峻極于天叶鐵因反維嶽降神生甫及申維申及甫維周之翰叶胡干反四國于蕃叶分邅反四方于宣賦也山大而高曰崧嶽山之尊者東岱南霍西華北恒是也駿大也甫甫侯也即穆王時作呂刑者或曰此是宣王時人而作呂刑者之子孫也申申伯也皆姜姓之國也翰幹蕃蔽也○宣王之舅申伯出封于謝而尹吉甫作詩以送之言嶽山高大而降其神靈和氣以生甫侯申伯實能為周之楨幹屏蔽而宣其德澤於天下也蓋申伯之先神農之後為唐虞四嶽總領方嶽諸侯而奉嶽神之祭能脩其職嶽神享之故此詩推本申伯之所以生以為嶽降神而為之也○亹亹申伯王纘之事于邑于謝南國是式叶失吏反王命召伯叶逋莫反定申伯之宅叶達各反登是南邦叶卜工反世執其功賦也亹亹強勉之貌纘繼也使之繼其先世之事也邑國都之處也謝在今鄧州南陽縣周之南土也式使諸侯以為法也召伯召穆公虎也登成也世執其功言使申伯後世常守其功也或曰大封之禮召公之世職也○王命申伯式是南邦叶外功反因是謝人以作爾庸王命召伯徹申伯土田叶他因反王命傅御遷其私人賦也庸城也言因謝邑之人而為國也鄭氏曰庸功也為國以起其功也徹定其經界正其賦稅也傅御申伯家臣之長也私人家人遷使就國也漢明帝送侯印與東平王蒼諸子而以手

若賜其國中傳。蓋古制如此。○申伯之功。召伯是營。有俶音蓄其城。寢廟既成。既成藐藐。王錫申伯。叶逋各反四牡蹻蹻。鉤膺濯濯。賦也。俶。始作也。藐藐。深貌。蹻蹻。壯貌。濯濯。光明貌。○王遣申伯。路車乘去聲馬。叶滿補反我圖爾居。莫如南土。錫爾介圭。以作爾寶。叶音補往近王舅。南土是保。叶音補。○賦也。介圭。諸侯之封圭也。近。辭也。○申伯信邁。王餞音賤于郿。音眉申伯還南。謝于誠歸。王命召伯。徹申伯土疆。以峙音痔其粻。音張式遄音椽其行。叶戶郎反○賦也。郿在今鳳翔府郿縣。在鎬京之西。岐周之東。而申在鎬京之東南。時王在岐周。故餞于郿也。言信邁誠歸。以見王之數留。疑於行之不果故也。峙。積。粻。糧。遄。速也。召伯之營謝也。則已斂其稅賦。積其餱糧。使廬市有止宿之委積。故能使申伯無留行也。○申伯番番。音波叶分邅反既入于謝。徒御嘽嘽。音灘周邦咸喜。戎有良翰。叶胡千反不顯申伯。王之元舅。文武是憲。叶虛言反。○賦也。番番。武勇貌。嘽嘽。衆盛也。戎。女也。申伯既入于謝。周人皆以爲喜。而相謂曰。女今有良翰矣。元。長。憲。法也。言文武之士。皆以申伯爲法也。或曰。申伯能以文王武王爲法也。○申伯之德。柔惠且直。揉汝又反此萬邦。聞音問于四國。叶于逼反吉甫作誦。其詩孔碩。其風肆好。以贈申伯。賦也。揉。治也。吉甫。尹吉甫。周之卿士。誦。工師所誦之辭也。碩。大。風。聲。肆。遂也。

崧高八章。章八句。

天生烝民。有物有則。民之秉彝。音夷好是懿德。天監有周。昭假音格于下。叶後五反保茲天子。生仲山甫。賦也。烝。衆。則。法。秉。執。彝。常。懿。美。監。視。昭。明。假。至。保。祐也。仲山甫。樊侯之字也。○宣王命樊侯仲山甫築城于齊。而尹吉甫作詩以送之。言天生衆民。有是物必有是則。蓋自百骸九竅五臟。而達之君臣父子夫婦長幼朋友。無非物也。而莫不有法焉。如視之明。聽之聰。貌之恭。言之順。君臣有義。父子有親之類。是也。是乃民所執之常性。故其情無不好此美德者。而況天之監視有周。能以昭明之德。感格于下。故保祐之。而爲之生此賢佐曰仲山甫焉。則所以鍾其秀氣而全其美德者。又非特如凡民而已也。昔孔子讀詩至此。而贊之曰。爲此詩者。其知道乎。故有物必有則。民之秉彝也。故好是懿德。而孟子引之。以證性善之說。其旨深矣。讀者其致思焉。○仲山甫之德。柔嘉維則。令儀令色。小心翼翼。古訓是式。威儀是力。天子是若。明命使賦。賦也。嘉。美。令。善也。儀。威儀也。色。顔色也。翼翼。恭敬貌。古訓。先王之遺典也。式。法。力。勉。若。順。賦。布也。○東萊呂氏曰。柔嘉維則。不過其則也。過其則。斯爲弱。不得謂之柔嘉矣。令儀令色。小心翼翼。言其表裏柔嘉也。古訓是式。威儀是力。言其學問進脩也。天子是若。明命使賦。言其發而措之事業也。此章蓋備舉仲山甫之德。◉王命仲山甫。式是百辟。音璧纘戎祖考。王躬是保。出納王命。王之喉舌。賦政于外。四方爰發。叶方月反。○賦也。式。法。戎。女也。王躬是保。所謂保其身體者也。然則仲山甫。蓋以冢宰兼大保。而大保抑其世官也與。出。承而布之也。納。行而復之也。喉舌。所以出言也。發。發而應之也。○東萊呂氏曰。仲山甫之職。外則總領諸侯。內則輔養君德。入則典司政本。出則經營四方。此章蓋備舉仲山甫之職。

○肅肅王命。仲山甫將之。邦國若否。音鄙仲山甫明叶謨郎反之。既明且哲。以保其身。夙夜匪解。音懈以事一人。賦也。肅肅。嚴也。將。奉行也。若。順也。順否。猶臧否也。明。謂明於理。哲。謂察於事。保身。蓋順理以守身。非趨利避害。而偸以全軀之謂也。解。怠也。一人。天子也。

○人亦有言。柔則茹音汝之。剛則吐之。維仲山甫。柔亦不茹。剛亦不吐。不侮矜音鰥寡。叶果五反不畏彊禦。賦也。人亦有言。世俗之言也。茹。納也。○不茹柔。故不侮矜寡。不吐剛。故不畏彊禦。以此觀之。則仲山甫之柔嘉。非軟美之謂。而其保身。未嘗枉道以徇人可知矣。

○人亦有言。德輶音酉如毛。民鮮上聲克舉之。我儀圖叶丁五反之。維仲山甫舉之。愛莫助叶林五反之。袞職有闕。維仲山甫補之。賦也。輶。輕。儀。度。圖。謀也。袞職。王職也。天子龍袞。不敢斥言王闕。故曰袞職有闕也。○言人皆言德甚輕而易舉。然人莫能舉也。我於是謀度其能舉之者。則惟仲山甫而已。是以心誠愛之。而恨其不能有以助之。蓋愛之者。秉彝好德之性也。而不能助者。能舉與否。在彼而已。固無待於人之助。而亦非人之所能助也。至於王職有闕失。亦維仲山甫獨能補之。蓋惟大人然後能格君心之非。未有不能自舉其德。而能補君之闕者也。

○仲山甫出祖。四牡業業。征夫捷捷。每懷靡及。叶極業反四牡彭彭。叶鋪郎反八鸞鏘鏘。王命仲山甫。城彼東方。賦也。祖。行祭也。業業。健貌。捷捷。疾貌。東方。齊也。傳曰。古者諸侯之居逼隘。則王者遷其邑而定其居。蓋去薄姑而遷於臨菑也。孔氏曰。史記齊獻公元年。徙薄姑都治臨菑。計獻公當夷王之時。與此傳不合。豈徙於夷王之時。至是而始備其城郭之守歟。

○四牡騤騤。音逵八鸞喈喈。音皆叶居奚反仲山甫徂齊。式遄其歸。吉甫作誦。穆如清風。叶孚愔反仲山甫永懷。以慰其心。賦也。式遄其歸。不欲其久於外也。穆。深長也。清風。清微之風。化養萬物者也。以其遠行而有所懷思。故以此詩慰其心焉。曾氏曰。賦政於外。雖仲山甫之職。然保王躬。補王闕。尤其所急。城彼東方。其心永懷。蓋有所不安者。尹吉甫深知之。作誦而告以遄歸。所以安其心也。

烝民八章。章八句。

奕奕梁山。維禹甸之。有倬其道。韓侯受命。王親命之。纘戎祖考。無廢朕命。夙夜匪解。音懈叶訖力反虔共爾位。朕命不易。榦音幹不庭方。以佐戎辟。音璧。○賦也。奕奕。大也。梁山。韓之鎮也。今在同州韓城縣。甸。治也。倬。明貌。韓。國名。侯。爵。武王之後也。受命蓋即位除喪。以士服入見天子而聽命也。纘。繼。戎。女也。言王錫命之。使繼世而爲諸侯也。虔。敬。易。改。榦。正也。不庭方。不來庭之國也。辟。君也。此又戒之以脩其職業之辭也。○韓侯初立來朝。

始受王命而歸詩人作此以送之序亦以爲尹吉甫作今未有據下篇云名穆公凡伯者放此○四牡奕奕。孔脩且張。韓侯入覲。以其介圭。入覲于王。王錫韓侯。淑旂綏章。簟茀錯衡。叶戶郎反玄衮赤舄。鉤膺鏤音漏鍚。音羊鞹音廓鞃淺幭。音覓鞗音條革金厄。叶於栗反○賦也。脩長。張大也。介圭。封圭。執之爲贄。以合瑞于王也。淑善也。交龍曰旂。綏章染鳥羽或旄牛尾爲之。注於旂竿之首。爲表章者也。鏤刻金也。馬眉上飾曰鍚。今當盧也。鞹去毛之革也。鞃式中也。謂兩較之閒橫木可憑者。以鞹持之。使牢固也。淺虎皮也。幭覆式也。字一作幦。又作幎。以有毛之皮覆式上也。鞗革。轡首也。金厄。以金爲環。纏搤轡首也。○

韓侯出祖。出宿于屠。顯父音甫餞之。清酒百壺。其殽維何。炰音庖鱉鮮魚。其蔌音速維何。維筍音笋及蒲。其贈維何。乘去聲馬路車。籩豆有且。音疽侯氏燕胥。賦也。既覲而反國。必祖者。尊其所往。去則如始行焉。屠地名。或曰即杜也。顯父。周之卿士也。蔌菜殽也。筍竹萌也。蒲蒲蒻也。且多貌。侯氏。覲禮諸侯來朝者之稱。胥相也。或曰語辭。○

韓侯取去聲妻。汾音焚王之甥。蹶音媿父音甫之子。叶獎里反韓侯迎去聲止。于蹶之里。百兩音亮又如字彭彭。叶蒲郎反八鸞鏘鏘。不顯其光。諸娣音第從之。祁祁如雲。韓侯顧之。爛其盈門。叶眉貧反○賦也。此言韓侯既覲而還。遂以親迎也。汾王。厲王也。厲王流于彘。在汾水之上。故時人以目王焉。猶言莒郊公。黎比公也。蹶父。周之卿士。姞姓也。諸娣。諸侯一娶九女。二國媵之。皆有娣姪也。祁祁。徐靚也。如雲。眾多也。○

蹶父孔武。靡國不到。爲去聲韓姞音佶相去聲攸。莫如韓樂。音洛叶力告反孔樂韓土。川澤訏訏。音許魴鱮甫甫。麀鹿噳噳。音語有熊有羆。有貓苗茅二音有虎。慶既令居。叶斤御斤於二反韓姞燕譽。叶羊如羊諸二反○賦也。韓姞。蹶父之子。韓侯妻也。相攸。擇可嫁之所也。訏訏甫甫。大也。噳噳。眾也。貓似虎而淺毛。慶喜。令善也。喜其有此善居也。燕安。譽樂也。○

溥彼韓城。燕平聲師所完。以先祖受命。因時百蠻。王錫韓侯。其追其貊。音麥奄受北國。因以其伯。實墉實壑。實畝實籍。獻其貔音毗皮。赤豹黃羆。賦也。溥大也。燕召公之國也。師眾也。追貊。夷狄之國也。墉城。壑池。籍稅也。貔猛獸名。○韓初封時。召公爲司空。王命以其眾爲築此城。如召伯營謝。山甫城齊。春秋諸侯城邢城楚丘之類也。王以韓侯之先因是百蠻而長之。故錫之追貊。使爲之伯。以脩其城池。治其田畝。正其稅法。而貢其所有於王也。

韓奕六章。章十二句。

江漢浮浮。武夫滔滔。叶他侯反匪安匪遊。淮夷來求。既出我車。既設我旟。匪安匪舒。淮夷來鋪。賦也。浮浮。

水盛貌。滔滔，順流貌。淮夷，夷之在淮上者也。鋪，陳也。陳師以伐之也。○宣王命名穆公平淮南之夷。詩人美之。此章總序其事。言行者皆莫敢安徐，而曰吾之來也，惟淮夷是求是伐耳。○

江漢湯湯，音傷武夫洸洸。音光經營四方，告成于王。四方旣平，王國庶定。叶唐丁反時靡有爭，叶甾陘反王心載寧。賦也。洸洸，武貌。庶，幸也。此章言旣伐而成功也。○

江漢之滸，音虎王命名虎。式辟音闢四方，徹我疆土。匪疚匪棘，王國來極。于疆于理，至于南海。叶虎委反。○賦也。虎，名穆公名也。辟與闢同。徹，井其田也。疚，病。棘，急也。極，中之表也。居中而爲四方所取正也。○言江漢旣平，王又命名公闢四方之侵地，而治其疆界。非以病之，非以急之也。但使其來取正於王國而已。於是遂疆理之，盡南海而止也。

○王命名虎，來旬來宣。文武受命，名公維翰。叶胡干反無曰予小子，叶奬里反名公是似。叶養里反肇敏戎公，用錫爾祉。賦也。旬，徧。宣，布也。自江漢之滸言之，故曰來。名公，名康公奭也。翰，榦也。予小子，王自稱也。肇，開。戎，女。公，功也。○又言王命名虎來此江漢之滸，徧治其事，以布王命。而曰昔文武受命，惟名公爲楨榦。今女無日以予小子之故也，但自爲嗣女名公之事耳。能開敏女功，則我當錫女以祉福。如下章所云也。

○釐音離爾圭瓚，才旱反秬音巨鬯音暢一卣。音酉告于文人，錫山土田。于周受命，叶他因反自名祖命。叶滿并反虎拜稽首，天子萬年。叶彌因反。○賦也。釐，賜。卣，尊也。文人，先祖之有文德者，謂文王也。周，岐周也。名祖，穆公之祖康公也。○此序王賜名公策命之辭。言錫爾圭瓚秬鬯者，使之以祀其先祖。又告于文人，而錫之山川土田，以廣其封邑。蓋古者爵人必於祖廟，示不敢專也。又使往受命於岐周，從其祖康公受命於文王之所，以寵異之。而名公拜稽首以受王命之策書也。人臣受恩，無可以報謝者，但言使君壽考而已。

◉虎拜稽首，對揚王休。叶虛久反作名公考。叶去久反天子萬壽。叶殖酉反明明天子，叶奬里反令聞不已。矢其文德，洽此四國。叶越逼反。○賦也。對，答。揚，稱。休，美。考，成。矢，陳也。○言穆公旣受賜，遂答稱天子之美命，作康公之廟器，而勒王策命之辭，以考其成。且祝天子以萬壽也。古器物銘云：郲拜稽首，敢對揚天子休命，用作朕皇考龔伯尊敦。郲其眉壽萬年無疆。語正相類。但彼自祝其壽，而此祝君壽耳。旣又美其君之令聞，而進之以不已。勸其君以文德，而不欲其極意於武功。古人愛君之心，於此可見矣。

江漢六章，章八句。

赫赫明明，王命卿士。叶音所南仲大音泰祖，大師皇父。音甫整我六師，以脩我戎。叶音汝旣敬旣戒，叶訖力反惠此南國。叶越逼反。○賦也。卿士，卽皇父之官也。南仲，見出車篇。大祖，始祖也。大師，皇父之兼官也。我，宣王之自我也。戎，兵器也。○宣王自將以伐淮北之夷，而命卿士之謂南仲爲大祖，兼大師而字皇父者，整治其從行之六軍，脩其戎事，以除淮夷之亂，而惠此南方之國。詩人作此以美之。必言南仲大祖者，稱其世功以美大之也。○王謂尹氏，命程伯休父。左右陳行。音杭戒我師旅。率彼淮浦。省此徐土。不留不處。三事就緖。音序。○賦也。尹氏吉甫也。蓋爲內史掌策命卿大夫也。程伯休父。周大夫。三事。未詳。或曰。三農之事也。○言王詔尹氏。策命程伯休父爲司馬。使之左右陳其行列。循淮浦而省徐州之土。蓋伐淮北徐州之夷也。上章既命皇父。而此章又命程伯休父者。蓋王親命大師以三公治其軍事。而使內史命司馬以六卿副之耳。

○赫赫業業。叶宜却反有嚴天子。王舒保作。匪紹匪遊。徐方繹騷。叶蘇侯反震驚徐方。如雷如霆。徐方震驚。賦也。赫赫。顯也。業業。大也。嚴。威也。天子自將。其威可畏也。王舒保作。未詳其義。或曰。舒。徐。保。安。作。行也。言王師舒徐而安行也。紹。糾緊也。遊。遨遊也。繹。連絡也。騷。擾動也。○夷厲以來。周室衰弱。至是而天子自將以征不庭。其師始出。不疾不徐。而徐方之人。皆已震動。如雷霆作於其上。不遑安矣。

○王奮厥武。如震如怒。叶暖五反進厥虎臣。闞音喊如虓音哮虎。鋪平聲敦淮濆。音焚仍執醜虜。截彼淮浦。王師之所。賦也。進。鼓而進之也。闞。奮怒之貌。虓。虎之自怒也。鋪。布也。布其師旅也。敦。厚也。厚集其陳也。仍。就也。老子曰。攘臂而仍之。截。截然不可犯之貌。

○王旅嘽嘽。音灘如飛如翰。如江如漢。如山之苞。叶鋪鉤反如川之流。緜緜翼翼。不測不克。濯征徐國。叶越逼反○賦也。嘽嘽。衆盛貌。翰。羽。苞。本也。如飛如翰。疾也。如江如漢。衆也。如山。不可動也。如川。不可禦也。緜緜。不可絕也。翼翼。不可亂也。不測。不可知也。不克。不可勝也。濯。大也。

○王猶允塞。徐方既來。叶六直反徐方既同。天子之功。四方既平。徐方來庭。徐方不回。王曰還歸。叶古回反。○賦也。猶。道。允。信。塞。實。庭。朝。回。違也。還歸。班師而歸也。○前篇召公帥師以出。歸告成功。故備載其褒賞之辭。此篇王實親行。故於卒章。反復其辭。以歸功於天子。言王道甚大。而遠方懷之。非獨兵威然也。序所謂因以爲戒者是也。

常武六章。章八句。

瞻卬。音仰昊天。則不我惠。孔塡不寧。降此大厲。邦靡有定。士民其瘵。音債叶側例反蟊音牟賊蟊疾。靡有夷屆。音戒叶居氣反罪罟不收。靡有夷瘳。音抽。○賦也。塡。久。厲。亂。瘵。病也。蟊賊。害苗之蟲也。疾。害。夷。平。屆。極。罟。網也。○此刺幽王嬖褒姒任奄人以致亂之詩。首言昊天不惠而降亂。無所歸咎之辭也。蘇氏曰。國有所定。則民受其福。無所定。則受其病。於是有小人爲之蟊賊。刑罪爲之網罟。凡此皆民之所以病也。

○人有土田。女音汝反有。酉由二音之。人有民人。女覆奪之。此宜無罪。女反收。殖酉殖由二反之。彼宜有罪。女覆說。音脫之。賦也。反。覆。收。拘。說。赦也。

○哲夫成城。哲婦傾城。懿厥哲婦。爲梟爲鴟。婦有長舌。維厲之階。叶居奚反亂匪降自天。叶鐵因反生自婦人。匪教匪誨。叶呼位反時維婦寺。賦也。哲，知也。城，猶國也。哲婦蓋指褒姒也。傾，覆。懿，美也。梟鴞惡聲之鳥也。長舌，能多言者也。階，梯也。寺，奄人也。○言男子正位乎外，爲國家之主，故有知則能立國。婦人以無非無儀爲善，無所事哲，哲則適以覆國而已。故此懿美之哲婦，而反爲梟鴞。蓋以其多言而能爲禍亂之梯也。若是，則亂豈眞自天降，如首章之說哉。特由此婦人而已。蓋其言雖多，而非有教誨之益者，是惟婦人與奄人耳，豈可近哉。上文但言婦人之禍，末句兼以奄人爲言，蓋二者常相倚而爲姦，不可不并以爲戒也。歐陽公嘗言宦者之禍甚於女寵，其言尤爲深切。有國家者可不戒哉。

○鞫人忮音志忒。譖音僭始竟背。音佩，叶必墨反豈曰不極。伊胡爲慝。如賈音古三倍。君子是識。婦無公事。休其蠶織。賦也。鞫，窮。忮，害。忒，變也。譖，不信也。竟，終。背，反。極，已。慝，惡也。賈，居貨者也。三倍，獲利之多也。公事，朝廷之事。蠶織，婦人之業。○言婦寺能以其智辯窮人之言，其心忮害而變詐無常。既以譖妄倡始於前，而終或不驗於後，則亦不復自謂其言之放恣無所極已，而反曰是何足爲慝乎。夫商賈之利，非君子之所宜識，如朝廷之事非婦人之所宜與也。今賈三倍而君子識其所以然，婦人無朝廷之事而舍其蠶織以圖之，則豈不爲慝哉。

○天何以刺。叶音砌何神不富。叶方味反舍音捨爾介狄。維予胥忌。不弔不祥。威儀不類。人之云亡。邦國殄瘁。賦也。刺，責。介，大。胥，相。弔，閔也。○言天何用責王，神何用不富王哉。凡以王信用婦人之故也。是必將有夷狄之大患。今王舍之不忌，而反以我之正言不諱爲忌，何哉。夫天之降不祥，庶幾王懼而自脩。今王遇災而不恤，又不謹其威儀，又無善人以輔之，則國之殄瘁宜矣。或曰：介狄，即指婦寺，猶所謂女戎者也。

○天之降罔。維其優矣。人之云亡。心之憂矣。天之降罔。維其幾矣。人之云亡。心之悲矣。賦也。罔，罟。優，多。幾，近也。蓋承上章之意而重言之，以警王也。

○觱音必沸音弗檻胡覽反泉。維其深矣。心之憂矣。寧自今矣。不自我先。不自我後。叶下五反藐藐昊天。無不克鞏。叶音古無忝皇祖。式救爾後。賦也。觱沸，泉涌貌。檻泉，泉正出者。藐藐，高遠貌。鞏，固也。○言泉水瀵涌上出，其源深矣。我心之憂，亦非適今日然也。然而禍亂之極，適當此時。蓋已無可爲者，惟天高遠，雖若無意於物，然其功用神明不測，雖危亂之極，亦無不能鞏固之者。幽王苟能改過自新，而不忝其祖，則天意可回，來者猶必可救，而子孫亦蒙其福矣。

瞻卬七章。三章章十句。四章章八句。

旻天疾威。天篤降喪。去聲，叶桑郎反瘨音顛我饑饉。民卒流亡。我居圉音語卒荒。賦也。篤，厚。瘨，病。卒，盡也。居，國中也。圉，邊陲也。○此刺幽王任用小人以致饑饉侵削之詩也。

○天降罪罟。蟊賊內訌。音紅昏椓音卓靡共。音恭潰潰回遹。實靖夷我邦。叶卜工反○賦也。訌，潰也。昏椓，昏亂椓喪之人也。共，與恭同。一說與供同，謂供其職也。潰潰，亂也。回遹，邪僻也。靖，治。夷，平也。○言此蟊賊昏椓者，皆潰亂邪僻之人，而王乃使之治平我邦，所以致亂也。○

皋皋訿訿。音紫 曾不知其玷。音店 兢兢業業。孔塡不寧。我位孔貶。賦也。皋皋。頑慢之意。訿訿。務爲謗毀也。玷。缺也。塡。久也。○言小人在位所爲如此。而王不知其缺。至於戒敬恐懼甚久而不寧者。其位乃更見貶黜。其顛倒錯亂之甚如此。○如彼歲旱。草不潰茂。如彼棲音西 苴。七如反 我相去聲 此邦。無不潰止。賦也。潰。遂也。棲苴。水中浮草。棲於木上者。言枯槁無潤澤也。相。視。潰。亂也。○維昔之富。不如時。維今之疚。不如玆。彼疏斯粺。音敗 胡不自替。職兄音況 斯引。賦也。時。是。疚。病也。疏。糲也。粺。則精矣。替。廢也。兄。怳同。引。長也。○言昔之富。未嘗若是之疚也。而今之疚又未有若此之甚也。彼小人之與君子。如疏與粺。其分審矣。而曷不自替以避君子乎。而使我心專爲此故。至於愴怳引長。而不能自已也。○池之竭矣。不云自頻。泉之竭矣。不云自中。叶諸仍反 溥斯害矣。職兄斯弘。不烖我躬。叶姑弘反。○賦也。頻。厓。溥。廣。弘。大也。○池。水之鍾也。泉。水之發也。故池之竭。由外之不入。泉之竭。由內之不出。言禍亂有所從起。而今不云然也。此其爲害。亦已廣矣。是使我心專爲此故。至於愴怳日益弘大。而憂之曰。是豈不烖及我躬也乎。○昔先王受命。有如召公。日辟音闢 國百里。今也日蹙音蹴 國百里。於音烏 乎。音呼 哀哉。維今之人。不尚有舊。叶巨已反。○賦也。先王。文武也。召公。康公也。辟。開。蹙。促也。○文王之世。周公治內。召公治外。故周人之詩。謂之周南。諸侯之詩。謂之召南。所謂日辟國百里云者。言文王之化。自北而南。至於江漢之間。服從之國。日以益衆。及虞芮質成。而其旁諸侯聞之。相帥歸周者。四十餘國焉。今。謂幽王之時。蹙國蓋犬戎內侵。諸侯外畔也。又歎息哀痛而言。今世雖亂。豈不猶有舊德可用之人哉。言有之而不用耳。

召旻七章。四章章五句。三章章七句。因其首章稱旻天。卒章稱召公。故謂之召旻。以別小旻也。

蕩之什十一篇。九十二章。七百六十九句。

詩經卷之八

頌四

頌者。宗廟之樂歌。大序所謂美盛德之形容。以其成功。告於神明者也。蓋頌與容。古字通用。故序以此言之。周頌三十一篇。多周公所定。而亦或有康王以後之詩。魯頌四篇。商頌五篇。因亦以類附焉。凡五卷。

周頌清廟之什四之一

於音烏穆清廟。肅雝顯相。去聲濟濟上聲多士。秉文之德。對越在天。駿奔走在廟。不顯不承。無射音亦於人斯。賦也。於。歎辭。穆。深遠也。清。清靜也。肅。敬。雝。和。顯。明。相。助也。謂助祭之公卿諸侯也。濟濟。衆也。多士。與祭執事之人也。越。於也。駿。大而疾也。承。尊奉也。斯。語辭。○此周公既成洛邑而朝諸侯。因率之以祀文王之樂歌。言於穆哉此清靜之廟。其助祭之公侯。皆敬且和。而其執事之人。又無不執行文王之德。既對越其在天之神。而又駿奔走其在廟之主。如此則是文王之德。豈不顯乎。豈不承乎。信乎其無有厭斁於人也。

清廟一章。八句。書稱王在新邑。烝祭歲文王騂牛一。武王騂牛一。實周公攝政之七年。而此其升歌之辭也。書大傳曰。周公升歌清廟。苟在廟中。嘗見文王者。愀然如復見文王焉。樂記曰。清廟之瑟。朱弦而疏越。壹倡而三歎。有遺音者矣。鄭氏曰。朱弦。練朱弦。練則聲濁。越。瑟底孔也。疏之使聲遲也。倡。發歌句也。三歎。三人從歎之耳。漢因秦樂。乾豆上。奏登歌。獨上歌。不以筦絃亂人聲。欲在位者徧聞之。猶古清廟之歌也。

維天之命。於音烏穆不已。於同上乎音呼不顯。文王之德之純。賦也。天命。即天道也。不已。言無窮也。純。不雜也。○此亦祭文王之詩。言天道無窮。而文王之德。純一不雜。與天無間。以贊文王之德之盛也。子思子曰。維天之命。於穆不已。蓋曰天之所以爲天也。於乎不顯。文王之德之純。蓋曰文王之所以爲文也。純亦不已。程子曰。天道不已。文王純於天道亦不已。純則無二無雜。不已則無間斷先後。

假以溢我。我其收之。駿惠我文王。曾孫篤之。何之爲假。聲之轉也。恤之爲溢。字之訛也。收。受。駿。大。惠。順也。曾孫。後王也。篤。厚也。○言文王之神。將何以恤我乎。有則我當受之。以大順文王之道。後王又當篤厚之而不忘也。

維天之命一章。八句。

維清緝熙。文王之典。肇禋。音因迄音肸用有成。維周之禎。賦也。清。清明也。緝。續。熙。明。肇。始。禋。祀。迄。至。禎。祥也。○此亦祭文王之詩。言所當清明而緝熙者。文王之典也。故自始祀至今有成。實維周之禎祥也。然此詩疑有闕文焉。

維清一章五句。

烈文辟音璧公。錫茲祉福。惠我無疆。子孫保之。賦也。烈。光也。辟公。諸侯也。○此祭於宗廟而獻助祭諸侯之樂歌。言諸侯助祭。使我獲福。則是諸侯錫此祉福。而惠我以無疆。使我子孫保之也。無封靡于爾邦。維王其崇之。念茲戎功。繼序其皇之。封靡之義未詳。或曰。封。專利以自封殖也。靡。汰侈也。崇。尊尚也。戎。大。皇。大也。○言汝能無封靡于汝邦。則王當尊汝。又念汝有此助祭錫福之大功。則使汝之子孫繼序而益大之也。無競維人。四方其訓之。不顯維德。百辟其刑之。於音烏乎音呼前王不忘。又言莫强於人。莫顯於德。先王之德。所以人不能忘者。用此道也。此戒飭而勸勉之也。中庸引不顯惟德。百辟其刑之。而曰故君子篤恭而天下平。大學引於乎前王不忘。而曰君子賢其賢而親其親。小人樂其樂而利其利。此以沒世不忘也。

烈文一章十三句。此篇以公疆兩韻相叶。未審當從何讀。意亦可互用也。

天作高山。大音泰王荒之。彼作矣。文王康之。彼岨矣。岐有夷之行。叶戶郎反子孫保之。賦也。高山。謂岐山也。荒。治。康。安也。岨。險僻之意也。夷。平。行。路也。○此祭大王之詩。言天作岐山。而大王始治之。大王既作。而文王又安之。於是彼險僻之岐山。人歸者眾。而有平易之道路。子孫當世世保守而不失也。

天作一章七句。

昊天有成命。二后受之。成王不敢康。夙夜基命宥密。於音烏緝熙。單厥心。肆其靖之。賦也。二后。文武也。成王。名誦。武王之子也。基。積累於下。以承藉乎上者也。宥。宏深也。密。靜密也。於。歎辭。靖。安也。○此詩多道成王之德。疑祀成王之詩也。言天祚周以天下。既有定命。而文武受之矣。成王繼之。又能不敢康寧。而其夙夜積德以承藉天命者。又宏深而靜密。是能繼續光明文武之業而盡其心。故今能安靜天下。而保其所受之命也。國語叔向引此詩而言曰。是道成王之德也。成王能明文昭。定武烈者也。以此證之。則其爲祀成王之詩無疑矣。

昊天有成命一章七句。此康王以後之詩。

我將我享。維羊維牛。維天其右叶音由之。賦也。將。奉。享。獻。右。尊也。神坐東向。在饌之右。所以尊之也。○此宗祀文王於明堂以配上帝之樂歌。言奉其牛羊以享上帝。而曰天庶其降而在此牛羊之右乎。蓋不敢必也。儀式刑文王之典。日靖四方。伊嘏音假文王。既右饗叶虛良反之。儀。式。刑。皆法也。嘏。錫福也。○言我儀式刑文王之典。以靖天下。則此能錫福之文王。既降而在此之右。以饗我祭。若有以見其必然矣。我其夙夜。畏天之威。于時保之。

又言天與文王。既皆右享我矣。則我其敢不夙夜畏天之威。以保天與文王所以降鑒之意乎。

我將一章。十句。程子曰。萬物本乎天。人本乎祖。故冬至祭天而以祖配之。以冬至氣之始也。萬物成形於帝。而人成形於父。故季秋享帝。而以父配之。以季秋成物之時也。陳氏曰。古者祭天於圜丘。掃地而行事。器用陶匏。牲用犢。其禮極簡。聖人之意。以爲未足以盡其意之委曲。故於季秋之月。有大享之禮焉。天。卽帝也。郊而曰天。所以尊之也。故以后稷配焉。后稷遠矣。配稷於郊。亦以尊稷也。明堂而曰帝。所以親之也。以文王配焉。文王親也。配文王於明堂。亦以親文王也。尊尊而親親。周道備矣。然則郊者古禮。而明堂者周制也。周公以義起之也。東萊呂氏曰。於天維庶其饗之。不敢加一辭焉。於文王則言儀式其典。日靖四方。天不待贊。法文王。所以法天也。卒章惟言畏天之威。而不及文王者。統於尊也。畏天。所以畏文王也。天與文王一也。

時邁其邦。昊天其子之。賦也。邁。行也。邦。諸侯之國也。周制。十有二年。王巡守殷國。柴望祭告。諸侯畢朝。○此巡守而朝會祭告之樂歌也。言我之以時巡行諸侯也。天其子我乎哉。蓋不敢必也。實右序有周。薄言震之。莫不震疊。懷柔百神。及河喬嶽。允王維后。右。尊。序。次。震。動。疊。懼。懷。來。柔。安。允。信也。○既而曰。天實右序有周矣。是以使我薄言震之。而四方諸侯。莫不震懼。又能懷柔百神。以至於河之深廣。嶽之崇高。而莫不感格。則是信乎周王之爲天下君矣。明昭有周。式序在位。載戢干戈。載櫜音高弓矢。我求懿德。肆于時夏。允王保之。戢。聚。櫜。韜。肆。陳也。夏。中國也。○又言明昭乎我周也。既以慶讓黜陟之典。式序在位之諸侯。又收斂其干戈弓矢。而益求懿美之德。以布陳于中國。則信乎王之能保天命也。或曰。此詩卽所謂肆夏。以其有肆于時夏之語而命之也。

時邁一章。十五句。春秋傳曰。昔武王克商。作頌曰。載戢干戈。而外傳又以爲周文王之頌。則此詩乃武王之世。周公所作也。外傳又曰。金奏肆夏樊遏渠。天子以饗元侯也。韋昭注云。肆夏一名樊。韶夏一名遏。納夏一名渠。卽周禮九夏之三也。呂叔玉云。肆夏。時邁也。樊遏。執競也。渠。思文也。

執競武王。無競維烈。不顯成康。上帝是皇。賦也。此祭武王成王康王之詩。競。强也。言武王持其自强不息之心。故其功烈之盛。天下莫得而競。豈不顯哉。成王康王之德。亦上帝之所君也。自彼成康。奄有四方。斤斤去聲其明。叶謨郎反。○斤斤。明之察也。言成康之德。明著如此也。鐘鼓喤喤。音橫磬筦音管將將。音鏘降福穰穰。音攘。○喤喤。和也。將將。集也。穰穰。多也。言今作樂以祭而受福也。降福簡簡。威儀反反。既醉既飽。福祿來反。簡簡。大也。反反。謹重也。反。覆也。言受福之多。而愈益謹重。是以既醉既飽。而福祿之來。反覆而不厭也。

執競一章。十四句。此昭王以後之詩。國語說見前篇。

思文后稷。克配彼天。立我烝民。莫匪爾極。貽我來牟。帝命率育。叶日逼反無此疆爾界。叶訖力反陳常于時夏。賦也。思語辭。文言有文德也。立粒通。極至也。德之至也。貽遺也。來小麥。牟大麥也。率徧。育養也。○言后稷之德。眞可配天。蓋使我烝民得以粒食者。莫非其德之至也。且其貽我民以來牟之種。乃上帝之命。以此徧養下民者。是以無有遠近彼此之殊。而得以陳其君臣父子之常道於中國也。或曰。此詩即所謂納夏者。亦以其有時夏之語而命之也。

思文一章。八句。國語說見時邁篇。

清廟之什十篇。十章。九十五句。

周頌臣工之什四之二

嗟嗟臣工。敬爾在公。王釐音離爾成。來咨來茹。音孺 ○賦也。嗟嗟重歎以深敕之也。臣工羣臣百官也。公公家也。釐賜也。成成法也。茹度也。○此戒農官之詩。先言王有成法以賜女。女當來咨度也。嗟嗟保介。維莫音慕之春。亦又何求。如何新畬。音余於音烏皇來牟。將受厥明。明昭上帝。迄用康年。命我眾人。庤音峙乃錢音翦鎛。音博奄觀銍音質艾。音刈 ○保介見月令呂覽。其說不同。然皆爲籍田而言。蓋農官之副也。莫春斗柄建辰。夏正之三月也。畬三歲田也。於皇歎美之辭。來牟麥也。明上帝之明賜也。言麥將熟也。迄至也。康年猶豐年也。眾人甸徒也。庤具。錢銚。鎛鉏。皆田器也。銍穫禾短鎌也。艾穫也。○此乃言所戒之事。言三月則當治其新畬矣。今如何哉。然麥已將熟。則可以受上帝之明賜。而此明昭之上帝。又將賜我新畬以豐年也。於是命甸徒具農器以治其新畬。而又將忽見其收成也。

臣工一章。十五句。

噫嘻成王。既昭假音格爾。率時農夫。播厥百穀。駿發爾私。終三十里。亦服爾耕。十千維耦。叶音擬 ○賦也。噫嘻亦歎辭也。昭明。假格也。爾田官也。時是。駿大。發耕也。私私田也。三十里萬夫之地。四旁有川。內方三十三里有奇。言三十里。舉成數也。耦二人並耕也。○此連上篇亦戒農官之辭。昭假爾猶言格汝眾庶。蓋成王始置田官。而嘗戒命之也。爾當率是農夫播其百穀。使之大發其私田。皆服其耕事。萬人爲耦而並耕也。蓋耕本以二人爲耦。今合一川之眾爲言。故云萬人畢出。并力齊心。如合一耦也。此必鄉遂之官。司稼之屬。其職以萬夫爲界者。溝洫用貢法。無公田。故皆謂之私。蘇氏曰。民曰雨我公田。遂及我私。而君曰駿發爾私。終三十里。其上下之間。交相忠大雅愛如此。

噫嘻一章。八句。

振鷺于飛。于彼西雝。我客戾止。亦有斯容。賦也。振。羣飛貌。鷺。白鳥。雝。澤也。客。謂二王之後。夏之後杞。商之後宋。於周爲客。天子有事膰焉。有喪拜焉者也。○此二王之後來助祭之詩。言鷺飛于西雝之水。而我客來助祭者。其容貌脩整。亦如鷺之潔白也。或曰興也。在彼無惡。在此無斁。叶丁故反庶幾夙夜。叶羊茹反以永終譽。彼。其國也。在國無惡之者。在此無厭之者。如是。則庶幾其能夙夜以永終此譽矣。陳氏曰。在彼不以我革其命而有惡於我。知天命無常。惟德是與。其心服也。在我不以彼墜其命而有厭於彼。崇德象賢。統承先王。忠厚之至也。

振鷺一章。八句。

豐年多黍多稌。音杜亦有高廩。力錦反萬億及秭。咨履反爲酒爲醴。烝畀祖妣。以洽百禮。降福孔皆。叶舉里反。○賦也。稌。稻也。黍宜高燥而寒。稌宜下濕而暑。黍稌皆熟。則百穀無不熟矣。亦。助語辭。數萬至萬曰億。數億至億曰秭。烝。進。畀。予。洽。備。皆。徧也。○此秋冬報賽田事之樂歌。蓋祀田祖先農方社之屬也。言其收入之多。至於可以供祭祀。備百禮。而神降之福。將甚徧也。

豐年一章。七句。

有瞽有瞽。在周之庭。賦也。瞽。樂官無目者也。○序以此爲始作樂而合乎祖之詩。兩句總序其事也。設業設虡。音巨崇牙樹羽。應田縣鼓。鞉音桃磬柷尺叔反圉。音語既備乃奏。叶音祖簫管備舉。以上叶瞽字。○業。虡。崇牙。見靈臺篇。樹羽。置五采之羽於崇牙之上也。應。小鞞。田。大鼓也。鄭氏曰。田當作朄。小鼓也。縣鼓。周制也。夏后氏足鼓。殷楹鼓。周縣鼓。鞉。如鼓而小。有柄。兩耳。持其柄搖之。則旁耳還自擊。磬。石磬也。柷。狀如漆桶。以木爲之。中有椎連底挏之。令左右擊。以起樂者也。圉。亦作敔。狀如伏虎。背上有二十七鉏鋙刻。以木長尺櫟之。以止樂者也。簫。編小竹管爲之。管。如篴。併兩而吹之者也。喤喤音橫厥聲。肅雝和鳴。先祖是聽。我客戾止。永觀厥成。以上叶庭字。○我客。二王後也。觀。視也。成。樂闋也。如簫韶九成之成。獨言二王後者。猶言虞賓在位。我有嘉客。蓋尤以是爲盛耳。

有瞽一章。十三句。

猗於宜反與音余漆沮。七余反潛有多魚。有鱣張連反有鮪。叶于軌反鰷音條鱨音常鰋音偃鯉。以享以祀。叶逸織反以介景福。叶筆力反。○賦也。猗與。歎辭。潛。槮也。蓋積柴養魚。使得隱藏避寒。因以薄圍取之也。或曰。藏之深也。鰷。白鰷也。月令。季冬命漁師始漁。天子親往。乃嘗魚。先薦寢廟。季春薦鮪于寢廟。此其樂歌也。

潛一章六句。

有來雝雝。與公叶篇內同至止肅肅。相息亮反維辟音璧公。天子穆穆。賦也。雝雝。和也。肅肅。敬也。相。助祭也。辟公。諸侯也。穆穆。天子之容也。○此武王祭文王之詩。言諸侯之來。皆和且敬。以助我之祭事。而天子有穆穆之容也。於音烏薦廣牡。相同上予肆祀。叶養里反假古雅反哉皇考。叶音口綏予孝子。叶獎里反。○於。歎辭。廣牡。大牡也。肆。陳。假。大也。皇考。文王也。綏。安也。孝子。武王自稱也。○言此和敬之諸侯。薦大牡以助我之祭事。而大哉之文王。庶其享之。以安我孝子之心也。宣哲維人。文武維后。燕及皇天。叶鐵因反克昌厥後。宣。通。哲。知。燕。安也。○此美文王之德。宣哲則盡人之道。文武則備君之德。故能安人以及於天。而克昌其後嗣也。蘇氏曰。周人以諱事神。文王名昌。而此詩曰克昌厥後。何也。曰。周之所謂諱。不以其名號之耳。不遂廢其文也。諱其名而廢其文者。周禮之末失也。綏我眉壽。叶殖酉反介以繁祉。既右音又烈考。叶音口亦右文母。叶滿彼反。○右。尊也。周禮所謂享右祭祀是也。烈考。猶皇考也。文母。大姒也。○言文王昌厥後。而安之以眉壽。助之以多福。使我得以右於烈考文母也。

雝一章十六句。周禮。樂師及徹。帥學士而歌徹。說者以為即此詩。論語亦曰以雍徹。然則此蓋徹祭所歌。而亦名為徹也。

載見音現辟音璧王。曰求厥章。龍旂陽陽。和鈴央央。音秧鞗音條革有鶬。音槍休有烈光。賦也。載。則也。發語辭也。章。法度也。交龍曰旂。陽。明也。軾前曰和。旂上曰鈴。央央。有鶬。皆聲和也。休。美也。○此諸侯助祭於武王廟之詩。先言其來朝。稟受法度。其車服之盛如此。率見昭考。以孝以享。叶虛良反。○昭考。武王也。廟制。太祖居中。左昭右穆。周廟文王當穆。武王當昭。故書稱穆考文王。而此詩及訪落皆謂武王為昭考。此乃言王率諸侯以祭武王廟也。以介眉壽。永言保之。思皇多祜。音戶烈文辟公。綏以多福。俾緝熙于純嘏。叶音古。○思。語辭。皇。大也。美也。○又言孝享以介眉壽。而受多福。是皆諸侯助祭有以致之。使我得繼而明之。以至於純嘏也。蓋歸德於諸侯之辭。猶烈文之意也。

載見一章十四句。

有客有客。亦白其馬。叶滿補反有萋有且。上聲敦音堆琢其旅。賦也。客。微子也。周既滅商。封微子於宋。以祀其先王。而以客禮待之。不敢臣也。亦語辭也。殷尚白。脩其禮物。仍殷之舊也。萋且。未詳。傳曰。敬慎貌。敦琢。選擇也。旅。其卿大夫從行者也。○此微子來見祖廟之詩。而此一節。言其始至也。有客宿宿。有客信信。

言授之縶。音執以縶其馬。一宿曰宿。再宿曰信。縶其馬。愛之不欲其去也。此一節。言其將去也。薄言追之。左右綏之。既有淫威。降福孔夷。追之。已去而復還之。愛之無已也。左右綏之。言所以安而留之者無方也。淫威。未詳。舊說。淫大也。統承先王。用天子禮樂。所謂淫威也。夷易也。大也。此一節。言其留之也。

有客一章。十二句。

於音烏皇武王。無競維烈。允文文王。克開厥後。嗣武受之。勝殷遏劉。耆音指定爾功。賦也。於歎辭。皇大。遏止。劉。殺。耆致也。○周公象武王之功。為大武之樂。言武王無競之功。實文王開之。而武王嗣而受之。勝殷止殺。以致定其功也。

武一章。七句。春秋傳以此為大武之首章也。大武。周公象武王武功之舞。歌此詩以奏之。禮曰。朱干玉戚。冕而舞大武。然傳以此詩為武王所作。則篇內已有武王之諡。而其說誤矣。

臣工之什十篇。十章。一百六句。

周頌閔予小子之什四之三

閔予小子。遭家不造。叶徂候反嬛嬛音煢在疚。音救於音烏乎音呼皇考。叶祛候反永世克孝。叶呼候反。○賦也。成王免喪。始朝於先王之廟。而作此詩也。閔。病也。予小子。成王自稱也。造。成也。嬛。與煢同。無所依怙之意。疚。哀病也。匡衡曰。煢煢在疚。言成王喪畢思慕。意氣未能平也。蓋所以就文武之業。崇大化之本也。皇考。武王也。歎武王之終身能孝也。念茲皇祖。陟降庭叶去聲止。維予小子。夙夜敬止。皇祖。文王也。承上文言武王之孝。思念文王。常若見其陟降於庭。猶所謂見堯於牆。見堯於羹也。楚辭云。三公揖讓。登降堂只。與此文勢正相似。而匡衡引此句。顏注亦云。若神明臨其朝廷是也。於乎皇王。繼序思不忘。皇王。兼指文武也。承上文言我之所以夙夜敬止者。思繼此序而不忘耳。

閔予小子一章。十一句。此成王除喪朝廟所作。疑後世遂以為嗣王朝廟之樂。後三篇放此。

訪予落止。率時昭考。於乎悠哉。朕未有艾。將予就之。繼猶判渙。維予小子。未堪家多難。去聲紹庭上下。陟降厥家。休矣皇考。以保明其身。賦也。訪。問。落。始。悠。遠也。艾。如夜未艾之艾。判。分。渙。散。保。安。明。顯也。○成王既朝於廟。因作此詩。以道延訪羣臣之意。言我將謀之於始。以循我昭考武王之道。然而其道遠矣。予不能及也。將使予勉強以就之。而所以繼之者。猶恐其判渙而不合也。則亦繼其上下於庭。陟降於家。庶幾賴皇考之休。有以保明吾身而已矣。

訪落一章十二句。說同上篇。

敬之敬之。天維顯思。叶新夷反命不易去聲哉。叶獎里反無曰高高在上。陟降厥士。日監在茲。叶律之反。○賦也。顯。明也。思。語辭也。士。事也。○成王受羣臣之戒而述其言。曰。敬之哉。敬之哉。天道甚明。其命不易保也。無謂其高而不吾察。當知其聰明明畏。常若陟降於吾之所爲。而無日不臨監於此者。不可以不敬也。維予小子。叶獎里反不聰敬止。日就月將。學有緝熙于光明。叶謨郎反佛音弼時仔音茲肩。示我顯德行。去聲叶戶郎反。○將。進也。佛。弼。通。仔肩。任也。○此乃自爲答之之言。曰。我不聰而未能敬也。然願學焉。庶幾日有所就。月有所進。續而明之。以至於光明。又賴羣臣輔助我所負荷之任。而示我以顯明之德行。則庶乎其可及爾。

敬之一章十二句。

予其懲而毖後患。莫予荓音俜蜂。自求辛螫。音釋肇允彼桃蟲。拚音翻飛維鳥。未堪家多難。去聲予又集于蓼。音了。○賦也。懲。有所傷而知戒也。毖。愼。荓。使也。蜂。小物而有毒。肇。始。允。信也。桃蟲。鷦鷯。小鳥也。拚。飛貌。鳥。大鳥也。鷦鷯之雛。化而爲鵰。故古語曰。鷦鷯生鵰。言始小而終大也。蓼。辛苦之物也。○此亦訪落之意。成王自言。予何所懲而謹後患乎。荓蜂而得辛螫。信桃蟲而不知其能爲大鳥。此其所當懲者。蓋指管蔡之事也。然我方幼沖。未堪多難。而又集于辛苦之地。羣臣奈何捨我而弗助哉。

小毖一章八句。蘇氏曰。小毖者。謹之於小也。謹之於小。則大患無由至矣。

載芟載柞。音窄叶疾各反其耕澤澤。音釋叶徒洛反。○賦也。除草曰芟。除木曰柞。秋官柞氏掌攻草木。是也。澤澤。解散也。千耦其耘。徂隰徂畛。音眞耘。去苗間草也。隰。爲田之處也。畛。田畔也。侯主侯伯。侯亞侯旅。侯彊侯以。有嗿他感反其饁。音曄思媚其婦。有依其士。有略其耜。叶養里反俶載南畝。叶滿委反。○主。家長也。伯。長子也。亞。仲叔也。旅。衆子弟也。彊。民之有餘力而來助者。遂人所謂以彊予任甿者也。能左右之曰以。太宰所謂閒民轉移執事者。若今時傭力之人。隨主人所左右者也。嗿。衆飮食聲也。媚。順。依。愛。士。夫也。言餉婦與耕夫相慰勞也。略。利。俶。始。載。事也。播厥百穀。實函斯活。叶呼酷反。○函。含。活。生也。既播之。其實含氣而生也。驛驛其達。叶佗悅反有厭其傑。驛驛。苗生貌。達。出土也。厭。受氣足也。傑。先長者也。厭厭其苗。緜緜其穮表驕反○緜緜詳密也。穮，耘也。載穫濟濟。上聲有實其積。音漬叶上聲萬億及秭。為酒為醴。烝畀祖妣。以洽百禮。濟濟人衆貌。實，積之實也。積，露積也。有飶音苾其香。邦家之光。有椒其馨。胡考之寧。飶，芬香也。未詳何物。胡，壽也。以燕享賓客，則邦家之所以光也。以共養耆老，則胡考之所以安也。匪且有且。匪今斯今。叶音經振古如茲。無韻未詳。○且，此。振，極也。言非獨此處有此稼穡之事，非獨今時有今豐年之慶，蓋自極古以來，已如此矣。猶言自古有年也。

載芟一章三十一句。此詩未詳所用。然辭意與豐年相似，其用應亦不殊。

畟畟音測良耜。叶養里反俶音蓄載南畝。叶滿委反○賦也。畟畟，嚴利也。播厥百穀。實函斯活。叶呼酷反說見前篇或來瞻女。載筐及筥。其饟式亮反伊黍。或來瞻女，婦子之來饁者也。筐，筥，饟具也。其笠伊糾。叶其了反其鎛音博斯趙。直了反以薅音蒿荼蓼。糾然，笠之輕舉也。趙，刺。薅，去也。荼，陸草。蓼，水草。一物而有水陸之異也。今南方人猶謂蓼為辣荼。或用以毒溪取魚。即所謂荼毒也。荼蓼朽止。黍稷茂叶莫口反止。毒草朽則土熟而苗盛。穫之挃挃。音窒積之栗栗。其崇如墉。其比去聲如櫛。側瑟反以開百室。挃挃，穫聲也。栗栗，積之密也。櫛，理髮器。言密也。百室，一族之人也。五家為比，五比為閭，四閭為族。族人輩作相助，故同時入穀也。百室盈止。婦子寧止。盈，滿。寧，安也。殺時犉音淳牡。有捄音求其角。叶盧谷反以似以續。續古之人。黃牛黑脣曰犉。捄，曲貌。續，謂續先祖以奉祭祀。

良耜一章二十三句。或疑思文臣工噫嘻豐年載芟良耜等篇，即所謂豳頌者。其詳見於豳風及大田篇之末。亦未知其是否也。

絲衣其紑。孚浮反載弁俅俅。音求自堂徂基。自羊徂牛。鼐音奈鼎及鼒。叶津之反兕觥其觩。音求旨酒思柔。不吳音話不敖。音傲胡考之休。賦也。絲衣，祭服也。紑，潔貌。載，戴也。弁，爵弁也。士祭於王之服。俅俅，恭順貌。基，門塾之基。鼐，大鼎。鼒，小鼎也。思，語辭。柔，和也。吳，譁也。○此亦祭而飲酒之詩。言此服絲衣爵弁之人，升門堂，視壺濯籩豆之屬，降往於基，告濯具，又視牲，從羊至牛，反告充。已乃舉鼎冪告潔。禮之次也。又能謹其威儀，不諠譁，不怠傲，故能得壽考之福。

絲衣一章九句。此詩或紑俅牛觩柔休並叶基韻。或基鼒並叶紑韻。

於音烏鑠音爍王師。遵養時晦。時純熙矣。是用大介。我龍受之。蹻蹻音矯王之造。叶徂候反載用有嗣。叶音祠實維爾公允師。賦也。於，歎辭。鑠，盛。遵，循。熙，光。介，甲也。所謂一戎衣也。龍，寵也。蹻蹻，武貌。造，為。載，則。公，事。允，信也。○此亦頌武王之詩。言其初有於鑠之師而不用，退自循養，與時皆晦。既純光矣。然後一戎衣而天下大定。後人於是寵而受此蹻蹻然王者之功。其所以嗣之者。亦惟武王之事是師爾。

酌一章。八句。

酌卽勺也。內則十三舞勺。卽以此詩爲節而舞也。然此詩與賚般。皆不用詩中字名篇。疑取樂節之名。如曰武宿夜云爾。

綏萬邦。婁音屢豐年。天命匪解。音懈桓桓武王。保有厥士。于以四方。克定厥家。於音烏昭于天。皇以閒之。賦也。綏安也。桓桓武貌。大軍之後。必有凶年。而武王克商。則除害以安天下。故屢獲豐年之祥。傳所謂周饑克殷而年豐。是也。然天命之於周。久而不厭也。故此桓桓之武王。保有其士而用之於四方。以定其家。其德上昭于天也。閒字之義未詳。傳曰。閒代也。言君天下以代商也。此亦頌武王之功。

桓一章。九句。

春秋傳以此爲大武之六章。則今之篇次。蓋已失其舊矣。又篇內已有武王之謚。則其謂武王時作者。亦誤矣。序以爲講武類禡之詩。豈後世取其義而用之於其事也歟。

文王既勤止。我應受之。敷時繹思。我徂維求定。時周之命。於繹思。賦也。應當也。敷布。時是也。繹尋繹也。於歎辭。繹思尋繹而思念也。○此頌文武之功。而言其大封功臣之意也。言文王之勤勞天下至矣。其子孫受而有之。然而不敢專也。布此文王功德之在人而可繹思者。以賚有功。而往求天下之安定。又以爲凡此皆周之命。而非復商之舊矣。遂歎美之。而欲諸臣受封賞者。繹思文王之德而不忘也。

賚一章。六句。

春秋傳以此爲大武之三章。而序以爲大封於廟之詩。說同上篇。

於音烏皇時周。陟其高山。嶞音惰山喬嶽。允猶翕音吸河。敷天之下。裒音抔時之對。時周之命。賦也。高山泛言山耳。嶞則其狹而長者。喬高也。嶽則其高而大者。允猶未詳。或曰。允信也。猶與由同。翕河。河善泛溢。今得其性。故翕而不爲暴也。裒聚也。對答也。言美哉此周也。其巡守而登此山以柴望。又道於河以周四嶽。凡以敷天之下。莫不有望於我。故聚而朝之方嶽之下。以答其意耳。

般一章。七句。

般義未詳。

閔予小子之什十一篇。一百三十六句。

魯頌四之四

魯少皡之墟。在禹貢徐州蒙羽之野。成王以封周公長子伯禽。今襲慶東平府沂密海等州卽其地也。成王以周公有大勳勞於天下。故賜伯禽以天子之禮樂。魯於是乎有頌。以爲廟樂。其後又自作詩以美其君。亦謂之頌。舊說皆以爲伯禽十九世孫僖公申之詩。今無所考。獨閟宮一篇。爲僖公之詩無疑耳。夫以其詩之僭如此。

然夫子猶錄之者。蓋其體固列國之風。而所歌者。乃當時之事。則猶未純於天子之頌。若其所歌之事。又皆有先王禮樂教化之遺意焉。則其文疑若猶可予也。況夫子魯人。亦安得而削之哉。然因其實而著之。而其是非得失。自有不可揜者。亦春秋之法也。或曰。魯之無風。何也。先儒以為時王褒周公之後。比於先代。故巡守不陳其詩。而其篇序。不列於大師之職。是以宋魯無風。其或然歟。或謂夫子有所諱而削之。則左氏所記當時列國大夫賦詩。及吳季子觀周樂。皆無曰魯風者。其說不得通矣。

駉駉音扃牡馬。叶滿補反在坰音扃之野。叶上與反薄言駉者。叶章與反有驈音聿有皇。有驪音離有黃。以車彭彭。叶鋪郎反思無疆。思馬斯臧。

賦也。駉駉。腹幹肥張貌。邑外謂之郊。郊外謂之牧。牧外謂之野。野外謂之林。林外謂之坰。驪馬白跨曰驈。黃白曰皇。純黑曰驪。黃騂曰黃。彭彭。盛貌。思無疆。言其思之深廣無窮也。臧。善也。○此詩言僖公牧馬之盛。由其立心之遠。故美之曰。思無疆。則思馬斯臧矣。衛文公秉心塞淵。而騋牝三千。亦此意也。

○駉駉牡馬。在坰之野。薄言駉者。有騅音隹有駓音丕有騂有騏。以車伾伾。思無期。思馬斯才。叶前西反

○賦也。蒼白雜毛曰騅。黃白雜毛曰駓。赤黃曰騂。青黑曰騏。伾伾。有力也。無期。猶無疆也。才。材力也。

○駉駉牡馬。在坰之野。薄言駉者。有驒音馱有駱。有駵音畱有雒。以車繹繹。叶弋灼反思無斁。叶弋灼反思馬斯作。

賦也。青驪驎曰驒。色有深淺。斑駁如魚鱗。今之連錢驄也。白馬黑鬣曰駱。赤身黑鬣曰駵。黑身白鬣曰雒。繹繹。不絕貌。斁。厭也。作。奮起也。

○駉駉牡馬。在坰之野。薄言駉者。有駰音因有騢。音遐叶洪孤反有驔音簟有魚。以車祛祛。音區思無邪。叶祥余反思馬斯徂。

賦也。陰白雜毛曰駰。陰。淺黑色。今泥驄也。彤白雜毛曰騢。豪骭曰驔。毫在骭而白也。二目白曰魚。似魚目也。祛祛。彊健也。徂。行也。孔子曰。詩三百。一言以蔽之。曰思無邪。蓋詩之言。美惡不同。或勸或懲。皆有以使人得其情性之正。然其明白簡切。通於上下。未有若此言者。故特稱之。以為可當三百篇之義。以其要為不過乎此也。學者誠能深味其言。而審於念慮之間。必使無所思而不出於正。則日用云為。莫非天理之流行矣。蘇氏曰。昔之為詩者。未必知此也。孔子讀詩至此。而有合於其心焉。是以取之。蓋斷章云爾。

駉四章。章八句。

有駜音邲有駜。駜彼乘去聲黃。夙夜在公。在公明明。叶謨郎反振振鷺。鷺于下。叶後五反鼓咽咽。音淵醉言舞。于胥樂音洛兮。

興也。駜。馬肥強貌。明明。辨治也。振振。羣飛貌。鷺。鷺羽。舞者所持。或坐或伏。如鷺之下也。咽咽。與淵同。鼓聲之深長也。或曰。鷺亦興也。胥。相也。醉而起舞。以相樂也。此燕飲而頌禱之辭也。

○有駜有駜。駜彼乘牡。夙夜在公。在公飲酒。振振鷺。鷺于飛。鼓咽咽。醉言歸。于胥樂兮。

興也。鷺于飛。舞者振作。鷺羽如飛也。

○有駜有駜。駜彼乘駽。音絢夙夜在公。在公載燕。自今以始。歲其有。叶羽已反君子

有穀。詒孫子。叶奬里反于胥樂兮。興也。青驪曰駽。今鐵驄也。載。則也。有。有年也。穀。善也。或曰。祿也。詒。遺也。頌禱之辭也。

有駜三章。章九句。

思樂音洛泮音判水。薄采其芹。音勤魯侯戾止。言觀其旂。叶其斤反其旂茷茷。音旆鸞聲噦噦。音慧無小無大。從公于邁。賦其事以起興也。思。發語辭也。泮水。泮宮之水也。諸侯之學。鄉射之宮。謂之泮宮。其東西南方有水。形如半璧。以其半於辟廱。故曰泮水。而宮亦以名也。芹。水菜也。戾。至也。茷茷。飛揚也。噦噦。和也。此飲於泮宮。而頌禱之辭也。

○思樂泮水。薄采其藻。魯侯戾止。其馬蹻蹻。其馬蹻蹻。其音昭昭。叶之繞反載色載笑。匪怒伊教。賦其事以起興也。蹻蹻。盛貌。色。和顏色也。○思樂泮水。薄采其茆。叶謨九反魯侯戾止。在泮飲酒。既飲旨酒。永錫難老。叶魯吼反順彼長道。叶徒吼反屈此羣醜。賦其事以起興也。茆。鳧葵也。葉大如手。赤圓而滑。江南人謂之蓴菜者也。長道。猶大道也。屈。服。醜。眾也。此章以下。皆頌禱之辭也。○穆穆魯侯。敬明其德。敬慎威儀。維民之則。允文允武。昭假音格烈祖。靡有不孝。自求伊祜。音戶。○賦也。昭。明也。假。與格同。烈祖。周公魯公也。○明明魯侯。克明其德。既作泮宮。淮夷攸服。叶蒲北反矯矯虎臣。在泮獻馘。音虢。叶況璧反淑問如皐陶。叶夷周反在泮獻囚。賦也。矯矯。武貌。馘。所格者之左耳也。淑。善也。問。訊囚也。囚。所虜獲者。蓋古者出兵。受成於學。及其反也。釋奠於學。而以訊馘告。故詩人因魯侯在泮。而願其有是功也。○濟濟上聲多士。克廣德心。桓桓于征。狄音剔彼東南。叶尼心反烝烝皇皇。不吳音話不揚。不告于訩。音凶在泮獻功。賦也。廣。推而大之也。德心。善意也。狄。猶逖也。東南。謂淮夷也。烝烝皇皇。盛也。不吳不揚。肅也。不告于訩。師克而和。不爭功也。○角弓其觩。束矢其搜。戎車孔博。徒御無斁。叶弋灼反既克淮夷。孔淑不逆。叶宜脚反式固爾猶。淮夷卒獲。叶黃郭反。○賦也。觩。弓健貌。五十矢為束。或曰百矢也。搜。矢疾聲也。博。廣大也。無斁。言競勸也。逆。違命也。蓋能審固其謀猶。則淮夷終無不獲矣。○翩彼飛鴞。音梟集于泮林。食我桑黮。音甚懷我好音。憬音耿彼淮夷。來獻其琛。敕金反元龜象齒。大賂南金。興也。鴞。惡聲之鳥也。黮。桑實也。憬。覺悟也。琛。寶也。元龜。尺二寸。賂。遺也。南金。荊揚之金也。此章前四句與後四句。如行葦首章之例也。

泮水八章。章八句。

閟音毖宮有侐。音洫實實枚枚。赫赫姜嫄。音元其德不回。上帝是依。叶音隈無災無害。彌月不遲。叶陳回反是

生后稷。降之百福。叶筆力反黍稷重平聲穋。音六叶六直反稙音陟穉菽麥。叶訖力反奄有下國。叶于逼反俾民稼穡。有稷
有黍。有稻有秬。音巨奄有下土。纘禹之緒。音序○賦也。閟深閉也。宮廟也。侐清靜也。實實鞏固也。枚枚礱密也。時蓋脩之故。詩人歌詠其事。以爲頌禱之
辭。而推本后稷之生。而下及於僖公耳。回邪也。依猶眷顧也。說見生民篇。先種曰稙。後種曰穉。奄有下國。封於邰也。緒業也。禹治洪水既平。后稷乃播種百穀。○后稷之孫。實
維大音泰王。居岐之陽。實始翦商。至于文武。纘大王之緒。致天之屆。于牧之野。叶上與反無貳無虞。上
帝臨女。音汝敦音堆商之旅。克咸厥功。叶居古反王曰叔父。建爾元子。叶子古反俾侯于魯。大啓爾宇。爲周室
輔。賦也。翦斷也。大王自豳徙居岐陽。四方之民咸歸往之。於是而王迹始著。蓋有翦商之漸矣。屆極也。猶言窮極也。虞慮也。無貳無虞。上帝臨女。猶大明云。上帝臨女。無貳爾心也。敦治之
也。咸同也。言輔佐之臣同有其功。而周公亦與焉也。王成王也。叔父周公也。元子魯公伯禽也。啓開。宇居也。○乃命魯公。俾侯于東。錫之山川。土田
附庸。周公之孫。莊公之子。叶獎里反龍旂承祀。叶養里反六轡耳耳。春秋匪解。音懈叶訖力反享祀不忒。皇皇后
帝。皇祖后稷。享以騂犧。虛宜虛何二反是饗是宜。牛奇牛多二反降福既多。章移當何二反周公皇祖。亦其福女。音汝○賦
也。附庸猶屬城也。小國不能自達於天子。而附於大國也。上章既告周公以封伯禽之意。此乃言其命魯公而封之也。莊公之子。其一閔公。其一僖公。知此是僖公者。閔公在位不久。未有可
頌。此必是僖公也。耳耳柔從也。春秋錯舉四時也。忒過差也。成王以周公有大功於王室。故命魯公以夏正孟春郊祀上帝。配以后稷。牲用騂牡。皇祖謂羣公。此章以後皆言僖公致敬郊廟。
而神降之福。國人稱願之如此也。○秋而載嘗。夏而楅衡。叶戶郎反白牡騂剛。犧尊將將。音搶毛炰音庖胾音恣羹。叶盧當反籩
豆大房。萬舞洋洋。孝孫有慶。叶祛羊反俾爾熾而昌。俾爾壽而臧。保彼東方。魯邦是常。不虧不崩。不
震不騰。三壽作朋。如岡如陵。○賦也。嘗秋祭名。楅衡施於牛角。所以止觸也。周禮封人云。凡祭飾其牛牲。設其楅衡。是也。秋將嘗而夏楅衡其牛。言夙戒也。白牡周
公之牲也。騂剛魯公之牲也。白牡殷牲也。周公有王禮。故不敢與文武同。魯公則無所嫌。故用騂剛。犧尊畫牛於尊腹也。或曰。尊作牛形。鑿其背以受酒也。毛炰。周禮封人祭祀有毛炰之豚。
注云。爓去其毛而炰之也。胾切肉也。羹大羹鉶羹也。大羹大古之羹。湆煑肉汁不和。盛之以登。貴其質也。鉶羹肉汁之有菜和者也。盛之鉶器。故曰鉶羹。大房半體之俎。足下有跗。如堂房也。
萬舞名。震騰驚動也。三壽未詳。鄭氏曰。三卿也。或曰。願公壽與岡陵等而爲三也。○公車千乘。去聲叶神陵反朱英綠縢。音滕二矛重平聲弓。叶姑弘反
公徒三萬。貝冑朱綅。音纖叶息稜反烝徒增增。戎狄是膺。荊舒是懲。則莫我敢承。俾爾昌而熾。俾爾壽

而富。叶方未反黃髮台背。叶蒲寐反壽胥與試。俾爾昌而大。叶特計反俾爾耆而艾。叶五計反萬有千歲。眉壽無有害。叶暇憩反○賦也。千乘。大國之賦也。成方十里。出革車一乘。甲士三人。左持弓。右持矛。中人御。步卒七十二人。將重車者二十五人。千乘之地。則三百十六里有奇也。朱英。所以飾矛。綠縢。所以約弓也。二矛。夷矛酋矛也。重弓。備折壞也。徒。步卒也。三萬。舉成數也。車千乘。法當用十萬人。而為步卒者七萬二千人。然大國之賦。適滿千乘。苟盡用之。是舉國而行也。故其用之大國三軍而已。三軍。謂車三百七十五乘。三萬七千五百人。其為步卒不過二萬七千人。舉其中而以成數言。故曰三萬也。貝冑。貝飾冑也。朱綅。所以綴也。增增。衆也。戎。西戎。狄。北狄。膺。當也。荊。楚之別號。舒。其與國也。懲。艾。承。禦也。僖公嘗從齊桓公伐楚。故以此美之。而祝其昌大壽考也。壽胥與試之義未詳。王氏曰。壽考者。相與為公用也。蘇氏曰。願其壽而相與試其才力以為用也。

○泰山巖巖。叶魚咸反魯邦所詹。奄有龜蒙。遂荒大東。至于海邦。叶卜工反淮夷來同。莫不率從。魯侯之功。賦也。泰山。魯之望也。詹與瞻同。龜蒙。二山名。荒。奄也。大東。極東也。海邦。近海之國也。○保有鳧繹。叶弋灼反遂荒徐宅。叶達各反至于海邦。淮夷蠻貊。叶莫博反及彼南夷。莫不率從。莫敢不諾。魯侯是若。賦也。鳧繹。二山名。宅。居也。謂徐國也。諾。應辭。若。順也。○泰山龜蒙鳧繹。魯之所有。其餘則國之東南。勢相連屬。可以服從之國也。○天錫公純嘏。叶果五反眉壽保魯。居常與許。復周公之宇。魯侯燕喜。令妻壽母。叶滿委反宜大夫庶士。邦國是有。叶羽已反既多受祉。黃髮兒齒。賦也。常。或作嘗。在薛之旁。許。許田也。魯朝宿之邑也。皆魯之故地。見侵於諸侯而未復者。故魯人以是願僖公也。令妻。令善之妻。聲姜也。壽母。壽考之母。成風也。閔公八歲被弒。必是未娶。其母叔姜。亦應未老。此言令妻壽母。又可見公為僖公無疑也。有。常有也。兒齒。齒落更生細者。亦壽徵也。○徂來之松。新甫之柏。叶逋莫反是斷是度。音短入聲是尋是尺。叶尺約反松桷有舃。音角叶七約反路寢孔碩。叶常約反新廟奕奕。叶弋灼反奚斯所作。孔曼且碩。音萬同上萬民是若。賦也。徂來。新甫。二山名。八尺曰尋。舃。大貌。路寢。正寢也。新廟。僖公所脩之廟。奚斯。公子魚也。作者。教護屬功課章程也。曼。長。碩。大也。萬民是若。順萬民之望也。

閟宮九章。五章章十七句。內第四章脫一句。二章章八句。二章章十句。舊說八章。二章章十七句。一章章十二句。一章章三十八句。二章章八句。二章章十句。多寡不均。雜亂無次。蓋不知第四章有脫句而然。今正其誤。

魯頌四篇。二十四章。二百四十三句。

商頌四之五 契為舜司徒而封於商。傳十四世而湯有天下。其後三宗迭興。及紂無為武王所滅。封其庶兄微子啓於宋。脩其禮樂以奉商後。其地在禹貢州泗濱。西及豫州盟豬之野。其後政衰。商之禮樂日以放失。七世至戴公時。大夫正考甫得商頌十二篇於周大師。歸以祀其先王。至孔子編詩而又亡其七篇。然其存者亦多闕文疑義。今不敢强通也。商都亳。宋都商丘。皆在今應天府亳州界。

猗音醫與音余那與。置我鞉音桃鼓。奏鼓簡簡。衎我烈祖。賦也。猗歎辭。那多。置陳也。簡簡和大也。衎樂也。烈祖湯也。記曰。商人尚聲。臭味未成。滌蕩其聲。樂三闋。然後出迎牲。卽此是也。舊說以此爲祀成湯之樂也。湯孫奏假。綏我思成。鞉鼓淵淵。叶於巾反嘒嘒管聲。既和且平。依我磬聲。於音烏赫湯孫。叶思倫反穆穆厥聲。湯孫主祀之時王也。假與格同。言奏樂以格於祖考也。綏安也。思成未詳。鄭氏曰。安我以所思而成之人。謂神明來格也。禮記曰。齊之日。思其居處。思其笑語。思其志意。思其所樂。思其所嗜。齊三日。乃見其所爲齊者。祭之日。入室。僾然必有見乎其位。周旋出戶。肅然必有聞乎其容聲。出戶而聽。愾然必有聞乎其歎息之聲。此之謂思成。蘇氏曰。其所見聞。本非有也。生於思耳。此二說近是。蓋齊而思之。祭而如有見聞。則成此人矣。鄭注頗有脫誤。今正之。淵淵深遠也。嘒嘒清亮也。磬玉磬也。堂上升歌之樂。非石磬也。穆穆美也。庸鼓有斁。萬舞有奕。我有嘉客。亦不夷懌。庸鏞通。斁斁然盛也。奕奕然有次序也。蓋上文言鞉鼓管籥作於堂下。其聲依堂上之玉磬。無相奪倫者。至於此。則九獻之後。鍾鼓交作。萬舞陳於庭。而祀事畢矣。嘉客。先代之後。來助祭者也。夷悅也。亦不夷懌者。言皆悅懌也。自古在昔。先民有作。溫恭朝夕。執事有恪。恪敬也。言恭敬之道。古人所行。不可忘也。閔馬父曰。先聖王之傳恭。猶不敢專。稱曰自古。古曰在昔。昔曰先民。顧予烝嘗。湯孫之將。將奉也。言湯其尚顧我烝嘗哉。此湯孫之所奉者。致其丁寧之意。庶幾其顧之也。

那一章。二十二句。閔馬父曰。正考甫校商之名頌。以那爲首。其輯之亂曰云云。卽此詩也。

嗟嗟烈祖。有秩斯祜。音戶申錫無疆。及爾斯所。賦也。烈祖湯也。秩常。申重也。爾主祭之君。蓋自歌者指之也。斯所猶言此處也。○此亦祀成湯之樂。言嗟嗟烈祖。有秩秩無窮之福。可以申錫於無疆。是以及於爾今王之所。而脩其祭祀。如下所云也。既載清酤。叶候五反賚我思成。叶音常亦有和羹。叶音郞既戒既平。叶音旁鬷音奏假音格無言。叶音昂時靡有爭。叶音章綏我眉壽。黃耇無疆。酤酒。賚與也。思成義見上篇。和羹味之調節也。戒夙戒也。平猶和也。儀禮於祭祀燕享之始。每言羹定。蓋以羹熟爲節。然後行禮。定卽戒平之謂也。鬷中庸作奏。正與上篇義同。蓋古聲奏族相近。族聲轉平而爲一耳。無言無爭。肅敬而齊一也。言其載清酤而既與我以思成矣。及進和羹而肅敬之至。則又安我以眉壽黃耇之福也。約軝音祈錯衡。叶戶郞反八鸞鶬鶬。音搶以假音格以享。叶虛良反我受命溥將。自天降康。豐年穰穰。來假來饗。叶虛良反降福無疆。約軝錯衡。八鸞見采芑篇。鶬見載見篇。言助祭之諸侯。乘是車以假以享於祖宗之廟也。溥廣。將大也。穰穰。多也。言我受命既廣大。而天降以豐年黍稷之多。使得以祭也。假之而祖考來假。享之而祖考來饗。則降福無疆矣。顧予烝嘗。湯孫之將。說見前篇。

烈祖一章。二十二句。

天命玄鳥。降而生商。宅殷土芒芒。古帝命武湯。正域彼四方。賦也。玄鳥。鳦也。春分玄鳥降。高辛氏之妃。有娀氏女簡狄。祈於郊禖。鳦遺卵。簡狄吞之而生契。其後世遂為有商氏以有天下。事見史記。宅。居也。殷。地名。芒芒。大貌。古。猶昔也。帝。上帝也。武湯。以其有武德號之也。正。治也。域。封境也。○此亦祭祀宗廟之樂。而追敘商人之所由生。以及其有天下之初也。方命厥后。奄有九有。叶羽已反商之先后。受命不殆。叶養里反在武丁孫子。叶獎里反。○方命厥后。四方諸侯無不受命也。九有。九州也。武丁。高宗也。言商之先后。受天命不危殆。故今武丁孫子。猶賴其福。武丁孫子。武王靡不勝。音升龍旂十乘。大糦音熾是承。武王。湯號。而其後世亦以自稱也。龍旂。諸侯所建交龍之旂也。大糦。黍稷也。承。奉也。○言武丁孫子。今襲湯號者。其武無所不勝。於是諸侯無不奉黍稷以來助祭也。邦畿千里。維民所止。肇域彼四海。叶虎洧反。○止。居。肇。開也。言王畿之內。民之所止。不過千里。而其封域則極乎四海之廣也。四海來假。音格來假祁祁。景員維河。殷受命咸宜。叶牛何反百祿是何。音荷叶如字。○假與格同。祁祁。眾多貌。景員維河之義未詳。或曰。景。山名。商所都也。見殷武卒章。春秋傳亦曰商湯有景亳之命是也。員與下篇幅隕義同。蓋言周也。河。大河也。言景山四周。皆大河也。何。任也。春秋傳作荷。

玄鳥一章。二十二句。

濬哲維商。長發其祥。洪水芒芒。禹敷下土方。外大國是疆。幅隕音員既長。有娀音崧方將。帝立子生商。賦也。濬。深。哲。知。長。久也。方。四方也。外大國。遠諸侯也。幅。猶言邊幅也。隕。讀作員。謂周也。有娀。契之母家也。將。大也。○言商世世有濬哲之君。其受命之祥。發見也久矣。方禹治洪水。以外大國為中國之竟。而幅員廣大之時。有娀氏始大。故帝立其女之子而造商室也。蓋契於是時。始為舜司徒。掌布五教於四方。而商之受命。實基於此。○玄王桓撥。叶必烈反受小國是達。叶他悅反受大國是達。率履不越。遂視既發。叶方月反相土烈烈。海外有截。賦也。玄王。契也。玄者。深微之稱。或曰以玄鳥降而生也。王者。追尊之號。桓。武。撥。治。達。通也。受小國大國無所不達。言其無所不宜也。率。循。履。禮。越。過。發。應也。言契能循禮不過越。遂視其民。則既發以應之矣。相土。契之孫也。截。整齊也。至是而商益大。四方諸侯歸之。截然整齊矣。其後湯以七十里起。豈嘗中衰也與。○帝命不違。至于湯齊。湯降不遲。聖敬日躋。音賫昭假遲遲。上帝是祇。帝命式于九圍。賦也。湯齊之義未詳。蘇氏曰。至湯而王業成。與天命會也。降。猶生也。遲遲。久也。祇。敬。式。法也。九圍。九州也。○商之先祖既有明德。天命未嘗去之。以至於湯。湯之生也。應期而降。適當其時。其聖敬又日躋升。以至昭假于天。久而不息。惟上帝是敬。故帝命之。使爲法於九州也。○受小球音求大球。爲下國綴音贅旒。音流何音賀天之休。不競不絿。音求不剛不柔。敷政優優。百祿是遒。音囚。○賦也。小球大球之義未詳。或曰。小國大國所贄之玉也。鄭氏曰。小球。鎭圭。尺有二寸。大球。大圭。三尺也。皆天子之所執也。下國。諸侯也。綴。猶結也。旒。旗之垂者也。言爲天子而爲諸侯所係屬。如旗之縿爲旒所綴著也。何。荷。競。強。絿。緩也。優優。寬裕之意。遒。聚也。○受小共音恭叶居勇反大共。爲下國駿音峻厖。音忙叶莫孔反何天之龍。叶丑勇反敷奏其勇。不震不動。叶德總反不戁音赧不竦。音聳百祿是總。賦也。小共大共駿厖之義未詳。或曰。小國大國所共之貢也。鄭氏曰。共。執也。猶小球大球也。蘇氏曰。共。珙通。合珙之玉也。傳曰。駿。大也。厖。厚也。董氏曰。齊詩作駿駹。謂馬也。龍。寵也。敷奏其勇。猶言大進其武功也。戁。恐。竦。懼也。○武王載旆。有虔秉鉞。音越如火烈烈。則莫我敢曷。音遏叶何竭反苞有三蘖。叶五竭反莫遂莫達。叶他悅反九有有截。韋顧既伐。叶房越反昆吾夏桀。賦也。武王。湯也。虔。敬也。言恭行天討也。曷。遏通。或曰。曷。誰何也。苞。本也。蘖。旁生萌蘖也。言一本生三蘖也。本則夏桀。蘖則韋也。顧也。昆吾也。皆桀之黨也。鄭氏曰。韋。彭姓。顧。昆吾。己姓。○言湯既受命。載旆秉鉞。以征不義。桀與三蘖。皆不能遂其惡。而天下截然歸商矣。初伐韋。次伐顧。次伐昆吾。乃伐夏桀。當時用師之序如此。○昔在中葉。有震且業。允也天子。叶奬里反降于卿士。實維阿衡。叶戶郎反實左音佐右。音又商王。賦也。葉。世。震。懼。業。危也。承上文而言。昔在。則前乎此矣。豈謂湯之前世中衰時與。允也天子。指湯也。降。言天賜之也。卿士。則伊尹也。言至於湯。得伊尹而有天下也。阿衡。伊尹官號也。

長發七章。一章八句。四章章七句。一章九句。一章六句。序以此爲大禘之詩。蓋祭其祖之所出而以其祖配也。蘇氏曰。大禘之祭。所及者遠。故其詩歷言商之先后。又及其卿士伊尹。蓋與祭於禘者也。商書曰。茲予大享于先王。爾祖其從與享之。是禮也。豈其起於商之世歟。今按大禘不及羣廟之主。此宜爲祫祭之詩。然經無明文。不可考也。

撻彼殷武。奮伐荊楚。罙面規反入其阻。裒音抔荊之旅。有截其所。湯孫之緖。音序○賦也。撻。疾貌。殷武。殷王之武也。罙。冒。裒。聚。湯孫。謂高宗。○舊說以此爲祀高宗之樂。蓋自盤庚沒而殷道衰。楚人叛之。高宗撻然用武以伐其國。入其險阻。以致其衆。盡平其地。使截然齊一。皆高宗之功也。易曰。高宗伐鬼方。三年克之。蓋謂此歟。○維女音汝荊楚。居國南鄉。昔有成湯。自彼氐音堤羌。莫敢不來享。叶虛良反莫敢不來王。曰商是常。賦也。氐羌，夷狄國，在西方。享，獻也。世見曰王。○蘇氏曰。既克之。則告之曰。爾雖遠。亦居吾國之南耳。昔成湯之世。雖氐羌之遠。猶莫敢不來朝。曰。此商之常禮也。況汝荊楚。曷敢不

至哉。○天命多辟。音璧設都于禹之績。歲事來辟。勿予禍適。音謫稼穡匪解。音懈叶訖力反。○賦也。多辟。諸侯也。來辟。來王也。適。

謫通。○言天命諸侯。各建都邑於禹所治之地。而皆以歲事來至於商。以祈王之不譴。曰。我之稼穡不敢解也。庶可以免咎矣。言荊楚既平。而諸侯畏服也。○天命降監。下與

濫叶下民有嚴。叶五剛反不僭不濫。不敢怠遑。命于下國。叶越逼反封建厥福。叶筆力反。○賦也。監。視。嚴。威也。僭。賞之差也。濫。刑之過也。

遑。暇。封。大也。○言天命降監。不在乎他。皆在民之視聽。則下民亦有嚴矣。惟賞不僭。刑不濫。而不敢怠遑。則天命之以天下。而大建其福。此高宗所以受命而中興也。○商邑翼

翼。四方之極。赫赫厥聲。濯濯厥靈。壽考且寧。以保我後生。叶桑經反。○賦也。商邑。王都也。翼翼。整敕貌。極。表也。赫赫。顯盛也。濯濯。光

明也。言高宗中興之盛如此。壽考且寧云者。蓋高宗之享國五十有九年。我後生。謂後嗣子孫也。○陟彼景山。叶所旃反松柏丸丸。叶胡員反是斷音短是

遷。方斲音卓是虔。松桷音角有梴。五連反旅楹有閑。叶胡田反寢成孔安。叶於連反。○賦也。景。山名。商所都也。丸丸。直也。遷。徙。方。正也。虔。亦截

也。梴。長貌。旅。眾也。閑。閑然而大也。寢。廟中之寢也。安。所以安高宗之神也。此蓋特為百世不遷之廟。不在三昭三穆之數。既成始祔而祭之之詩也。然此章與閟宮之卒章。文意略同。未詳何

謂。

殷武六章。三章章六句。二章章七句。一章五句。

商頌五篇。十六章。一百五十四句。

國家圖書館出版品預行編目資料

詩經集傳 / 朱熹著. -- 初版. -- 新北市：華夏出版有限公司, 2023.12
面；　公分. --（傳世經典；001）
ISBN 978-626-7296-81-3（平裝）
1.CST：詩經 2.CST：注釋

831.12　　112014482

傳世經典 001
詩經集傳

著　　作　朱熹
出　　版　華夏出版有限公司
220 新北市板橋區縣民大道 3 段 93 巷 30 弄 25 號 1 樓
電話：02-32343788　傳真：02-22234544
E-mail：pftwsdom@ms7.hinet.net
印　　刷　百通科技股份有限公司
電話：02-86926066 傳真：02-86926016
總 經 銷　貿騰發賣股份有限公司
新北市 235 中和區立德街 136 號 6 樓
電話：02-82275988　傳真：02-82275989
網址：www.namode.com
版　　次　2023 年 12 月初版一刷
特　　價　新台幣 300 元（缺頁或破損的書，請寄回更換）

ISBN-13：978-626-7296-81-3